MARTHE GAGNON-THIBAUDEAU

Auteure de *La boiteuse*

Pure laine, pur coton

Tome 1

Les Éditions
Coup d'œil

De la même auteure, aux Éditions Coup d'œil :

Pure laine, pur coton tome 2 – Le mouton noir de la famille, 2016
La boiteuse tome 1, 2015
La boiteuse tome 2 – Au fil des jours, 2015

Aux Éditions JCL :

Bonheurs dérobés, 1999
Le Bal de coton, 1998
Le Commun des mortels, 1997
La Porte interdite, 1996
Nostalgie, 1993
Lady Cupidon, 1991
Chapputo, 1989
Sous la griffe du SIDA, 1987

En semi-poche :
Le Commun des mortels, 2010
La Porte interdite, 2010
Le Bal de coton, 2010
Bonheurs dérobés, 2010

Couverture : Marjolaine Pageau et Katia Senay
Conception graphique : Kevin Fillion

Première édition : © 1988, Les Éditions JCL, Marthe Gagnon-Thibaudeau
Présente édition : © 2016, Les Éditions Coup d'œil, Marthe Gagnon-Thibaudeau
www.boutiquegoelette.com
www.facebook.com/EditionsGoelette

Dépôt légal : 1er trimestre 2016
Bibliothèque et Archives nationales du Québec
Bibliothèque et Archives Canada

Imprimé au Canada

ISBN : 978-2-89731-993-9
(version originale, 978-2-920176-59-5)

À nos valeureuses
grand-mères!

Les souvenirs
s'agrippent à nos âmes
comme le lierre
se cramponne à la pierre.

Partie 1

Chapitre 1

— Quel beau jour, n'est-ce pas, monsieur Gédéon ?

— Ne vous y fiez surtout pas. Pour nous amadouer, le froid de la nuit maquillera bientôt les feuilles. Le paysage sera un instant d'une grisante beauté. Ce sera le signal : le sol ne tardera pas à se couvrir de son manteau protecteur…

Louis-Philippe regardait l'homme qui, dans un langage poétique, semblait lui prédire un malheur. Il haussa les épaules.

On se serra la main, l'entente était conclue, on passerait chez le notaire plus tard pour y signer le document. Les deux frères étaient d'ores et déjà les propriétaires d'un lopin de terre en sol canadien.

Au moment de se séparer, le vieux terrien ajouta :

— Pour vous souhaiter la bienvenue, à ma manière, j'inclus dans le prix de vente une bonne vieille truie. Soyez prêts, elle saura en consumer des cordes de bois, pendant les mois d'hiver ! C'est alors que vous me bénirez…

Dès qu'ils se retrouvèrent seuls, Jean-Baptiste interrogea son aîné :

— Que dois-je comprendre à cette histoire de truie qui consume des cordes de bois ?

Gédéon avait donné une foule de conseils aux deux Normands récemment débarqués au Québec. Ils avaient choisi l'île d'Orléans pour s'y installer à demeure : «À proximité de la mer, nous nous sentirons moins dépaysés», avait proclamé Louis-Philippe.

À l'emballement frénétique des premières semaines, causé par la construction du home, suivait l'engourdissement sous l'effet du froid. L'hiver arrivait pour de bon. Les conjectures du sage Gédéon s'avéraient fondées. La pauvre cabane érigée en toute hâte semblait vouloir ployer sous l'amas de neige qui n'en finissait plus de tomber ! La semaine qui suivit le jour de l'An, ils la vécurent isolés de tous, la neige bloquant la porte et les fenêtres.

Louis-Philippe crut qu'il allait crever! Il glissa d'abord dans une sorte de torpeur. Puis devint hargneux, grincheux: il ne s'adapterait jamais à ce pays difficile et exigeant! Il ne parlait que de sa lointaine Normandie et de la beauté de la mer, là-bas.

Une toux sèche le cloua à l'intérieur, à la merci des rondins mal séchés qui faisaient fumer la vieille truie. Dorénavant, Jean-Baptiste devrait accomplir seul les tâches ingrates.

L'aîné maugréait sans cesse, Jean-Baptiste n'écoutait plus ses interminables jérémiades. N'ayant pas de tabac à priser, il grattait la gomme d'épinette, la laissait sécher et la mâchait.

De temps à autre, il crachait le jus dans la flamme de la truie, ce qui faisait sacrer de rage Louis-Philippe.

Puis Jean-Baptiste se mit à sculpter le bois à l'aide de son canif; bientôt le mur fut décoré d'un Christ agonisant sur une croix sans nœud. Le bois vert du crucifix séchait; un jour que Louis-Philippe évoquait en vain le nom du Seigneur, une goutte de sève s'échappa du corps du Christ et vint choir sur le nez du vieux Normand qui prit peur... Il crut que Jésus avait pleuré... Jean-Baptiste haussa les épaules. Louis-Philippe, se contentant de tousser, ne sacra plus.

Si la réserve de chandelles avait duré jusqu'au printemps, c'est que les deux frères l'avaient économisée en se couchant tôt et en dormant tard.

Lentement la neige fondit! Le sol de la cabane, de terre autrefois sèche, devint humide. Les misères se succédaient avec acharnement, de la façon la plus inattendue. Louis-Philippe prit la ferme résolution de retourner dans son pays d'origine. Il se tut, rumina son désir fou.

Le printemps vint enfin! Les charmes de la saison douce amadouèrent le vieil ours qui avait hiberné malgré lui.

En face, la mer se mit à grouiller, le poisson à sauter, les oiseaux à piailler; de petits ruisseaux se formèrent ici et là, ramenant la neige vers le fleuve. Le soleil pâlot se ragaillardit et les arbres se couvrirent.

Louis-Philippe dut confesser que la nature avait plus de vigueur que lui!

Un jour, Jean-Baptiste s'absenta et revint avec trois belles poules et un vieux cheval qui répondait au nom de Piton. On coupa les arbres, on essoucha ; la terre inculte fut épierrée, le sol remué.

Le potager fut généreux en pommes de terre. Le bois franc trouvait bon prix dans la ville de Québec. On réussissait enfin à surmonter les obstacles. On bâtit une étable en utilisant le mur nord de la cabane ; ainsi le vieux cheval et les poules auraient un abri. À l'hiver, on aurait des œufs frais à se mettre sous la dent. Six longs mois à se nourrir de fèves au lard et de mélasse était une expérience à ne pas revivre !

Les longs silences de Louis-Philippe cadraient mal avec son caractère de feu, ils inquiétaient Jean-Baptiste. C'est sur le perron de l'église, ce dimanche-là, qu'il décida de porter un grand coup. Il connaîtrait, une fois pour toutes, les intentions de son aîné. Au dîner, il lorgna en direction de son frère.

– Qu'est-ce qui te ronge ?

– Tu ne m'as jamais parlé de cela !

– De quoi ?

– Ça créerait des embêtements…

– Quand tu seras décidé à parler, fais-moi signe.

Louis-Philippe sortit couper du bois que son frère utiliserait pour alimenter la truie, l'hiver venu. Lui serait loin, alors, mais Jean-Baptiste serait enlisé ici…

Il étendait les copeaux, les laissait sécher ; plus tard, il en ferait le rapaillage et les placerait au sec, là où logeait Piton.

Le soir, après souper, ils goûtaient la récompense d'un dur jour de labeur ; appuyés contre la cabane, ils regardaient l'eau du fleuve et rêvaient de là-bas.

– Tu as fini de ruminer ?

La réponse tarda à venir : Jean-Baptiste n'était pas bavard.

– Je l'ai revue.

– Qui ?

Jean-Baptiste s'éloigna, s'approcha d'un tronc, tailla sa chique, revint s'asseoir.

– La fille de Théberge.

Louis-Philippe l'avait oubliée, celle-là. Il l'avait entrevue sur le bateau, elle avait fait la traversée avec eux.

— Et ?

Entre deux jets savamment projetés au loin, Jean-Baptiste laissa tomber machinalement :

— Elle s'informe de toi.

Louis-Philippe se cramponna si fort à la caisse, en se reculant au mur, qu'il l'écrasa et tomba à la renverse.

— Démolis l'ameublement à cause d'une femelle !

Hébété, Louis-Philippe se leva, regarda autour de lui. Il se dirigea vers le tas de bois, choisit une bûche, revint vers son frère. « J'ai misé juste », pensa celui-ci ; après un silence calculé, il ajouta :

— Des emmerdements, ça ne pourrait que nous causer des emmerdements !

— Ouais ! des emmerdements...

— On a mis un mois à préparer le bois et à bâtir un coin pour Piton...

— Ouais.

— Le mur ouest n'a pas de fenêtre non plus.

— Ouais.

— En somme...

Suivirent deux autres jets puissants qui prirent la même direction que les précédents et vinrent choir presque au même endroit.

— Une femelle, ça cuit le pain, mais il faut un four.

— Ouais !...

— Mais les femelles apportent une dot !

— Ouais.

Jean-Baptiste en avait dit plus, en un quart d'heure, que dans tous les longs mois d'hiver. Il jeta un coup d'œil de biais en direction de son frère ; satisfait de ce qu'il vit, il se leva, cracha, et entra se coucher.

L'autre resta là, à ruminer.

« Le mur ouest, pas vilain comme idée... Une dot, c'est combien ? La fille de Théberge, grande, bien bâtie, un peu bavarde et bruyante, pas une beauté mais enfin, si je l'intéresse... Le mur ouest... Pas fou Jean-Baptiste, il pense loin ! Une créature, ça sait soigner le rhume, faire des cataplasmes, placer les ventouses, ouais ! pas bête ! » Cette nuit-là, la fille de Théberge vint lui sourire dans son rêve.

Le lendemain, Jean-Baptiste remarqua que son frère bûchait plus à plomb que d'habitude ; il semblait avoir le cœur à l'ouvrage. Les haches répétaient, inlassables, leur refrain du rongement dans le bois.

« J'ai tapé dans le mille ! Il ne retournera pas dans la mère patrie. Il est cloué en sol canadien. »

* * *

Lorsque vint novembre, la cabane logeait Jean-Baptiste. Dans la rallonge, Louis-Philippe et Fabienne Théberge ; du côté nord, Piton, trois poules plus une chatte qui faisait aussi partie de la dot.

Depuis son arrivée au pays, Fabienne avait travaillé comme domestique au Petit Séminaire de Québec. Elle y avait appris son alphabet et les éléments de la lecture, chose rare à l'époque. Elle était préposée aux cuisines ; tant et si bien que nul, mieux que Fabienne, ne savait faire du bon pain.

La pâte était préparée de grand matin et levait en même temps que le jour. Prenant la miche dans sa main, elle la lançait très haut, la saisissait au vol, lui assénait un bon coup de poing pour la pétrir, la roulait, la laissait se gonfler.

Le soir venu, elle enfournait. Le four, également fruit de la dot, dorait la croûte et chauffait la cabane. Les nuits étaient devenues confortables et c'en était fait, dorénavant, de la glace dans le seau qu'il fallait casser, l'hiver dernier, pour préparer l'infusion de thé.

Jean-Baptiste gossa tout l'automne, mais dès décembre, il s'attaqua à parure plus importante : il construisit le berceau où dormirait le premier bébé...

Louis-Philippe fut fort surpris de l'initiative qu'avait prise son frère. De fait, Fabienne perdait sa taille de jeunesse. Le père grommelait. C'était vite, trop vite. Dimanche dernier le curé avait souri à Fabienne, on eût dit qu'il avait été le premier à savoir... Louis-Philippe hochait la tête : « Il faudra nourrir ce marmot en plus ! Le lait de la mère dure quelques mois, mais après ? La rallonge nord loge Piton, ce n'est pas assez grand pour ajouter une vache à la ménagerie ! »

Le mauvais caractère de Louis-Philippe reprit le dessus. Il recommença à maugréer à tout propos. Mais quand l'envie lui prenait de jurer, il regardait le Christ qui avait pleuré et se retenait.

Fabienne prenait de grandes proportions, surtout qu'elle avait un appétit féroce. Trois poules, trois œufs : petite omelette! Le quart de lard salé ne durerait pas l'hiver au rythme où les choses allaient. Il faudrait bûcher trois fois plus!

Le printemps suivant, un voisin arriva avec ses pénates. Une cabane grimpa, bien faite, en beau bois rond, écorcé. Les éclisses en monticule séchaient au grand vent. Il n'était pas parleur, ce voisin. Jean-Baptiste tenta de l'apprivoiser en lui offrant son aide. L'autre refusa de but en blanc. Ce fut la première et dernière tentative de voisinage.

On se saluait, à l'église, pour la forme. Mais chacun restait chez lui et la ligne séparant les deux terrains était souvent visitée, de part et d'autre, pour ne pas qu'il y ait empiètement. La terre du voisin, c'était sacré. Il ne fallait pas y toucher.

Seule la chatte osa y poser les pattes. Le voisin la tolérait ; elle le libérerait des mulots. Louis-Philippe surveillait ses poules qui parfois picoraient trop par là. Il rageait à l'idée qu'il faudrait peut-être poser une clôture.

Le gosse naquit, sans l'aide du docteur. Un beau gars, bien dodu, qui ferait honneur à Louis-Philippe. Deux bras qui ne tarderaient pas à alléger la lourde besogne ; on n'a jamais trop d'aide sur une terre!

L'hiver fut gentil ; on l'avait tellement redouté, on s'était si bien hiverné que la saison, capricieuse, se fit douce. On s'en souviendrait longtemps de cet hiver-là! Pas de neige avant le jour des Rois. Ça ne s'était jamais vu au Québec! Cependant, le vent glacial qui se glissait à travers les fentes de la cabane ne cessait de siffler!

Le bébé ne prit pas le rhume. Il fit ses dents et ses premiers pas. Fabienne était fière de son môme. À l'église, ce dimanche-là, monsieur le curé sourit à Fabienne. Louis-Philippe regarda sa femme. Elle baissa le front. Louis-Philippe en eut le souffle coupé. Non, pas si vite que ça!

De fait, des jumeaux, un garçon, une fille, vinrent s'inscrire sur le registre des baptêmes. Trois gosses en vingt mois! «À ce rythme-là, gémit Louis-Philippe, l'île va couler par le fond!»

Le pain de Fabienne levait moins bien! Elle était souvent très lasse. Mais elle gardait son sourire. Ça compensait l'humeur maussade de Louis-Philippe. «Vaut mieux passer l'hiver enfermé à tousser qu'à entendre brailler», dit-il à Jean-Baptiste.

La prolifique Fabienne semblait en panne de grossesse. Louis-Philippe surveillait le curé; il ne souriait plus à sa femme. À chaque dimanche, Louis-Philippe redoutait le diagnostic de l'officiant.

Trois autres poules avaient été achetées, dont une bonne couveuse. Alors on avait acheté un coq. Hélas! Piton, comme tout cheval friand des œufs, avait mangé la première couvée. Louis-Philippe, enragé, se défoula sur Piton. Jean-Baptiste intervint à temps, la pauvre bête faisait pitié à voir.

* * *

Les enfants grandissaient, la cabane rapetissait. Jean-Baptiste décida de partir dès l'automne et d'aller s'engager dans un chantier. L'aîné des enfants pourrait prendre son lit.

Il reviendrait au printemps, avec des gages en poche; il épargnerait tout en forêt. Là-bas il serait nourri, logé. Il était robuste, capable de mériter de bonnes payes. Couper la pitoune ne fait pas mourir. Qui sait? Il pourrait peut-être prolonger la saison et faire la drave. À la ville, il avait maintes fois entendu les hommes parler de leurs exploits dans le bois. Ça semblait amusant et payant; à la façon dont ils se saoulaient au gros gin, ils avaient sûrement des sous en poche! Mais il lui faudrait s'éloigner des enfants qu'il adorait!

Après avoir bien ruminé, il se rendit à Québec et alla signer son nom sur le registre de la compagnie Price Brothers, qui avait des permis de coupe à la grandeur de la province. Il avait l'embarras du choix de sa destination. Il jasa avec ceux qui flânaient autour des bureaux de Price. La paye était meilleure au loin, il y avait des endroits où les gars n'aimaient pas se rendre. Sur ces chantiers-là, ils étaient mieux traités, on leur fournissait les meilleurs chevaux. Par contre, il y avait le problème des maudits maringouins et des mouches noires.

Ce détail ne pouvait effrayer Jean-Baptiste; il n'avait connu que les bestioles de l'île d'Orléans, ne connaissait pas les cousins d'Amérique qui pullulent en forêt; ces affamés qui attaquent en groupe, comme un essaim d'abeilles ou un nid de guêpes en furie.

Devant ces maringouins, il ne faut pas exposer son postérieur nu, on risque fort de perdre un morceau de ses fesses! La meilleure recette pour les faire fuir est de s'enduire d'huile à lampe. Ça pue, mais c'est efficace; l'huile de charbon n'est pas prisée par ces détestables moustiques!

L'appât du gain était fort alléchant. Jean-Baptiste décida qu'il avait suffisamment réfléchi. Il prévint son frère, roula ses affaires qu'il enfouit dans son sac à dos retenu par des lanières de cuir, se paya le luxe d'une bonne paire de bottes, d'un casque de castor et d'une vareuse. Il venait de flamber toutes ses économies! La saison se devait d'être bonne!

Il partit de bon matin. Louis-Philippe, le dur, se sentit tout remué. Fabienne s'essuya l'œil du coin de son tablier. Les mômes, voyant les adultes attristés, prirent la même attitude.

Les deux frérots s'accaparèrent du lit de leur oncle. La sœurette pourrait enfin dormir seule!

Chapitre 2

Jean-Baptiste prit contact avec le Grand Nord. Là, il réalisa que le caractère de Louis-Philippe n'était pas le pire du monde, que les sacres de son frère étaient des jurons d'enfant de chœur.

Il était ici à l'école de la vie dure. Les cabanes de bois rond étaient construites avec des troncs encore verts ; dès que l'on chauffait, le bois se resserrait et on emplissait l'espace ainsi créé avec de l'étoupe. Ça puait à donner la nausée !

Parvenir à se rendre jusqu'au campement était déjà toute une aventure pour le non-initié. La forêt vierge était bourrée d'entraves. Il fallait préparer les chemins de halage ; ce n'était pas tout d'abattre les arbres et de les laisser tomber de tout leur long sur le sol. Il fallait les ébrancher, les haler, les réunir en un point commun ; les couper à une certaine longueur pour garder la meilleure partie du tronc.

Il fallait aussi procéder au triage. Tous les arbres n'avaient pas la même destinée… Les uns devenaient du papier, les autres des meubles ou encore des ornements d'église, selon leur qualité propre.

Les vieux de la vieille qui couraient les chantiers depuis leur jeune âge étaient moins vigoureux à la coupe, mais possédaient entraînement et connaissances. On est vieux jeune quand on est un gars de chantier.

Le bûcheron, ouvrier qui s'attaquait aux arbres de la forêt, devait savoir manier la hache et le godendard, cette grosse scie munie à chacune de ses extrémités d'un manche court et vertical et qui se maniait à deux, puis la sciotte, scie légère à cadre, utilisée pour tronçonner les billes. Le bois était vert, gelé, la lame chauffait pendant la manœuvre et se cassait ! Il fallait la remplacer avec ses doigts… et c'était l'hiver, c'était froid ! Si froid que le contraste faisait coller à la lame les doigts qui souvent y laissaient leur peau. Si elle ne se cassait pas, la lame s'usait, perdait de sa qualité.

On devait alors l'affiler, l'affûter comme disait Jean-Baptiste, redonner son fil à l'instrument tranchant. C'était tout un métier.

Ce n'était pas toujours par goût de la solitude ou de la nature qu'ils se ramassaient là, les gars! Le plus souvent c'était pour passer un hiver au chaud, manger à leur faim; d'autres s'éloignaient ainsi du whisky dont ils avaient la maladie!

Ils étaient entassés au maximum. La plupart ne se lavaient pas. Les cheveux longs et crasseux logeaient les poux qui abondaient, couraient d'une tête à l'autre. On se grattait au sang!

Il fallait se lever avant le soleil, histoire de gagner du temps, les jours étaient courts! À l'automne ce n'était pas si mal, le sol était gelé et on pouvait circuler. Mais la neige tombait tôt dans ces régions éloignées. Il n'était pas question de flâner près de la bavette du poêle; c'était dans la neige jusqu'à la ceinture qu'il fallait travailler, et pas toujours de clarté!

Les chevaux écumaient, on les épuisait. Hue! Hue! Ces pauvres bêtes rentraient le soir avec, sur leur poil, un manteau de glace.

Affamés, les bûcherons bouffaient à en crever; le langage était celui du chantier. L'un était plus fanfaron que l'autre. On se jalousait, on s'épiait, les contremaîtres, salauds, poussaient, poussaient sur l'ouvrage. Les arbres tombaient dans un bruit effrayant qui retentissait bien loin; des cris avertissaient du danger; le tintamarre était si terrible qu'on ne s'y retrouvait plus. Puis, il arrivait que des accidents terribles surviennent: que de doigts et de pieds coupés! Des imprudents se faisaient écraser par l'arbre qui chutait. Gelés le jour, vivant dans les campements surchauffés la nuit, les pauvres bougres étaient souvent malades: la grippe et la tuberculose faisaient florès.

Ils trimaient dur, les gars. La récompense était le repos le dimanche; on déposait la hache, jouait de l'accordéon, de la bombarde, de la musique à bouche et ensemble, on dansait le set carré et on entonnait les refrains de la Vieille France: «Auprès de ma blonde...»

Le braconnage battait son plein. Le port d'une carabine était formellement interdit sous peine d'amende; les bûcherons prenaient des risques en piégeant les animaux à fourrure. Ça payait mieux que de bûcher. La peau du rat musqué rapportait dix dollars, celle du lynx quatre-vingt-dix et celle du castor vingt-cinq.

La complicité régnait ; certains, très habiles, confectionnaient des trappes à bascule. D'autres les plaçaient en lieux sûrs. Les cachettes pour dissimuler les peaux n'étaient connues que d'un seul homme. Il était clair qu'il y avait connivence, tous en tiraient profit. Parfois un visiteur passait par là ; on faisait mine d'ignorer le but de cette visite. Le grossiste arrivait les mains vides, mais repartait avec une lourde charge ! Immanquablement, après son départ, les enjeux y gagnaient en importance aux gageures de la fin de semaine. Chaque printemps, chaque automne, le stratagème se répétait, on n'en discutait jamais. Les conversations sur le sujet se tenaient entre quatre z'yeux : jamais de témoin. Donc, pas de coupable ! Aurait été bien à plaindre celui qui aurait osé trahir un trappeur… On l'aurait sûrement écorché vif !

Jean-Baptiste fut mis dans le secret bien malgré lui. Il avait chaussé les raquettes pour une randonnée solitaire dans la forêt. Instinctivement, il avait suivi des traces laissées sur la neige. Il arriva nez à nez avec Auguste, le responsable de la cachette. Auguste fit un saut de côté et dès que Jean-Baptiste passa, il l'empoigna.

Le ton était sérieux, la hache levée.

— Qu'est-ce que t'as vu ?

— De la neige, rien que de la neige.

— Beaucoup de neige ?

— Rien que de la neige.

— On ne te croirait pas, toi l'étranger !

— Oui, on me croirait, tous savent qu'il y a ici de la neige, rien que de la neige !

— Tu as compris, alors ?

— Il n'y a rien à comprendre. La neige m'aveugle.

— Oui, tu as compris !

Jean-Baptiste prit le chemin du retour, soulagé de s'en être bien tiré. Auguste rentra à la nuit, il avait sans doute déménagé son trésor… On n'en reparla plus, mais Jean-Baptiste avait reçu une bonne leçon : ne jamais marcher dans un sentier battu.

Ce n'est qu'après le passage du visiteur qu'il comprit. Auguste, ce jour-là, s'était déclaré malade et n'était sorti du camp qu'après le départ de tous les bûcherons. Le soir, le visiteur parti, Auguste s'était trouvé guéri, comme par enchantement.

* * *

Les trois premiers mois, Jean-Baptiste crut qu'il allait crever, là, tout de suite, sur place. Peu à peu, il s'était fait des muscles. Dès qu'il en avait le loisir, avec son canif il taillait des jouets pour ses neveux. Il choisissait du bon bois franc : dur à tailler, mais qui sentait si bon.

Il vit là-bas des troncs d'arbres si énormes qu'il aurait pu en faire un berceau, tout d'une pièce. Ça l'épatait, cette flore sauvage.

Un jour, le colleur fut blessé, il offrit au contremaître de le remplacer au travail.

— Tu sais écrire et compter ?

— Eh oui ! un peu, oui.

— Tu penses que tu peux le remplacer ?

Il regarda les feuilles de travail et fit oui de la tête. De ce jour, il eut la vie plus douce et une augmentation de salaire de dix cents par jour.

Jean-Baptiste jubilait ! Il écrivit à son frère et lui raconta ce qui lui échouait comme nouvelle besogne. Une autre surprise l'attendait : sachant maintenant qu'il pouvait écrire, des gars, gênés, en profitaient lorsqu'il était seul, pour lui demander de lire pour eux la lettre venue, qui de sa femme, qui de sa mère… Souventes fois, il lui incombait de rédiger les réponses. Du coup, il s'était gagné le respect de tous. On l'appelait maintenant Monsieur, et on lui pardonnait mieux son langage soigné, son accent surtout, qui lui avait valu bien des apostrophes.

* * *

Gustave, Canadien pure laine, originaire de la Beauce, portait un caleçon long, des Penmans, qui le gardait bien au chaud. Au début, le panneau arrière était retenu par un bouton qui avait sauté depuis belle lurette. La combine avait été pâle, elle passait au gris, foulait sous l'effet de la sueur du bûcheron, les jambières et les manches rétrécissaient… Le chaud sous-vêtement ne connut jamais l'eau ni le savon : il se feutrait avec le temps.

Soir après soir, Jean-Baptiste observait la métamorphose du caleçon long quand, agenouillé près de son grabat, les coudes plantés creux dans la paillasse, les grosses mains calleuses soutenant la tête à la crinière touffue, Gustave faisait sa prière.

Que pouvait-il bien dire à Dieu ? Lui, le grand Maître de la mer humaine. Lui confiait-il la protection de sa grosse Berthe laissée là-bas, dans sa Beauce natale, le ventre plein, comme à chaque hiver ? Douze enfants étaient nés déjà, neuf mois après le passage de Gustave à la maison. Cette fois encore, il l'avait appris par une lettre, écrite par son plus vieux, en un français bien massacré, Berthe attendait du nouveau… Fiston n'avait sans doute pas compris l'importance du message codé.

Gustave priait-il pour ce nouveau qui prenait forme dans le ventre de la grosse femme déformée par les maternités répétées ? Jean-Baptiste aurait la tâche de répondre à la missive qui avait parcouru le Québec depuis la Beauce dans un sac de toile portant les mots sacrés *Royal Mail of Canada*, et ce, grâce à un timbre de deux cents frappé à l'effigie du roi.

Le caleçon, passé au brun, s'était percé. Il avait sans doute raidi. Le panneau retombait béant, laissant voir les fesses rondes de Gustave, des poils drus et noirs se hérissaient hors de la raie de l'homme. Il n'avait plus le cul bien au chaud, mais la saison s'achevait, il avait le fruit de son travail en poche ; bientôt, ce serait le retour au foyer. Il ferait alors la tournée des marchands qui auraient fait confiance à sa femme, car ce brave Gustave avait la réputation d'être sobre et honnête. Il rembourserait les frais de ceux qui avaient fait crédit pour la nourriture et les vêtements des marmots. Il resterait des fonds pour attendre la prochaine saison froide, payer les cloches du curé qui annonceraient la naissance d'un autre Canadien pure laine, et pour acheter un autre caleçon Penmans… Et ce, tant et aussi longtemps que la Price l'embaucherait et que Dieu lui laisserait la force de manier les outils.

Lorsqu'en mai, on ferma le chantier pendant que la pitoune flottait sur les rivières, entre les bômes, pour descendre au moulin où se faisait le triage et le sciage, Jean-Baptiste se vit offrir un emploi d'été à la Price Brothers, au bureau de Québec.

Il accepta. Bien sûr, il n'avait plus la même importance que sur le chantier, petit boss là-bas, petit employé ici ; c'était les Anglais qui détenaient les hauts postes. Mais c'était encore mieux que de semer des patates. La paye était assurée, mince, mais assurée. On la lui remettait chaque vendredi dans une petite enveloppe brune qu'il glissait dignement dans sa poche.

Il serait bien fier le jour où il se présenterait à l'île d'Orléans, chez Louis-Philippe. Son sac à dos était plein de linge usé à la corde et de jouets taillés à même les belles billes de bois qui fleuraient si bon !

Le premier dimanche venu, il se fit beau. Le bain lui avait paru un luxe. Le barbier l'avait rasé, lui avait coupé les cheveux, l'avait parfumé. Tout ça pour un trente sous. La vie de millionnaire, quoi !

Il poussa le luxe jusqu'à s'acheter une nouvelle vareuse et un habit de serge noire. Puis, le traversier le mena dans l'île.

Rendu là, il eut peine à reconnaître les marmots. Ceux-ci avaient grandi ; gênés, ils se cachaient derrière leur mère.

Il ouvrit le sac qu'il versa sur le plancher. Ce fut la ruade. Il y avait là des yo-yo de toutes grosseurs, des bateaux de toutes formes, des flûtes et mille autres choses formant un bric-à-brac des plus colorés.

Il avait ramené des tissus pour Fabienne. Elle avait tant rêvé d'avoir des rideaux pour ses fenêtres ; puis toute une pièce de batiste : de quoi faire des robes et des chemises.

— Tu as dépensé tous tes gages ! gémit Louis-Philippe.

— Le Père Noël est en retard, se contenta de répondre Jean-Baptiste. Vous avez du nouveau ?

Louis-Philippe grogna.

— Pas de marmot à l'horizon ?

— Pas même ça ! murmura Fabienne.

Jean-Baptiste prit les jeunes sur ses genoux et leur parla du chantier. Il imitait le bruit que font les arbres en tombant, le cri des bûcherons. Il parla des soirées de musique et de danse.

Il raconta des histoires de poux, de maringouins gros comme des papillons.

Louis-Philippe l'enviait. Il avait eu un hiver maussade avec sa femme et ses gosses et pas âme qui vive en vue, sauf à la messe du dimanche. Seule la couveuse avait fait sa part en lui donnant six beaux poussins. La chatte, la maudite, passait presque tout son temps chez le voisin.

Les affaires allaient mal : les clients pour le bois de chauffage se faisaient de plus en plus rares ; en ville on chauffait au charbon.

Louis-Philippe avait dû se faire ramoneur de cheminées pour réussir à faire quelques piastres. C'était la misère noire partout. Le chômage était une calamité ! Il avait bien fait, lui, Jean-Baptiste, d'aller au chantier, mais il n'aurait pas dû dépenser son bel argent à acheter de la batiste et du voile à rideaux, alors que tout le monde tirait le diable par la queue !

Les jérémiades de Louis-Philippe ne finissaient plus. Le caractère de son frère n'avait pas changé ! Il gâchait la joie de cette première visite à laquelle Jean-Baptiste avait tant rêvé, là-bas, au grand froid.

Les enfants s'accrochaient à leur oncle, lui demandaient de raconter d'autres histoires drôles. Ce qui choqua Louis-Philippe qui envoya les marmots se coucher. Fabienne soupira, ce qui le frustra davantage.

Jean-Baptiste joua un peu avec sa calotte qu'il posa enfin sur sa tête et se leva pour sortir.

– Je ne dois pas manquer le prochain traversier…

On ne l'invita pas à souper. Il sortit, la mort dans l'âme.

Aussitôt après son départ, Louis-Philippe se remit à détester le silence de la maison. Il regretta son coup de tête. Il jura et alla se coucher.

Jean-Baptiste se sentait bien attristé. Il était satisfait comme jamais d'avoir accepté le travail de commis chez Price Brothers.

Il retourna à la Basse-Ville où il avait loué une chambre à la semaine. De tout son cœur, il plaignait Fabienne. Quinze jours plus tard, il décida de retourner dans l'île. Les enfants seraient gentils avec lui. Et puis, il n'avait pas d'autre famille, alors il valait mieux s'accommoder de celle-là.

Il acheta des caramels et des lunes de miel. Tout un sac! Il dépensa huit cents. Louis-Philippe pouvait dire n'importe quoi, son argent était à lui. Il ferait ce qu'il voulait de son avoir!

Une fois dans la cabane, il prit un plat dans l'armoire et y vida le sac; les bonbons à un cent résonnèrent sur le granit du bol.

— Tenez, les enfants, régalez-vous!

Il jeta un coup d'œil de biais à son grincheux de frère.

— Bonne sainte Anne, s'écria Fabienne, de quoi acheter un sac de farine!

Les enfants n'osaient pas toucher, ils regardaient leur père. Jean-Baptiste les hissa un à un sur la table et leur distribua les nanans. L'oncle était ravi de les voir si heureux. Fabienne goûta et se lécha les doigts.

— Dis-moi, la belle-sœur, as-tu de ce bon pain frais? J'en mangerais bien une tranche.

Fabienne remua les cendres, approcha la théière toujours prête et, fière, elle trancha son pain tout frais. Elle sortit la cruche de mélasse, en versa dans un pot et plaça le tout devant Jean-Baptiste qui se régala. Puis, il s'installa à côté de Louis-Philippe et se mit à jaser. La bonne humeur revint. Ce fut un dimanche fort joyeux pour tout le monde.

* * *

Il y avait fête chez les Anglais. L'anniversaire de Sa Majesté la reine. Donc, relâche à Price Brothers. C'était en semaine. Qu'à cela ne tienne, Jean-Baptiste viendrait visiter les enfants.

Ils les trouva seuls à la maison. Louis-Philippe était au village.

— Et maman?

L'aîné pointa derrière, de son petit doigt. Jean-Baptiste s'approcha de la fenêtre et vit Fabienne qui sortait précipitamment de chez le voisin, tout en remettant de l'ordre dans ses cheveux. Elle avait vu arriver son beau-frère.

Jean-Baptiste ne dit rien. Il fit un brin de causette et joua avec les enfants. Il partit une heure plus tard. Lorsqu'il débarqua du traversier, sur l'autre rive, il vit Louis-Philippe qui arrivait avec un quintal de clous sur les épaules.

– J'aurais à te parler.

L'autre déposa son lourd fardeau.

– Tu es passé par la maison?

– Ouais.

– Le feu?

– Non, pas le feu, mais… ce n'est pas facile à dire!

– Tu es de plus en plus Canadien avec tes hésitations…

– Ne me cherche pas pouilles!

– Sacrebleu, parle.

– Bien, si j'étais toi je… je garderais un œil sur le voisin et Fabienne…

Louis-Philippe ramassa ses clous et sauta à bord. Il était pourpre de colère, les veines de son cou s'étaient gonflées. Jean-Baptiste regretta. Trop tard!

Louis-Philippe rentra chez lui mais ne dit rien. Il se contenta d'observer. Tout semblait normal.

– S'il m'a menti, je le tue.

Un bon matin, il annonça à Fabienne qu'il retournerait là-bas acheter du bois et qu'il rentrerait tard, car il passerait au moulin à planer.

Il avait pris la précaution de placer son fusil de chasse et des cartouches dans l'enclos de Piton. Le jour du départ, il attela le cheval et cacha le fusil dans la waguine. Puis, il partit. Il parcourut une courte distance, arrêta le cheval, attendit une heure et revint sur ses pas en longeant l'orée du bois. Il tenait l'arme à la verticale dissimulée le long de son côté droit. Son cœur battait à se rompre. Lui, Louis-Philippe Gagnon cocu? La honte et la rage lui crispaient les entrailles. Son honneur d'homme était en jeu. Il aurait aimé questionner son frère, mais les mots s'étaient arrêtés dans sa gorge. «Je garderais un œil sur le voisin et Fabienne.» Il n'avait que cette phrase en tête, elle le hantait. Il voulait en avoir le cœur net, une fois pour toutes. Il fit mille détours, espérant et désespérant, tour à tour, ne voulant pas le croire; pourtant il devait savoir!

Passant par derrière, il s'approcha de la maison de ce maudit voisin ; il n'aurait pas pu le jurer, mais il crut entendre rire Fabienne.

Il s'avança à pas de loup, poussa doucement la porte. Un rideau pendait devant l'entrée de la chambre d'où provenaient des voix. Il s'avança, zieuta, reconnut Fabienne, sa femme à lui !

Il épaula et visa son voisin en plein cœur. Ce gars à qui il n'avait jamais parlé, dont il ne connaissait même pas le nom !

Puis, au pas de course, il retourna là où se trouvait Piton, fit demi-tour et rentra chez lui. Dans son âme, il ne ressentait qu'une émotion : il avait vengé son honneur !

Fabienne se mit à hurler. À hurler si fort que les voisins, pourtant éloignés, furent alertés et accoururent. Elle était là, à poil, au bas du perron, le regard dans le vague, elle hurlait. Puis, on découvrit le cadavre.

L'île d'Orléans reprenait son nom d'île aux sorciers ! Tous les habitants se précipitèrent.

Louis-Philippe tint le siège pendant deux jours. On finit par l'amadouer et on le confia à la justice locale. Fabienne fut hospitalisée à Mastaï, en banlieue de Québec. Les enfants, eux, furent accueillis par les voisins et ensuite confiés à l'orphelinat des sœurs grises de Lévis.

Jean-Baptiste crut devenir fou. Il se sentait responsable du drame. S'ensuivit un bref procès où tous les curieux des environs se retrouvèrent.

Jean-Baptiste essaya, mais en vain, d'obtenir clémence. Il tenta d'invoquer le droit ecclésiastique qui protégeait ceux qui savent lire et écrire. Mais il apprit que, depuis belle lurette, le droit criminel français avait été remplacé par le droit criminel anglais, beaucoup plus équitable. Sur ce rapport, la haute autorité ecclésiastique s'était, cette fois, mise d'accord avec l'autorité laïque.

Louis-Philippe eut un procès devant jury et fut déclaré coupable. Il serait pendu par le cou, jusqu'à ce que mort s'ensuive !

Jean-Baptiste ruminait jour et nuit, ne retrouvait plus le sommeil ! Après deux longs mois, il obtint l'autorisation de visiter Fabienne à l'asile. Elle s'était lentement remise du choc, même qu'elle accomplissait là-bas quelques tâches auprès des religieuses.

Lorsqu'elle vit son beau-frère, elle pleura amèrement. Elle ne pensait qu'à ses enfants. La vie auprès des fous lui faisait craindre de perdre la raison. Jean-Baptiste, remué, promit de l'aider.

Il prit rendez-vous avec le médecin traitant. On le pria de revenir dans un mois. Fabienne fut jugée assez bien pour reprendre une vie normale, on en informa Jean-Baptiste.

* * *

Le dimanche suivant, il se présenta à Mastaï. Il s'installa devant sa belle-sœur et la regarda droit dans les yeux.

— Écoute-moi bien, Fabienne Théberge. Moi, mon nom est Jean-Baptiste. Je n'ai pas le caractère de Louis-Philippe, mais je peux être beaucoup plus dur que lui. Tu m'écoutes, Fabienne Théberge?

Elle fit signe que oui, regardant le sol, immobile comme une statue de plâtre.

— J'ai vu les petits, à l'hospice de Lévis. Ce sont de bons enfants, pas coupables, eux autres. La religieuse qui s'en occupe, mère Saint-Louis-Bertrand, est très bonne pour eux. Je n'ai pas l'intention de les sortir de là pour les mettre dans tes mains sans que tu saches à quoi t'en tenir. La plus petite fredaine, je répète, la plus petite fredaine et tu te ramasses ici avec les fous pour finir ta vie, derrière les barreaux. Tu as compris ça, Fabienne Théberge? Je vais m'occuper de te trouver un endroit où loger avec les petits et après, je demanderai ton congé aux autorités de l'hôpital. Réfléchis à ce que je viens de te dire. Réfléchis bien!

Il se leva et sortit sans se retourner.

* * *

Ce qu'il n'avait pas dit à Fabienne, c'est qu'elle n'avait plus de foyer.

Quinze jours après la pendaison, il était retourné à l'île d'Orléans et avait décidé d'y coucher. Lorsque la nuit fut noire, il entendit du bruit. Des voix basses marmonnaient. Il se leva, ouvrit la porte, des roches furent brutalement lancées, on cassa les vitres, on cria au loup-garou. Peut-être crut-on que l'âme de Louis-Philippe hantait les lieux. Pour être sûr de ne pas se faire écorcher vif, Jean-Baptiste émit un long gémissement qui se perdit dans la nuit. Les mécréants prirent tout de suite la poudre d'escampette. Il pourrait dormir en paix!

Tôt le lendemain, il attela Piton à la waguine et ramassa tout ce qui pourrait être utile. Il laissa aux fenêtres les rideaux de voile. Il chassa les poules et la chatte, empila les matelas et les couvertures sur les effets ménagers. Puis il fit avancer Piton de cent pas et mit le feu à la cabane. Il s'installa tant bien que mal à travers le ramassis. La chatte était là, elle le regardait, miaulait. Il ne la chassa pas.

— Hue! cria-t-il au cheval.

Un cultivateur, sorti pour aller à son étable faire son train, vit passer le cortège délabré et reconnut Piton, mais ne vit pas Jean-Baptiste. Il se signa et continua d'observer la route. Le nuage de poussière soulevé derrière le convoi lui confirmait que ses yeux étaient ouverts, qu'il n'avait pas rêvé. Il se signa encore une fois et retira son couvre-chef.

À cet instant précis, il vit le feu de l'enfer qui montait droit dans le ciel dans la fraîcheur du matin. Le pieux citoyen sauta sur sa jument et la harponna jusqu'au village. Il courut à l'église où il sonna le tocsin. Le curé accourut, suivi du vicaire. Puis, les hommes de l'île se rendirent là-bas éteindre les flammes maudites. Le prêtre aspergea les lieux de son goupillon. On fouilla les cendres. Tout portait à croire que, de fait, Piton avait fui, à l'aurore. Les gueux de la veille racontèrent alors le cri rauque et infernal qu'ils avaient entendu s'échapper de la demeure du pendu.

Un autre fait bizarre se produisit. Les poules étaient alignées, blotties les unes contre les autres, sur le balcon du voisin.

Lorsque Jean-Baptiste quitta cette île qu'autrefois Jacques Cartier avait baptisé « île de Bacchus », il se jura à lui-même qu'il n'y remettrait plus jamais les pieds.

* * *

Un autre tourment hantait Jean-Baptiste. Qui était vraiment le père de ces enfants? Le pendu ou le gars assassiné d'une cartouche de fusil de chasse? Dans un cas comme dans l'autre, il aimait les petits et ne pouvait les abandonner. Seule Fabienne pourrait répondre à la question; une question qu'il ne poserait pas. Fabienne Théberge élèverait ses enfants!

Devait-il regretter d'avoir brûlé la cabane? Qui aurait accepté d'acheter la maison d'un pendu? Sa conscience le rassura. Il mena son attelage à la Basse-Ville et plaça le contenu de la waguine dans sa chambre. Puis il traversa le pont de Québec. Une fois à Lévis, il se dirigea chez le maréchal-ferrant. Il vendit Piton et la voiture pour une bouchée de pain. Avant de partir, il fit une caresse à la vieille bête qui n'avait pas fait si longue chevauchée depuis fort longtemps. Piton hennit et gratta le sol de son sabot fort.

Le maréchal-ferrant observait la scène avec attendrissement: encore la misère qui obligeait un pauvre gars à se défaire d'une bête aimée!

* * *

La logeuse croisa Jean-Baptiste qui se rendait au travail.

— Vous avez passé la nuit dans les belles îles?

Jean-Baptiste décida qu'à partir de ce jour, il changerait le nom des enfants pour celui de Belzile. Il ne serait pas dit qu'ils finiraient leurs jours avec le nom d'un pendu. Ce n'était que justice!

Fabienne, les trois gosses et lui-même, voilà donc cinq bouches à nourrir! Et ce, avec un salaire de cinquante-cinq cents par jour. Ce n'était pas la fortune mais c'était suffisant. Finies les gâteries; caramels et lunes de miel seraient des friandises rares: les sucreries, on les dégusterait à Noël…

Oui, ces enfants auraient une mère, un toit au-dessus de la tête, de quoi manger. Fabienne avait été assez punie pour son escapade. La laisser chez les fous n'était pas une solution. Ce serait trop facile, personne ne s'inquiéterait pour elle, son propre père l'avait laissée tomber dès son mariage. Il n'avait pas voulu la reconnaître au procès, malgré la supplique de Jean-Baptiste. « Elle a pris mari, elle a pris pays. » Il se souciait peu du fait que mari pendu équivalait à pays perdu ! Était-ce sa faute, à lui, le père, si le mari n'avait pas su garder sa femme dans son lit ? Si Louis-Philippe avait une tête de cochon, qu'il n'avait rien fait pour ne pas devenir cocu ? Ce n'était pas lui, le père, qui avait appuyé sur la gâchette !

Le père Théberge n'était pas, à son âge, tenté de prendre à sa charge trois enfants qui étaient la responsabilité d'un autre, lui qui en bavait déjà assez. Surtout que ce Louis-Philippe était trop beau parleur, il se donnait des airs de supériorité, faisait le monsieur, ce qui ne l'avait pas empêché de finir ses jours les pieds dans le vide, la nuque cassée. Non, lui, Théberge, n'avait rien à faire avec cette histoire. Il s'en lavait les mains.

Jean-Baptiste, écœuré, n'avait pu en écouter plus. Il avait planté là le père Théberge qui ne tarissait pas d'excuses. Peut-être pour étouffer sa conscience qui le tenait réveillé, car la vérité était qu'après le mariage de sa fille, il avait lui-même convolé en secondes noces ; il avait une épouse jeune et prolifique. Son devoir était tout tracé. « Les orphelinats sont là pour les orphelins ; après tout, les religieuses ont besoin de causes à servir, Dieu a voulu ça comme ça. »

Ce que Théberge n'avait pas dit, c'est que c'était lui, le père, qui avait misé sur le grand Louis-Philippe. Il l'avait observé à la messe le dimanche. Gagnon lui avait paru un gars décidé. Après enquête, il apprit que ce bon parti avait un lopin de terre, un cheval et une cabane sur l'île d'Orléans. Pouvait-on souhaiter mieux ? Surtout que la Fabienne avait été surprise à flirter avec un jeune blanc-bec, employé du séminaire. C'était ça qui avait déclenché tout le drame. Elle avait eu à choisir : épouser Louis-Philippe ou être renfermée au couvent !

À la suggestion du père, elle avait parlé à Jean-Baptiste sur le perron de l'église. Tout le temps du *Sanctus* elle avait supplié Dieu qu'il fasse en sorte que Louis-Philippe se désintéresse d'elle. Sans doute Dieu ne l'avait-il pas entendue, elle, la fille légère ! Après le mariage, son grand benêt l'avait suivie dans l'île. La justice avait suivi son cours. Il était mort d'une balle logée dans son cœur adultère !

* * *

Jean-Baptiste, assis dans l'antichambre du bureau du curé, tenait à la main sa calotte qu'il tournait en tous sens. Il se sentait mal à l'aise en dedans, pour ce qu'il avait à dire, et en dehors parce que les parquets bien cirés brillaient, que les vitres trop propres semblaient ne pas être là, que la chaise, qui supportait son fond de culotte usé, était en beau cuir brun, lisse et doux. Des fougères immenses buvaient la lumière et rendaient les lieux impressionnants. Le silence profond, comme celui qui règne à l'église en semaine, rendait plus criardes les voix de sa conscience. Jean-Baptiste n'en menait pas large. Il regardait l'imposante porte de bureau, capitonnée de cuir retenu par de grosses têtes de clous brillants, et il eut envie de fuir!

Rebrousser chemin, partir loin de là, tout de suite, mais comment? Une personne drôlement attifée, avec un voile, une robe noire sobre, portant une croix représentant le Christ comme parure à son cou, une religieuse sans la bure, l'avait accueilli, les yeux baissés, presque pieusement; elle avait brisé le bénitier formé de ses deux mains et de l'une lui avait indiqué l'antichambre. Il avait tout de suite, presque automatiquement, adopté son attitude recueillie, évitant de se traîner les pieds devenus subitement lourds, s'était écrasé dans le premier fauteuil pour couper court à son malaise et se donner une contenance.

Que lui dirait-il, à elle? Il suait maintenant; coincé, il était coincé, lui, le gars de chantier, solide, qui en a tant vu et entendu, le frère d'un pendu! Il se sentait un puceron comme ceux qui vivent dans les matelas du campement et sur le dos des chevaux! Jean-Baptiste avait la trouille qui menaçait de dégénérer en coliques. Il se tortillait. Son estomac se mit à gargouiller. «Merde», pensa le Français.

Puis, la porte capitonnée s'ouvrit, laissant le passage à une dame de la haute; chapeautée, un crêpe obscur descendant de la tête à la taille, toute menue dans sa parure de veuve, mouchoir de dentelle à la main, elle sortait, accablée.

L'abbé était là, la taille ceinte d'une large ceinture écarlate : un chanoine sans doute. Il regarda sortir la veuve, hocha la tête d'un air compatissant.

Puis, il déplaça son importante et volumineuse personne, posa les mains sur son bedon, les pouces repliés derrière sa ceinture, regarda Jean-Baptiste et lui dit :

— Suivez-moi, mon fils.

L'abbé pénétra le premier dans son bureau.

Sainte Misère ! La même propreté. Des cadres étaient alignés, représentant le Saint Père, Sa Majesté la reine Victoria, un autre, un monseigneur, sans doute.

Le religieux le sentait, le visiteur explorait les lieux. « Timide et à la fois osé, une tête forte. » Il lui laissa le temps de tout absorber, remua quelques objets. Après une pause convenable, il replaça ses mains sur son bedon, les pouces dans son ceinturon, bascula son fauteuil qui gémit et attaqua :

— Qu'est-ce qui vous amène jusqu'à moi, mon fils ?

Le fils frissonna, tourna ses pensées, sa langue et sa casquette à sept reprises. Puis il se hasarda :

— C'est moi, Jean-Baptiste, le frère du pendu.

Vlan ! Le plus difficile était avoué. La chaise du chanoine fit CRAAC. Le saint homme abandonna le tambourinage de son bedon et, après un élan qui ramena la chaise, posa ses coudes sur le pupitre ciré.

— Êtes-vous ici pour une confession ?

— Non, Monseigneur.

Enfin ! un peu de baume pour adoucir le choc ! Depuis la Normandie jusqu'ici, aujourd'hui, au presbytère, la bobine de la vie de Jean-Baptiste se déroula. Les doigts nerveux de l'abbé tripotaient le bréviaire, posé là. Quand le salaire de cinquante-cinq cents par jour fut mentionné, le chanoine respira d'aise. Enfin en voilà un qui n'était pas ici pour quémander. Le tapotage changea de rythme. Et ce fut le silence qui tomba sec comme la guillotine. L'abbé résuma la situation, se renversa dans son fauteuil, CRAAC ! Plissant les yeux, il médita, longuement.

Puis ce fut le miracle.

– Âge de cette?... ah! oui, Fabienne? Âge des marmots? Conditions de santé? Capacité de travail? Caractéristiques autres que la cuisse légère? Bien sûr l'oncle serait le pourvoyeur?

– J'ai peut-être votre solution. Repassez lundi en huit.

Jean-Baptiste se retrouva sur le trottoir sans se souvenir comment. «Votre solution.» Jean-Baptiste se prit à espérer. C'était le ciel qui avait dirigé ses pas! Il donnerait la moitié de son salaire quotidien à la quête dimanche prochain, histoire d'être en règle avec Dieu le Père.

Le curé, lui, choisirait comme thème de son prochain sermon: la charité chrétienne, l'amour de son prochain. La preuve venait d'être faite: ça peut se pratiquer sans avoir à délier les cordons de la bourse.

«Si seulement les hommes comprenaient mieux leurs devoirs respectifs, comme le Christ l'avait fait en multipliant les pains.»

Jean-Baptiste pensa et repensa. Aurait-il besoin d'une lettre de références? S'il le fallait, il en parlerait à son patron, au boss comme on disait au chantier. Les Anglais ne sont pas grands jaseurs mais ils savent reconnaître un bon employé, qui trime pendant les heures du travail. Assis sur son lit, il ruminait: la coupe de bois en faisait vivre des familles au Québec! Après le chemin de fer de l'Ouest, c'était sûrement la plus grande source de revenus pour les travailleurs au pays! Il y en avait des droits de coupe! Partout, jusqu'en Gaspésie, en Abitibi, en passant par le Saguenay. Même sur la Côte-Nord, où il fallait aller creux pour trouver des arbres qui valaient le coup d'être abattus. Le printemps, le bois bien numéroté et classé était empilé sur des barges. Parfois, il prenait le chemin de la mer et revenait au pays sous forme de meubles pour les bourgeois bien nantis.

La France avait donné à ce coin du monde des architectes menuisiers qui sculptaient pour les églises: des bas-reliefs, des chaires solides, des maîtres-autels enduits ensuite de feuillets d'or. On ne signait pas ses œuvres et ses chefs-d'œuvre; on les dédiait à Dieu en toute humilité. Aux registres de la paroisse, parfois figurait le nom de celui qui avait tant œuvré.

Les religieuses et les prêtres aussi se dévouaient de façon anonyme. Ils distribuaient vêtements, secours et instruction. Jean-Baptiste ne comprenait pas que la France ait balayé tant d'abnégation par-dessus bord, se privant ainsi d'une aide précieuse. Au nom de la liberté, quelle liberté ?

Au début, ça l'avait achalé ces histoires de messe obligatoire. Il y avait assisté pour satisfaire les voisins, la société tout entière. Puis le rituel lui avait plu. Aujourd'hui, il remerciait le ciel de sa réconciliation avec la foi ; elle sauverait ses neveux par le truche-ment d'un prêtre.

Si seulement Louis-Philippe avait compris tout cela ! Puis sa pensée se tourna vers le chantier. Soudain, il eut une idée géniale. Il achèterait une lime. Pendant que les autres joueraient de l'accordéon, lui, Jean-Baptiste, affûterait les lames de scies.

Bien sûr, il faut respecter le jour du Seigneur, mais le Seigneur doit comprendre que, lui, Jean-Baptiste, avait plusieurs bouches à nourrir… Il en parlerait au chanoine. « Pensez au bon Samaritain. », lui répondrait sûrement l'homme de Dieu.

* * *

Les huit jours enfin écoulés, Jean-Baptiste revint au presbytère ; cette fois on le connaissait. Il se sentait moins intimidé, mais plus effrayé ; il attendit patiemment.

— Suivez-moi, mon fils.

Le ton employé inspira confiance à Jean-Baptiste. Il expira sourdement l'air qui s'était emmagasiné dans ses poumons sous l'effet de sa grande nervosité. La solution fut traduite en un savant exposé qui se termina par quelque chose comme vingt cents par jour pour assurer la pitance des enfants non en âge de travailler… Il en resterait trente-cinq pour les lunes de miel occasionnelles.

La femme d'un pauvre bougre de Bellechasse était décédée de la phtisie après avoir donné vie à onze enfants. Le veuf prendrait chez lui Fabienne qui remplacerait l'autre. Sans doute Fabienne y trouverait occupation suffisante pour la distraire de ses mauvais penchants…

— Vaut mieux pour elle, la sorcière, sainte misère ! Ah ! pardon Monseigneur !

— Mais non, mais non, mon fils. Vous avez droit à votre colère.

Tant mieux! Ainsi le beau-frère veillerait lui aussi à ce que la femme ait une vie propre. Ce qui ramena l'abbé au côté pratique :

— Si elle se montre vaillante, à la hauteur, enfin, je veux dire, Adelphonse est un bon travaillant, un homme d'église ; qui sait…

Le chanoine tapota la main de Jean-Baptiste, cligna de l'œil et ajouta :

— Ainsi les vingt cents resteraient dans votre poche !

Il toussota et enchaîna le plus sérieusement du monde :

— Vous trouverez des troncs de saint Antoine dans toutes les églises. Ce bon saint sait comment utiliser les oboles ; qui donne aux pauvres prête à Dieu !

Le nom de Dieu, le Père Tout-Puissant, mit fin à l'entretien. Jean-Baptiste sortit cette fois d'un pas ferme et décidé. Rendu sur le trottoir il s'arrêta, soupira. Décidément, sa France natale, cette impie, n'avait rien à enseigner à ce jeune pays pieux.

Le chanoine regarda sortir Jean-Baptiste. Un bon paroissien qui serait généreux à la quête. Ses mains tambourinèrent sur sa bedaine et se remirent en position, pouces dans la ceinture.

Le chanoine Mongeau venait d'assurer les soins d'une mère à quatorze enfants.

Chapitre 3

Jean-Baptiste signa. La destinée de Fabienne retombait entre ses mains. Elle descendit l'escalier abrupt qui conduisait vers la liberté…

Elle s'arrêta, tourna la tête et regarda cette haute bâtisse lugubre, où des barreaux de fer marquaient les fenêtres étroites et hautes. L'endroit sinistre la fit frissonner des pieds à la tête. Que de drames se cachaient là, derrière. Que de cris, de hurlements d'effroi et d'angoisse s'y succédaient! On y subissait des traitements brutaux à rompre l'âme et le corps, suivis de l'engourdissement des soporifiques. Jamais elle ne voulait revenir en ces lieux, à aucun prix. Elle ferait tout ce que Jean-Baptiste et les autres exigeraient d'elle, tout! Mais ici, non jamais! Jamais plus, au grand jamais.

Jean-Baptiste devinait ce qui lui trottait en tête. Il attendit. Elle devait ancrer tout ça dans sa caboche folle. Elle pouvait se compter chanceuse de s'en tirer ainsi. Autrefois, elle aurait été lapidée pour son crime. Ce qu'il faisait, c'était pour les enfants. Pas pour elle, la dénaturée!

Quand, enfin, elle eut atteint le fond de sa méditation, Fabienne vint vers lui. Ce qu'elle venait de ressentir se porterait garant de sa conduite future. Dans le ciel, le soleil dissimulé derrière les cumulus dorait la frange des nuages. L'air était lourd d'humidité, la chaleur intense. Fabienne avait froid jusqu'aux os. Jean-Baptiste avait tenu parole. Il l'avait protégée, elle, contre les chambres noires d'où s'échappaient nuit et jour des cris d'horreur.

Elle pensait qu'elle retournerait à sa cabane. Ce qui signifiait qu'elle aurait toujours sous les yeux le souvenir affreux du drame terrible : la vue de son amant mort avant d'avoir pu faire un geste; le sang partout; la colère noire de Louis-Philippe, cette foule rassemblée là! Elle pensait à Piton, à sa chatte.

Jean-Baptiste restait muet. Elle murmura juste assez haut pour être entendue:

— Les enfants, Jean-Baptiste?

— Demain, répondit-il.

Et ce fut tout. Il la conduisit à sa chambre, la présenta à la logeuse qui avait l'œil soupçonneux.

— Vous permettrez que ma sœur passe la nuit sous votre toit? Elle vient retrouver ses enfants.

— Retrouver ses enfants?

— Oui, après un long séjour à l'hôpital.

Dans ce cas, c'était peut-être correct. Elle dormit dans le lit. Il prit un oreiller et s'installa sur le plancher.

* * *

Jean-Baptiste était allé voir le maréchal-ferrant qui accepta de lui louer Piton et la waguine. La dot, moins la chatte et le four, fut entassée avec tout le reste. Le bahut resta là; il fallait laisser de la place pour les marmots. On se dirigea vers l'hospice y prendre les enfants. Sœur Saint-Louis-Bertrand caressa les joues pâles, versa une larme; elle s'était attachée aux petits qui la quittaient maintenant!

— Prenez, ma sœur, vous mettrez ça dans le tronc de saint Antoine…

Jean-Baptiste remit un billet à la sainte religieuse.

L'aîné reconnut sa mère, les jumeaux pleurèrent. La mère aussi. Puis la voiture reprit la route. Une caravane de bohémiens! Piton, habitué aux chemins plats, s'attaqua aux côtes à pic. Heureusement, il était bien ferré.

Jean-Baptiste donna du lest aux rênes dès qu'ils eurent atteint la route de macadam. Tout à son aise, il rumina. La randonnée serait longue. Il regarda encore l'adresse sur le papier froissé qui gisait dans sa poche.

— Sainte misère, dit-il tout haut.

Puis tout bas, il s'inquiéta. La chaleur torride qui s'acharnait depuis des jours laissait craindre la venue d'un gros orage. Les feuilles des arbres montraient leur dessous, premier signe de la pluie prochaine! Il reprit les rênes et pressa Piton; le cheval écumait.

– Couvre les enfants, cria-t-il dans le vent qui s'élevait.

Il se retourna, Fabienne n'avait pas répondu, pas bougé. Elle était recroquevillée là, ses marmots blottis près d'elle, tous dormaient.

Il pensait à Louis-Philippe; il ne pouvait voir tout ça, car un pendu n'entre pas au ciel. « Peut-être, espéra-t-il un instant. Si oui, il doit être fier de Piton et de son frère le gaspilleur qui flambe ses payes! »

Lauzon était passé. « Bellechasse n'était plus loin à l'est », espérait-il. Il comptait les clochers, le meilleur point de repère. Chaque paroisse qui s'éloignait rapprochait Fabienne de son destin. « Tant mieux si elle dort bien. Quatorze enfants vont la tenir éveillée dans le futur! » Un bref instant, il se sentit cruel. Puis, il chassa cette pensée de la main; ce n'était pas lui, le coupable.

Là-bas, loin en avant, il pleuvait. Et ça tombait dru! Ça se voyait dans le ciel, un rideau gris, strié, descendait vers la terre. Il regarda au-dessus de lui. Des nuages épais, menaçants, flânaient là. « Marche Piton. » Le pauvre vieux cheval faisait pitié à voir! Sa pelisse noire ruisselait.

Il vit une maisonnette bien chaulée. Dehors, un puits surmonté d'une pompe.

« Hue! » cria-t-il à Piton. Piton bifurqua. Oui, bien sûr, on donnerait à boire au cheval. On lui remit même une bouteille embuée, tant le contenu était froid, pour abreuver les marmots à leur réveil.

« Des bons chrétiens, ces Canadiens. », pensa-t-il tout haut. Jamais, il ne se confondait à eux. Il demeurait un exilé qui avait un accent! Quoi qu'en ait pensé un jour Louis-Philippe!

Enfin, le deuxième rang fut en vue. Tel qu'entendu avec le bon chanoine, un genre de drapeau rouge avait été placé pour indiquer la fourche à prendre: Jean-Baptiste piqua sur la droite. Le chemin de terre, plus cahotant, déboîtait la waguine, surtout au contact des cailloux. Enfin! trois arpents plus loin, apparut la ferme d'Adelphonse. Le carrosse s'immobilisa au bas du perron délabré.

Une armée de mioches s'approcha. Ses neveux, apeurés, se serrèrent contre la jupe de leur mère. Adelphonse leur tendit les bras. Le plus vieux osa… les autres suivirent. Adelphonse sourit, de son beau sourire édenté ! Jean-Baptiste guettait Fabienne. Le visage fermé, elle accepta la main, sauta en bas.

— Tirez donc vers l'étable, le cheval a l'air mal en point.

Un homme qui traite bien un cheval est un homme bon, pensa Jean-Baptiste, réconforté. Il ignorait que ça se passe toujours ainsi chez les gens de la ferme ; les animaux occupent la première place. On dépend d'eux. Après avoir donné une tape amicale sur la fesse de l'animal, il dit à Jean-Baptiste :

— Si vous acceptez de coucher dans le fenil, je vous offre l'hospitalité pour la nuit.

Jean-Baptiste hésita, puis accepta. Il fallait penser à Piton. Adelphonse déharnacha l'animal, lui servit une ration d'avoine. La bête hennit, reconnaissante sans doute.

Puis Adelphonse parla. Ils étaient là, entre hommes, dans la grange. Le veuf se signa et narra la longue agonie de sa femme, morte de la tuberculose.

— Votre belle-sœur sera bien traitée. Comme l'autre. Il rougit. Enfin, vous comprenez.

— Oui, bien sûr.

— Pour ce qui est des petits, pas de différence avec les miens : le même traitement. Comme s'il s'agissait de mes enfants, disons d'un deuxième lit.

Trois, faillit rectifier Jean-Baptiste, qui contrôla sa langue juste à temps.

— En ce qui a trait aux vingt cents…

— Oui, bien sûr.

Jean-Baptiste versa le prix de la pension pour tout un mois !

— Il ne faut pas vous mettre de court, quand même, ça ne presse pas.

— S'il y a des imprévus, faites-le-moi savoir.

On s'était tout dit. On revint vers la maison. Adelphonse invita le groupe à passer à table. Sur le tapis ciré, usé, où les fleurs étaient choses du passé, il déposa une marmite pleine de pommes de terre, une brique de lard salé, un pain entier, un couteau en dents de scie, un gros pot de crème, de crème si épaisse qu'une cuillère aurait pu y tenir debout. À tout ça, il ajouta la théière fumante qui avait mijoté sur le poêle.

Sur une tablette, il prit une pile d'assiettes de faïence, toutes ébréchées, qu'il plaça devant Fabienne dans un geste très significatif... Elle eut un pâle sourire et s'exécuta.

Adelphonse se recueillit, récita le bénédicité. Après le repas, les grâces. Il tapa dans les mains. Les marmots disparurent ; tous ceux du premier lit ! Jean-Baptiste hasarda :

— Laissez donc les autres dormir avec moi dans le foin, pour ce soir.

Fabienne demanda qu'on lui laisse sa fille.

Adelphonse donna une couverture à Jean-Baptiste, désigna la chambre des filles à Fabienne et souffla la lampe.

L'oncle sortit, flanqué de ses neveux.

Au passage, dans l'étable, il fit une caresse à Piton. Puis il grimpa là-haut, les enfants accrochés à son dos. Il remua la paille, forma un trou chaud et embaumé et s'y tapit avec les deux garçons. Il leur parla doucement, leur donna de bons conseils, leur promit le bonheur et des lunes de miel. Quand les respirations ralentirent, il se tut, épuisé, et comme eux, il s'endormit.

* * *

Piton, matinal, le réveilla. Adelphonse venait de la maison, un fanal allumé à la main.

— Bonjour !

L'homme fit son train ; il possédait deux vaches, un cochon, des poules et des oies. Une fortune.

Dans la cuisine, on déjeunait : fèves au lard, mélasse, thé réchauffé. Sur le feu, la bombe ronronnait. Le bec du coquemar chantait pour tous.

Fabienne prit une broche dans ses cheveux, releva les pointes de sa robe qu'elle fixa, vida de l'eau dans un seau et commença à blanchir le plancher de bois de la cuisine avec du savon brun du pays et une brosse de crin. Les marmots, les quatorze, filèrent dehors. Jean-Baptiste desservit la table. Ni l'un ni l'autre ne sentait le besoin de parler.

Adelphonse entra, s'exclama :

— Ah ! non, pas avec votre belle robe de batiste ! Allez donc dans la penderie, prenez la robe indienne de ma défunte. Elle sera passablement grande pour vous, mais ça gardera celle-ci propre, pour le dimanche.

Fabienne remercia et sortit.

— Votre cheval est paré.

Lorsque Fabienne revint, Jean-Baptiste était parti. Au dîner, les enfants du deuxième lit demandèrent la permission de dormir tous les soirs dans le fenil…

* * *

Jean-Baptiste revint à l'automne, avant son départ pour le chantier. La saison froide serait très longue, une visite le rassurerait sur le sort de sa belle-sœur et de ses neveux !

Cette fois, il apporta le bahut qu'il avait dû laisser derrière lors de son dernier voyage.

Il acheta des caramels et des lunes de miel. Pour vingt cents cette fois. Il acheta une pipe en écume de mer qu'il offrirait à Adelphonse.

Il fut accueilli avec joie ; la marmaille lui sauta au cou. Jean-Baptiste remarqua que le globe de la lampe brillait, que le plancher de pin jaune avait retrouvé sa couleur naturelle. Il reconnut ici et là ses choses à elle mêlées à celles de l'autre. Fabienne faisait son devoir ! Elle caressa son bahut. C'était un peu de sa vie d'enfant, il avait appartenu à sa mère, autrefois.

Ses cheveux avaient poussé, ils étaient retenus en chignon sur la nuque. La robe d'Indienne était plus remplie. Les mômes étaient dodus.

Jean-Baptiste se rendit à la grange où travaillait Adelphonse, il lui versa cinq mois de pension. Quatre piastres en pièces d'argent solide et le reste, des grosses pièces de deux cents. Adelphonse n'aurait pas pu calculer si vite. Il plaça les deniers dans son mouchoir, fit un nœud et glissa le tout dans sa poche. Il toussota et dit à Jean-Baptiste, avec un petit air gêné :

— Si tout se passe dans le futur comme dans le passé, il se peut que ce soit là votre dernier déboursement...

— Je peux donner à boire à mon cheval ? Je dois retourner tout de suite, la bête est vendue et doit être livrée demain.

Adelphonse piqua une fourche dans le foin, lui donna un seau vide, et lui dit : « Servez-vous. »

Puis, il disparut vers le poulailler. Jean-Baptiste l'entendit déplacer de la terre. Pas de doute, pensa-t-il, il enterre sa fortune !... L'homme reparut avec son sourire. Ils entrèrent à la maison.

Adelphonse confia : « Les petits vlimeux, ils veulent tous dormir dans le foin depuis votre départ. Alors, on a fait un compromis : un soir les gars, un soir les filles. » Jean-Baptiste prononça la phrase célèbre : « Je reviendrai au printemps. »

Il ne savait pas ce que signifiait « vlimeux », mais ça lui parut être un mot d'amour. Jean-Baptiste l'avait depuis longtemps remarqué, les hommes de ce pays étaient avares de paroles douces.

Il ne lui restait plus qu'à dire adieu à Piton.

* * *

L'Anglo-Pulp fit approcher Jean-Baptiste par un ex-employé de Price Brothers, on lui offrait une position bien rémunérée. Mais il décida de demeurer fidèle à son employeur actuel. Après tout, c'était chez eux qu'il avait appris son métier ! Surtout que son emploi lui était assuré à longueur d'année. Il déclina l'autre offre ; tout compte fait, il resterait au service de Price Brothers.

Et Jean-Baptiste remonta au chantier. Le premier jour fut une fête : les retrouvailles. Hélas ! les haleines empestaient le gros gin, les gars étaient chatouilleux. Tous avaient maigri. Ce fut moins gai qu'il ne l'avait espéré.

La ligne de limite du permis de coupe contenait encore assez de bois debout pour qu'on s'installe au même campement qu'on avait dû quitter au printemps.

Une équipe fut envoyée plus loin pour préparer les lieux. Dès qu'on aurait fini ici, on se déplacerait vers là-bas. Jean-Baptiste remarqua que des gros troncs se glissaient trop souvent au milieu des autres. Il soupçonna le contremaître d'empiéter sur la zone délimitée. Mais il était là pour coller et non pour commenter. Le départ serait donc retardé d'autant. Il n'allait pas s'en plaindre. Le groupe comptait moins d'hommes. La vie était plus paisible ainsi.

Dans son bagage, outre sa pierre à affûter, Jean-Baptiste avait glissé un livre usé qu'il avait trouvé au siège social de Québec. D'un côté les mots français, de l'autre les mots anglais. Il avait remarqué que la formule à remplir et à signer pour obtenir le travail à l'Anglo-Pulp était rédigée en anglais. Il se mit en tête d'apprendre le livre par cœur. Une fois les mots dans sa mémoire, il lui resterait à savoir les exprimer.

Grâce à son nouveau poste, il partageait une sorte de cellule avec trois autres gars. Chacun avait sa couchette, deux en bas, deux en haut. Superposés, les lits prenaient moins de place. Il étudiait aussi tard qu'il le pouvait. Souvent, hélas! un compagnon soufflait la lampe. Alors, il faisait de la révision mentale. Le lendemain, il revoyait les mots si sa mémoire avait fait défaut.

Un jour que le contremaître s'adressait à lui, il répondit distraitement : « *No, Sir.* »

– *Well, well, the french man speaks english! Come, come on John.*
Il eut droit à deux doigts de *Veuve Savary*, il faillit s'étouffer.

Quand vint le printemps, Jean-Baptiste était devenu maître affûteur, maître mesureur et bilingue!

* * *

Une fois rentré au bureau de Québec, il eut la surprise de voir son nom amputé. Le Baptiste avait sauté, il était devenu John tout court...

Jean-Baptiste réalisait que sa situation s'améliorait chaque jour davantage. Il marquait de bons points. Au début, on l'ignorait presque. La réserve polie se traduisait maintenant en salutations, le ton prenait une tournure plus amicale, même de la part de plus hauts placés dans la compagnie. Si bien qu'un jour, John fut convoqué par le grand patron lui-même.

Dieu sait qu'il prépara son entrevue! Il repassa le livre qu'il avait mémorisé, s'attarda à l'orthographe des mots. Il pensa même pouvoir se faire un ami anglais à qui il oserait demander un ABC, histoire de pouvoir apprendre des phrases anglaises toutes faites.

La conséquence de son ignorance lui avait été bénéfique. Il développait une personnalité silencieuse, s'acharnait au travail, passait ses jours le nez fourré dans ses affaires, les yeux braqués sur les colonnes de chiffres. Il avait acquis ainsi la réputation d'homme de devoir, consciencieux et appliqué. Progressivement, l'emploi de son temps s'était vu diversifié en un travail plus compliqué.

Cette convocation l'intriguait au plus haut point, il se sentait nerveux. La logeuse avait blanchi sa plus belle chemise et il porterait son habit de serge noire.

Le patron de Price Brothers l'accueillit dans un immense bureau qui devait excéder les dimensions de la cabane de l'île d'Orléans plus ses annexes! Il en fut bouleversé. Tout ça pour une table de travail et quelques fauteuils.

Il s'assit donc, avec toute la désinvolture qu'il put y mettre, sur une chaise qui devint inconfortable, sous le regard non moins inconfortable du grand boss, comme disaient les commis.

Ce n'était pas recueilli comme au bureau du presbytère, mais c'était plus officiel; c'était moins gênant, mais plus gelant. Les têtes alignées au mur lui étaient inconnues, sauf celles de Sa Majesté la reine Victoria, de son fils le roi Édouard VII, et de son petit-fils George V, régnant et chef de son Église!

Le patron avait des yeux gris fer, perçants et froids. Sa veste d'habit fermait de justesse sur la bedaine bien ronde où cheminait une chaîne de montre en or. Le veston noir, quoique pékiné, gardait un ton sombre qui faisait grand chic.

Jean-Baptiste observait l'habit pendant que l'autre observait Jean-Baptiste. Son regard sur la personne du patron signifiait qu'il était audacieux sans être osé. C'était parfait!

L'examen terminé, l'entrevue se passa comme toutes les entrevues se déroulent auprès d'un patron anglais: d'abord examen scrutateur puis, selon le résultat de l'étude, la phrase polie. Le patron recula dans son fauteuil, s'y carra, hésita une fraction de seconde, tactique diplomatique. Puis, dans la langue des affaires, furent martelés les mots qui assuraient l'avenir et une enveloppe de paye mieux garnie.

That's it! Il ne restait plus qu'à remercier et à quitter les hauts lieux. Ce fut pénible, Jean-Baptiste eut le sentiment qu'il traînait les pieds, il sentait ses souliers qui frottaient l'un contre l'autre. La pièce lui parut interminable à traverser. Le nerf de sa cuisse le tiraillait. Il se sentait stupide. Il eut le courage de ne pas regarder en arrière. Il ferma doucement la porte.

Puis, il s'arrêta. Normalement, il aurait dû se sentir heureux, tout au moins satisfait. Mais non, chose étrange, il se sentait humilié, dépendant. Et, en Normand de bonne souche, il se jura que ça ne lui arriverait plus!

Le petit patron qui partageait son bureau, devant qui il s'était jusqu'à maintenant découvert par respect, poussa l'élégance jusqu'à venir le féliciter et lui donner la main. À partir d'aujourd'hui, ils étaient égaux dans la hiérarchie... Il comprit alors toute l'importance de son nouveau poste.

Jean-Baptiste n'avait rien contre l'avancement, mais il était horripilé de la manière condescendante avec laquelle ça s'était fait. Il ne le digérait pas, ça l'excédait, le mettait hors de lui. Il ne savait pas ce qui l'irritait le plus. Était-ce l'impression qu'on lui faisait une faveur? Il réalisa que non. Son poste, il l'avait mérité par son travail, son application, sa capacité, sa débrouillardise. Il pensa aux deux doigts de *Veuve Savary* que lui avaient valus ses connaissances en anglais. C'était là que ça devenait chatouilleux, au chapitre de ses valeurs.

« On ne m'accepte pas tel que je suis, quelles que soient mes capacités. On ne m'accepte pas, tout au plus, on me tolère. » Il administra un solide coup de poing sur sa table de travail.

L'homme assis devant lui, ratatiné par l'âge, le fond de culotte usé à la trame, porteur de lunettes qui glissaient sans cesse vers le bout de son nez, visière verte sur le front pour tamiser la lumière, paire de manchettes en satinette noire retenues par un élastique en haut et en bas, pour ménager les coudes de la chemise, l'homme assis devant lui avait levé les yeux et l'avait longuement regardé.

Le petit homme au visage gris, qui travaille six jours par semaine, qui ne voit jamais le soleil, avait dû débuter comme lui autrefois, il y a de cela très très longtemps. D'abord un merci au grand patron du bureau, et depuis, installé en permanence, à pousser le crayon jusqu'au jour où, oublié là, il crèvera! Jean-Baptiste comprenait enfin!

Il faillit dire merci au petit monsieur. Il se jura à lui-même qu'il ne s'attarderait pas à ce rôle médiocre. Le vieux comptable avait sûrement perdu, aujourd'hui, la promotion dont il avait dû tant rêver! C'était lui, John, qui l'avait obtenue parce qu'il parlait anglais!

Quelques jours plus tard, il allait gagner son bureau quand il vit, là, sur la porte, une plaquette où il lut le nom «John Ganong». Que diable signifiait tout ça? Enfin, il comprit. D'abord, il était devenu John tout court, le Baptiste était relégué aux oubliettes, maintenant une lettre de son nom de famille avait été transposée de façon à lui donner une résonance anglaise. Il relut: John Ganong. Il n'en croyait pas ses yeux!

En cet instant précis, Jean-Baptiste décida qu'il gagnerait de l'argent, beaucoup d'argent. Alors, il pourrait purifier son nom et redevenir Jean-Baptiste Gagnon!

* * *

Maintenant, Jean-Baptiste avait accès aux secrets des dieux: il compilait les payes. Il fut impressionné par la longueur de la liste des noms qui s'étalait devant lui! Des centaines et des centaines d'individus dépendaient de la Price Brothers pour gagner leur vie. Il admira le système de comptabilité, l'étudia dans le détail. Parfois, il dissimulait du travail sous son manteau; chez lui, le dimanche, il s'y attaquait. Chaque pied de bois était comptabilisé. Pas de perte, pas de gaspillage, tout était ordonné.

Il devait admettre, en son for intérieur, qu'ils l'avaient, eux, les Anglais, la bonne façon d'exploiter un commerce, une affaire et d'en tirer des profits. D'eux, par eux, à travers eux il apprendrait. Ce serait plus rentable de les imiter que de les critiquer. Son père aurait été d'accord avec ce raisonnement... Comme il s'était acharné à apprendre leur langue, il apprendrait leurs méthodes. À partir de cet instant, il se sentit, lui, John Ganong, réconcilié avec lui-même.

Les mois passèrent puis, un jour, sainte misère, il fut appelé de nouveau en haut lieu. Il réfléchit beaucoup. Faire la gueule serait bête et péjoratif. On ne change pas une mentalité en boudant. Il ne jouerait pas les fanfarons, mais il ne se frotterait pas les pieds ensemble au point de faillir tomber. Il serait fier, mais correct : le patron c'est le patron. Il nourrit son homme, il a droit au respect.

John avait à peine eu le temps de se familiariser avec son nouveau travail, il n'avait pas encore assimilé tous les enjeux du métier que déjà il était promu. On lui confiait la direction du bureau d'un moulin à bois situé à Rimouski, dans la région du Bas-du-Fleuve.

Il cherchait la raison cachée derrière cette promotion. Soudain la vérité le frappa en plein front : il avait été promu à Québec parce qu'il parlait anglais. Maintenant il était envoyé à Rimouski, milieu francophone, parce que lui, l'Anglais John Ganong, parlait le français.

Il se mit à rire. Plié en deux, il riait aux larmes, s'en étouffait. Le petit monsieur à lunettes le regarda. Lors de la première promotion, il avait frappé du poing. Cette fois, il riait à s'en crever les boyaux. Décidément, des visites au bureau du patron le rendaient fou ou quoi ?

* * *

Le moulin à bois de Price Brothers était opportunément situé en marge de la rivière Rimouski, rivière nantie de bômes et d'une écluse pour contrôler l'eau qui coulait vers le fleuve. Sur ses eaux, dans son lit descendait au printemps la pitoune, bois à pulpe, qui venait choir juste là, au moulin, ce qui constituait une économie énorme en main-d'œuvre et en transport.

À midi tapant, la sirène stridente faisait entendre son sifflement aigu, ce qui signifiait l'arrêt du travail pour l'heure du lunch.

Immédiatement après retentissaient dans le lointain les cloches de la cathédrale qui rappelaient l'angélus.

Les employés se précipitaient près de la rivière, ouvraient leurs boîtes à lunch et s'empiffraient. Un jour, assis derrière sa fenêtre, Jean-Baptiste écoutait leurs discours. On parlait de lui.

Auguste Ledoux, surnommé Tit-Gusse, était manchot. Sa présence au moulin s'expliquait d'abord et avant tout par son habileté à manipuler la gaffe. Comme pas un, il réussissait à fournir les machines en bois à scier. Sa force herculéenne compensait son infirmité et faisait de lui un colosse qu'on redoutait. Fort et habile, oui, mais aussi doté d'un caractère de chien! Quand il était en boisson, personne ne l'approchait, pas même sa femme.

— La tête carrée est mieux de se mêler de ce qui le regarde.

— Sinon, Tit-Gusse?

— Je vais faire de la bouillie avec.

— Moi je suis d'avis qu'il ne faut pas toucher un Anglais.

— On se retrouverait vite sur le secours direct, avança timidement un journalier.

— Tu es merdeux, toi, tu t'inclines devant le premier venu!

— J'ai huit gosses à la maison, plus mes vieux.

— En tous cas, parole de Tit-Gusse, le premier maudit qui prend sa part, se range de son bord, je lui casse la gueule.

— Tu n'as pas peur de lui, toi, Tit-Gusse?

— Moi, les blancs-becs, je les écrabouille de mes cinq doigts.

Une fois lancé sur le sujet, il ne tarissait plus. Jean-Baptiste écoutait. Il décida de sortir, ne serait-ce que pour voir la réaction de Tit-Gusse.

Son arrivée créa un malaise. Tit-Gusse, bluffeur comme pas un, sûr de ne pas être compris par l'intéressé, dit, tout haut, histoire de faire rire son auditoire:

— Oui, j'aimerais faire une bouillie du blanc-bec que voilà, mais je n'en mangerais pas.

Les gars s'esclaffèrent, incapables de se contrôler. Alors Jean-Baptiste ôta son veston de serge noire, se planta devant Tit-Gusse et lui dit en bon français:

— Venez donc, monsieur Tit-Gusse, chercher votre viande à bouillie.

Ce disant, Jean-Baptiste déposa lentement son veston sur un madrier qui traînait là.

Ce fut l'hilarité générale.

– Le diable m'emporte, dit l'un deux. Un Anglais qui parle français !

Dans le fin fond de son cœur, Jean-Baptiste se demandait ce qui se produirait si Tit-Gusse osait faire un pas. Tit-Gusse rougit, verdit, cracha. Mais il n'avança pas. Jean-Baptiste, satisfait et soulagé, se plia, ramassa son veston, l'enfila et prit lentement la direction de son bureau.

La sirène annonça l'heure du retour au travail. Pendant dix bonnes minutes, ce fut la transmission de l'incident d'une oreille à l'autre à travers le bruit infernal qui remplissait l'air. La gaffe de Tit-Gusse était manipulée avec tant de rage qu'elle restait piquée dans les billes. Mais il ne remit plus jamais les pieds au moulin. Un gars n'aime pas perdre la face ! Il retourna dans les chantiers où il avait perdu son bras coincé sous un traîneau chargé, tiré par un cheval rétif à qui il venait d'administrer une raclée.

Par contre, Jean-Baptiste venait d'asseoir son autorité sur une base solide : un boss anglais qui parle français et qui n'a pas peur de se battre. Les Rimouskois en parleraient longtemps ! Il ne s'en n'eût pas fallu de beaucoup plus pour qu'on le compare à Victor Delamarre, voire même à Louis Cyr. Lui, Jean-Baptiste, tout en provoquant l'autre, pensait bien plus à imiter Alexis le Trotteur…

La surprise atteignit son paroxysme quand on vit à la grand-messe du dimanche un Anglais du nom de John Ganong, à genoux sur le prie-Dieu, comme tout le monde, et qui tendit le bras au passage de l'assiette de la quête.

* * *

Lors de sa dernière visite à Bellechasse, Fabienne l'avait prié, lui, Jean-Baptiste, d'être témoin à son mariage. Adelphonse s'était fait une idée, il y aurait un troisième lit à la maison. Les frais de pension n'étaient donc plus une dette. Cependant, Jean-Baptiste se faisait un cas de conscience de les verser. Même si les enfants rendaient des services au nouveau ménage, il fallait les nourrir! Seize à table, c'est beaucoup de monde! Quant à saint Antoine, il aurait à se débrouiller sans les cents de Jean-Baptiste, qui s'arrangerait dorénavant avec le Seigneur à ce sujet.

Fabienne, rose de bonheur dans sa robe de batiste, heureusement sauvegardée, qu'elle avait dû élargir à l'aide des retailles conservées, prononça un «oui» clair qui retentit dans toute la nef. Adelphonse en fut touché. Ils couchèrent un soir à l'hôtel du village.

L'oncle passa la nuit avec la trâlée, quatorze bien comptés, dans le foin, dans le fenil, où se raconta l'histoire de Tit-Gusse, cent fois exagérée, car dans l'histoire, Tit-Gusse reçut une râclée. La nuit se prolongea en bataille, à coup de brassées de foin. Quand Jean-Baptiste fut pris d'éternuements à n'en plus finir, les jeunes étourdis se calmèrent enfin. Ils se souviendraient longtemps, les bedaines, de la nuit de noces de leurs parents.

Fabienne et Adelphonse continueraient la revanche des berceaux! Jean-Baptiste était heureux de pouvoir contribuer à les aider. Vingt cents, c'était peu, mais ça permettait d'acheter la farine et la levure; quand on cultive des pommes de terre, qu'on possède poules et vaches, on est presque riche. Les citadins n'en avaient pas autant.

La nuit noire de novembre faisait des ravages, partout c'était la misère. Époque horrible qui laisserait des traces indélébiles. Gagner sa pitance était la préoccupation première.

Un jour, le destin de Jean-Baptiste faillit se décider. Il avait secouru une jeune fille qui s'était foulé la cheville au sortir de la messe. Il la reconduisit chez son père. Le hasard, le grand fou, voulut que le père porte le même nom que lui, mais pas anglicisé. Amanda était une belle grande fille brune aux yeux bleus qui avait une kyrielle de frères et de sœurs. Elle présenta à ses parents cet Anglais à l'accent français qui parlait le français avec l'accent européen.

La mère Julie, dans sa petite cuisine, sise à côté du salon, appela Amanda. Elle lui dit, assez haut pour être entendue de Jean-Baptiste: «Préserve-toi, ma fille, de tenter d'introduire chez nous un étranger.»

L'étranger ne crut pas nécessaire de tout expliquer, même si la fille lui avait plu. Lui qui avait presque oublié qu'il était un immigré !…

Ses amours en restèrent là. Parfois il passait devant l'immense maison de tuiles d'amiante environnée d'arbres : des cormiers, des pommiers, des cerisiers. Il soupirait, mais Jean-Baptiste, l'Anglais français, ou le Français anglais canadien, en avait fait son deuil de la belle Amanda.

Toute son énergie se concentrait sur son travail ; seul le bas de laine souffrait des modifications : il engraissait. Jean-Baptiste subissait sa solitude sans trop de peine.

Chapitre 4

Ailleurs au Québec, au nord de l'île de Montréal, non loin d'un sentier praticable qui allait de l'ouest vers l'est et portait le nom saugrenu et inexpliqué de Côte-Vertu, Imelda tricotait. Elle avait l'oreille tendue vers la radio. Son émission préférée était en ondes : *Les Joyeux Troubadours*.

Pour la femme, c'était une récréation méritée. Viendrait ensuite le *Réveil rural*. Dès qu'on entonnait la chanson thème : «C'est le réveil de la nature», Imelda saisissait cahier et crayon et prenait des notes. On détaillait à cette émission la cote des denrées sur le marché, et ce, dans le détail, prix, poids, quantités, depuis les légumes jusqu'aux bêtes à cornes ; de l'exportation à l'importation : l'offre et la demande. Informations capitales pour le cultivateur, le *Réveil rural* constituait les cotes en bourse du terrien.

Imelda grimaça, gémit un peu, continua de griffonner. «Le boisseau de blé»… Ça ne la concernait pas. Elle posa son crayon, s'étira. Le mal tenace lui fit échapper un cri de douleur. Ses reins brûlaient, tout son être se déchirait en dedans.

Son père avait insisté : pas question d'accoucher à la maison ! Même avec le meilleur docteur présent. Théodore, son époux, trouvait que c'était faire beaucoup de chichi pour une chose aussi naturelle que de mettre un enfant au monde. Dépenser trois dollars par jour pour un lit d'hôpital, quelle fantaisie !

Le paternel n'avait plus qu'elle, son Imelda, à qui il avait donné le bien. Sa fille aînée l'avait déserté. Elle était devenue religieuse, avait voué sa vie à Dieu ! Il n'avait osé s'opposer à ce choix, le meilleur, le sublime.

Il ne voulait pas perdre Imelda en couches ! Ce serait trop bête ! Les naissances étaient rares dans sa famille ; il aurait tant voulu avoir plusieurs enfants, bien à lui, des mâles surtout ! Dieu n'avait pas voulu! Mais lui, le père, protégerait sa fille qui assurerait la lignée!

La valise contenant les faux-draps, les cache-oreillers, les robes de nuit et les mules était prête depuis un mois. Pourtant, on ne la trouvait plus! Imelda gémissait trop, on partirait sans bagage, tant pis.

Imelda pria, sua, gémit tout le long du parcours; un premier accouchement était toute une expérience à vivre! Ce fut pénible! Le bébé se présentait mal; Imelda en sortit épuisée, éreintée.

Théodore fit mille promesses à Dieu mais oublia celle faite, pas plus tard que la veille, à sa femme, qui lui avait fait jurer d'invoquer saint Gérard-Magella tout le temps que durerait l'accouchement. Malgré l'absence de cette supplique naquit une belle fille rose et dodue, bien constituée. Imelda devrait maintenant garder le lit douze longues journées!

Une nouvelle patiente vint occuper le lit voisin du sien. Une madame corpulente qui, pour l'instant, nageait en plein luxe. Elle était hospitalisée à l'occasion de sa onzième grossesse. Son mari le lui avait promis, il tenait parole. Les dix autres étaient nés à domicile sur le matelas conjugal recouvert du journal *La Presse*. «Sur l'annonce du magasin Dupuis & Frère, qui encourageait à acheter chez nous, des nôtres», disait-elle en riant.

Tout l'enthousiasmait: la blancheur des draps, le lit refait chaque jour, la friction du dos, le cabinet de toilettes libre, alors que chez elle, il était sans cesse occupé, les repas sur plateau, le beau dessus de la table de chevet en acier brillant, les grandes fenêtres, les infirmières en blanc qui s'occupaient d'elle. La vie d'une châtelaine quoi!

— Vous avez eu trois fils d'affilée?

— Cinq, petite madame! Croyez-moi, l'eau de la chaudière pour faire tremper les guenilles de fin de mois n'a pas rougi souvent, j'étais toujours à pleine ceinture!

— Cinq! Cinq fils! Quelle chance, mon rêve!

— Ce sont les femmes acides qui donnent naissance à des filles.

— Pardon?

— Vous ne saviez pas? Votre mère ne vous a rien dit? Ni vos sœurs aînées?

— Mon unique sœur est religieuse.

— Je vois. Deux filles élevées dans la ouate qui ne connaissent rien aux choses de la vie! C'est triste d'entrer ainsi dans la voie du mariage! Votre mère devait elle-même ignorer les précautions à prendre pour avoir des enfants du sexe mâle.

Imelda, piquée par la curiosité, se fit un dossier de ses oreillers, elle questionna la mère des onze pour connaître tous ses secrets.

— Comment pouvoir déterminer le sexe?

— Les filles sont issues de rapports pratiqués avant ou après les règles, alors que le vagin est acidifié par les sécrétions. Les autres jours, le vagin est moins acide, donc plus alcalin. Puis, il y a l'action de la lune, la femme qui conçoit en nouvelle lune engendrera un garçon, alors que si la conception a lieu au déclin de la lune, elle accouchera d'une fille. On sait pendant la grossesse quel sera le sexe de l'enfant à naître.

— Non! Comment?

— Il s'agit d'observer le ventre. Le bébé mâle est porté à droite, le bébé femelle à gauche; le garçon commence à remuer dans le ventre de sa mère à partir de trois mois et demi; la fille, toujours en retard, pas avant quatre mois et demi. On m'a déjà dit que la femme qui s'incline du côté droit pour dormir, qui ouvre l'œil droit le premier au réveil, a la certitude d'avoir un garçon en son sein.

— Mais si je suis acide en tout temps, je n'aurai jamais un fils!

— Ma chère enfant, l'acidité, ça se combat.

— Comment?

— Ne me dites pas que vous n'avez pas eu l'occasion pendant votre grossesse de prendre un bon grand verre de soda dilué dans de l'eau pour mieux digérer.

— Je ne vois pas le rapport.

— Pensez-y...

Imelda s'amusait à ces propos qui lui paraissaient empreints de superstition, basés sur des racontars de vieilles femmes. Mais sa compagne y mettait un tel sérieux, y attachait tant d'importance qu'Imelda n'osait pas la contredire. Le goût du soda lui faisait horreur! Peut-être en ferait-elle ingurgiter à Théodore! Avec un brin d'ironie, elle posa la question et la réponse lui valut une pinte de bon sang, résultant du fruit du rire.

– La douche vaginale, ma chère. Mais comme une douche au soda à pâte peut créer des démangeaisons, il y a une autre méthode...

La pudeur retenait la mère des onze. Mais ses yeux pétillaient de malice, elle avait un rire moqueur. Imelda sentait que le plus cocasse était à venir.

– Racontez-moi ça. Est-il toujours question du soda que j'ai dans le garde-manger, pour utiliser en cuisine, avec une petite vache sur la boîte?

– Oui, c'est ça, la petite vache...

– Alors?

– Vous ne devinez pas?

– Euh! non.

– Il s'agit de mettre le soda – la femme rougit jusqu'à la racine des cheveux – sur...

Imelda éclata de rire. Pendant cinq bonnes minutes, les mots avaient éveillé des images dans sa tête. Elle riait à s'en tenir les côtés. Puis, elle parvint à articuler.

– Il s'agit de mettre du soda sur... l'autre petite vache?

La mère des onze se mit à rire à son tour; chaque fois qu'elle tentait de prononcer un mot, elle éclatait de nouveau. Finalement elle ajouta:

– Vous devriez plutôt dire sa corne...

Imelda imaginait Théodore se saupoudrant le gland avec du bicarbonate de soude, au moment de lui faire l'amour.

Elle plia les coudes, se glissa vers le bas de son lit, se roula en boule tant elle riait. La mère des onze imaginait que ce mari colosse devait avoir une «corne» bien agréable pour que ça amuse tant la jeune femme.

La porte s'ouvrit, Théodore entra. Ce fut chez les deux accouchées l'hilarité totale. Plus Théodore questionnait, plus les femmes riaient. La mère des onze s'était tout enfouie sous ses couvertures, secouée de spasmes par le rire.

– Vous deux, vous avez tenu des propos cochons, déduisit-il.

Imelda s'étouffa presque. Elle ne parvenait plus à se calmer. La compagne hoquetait devant ses efforts pour contrôler sa gaieté. Théodore tenta de calmer Imelda.

– Tu vas te faire du mal! Détends-toi.

L'heure des visites fut remplie de cette joie hystérique qui ne s'apaisait pas, mais se communiquait au mari qui se posait bien des questions.

Imelda garderait longtemps en son cœur le souvenir de cette mère merveilleuse qui ne gémissait jamais, s'amusait de tout, vivait en harmonie avec la vie, les siens, l'amour de son homme. Imelda attacherait dorénavant moins d'importance aux soucis quotidiens qu'on se crée le plus souvent parce qu'on s'y attarde vainement.

* * *

Le docteur fut formel, Imelda devrait faire ses quarante jours. Ce qui signifiait un mois et dix jours d'abstinence totale… Elle décida que le seul moyen de réussir ce tour de force était de faire chambre à part. Lorsque Théodore vint timidement frapper à sa porte, elle émit des ronflements tels que l'époux ne douta pas de sa grande fatigue… elle qui n'avait jamais ronflé! Un homme a beau être un colosse, savoir travailler dur, il se laisse toujours attendrir par le mystère de la maternité. Sa propre semence donnait vie, comme au champ… La tétée du bébé le rendait tout chose! Ce bébé était son fait, à lui. Il se sentait un homme puissant. Sa fille pesait moins qu'une citrouille et deviendrait une femme, elle aussi.

On la baptiserait, quel grand jour! dans les mêmes langes que ceux qu'avait portés la mère; sur les fonts baptismaux, elle serait purifiée, faite chrétienne, elle goûterait le sel…

L'officiant prédit que cette fille était une prédestinée. Sa naissance un jour de fête de la Vierge en était un signe certain; on la prénomma Marie-Reine.

Le père fut généreux, les cloches sonnèrent à toute volée, longtemps, longtemps; dans le ciel la joie résonnait.

* * *

Imelda était très bonne épouse, propre, bonne cuisinière, économe, vaillante. Mais un peu pincée. Elle prenait de grands airs. Tour à tour flatté ou agacé, selon les circonstances, Théodore en prenait son parti ; somme toute, le port altier de sa femme lui plaisait.

Les Lépine étaient propriétaires de leur terre. Plus de trente-cinq arpents de sol dont une bonne partie était cultivable, l'autre revêche. On se servait de celle-ci pour y faire pacager les animaux. Avant Théodore, son père avait fait du drainage, essouché, épierré. On y faisait la culture maraîchère selon des méthodes intensives.

Le maraîchage rapportait bien, faisait vivre son monde, quand la grêle et le gel ne s'en mêlaient pas trop. La population de Montréal ne tarderait pas à atteindre le million d'habitants. Même si l'on traversait une crise économique, ça représentait un bien grand nombre de clients.

En outre, à proximité se trouvait la communauté des pères de Sainte-Croix, un séminaire et des écoles nombreuses, ce qui amenait de l'eau au moulin. On ne pouvait que prospérer. La main-d'œuvre était abondante et coûtait peu. Une ligne de tramway se rendait jusque chez eux ; les citadins venaient jusqu'à la ferme pour s'y approvisionner.

Puis, Imelda était instruite, elle avait une septième année, ce qui était d'un grand secours. Elle tenait les livres, s'occupait de payer les employés, de compter l'argent. Théodore l'admirait.

Pas une comme elle ne savait préparer les conserves. Rien ne se gaspillait. Fruits et légumes non vendus à l'automne finissaient dans des bocaux rangés dans la cave de terre battue. Ça devenait la nourriture de l'hiver, pendant que le sol se reposait.

L'immense demeure, à quatre lucarnes, garnie d'une galerie qui la ceinturait, était bien assise sur son solage, renchaussée de terre où poussaient des fleurs multicolores. Le bien paternel était une fierté pour eux tous. L'étable était en retrait avec le poulailler, le silo, la remise. Imelda avait l'œil à tout.

Le soir, au coin du feu, on évoquait toutes ces choses. La lecture des annales de la bonne sainte Anne et la prière du soir mettaient fin à la journée. Chez les Lépine, la crise ne se faisait pas trop sentir. Aussi fallait-il remercier Dieu de ses bienfaits.

* * *

Le jour où Marie-Reine eut ses quatorze ans, Théodore rencontra un témoin de Jéhovah qui l'invita à se joindre à lui pour prêcher la Bonne Nouvelle. Le disciple insista pour que Théodore se fasse accompagner de sa fille.

Théodore se demanda si le fait pour Marie-Reine d'être assurée d'avance d'une vie éternelle heureuse n'était pas déjà suffisant ou si elle devait s'aider pour assurer la prédiction. Il ne savait plus, alors, il mettrait toutes les chances de son côté. Il invita Marie-Reine à se joindre à lui. Ils se rendirent à un lieu de rendez-vous et écoutèrent les paroles prophétiques.

Voyant qu'ils ne revenaient pas de la grand-messe, Imelda s'inquiéta. Quand vint l'heure des vêpres, n'y tenant plus, elle se rendit à l'église. Personne ne put la renseigner. Ils revinrent en fin de soirée. Ce fut peut-être ce soir-là que Théodore prisa le moins sa pincée d'épouse! Elle était horrifiée, scandalisée.

Lui, Théodore Lépine et sa fille Marie-Reine, ils iraient prôner d'autres croyances que celles de la sainte Église catholique romaine en distribuant de la propagande. Grand Dieu Tout-Puissant!

Suffoquant de colère, elle parla peu et agit beaucoup. D'abord le curé fut informé de ce qui se passait dans sa propre paroisse, sous ses propres yeux. Puis, elle écrivit à sa sœur de Québec, la religieuse, afin que celle-ci réserve une place pour sa fille, dans son couvent, où elle pourrait garder un œil attentif sur l'adolescente.

Le curé fit un sermon sur le sujet, à chacune des trois messes, basses et haute, à chaque dimanche, pendant tout un mois! Il n'était pas question de laisser de nouvelles croyances venir semer le doute dans la tête de ses paroissiens! Là, le curé se rangeait du côté du gouvernement!

Quant à la tante, elle se réjouissait à l'avance de la venue de cette nièce.

Sœur Saint-Philippe, c'était son nom en religion, était supérieure du couvent à Saint-Sacrement. Très avant-gardiste, la bonne religieuse avait fait ses études au premier collège d'enseignement classique pour jeunes filles du Canada français, fondé à Sillery, en 1869, par les sœurs de Jésus-Marie, la communauté à laquelle elle appartenait.

Sœur Saint-Philippe fit donc profiter Théodore et Imelda d'un prix réduit sur la pension de la jeune fille. Ce qui mit un baume sur la plaie cuisante infligée à Théodore.

Imelda ne discuta pas. Sa fille irait étudier et reviendrait à la maison avec du plomb dans la cervelle, elle! Quant à son mari, elle ne se gêna pas pour lui dire qu'il était un cas désespéré et désespérant.

Marie-Reine partit avec sa malle pleine à craquer, son uniforme neuf et ses grands yeux tristes. Le martyre se répéta l'année suivante. Les vacances d'été et la fête de Noël ne lui avaient jamais paru aussi extraordinaires. Par contre, elle devait admettre que ses études étaient très agréables.

Tante Saint-Philippe avait étudié la musique sous les enseignements de sœur Sainte-Cécile-de-Rome. Une grande sainte. C'était Marie-Reine qui, maintenant, en profitait. Son père lui offrit un piano comme étrenne. Une bonne fille, de bonne famille, doit connaître la musique!

À s'y mettre tous, on ferait de la jeune fille une personne bien, une fille du grand monde!

Chapitre 5

Jean-Baptiste ruminait. Le gouffre creusé par le krach se comblerait-il ? Était-ce un temps propice à l'investissement ? Devrait-il dès maintenant faire des placements ? Les occasions ne manquaient pas. Les maisons se donnaient presque ! Plusieurs étaient sacrifiées sous la criée du huissier qui adjugeait au plus offrant, souvent pour le prix dérisoire des redevances.

Les saisies se multipliaient. Les plus affectés semblaient être les plus fortunés. Plus on tombe de haut, plus on se fait mal ! On ne cherchait même plus à sauver la face ! On s'efforçait de garder le cou raide, la tête haute. Mais la dégringolade était générale.

Les belles maisons de la métropole, le lot des Anglais, passaient petit à petit aux mains des Français d'expression, comme les appelait Jean-Baptiste dans sa tête. De bons placements furent ainsi faits par ceux qui avaient eu recours au bas de laine pour y enfouir leurs économies. Ces nouveaux gros propriétaires deviendraient de futurs gros bonnets.

Mais Jean-Baptiste ne voulait pas réussir dans l'immeuble ! Il voulait gagner, gagner gros. Il avait bien observé les mœurs depuis son entrée en ce pays. Il avait cerné deux clans, le Canadien d'expression anglaise qui s'endettait, investissait en affaires et vivait des fruits ainsi recueillis. L'autre, le Canadien d'expression française qui payait sa maison, sa chaise berçante, donnait à l'Église, d'où un nombre incalculable de clochers. Une bonne petite maison, souvent chaulée, pleine de marmots, une grosse église et un gros presbytère constituaient une paroisse bien nantie.

L'autorité prépondérante des femmes ne manquait pas de surprendre Jean-Baptiste. Sous un dehors conciliant, elles étaient têtues, jouaient un rôle social important. Le mari qui rouspétait se faisait rabrouer ; il ignorait que cette sainte psychologie était l'œuvre patiente du confessionnal. Là, agenouillée, la dame avouait tout à son confesseur, celui-ci lui indiquait de quel côté donner le coup de barre.

L'alcoolisme était le plus gros problème à surmonter. Un mâle pris par ce mal-là ne se corrigeait pas facilement. Alors, à sa compagne, on prêchait la bonne et douce résignation!

Le saint cheminement!

Ce fut pendant la crise économique que l'Église fit le plus grand des miracles. Elle prêchait comment rester debout, faire son devoir, subir l'épreuve, l'accepter. Dieu détenait la récompense et payerait en retour.

L'Église donnait un support moral en procurant l'instruction à bon marché, en administrant les hôpitaux avec une poigne forte. Les religieuses formaient les infirmières, les frères enseignants distribuaient l'ABC. Les orphelinats regorgeaient d'enfants que les parents ne pouvaient nourrir.

C'était une page sombre de son histoire que le Québec vivait, sous l'œil de Dieu, près du fleuve géant.

* * *

Jean-Baptiste s'inquiétait, car son travail lui laissait des loisirs. On coupait moins de bois. La demande était tombée. Le chômage redoublait.

À quoi bon investir? La consommation était au neutre. Il n'y avait plus de clientèle à satisfaire. Il continuerait de peiner au moulin, la vie en somme y était relativement douce.

Sa logeuse le traitait comme un roi. Un revenu de huit dollars par mois, ce n'était pas le Pérou. Toutefois, pour elle, ça constituait une petite fortune. La veuve aurait bien aimé que Jean-Baptiste lorgne de son côté… Un monsieur instruit qui gagne bien! Il ne remarquait rien, mais bénéficiait de ses largesses. Le dimanche soir, il avait droit à un gâteau Vachon dont le coût était de deux pour cinq cents.

Jean-Baptiste, grâce à son instruction, avait sauté des culottes d'étoffe à l'habit de serge noire du jeune patron. Il n'avait donc pas eu à porter les bleus, ces espèces de salopettes en toile épaisse que l'on portait par-dessus un autre vêtement pour ne pas se salir. Les bleus étaient une honte, réservés aux journaliers, aux gagne-petit! Les parents n'avaient qu'un rêve : que leur fils n'en porte pas !…

La logeuse ne savait pas empeser à son goût. Les cols mi-raides se salissaient vite. La chemise blanche était son uniforme, sa preuve de succès, ce qui le distinguait des autres et imposait le respect aux subalternes. Alors, il payait deux cents au Chinois qui tenait commerce dans un sous-sol, où il lavait, empesait, repassait et dormait. Ainsi, Jean-Baptiste était assuré d'un résultat impeccable. Souvent il s'attardait à jaser avec l'édenté à longue tresse. Ils étaient devenus des amis. « L'un venu de France, l'autre d'Orient, deux pointes du V dont le Canada était le point d'attache. », avait un jour fait remarquer l'oriental avec un sourire. Même lui, parlait français !

Il empesait aussi pour l'Anglais de Price. Il lui demandait trois cents, à lui ! À lui, il avait l'adresse de dire : « ta-you » pour *thank you*. Un gros sou pour un mot d'anglais. Jean-Baptiste trouvait ça bien drôle ! C'était ça, l'art du commerce… Il pensait beaucoup, il observait, il écoutait. Surtout, il lisait son journal ! Il savait tout, mais devinait bien que l'on n'imprimait que ce qui était permis. Le régime de Taschereau avait des tentacules : les frères et les cousins du Premier ministre de la province étaient les rares patrons d'expression française à être placés dans les banques et en d'autres points stratégiques.

Puis, il y avait la censure. L'imprimatur était accordé par l'autorité ecclésiastique. Les grands de cette province jouaient du coude.

Jean-Baptiste avait quitté une France dévastée par la guerre de 1914-1918. Le pays prometteur qui l'avait accueilli était dévasté par une débâcle boursière. Pourtant, son cheminement à lui se faisait lentement, sûrement. En somme, ici, il avait eu de la chance. Plusieurs l'enviaient. Il ne regrettait pas d'avoir laissé tomber la culture des légumes et l'île d'Orléans pour le chantier. Il avait trimé dur, mais avait réussi. Il en gardait un bon souvenir. Il s'était attelé à la job, à l'étude de la langue anglaise. Les résultats étaient là. Souvent, Jean-Baptiste faisait un retour en arrière. Ses bonnes années, comme il les appelait, avaient été ses années les plus difficiles! Les gars du campement l'avaient marqué. Des images bien vivantes se succédaient dans sa tête, des souvenirs bien ancrés. Il se rappelait la sleigh de chantier qui consistait en un traîneau très résistant en deux sections, reliées par des chaînes, qu'il fallait ajuster au besoin afin de pouvoir prendre la charge des billes longues ou courtes.

Puis, il fallait skidder le bois: le traîner du lieu de coupe au dépôt d'empilement, sur le chemin boulant, ces chemins d'hiver où la neige fait boule sous les sabots des chevaux.

Jean-Baptiste revoyait, comme en un songe, les balises: ces petits arbres coupés et placés de chaque côté du chemin pour indiquer le passage. Souvent, il fallait baliser à nouveau quand la tempête recouvrait ces indicateurs. Personne ne se serait retrouvé les jours de poudrerie quand le vent soulevait et poussait la neige en tourbillonnant. La nature, impressionnante par sa beauté et sa férocité tenace, minait l'homme qui devait sans cesse relever le défi. Il lui fallait la mater, la vaincre, sinon elle risquait de l'engloutir.

On déjeunait au fanal. Se lever tôt en forêt, c'était déjouer le temps. On gagnait sur le jour en le devançant, afin d'être là, alerte, quand il pointait enfin. Alors, toutes ces heures de clarté, trop brèves, appartenaient à l'homme qui devait œuvrer, peiner. La nuit revenait vite, malheur à celui qui s'y faisait prendre. Bien sûr, on pouvait se fier au cheval qui connaissait la route du retour et avait hâte de retrouver l'étable; les gars, rompus, laissaient souvent les rênes flotter sur le dos de l'animal qui prenait sur lui de rentrer au bercail! Le fouet n'était plus utile. C'était à se demander si, à l'aurore, ce n'était pas lui-même que l'homme tentait de stimuler quand il poussait la bête, puisqu'au crépuscule, il lui faisait pleinement confiance, sans doute conscient de sa propre dépendance. L'homme et l'animal, tous les deux rompus, devenaient subitement des complices, des amis.

Tous ces durs, qui n'en avaient pas eu assez de lutter toute la journée avec la nature, les billes de bois, les troncs tombés en travers qu'il fallait déplacer pour se frayer un chemin, le soir, après le souper, tiraient de la jambette. À deux, couchés sur le dos, côte à côte et tête-bêche, ils s'accrochaient par une jambe en essayant de culbuter l'autre.

Ou on tirait du poignet. Assis l'un en face de l'autre, coude appuyé, main dans la main, par la seule force du poignet, il fallait faire plier le bras de l'adversaire. Certains devenaient les imbattables, les champions. On les encerclait, on les stimulait, on pariait soit sur un, soit sur l'autre.

Le jeu de bluff, rien d'autre que le poker, pas autorisé, mais toléré, grugeait souvent les enveloppes de paye! Là, c'étaient les silences impressionnants, les visages fermés à toute émotion, impassibles, seuls les yeux se promenant des cartes à la mimique de l'autre, pour essayer d'y déceler un indice, un tic, qui aiderait à décider de la surenchère. Minutes prenantes: je passe, je double, je paye pour voir... La fumée qui s'élevait des pipes emplissait l'air, le tabac en feuilles qu'on avait haché en fin de semaine, déposé dans la boîte vide de poudre à pâte pour le garder frais, s'élevait en boucane. Les gars forts se payaient des émotions fortes.

Ces durs trouvaient le tour d'être gais, joyeux même. Tout camp abritait au moins un boute-en-train, ces grands comiques qui avaient le don de rendre cocasse la situation, l'événement le plus pénible. Ces marchands de la bonne humeur étaient estimés, on comptait sur eux.

Quand les épouvantables tempêtes de janvier et février se faisaient si terribles qu'il fallait rester au chaud pour ne pas périr, ces vive-la-joie réussissaient de véritables prouesses. Les histoires drôles se succédaient, souvent cochonnes; les mêmes revenaient en fin de saison, quand le répertoire était épuisé; mais on en riait encore: ou on les avait oubliées ou on faisait semblant!

Jean-Baptiste se souvenait de son embarras, au début, alors qu'il ne saisissait pas encore tout le sens de ces mots colorés, de ce langage dur, martelé, mais qui traduisait si exactement la pensée, qui imageait si bien la situation qu'il en était, lui le Français, impressionné. Parfois, il cherchait dans sa tête les mots qui auraient pu exister pour exprimer les mêmes choses, il ne parvenait pas à trouver l'équivalent. Il devait admettre que le langage doit s'ajuster aux besoins d'un pays et non l'inverse.

Ces durs à cuire étaient des bons gars! Sous une écorce rugueuse se cachait un cœur d'or. On se laissait percevoir sous des dehors coriaces, ça allait de pair avec la vie rude de tous les jours. C'était aussi une manière désinvolte de pouvoir *toffer*: endurer jusqu'au bout. C'était mieux que de gémir, se plaindre, s'apitoyer sur son sort. On n'était plus à l'école de la vie, on était devenus des hommes. Il n'était pas question de regimber, il fallait être stoïque, s'atteler à la tâche comme les chevaux au traîneau.

Ces gagne-petit trimaient dur, mais assuraient leur propre pitance et celle des leurs, alors que partout ailleurs, c'était la pauvreté, la misère. Ces hommes qui juraient, qui blasphémaient, souvent faisaient ainsi un acte de foi. Ils associaient Dieu à leurs misères humaines souvent presque inhumaines. En dehors de cette bien pardonnable révolte, ils acceptaient leur lot, ils se consolaient en comparant. Le camp de chantier valait mieux que le camp de guerre et les tranchées!

Après avoir bûché six jours pleins, on se réjouissait de la venue du dimanche. Ce jour-là, le grand bac de bois se remplissait d'eau chaude, ceux qui voulaient se laver étaient bienvenus. On tirait d'abord au sort pour savoir qui aurait l'honneur et la joie de sauter le premier dans cette belle eau propre. Le dernier à plonger dans l'eau du baquet ne faisait que changer de crasse… mêler la sienne à celle des autres.

Le dimanche était le jour des chevaux. On les gâtait, histoire peut-être de se faire pardonner duretés et abus. On étrillait la bête, on enduisait de crème les plaies laissées par le harnais ou le fouet, on vérifiait ses sabots et les fers usés étaient remplacés. La ration d'avoine était doublée. La bête au repos reconnaissait la main de l'homme qui, cruelle la veille, devenait caressante aujourd'hui.

Les chevaux de trait travaillaient en *team*. Attelés deux par deux, le bacul bien en place, la bride bien tendue, ils devaient aller de l'avant coûte que coûte, envers et contre tout. Les pauvres mangeaient de la neige à la plus petite occasion, histoire de se désaltérer. Partis le matin avec une couverture sur le dos pour être protégés contre le froid, ils rentraient le soir couverts d'écume pour avoir trop été échauffés. Parfois, l'écume se glaçait sur le poil, quand le froid était trop vif !

La consigne était sévère, il ne fallait pas malmener le cheval, lui qui accomplissait la part la plus ingrate du travail, mais certains passaient leur rage sur son dos et le fouet claquait trop souvent. Certaines bêtes ne vivaient pas jusqu'au printemps !

Ces cruautés choquaient Jean-Baptiste, il pensait à ce bon Piton qui subissait, autrefois, les ires stupides de Louis-Philippe.

Jean-Baptiste avait découvert, jeune encore, qu'il valait mieux être rationnel, ça lui avait toujours réussi. Il tenait cette philosophie de son père, un bon vieux Normand, loup de mer, qui rêvait encore au souvenir des expéditions lointaines de ses ancêtres, qui lui avaient été relatées par ses père et grand-père, et répétées par le truchement des complaintes. Il n'était pas Français, il était Normand : le fils des autres venus de plus loin. Lui et Louis-Philippe, à l'instar des ancêtres, avaient fui vers d'autres cieux. Tout ça repassait dans la tête de Jean-Baptiste.

Que de chemin de fait, depuis son arrivée au Canada ! De la pointe de terre à l'île d'Orléans, au chemin balisé, à la ruelle de Québec. Même qu'il pouvait maintenant s'exprimer en anglais !

Il avait perdu un frère, soit ! Mais il avait deux neveux et une nièce : une richesse. Il était chagriné à la pensée qu'ils ne portaient pas le nom du grand-papa. Ils étaient devenus des Belzile comme ça, de par sa volonté à lui, mais ça valait mieux ainsi. On ne peut porter le nom d'un pendu. Ça colle à la peau. C'est une tache. Le sang vaillant qui coulait dans leurs veines ne pouvait leur être dénié, ça comptait plus que tout le reste.

Soudain, il sauta sur ses pieds. Une idée lumineuse venait de lui traverser l'esprit. Pourquoi n'y avoir pas pensé plus tôt ?

Le sourire de la belle Amanda venait parfois hanter Jean-Baptiste, mais bien peu. Dans le contexte actuel, sa vie de célibataire valait mieux que la misère à plusieurs. La seule chose qui le chicotait était ce désir cuisant d'avoir un fils héritier. « J'ai des droits sur les petits. » Le prix de la pension, ces vingt cents qu'il versait depuis des années, prouvait à Jean-Baptiste qu'il serait juste qu'il soit, lui, le père de l'un d'eux. Ainsi sa lignée serait assurée.

Il ne réussissait plus à s'endormir. Il projetait. Il parlerait à la logeuse, obtiendrait une chambre plus grande à partager avec un fils. Il souriait maintenant aux anges. Le petit recevrait une bonne éducation, au collège s'il vous plaît! «Quel âge a-t-il? Nous sommes débarqués au pays en vingt-trois. Louis-Philippe a épousé Fabienne en vingt-cinq, ou vingt-quatre?» Il ne savait plus. Mais ce n'était pas important! Il s'endormit… Dans les jours qui suivirent, Jean-Baptiste arrêta sa décision; il prendrait l'aîné de ses neveux sous sa tutelle, il l'aimerait comme un fils.

Chapitre 6

Assis dans un wagon du *Canadian National*, en deuxième classe, ce qui était plus économique, Jean-Baptiste regardait passer les villages que les rails coupaient en deux.

Ça lui paraissait inouï qu'un chemin de fer puisse parcourir 20 000 milles de distance linéaire! Quelle immensité! Pas surprenant que les routes ne soient pas à la hauteur des besoins! Il devait s'agir de mètres et non de milles, pensa-t-il. Il vérifierait dans *L'Almanach du Peuple*, où il avait trouvé sa troublante information. Il essaya de repasser dans sa tête les nombreuses frontières du Québec. Il jouait ce jeu, à la cabane, avec Louis-Philippe : Ontario, baie James, baie d'Hudson, New York, Vermont, New Hampshire, Maine, Nouveau-Brunswick. Il bloqua là. Il reprenait jusqu'à ce que le compte soit complet : baie des Chaleurs, Labrador, il lui en manquait une. Il avait beau chercher, il ne trouvait pas.

Bellechasse était en vue, il prit son baluchon, sa casquette et le paquet de friandises bien ficelé. La vapeur fut renversée, le train ralentit. Le conducteur, tout de marine vêtu, casquette sur les yeux, sauta le premier et plaça le marchepied pour permettre au voyageur de descendre. Le sac à malle fut sorti du train des marchandises placé derrière. Le conducteur et le marchepied remontèrent. La vapeur cracha, le sifflet annonça le départ. Jean-Baptiste était le seul passager à descendre à Bellechasse.

* * *

La surprise fut grande, chez les Longpré! On avait de la visite de la grande ville, un visiteur bien endimanché. Fabienne, radieuse, pesait dans les deux cents livres.

— Dis donc, Adelphonse, tu nourris bien ton monde!

Adelphonse était fier comme un paon. Deux autres enfants s'ajoutaient à la kyrielle.

– Ton curé t'a-t-il souri?

– Gênée, Fabienne rougit.

Les petits, d'abord intimidés, avançaient lentement vers l'oncle, ce conteur d'histoires drôles qui dormait dans le foin, avec eux, l'oncle aux lunes de miel. On fouillait dans ses poches, on grimpait sur ses genoux, si bien qu'on le renversa de sa chaise et ce fut la cohue. On tira de la jambette, on se roula.

– Vous allez salir mon plancher avec vos talons de caoutchouc!

De fait! Les marques étaient là. Heureusement que les cinq plus jeunes étaient pieds nus! Puis, le paquet fut ouvert et vidé sur la table: du voile à rideaux, Fabienne en pleura de joie; des vieilles chemises dont la femme pourrait utiliser la queue pour confectionner des vêtements aux plus petits ou tailler de la catalogne. Adelphonse eut droit à deux paquets de tabac canadien en feuilles et à un pinceau à savonner la barbe, en poils de blaireau. Un cadeau royal qu'il pourrait transmettre à ses fils!

Fabienne était émue aux larmes. Les enfants bien davantage quand ils virent les bonbons. Quelle fête! Puis, la femme regarda Jean-Baptiste, pointa en direction de la huche à pain:

– Ouvre.

– Non!

– Oui!

Il ouvrit, en sortit une fesse énorme. Ne demandant pas le couteau à dents de scie, il rentra deux doigts dans la croûte et en sortit une boule de mie qu'il porta à la bouche.

– Glouton! lança-t-elle.

Elle mit sur le tapis ciré, dont les fleurs étaient maintenant complètement effacées, un pot de crème et des confitures de fraises sauvages. Puis, elle versa du thé fumant dans une grande tasse de granit blanc, à tour bleu, dont les motifs s'étaient estompés avec le temps.

Mentalement, il se jura qu'au prochain voyage, il apporterait des tasses et un tapis ciré neuf. La miche de pain y passa.

On coucha dans le fenil tous les enfants, sauf le bébé, et l'oncle riche de la ville.

Jean-Baptiste remarqua que les marmots avaient un langage soigné. Fabienne les éduquait bien. En somme, la fille du père

Théberge était une bonne épouse. Si Louis-Philippe avait eu un meilleur caractère, les choses se seraient probablement passées autrement.

«Maudite tête de Normand!» pensa-t-il.

Le lendemain il retint l'aîné de Fabienne près de lui.

— Tu as quel âge?

— Douze ans.

— Tu es heureux ici?

— Oui, pourquoi, mon oncle?

— Ça te plairait de venir vivre avec moi?

— Avec vous?

— Oui, enfin pour un certain temps, ensuite on verra.

Le garçonnet ne sut que répondre. Il semblait embarrassé. Jean-Baptiste ajouta:

— Penses-y, tu m'en reparleras.

Puis, il descendit l'échelle. L'autre étira le cou et cria:

— Monsieur, je veux dire mon oncle…

— Oui? fiston.

Il était évident que le garçon avait quelque chose à dire. Jean-Baptiste grimpa, s'installa au haut de l'échelle, les pattes pendantes. Il attendit. L'autre réfléchissait.

— C'est que monsieur Adelphonse, lui, pense que je devrais quitter l'école. Maman ne veut pas.

— Et toi?

— Non.

— Pourquoi veut-il ça?

— Ses plus vieux sont partis, il a besoin d'aide, ici.

— Tu aimes l'étude?

— Ah oui! mon… mon oncle.

— Bon, on va voir ce que je peux faire.

Fabienne, de la fenêtre, les regardait venir. Le déjeuner était sur la table depuis belle lurette. Adelphonse était déjà au travail. Tant mieux, ça faciliterait les choses.

Il exposa ses intentions à la mère. Elle hocha la tête.

— Tu ne dis rien, Fabienne?

— J'ai déjà pensé que ça en viendrait là.

— Pourquoi?

— D'abord, tu n'as pas de famille, puis… les vingt cents!

— Zut, jura-t-il. Les vingt cents n'étaient pas pour ça.

— Alors?

Pas plus tard qu'hier, il l'avait jugée correcte. Idiote, elle est idiote, pensa-t-il. Puis, tout haut:

— Tu pensais que j'achetais ton fils?

— Bien… alors?

— Alors, alors!

Il ne savait plus très bien. Pas question de jouer les charitables. Alors?

— C'était à vous autres, ou au tronc de saint Antoine!

Elle ne comprit pas. Lui fut tout surpris de sa propre réponse.

Lorsqu'on mit le maître du logis au courant des projets concernant Onésime, Adelphonse s'opposa, Jean-Baptiste promit de continuer ses versements. Adelphonse en profita pour souligner que le coût de la vie montait. On s'entendit pour un trente-sous. Adelphonse venait de gagner cinq cents, mais il continua de gémir; il perdait une paire de bras!

Fabienne fit promettre que son fils continuerait ses études, le mari ne posa plus aucune objection. Le marché était conclu.

Les plus jeunes pleurèrent très sincèrement. Surtout les jumeaux! On se dit adieu. Puis Jean-Baptiste et Onésime, prénommé ainsi en l'honneur du père enterré là-bas en Normandie, prirent la grande route en direction de la gare ferroviaire.

Onésime avait réussi à placer tous son avoir dans le baluchon de l'oncle. Il avait les yeux grands. Si souvent il avait désiré monter à bord des gros chars! La grosse locomotive qui fume et qui crie sur son passage, les roues qui font broum broum en avançant sur les rails, les messieurs en uniforme marine et à gros ventre qui se tiennent sur la galerie arrière du train. Lui, Onésime Belzile monterait à bord!

L'oncle paya un demi-billet pour le neveu. Celui-ci regarda le carton poinçonné, qu'il garderait en souvenir. Puis, ce fut le grand départ vers d'autres cieux. Il ne connaissait que celui-ci, le rang, l'église, l'école: son univers. Il avait oublié l'île d'Orléans, gardait un vague souvenir de l'hospice de Lévis, où de sa fenêtre il voyait le fleuve et des lumières là-bas, sur l'autre rive. Ça lui paraissait si loin! Puis ce voyage en voiture, collé contre sa mère... le tout était brouillé et confus dans sa mémoire d'enfant. Beaucoup de choses lui échappaient. Il aurait aimé savoir, mais sa mère demeurait évasive chaque fois qu'il osait la questionner. Il avait un oncle mais était sans père. Pourquoi? Peut-être saurait-il maintenant. Son oncle lui dirait ce secret que sa mère n'avait pas le courage de lui avouer. Pour le moment, il était heureux. Il pourrait enfin étudier à son goût, réaliser les rêves qui dormaient dans son cœur. Son avenir semblait prometteur!

Il écoutait son oncle qui connaissait tout; la descente commença: Saint-Michel, Saint-Charles, tous les saints y passaient. Cent soixante milles de broum broum. La ville de Rivière-du-Loup l'emballa. Beaucoup d'automobiles! Trois-Pistoles, Saint-Fabien, Bic, Sacré-Cœur. «Les passagers pour Rimouski, arrêt dans cinq minutes.» Le cœur d'Onésime tambourinait.

La mer, on en parlait dans ses livres, mais il n'aurait jamais pensé que ce puisse être si vaste! Ils marchaient maintenant sur la rue Saint-Germain. Onésime demanda:

— Il est long, mon oncle, le fleuve?

— Mille milles, il coule du sud-ouest au nord-est; il sert de déversoir aux Grands Lacs et coule vers l'Atlantique.

— Oui, je sais.

Tiens, pensa l'autre, il a lu *L'Almanach du Peuple*. La logeuse, comme promis, avait préparé une plus grande chambre.

Onésime fut conduit au collège des frères du Sacré-Cœur. Avant qu'il ne réponde à la question: «Votre nom?» Jean-Baptiste prit la parole et dit:

— Onésime Gagnon.

— Âge?

— Douze ans.

— Père?

— Louis-Philippe Gagnon.

— Mère?

— Fabienne Théberge.

— Lieu de naissance?

— Île d'Orléans.

— Parrain?

— Euh! Jean-Baptiste Gagnon.

— Marraine?

— Euh! J'ai oublié.

Le frère désigna le garçon:

— Il est muet?

— Euh! non.

En deux jours, Onésime avait parcouru le monde, appris son nom, celui de son père, qu'il avait un parrain. Il ne posa pas de questions. Avec le temps, il connut tous les détails, sauf celui de la pendaison qui fut adroitement remplacé par un accident de travail. Et Onésime étudia fort. Il n'était ni sourd, ni stupide. À tel point que Jean-Baptiste fut convoqué chez le frère Raphaël.

— Votre neveu, monsieur Gagnon, est si brillant élève qu'il ne nous appartient pas de le garder ici. Nous vous conseillons fortement de l'inscrire au cours classique. Il a tout pour réussir en grec et en latin. Je me suis permis, en toute simplicité, d'en parler à l'abbé Dubé. On l'accepterait, avec votre consentement bien sûr, immédiatement, au Petit Séminaire.

Jean-Baptiste était heureux. Son neveu étudierait le grec et le latin!

Le frère Raphaël, yeux baissés, attendait respectueusement. Puis, il se leva. L'autre lui tendit la main.

Onésime était ravi! Enfin, son rêve se réalisait: les grandes études.

Jean-Baptiste aurait toute sa longue vie devant lui pour regretter d'avoir écouté le sermon du frère Raphaël...

Chapitre 7

La guerre, une fois encore, venait faucher des vies. Un grand nombre de Canadiens s'envolèrent. On rejoignait les rangs de l'armée pour sortir de la misère noire et du chômage. Des gars mal préparés étaient envoyés au front et y mouraient par milliers.

Au pays, il y eut rationnement sur certains produits, dont le sucre, la mélasse et le beurre. On ajouta du sel au beurre doux, pour augmenter la production et préserver les envois outre-mer. L'Europe apprit ce qu'était une fesse de jambon canadien. Une seule fesse avait plus de teneur en viande que tout un petit cochon de lait, le seul cochon connu là-bas. Le porc canadien connut un vrai record de popularité!

Les dames seules tricotaient pour l'époux valeureux qui servait sous le drapeau britannique. Ici, on vendait des bons de la victoire pour aider l'armement. Les Canadiens apprenaient l'anglais dans les rangs: *left, right, about turn!* Attention! Ils n'allaient pas en vacances mais en *furlough*. On courait les déserteurs, on épargnait les pères de famille, les étudiants à l'université, les fils de cultivateurs.

On distribuait des timbres de ravitaillement pour les denrées rationnées. Le marché noir des timbres était florissant.

Les épouses des militaires recevaient du gouvernement un dollar par jour… sans doute pour compenser le sacrifice de la continence… alors des rideaux ornèrent les fenêtres. La misère noire avait fait place à la misère de la guerre.

La pauvre vieille Europe frémit et connut l'horreur!

Des pleins wagons de beaux jeunes hommes traversaient le Canada, faisaient halte pour l'entraînement et reprenaient le chemin qui les menait à Halifax où ils s'embarqueraient pour outre-mer!

En bordure du fleuve, il y avait le black-out. Les phares des voitures étaient peints en noir, les fenêtres bien couvertes…

Heureusement, car deux sous-marins allemands osèrent pénétrer dans les eaux du majestueux fleuve. Même que l'un d'eux vérifia la portée de ses armes sur des rochers en Gaspésie.

Sa Majesté le roi nous fit l'honneur d'expédier le trésor royal à Montréal. Il séjourna dans les caves de la Sun Life pendant toute la durée de la guerre. Toute une flotte avait escorté le navire transporteur, des Canadiens restèrent en bas dans les voûtes construites en quelques nuits, avec des anciens rails de chemins de fer, pour surveiller le trésor caché là. Connaissaient-ils l'importance de leur surveillance continue?

Des reines vinrent s'abriter chez nous. Jamais tant de couronnes n'avaient foulé le sol canadien. L'île Sainte-Hélène servit de prison aux traîtres et aux ennemis faits prisonniers.

L'armée, la marine, l'aviation comptaient dans leurs rangs de beaux grands jeunes hommes sains et forts, qui, sortis de leurs haillons, faisaient impression dans leurs beaux uniformes bien taillés. *One, two, one, two,* la drill!

L'Œuvre de la soupe, le Secours direct et la Saint-Vincent-de-Paul passèrent subitement de mode! On avait de l'argent, beaucoup d'argent. On bâtissait de plus en plus, on imprimait des piastres en quantité.

Là-bas, l'Angleterre, malgré toute sa bravoure, encaissa un dur coup. Comme pendant la guerre de 1914-1918, la France, cette fois encore, laissa traverser les Allemands. Dans toute l'Europe et au-delà, on ployait sous la terreur de l'Autrichien. Hitler, le Führer du Reich, faisait partout des ravages indescriptibles, tuait, massacrait!

Puis, chez nous, attirés par l'appât du gain, on désertait les campagnes, on fuyait les terres. Les villes se surpeuplaient.

L'armistice fut signé le 10 août 1945.

Plusieurs des nôtres ne revinrent jamais.

* * *

Cette guerre effrayait Jean-Baptiste. Il avait subi la première, celle de son enfance, dans la merde. Il connaissait les atrocités de ces années terribles de privation, de haine, de trahison. C'était affreux de vivre auprès des cadavres, de finir par ne plus les voir pour les avoir trop enjambés, de ressentir la faim, la peur, de trembler. Il se souvint de Louis-Philippe qui l'avait un jour saisi par un bras et projeté au sol pour le protéger d'un obus lancé par la bouche à feu d'un mortier.

Louis-Philippe était son aîné de deux ans. Souvent, il se faufilait et volait des provisions qu'il apportait à sa mère ; le père, lui, était au front. Sans doute Louis-Philippe fut-il si aigri à cause précisément de cette misère incroyable ; ça ne s'oubliait pas. Ça sentait l'injustice à plein nez. Tous ces hommes étaient sacrifiés parce que les chefs des pays avaient des ambitions et des points de vue différents.

Quelle influence aurait cette guerre-ci sur lui, l'immigrant, en terre étrangère ? Sa première pensée fut de remercier le ciel de se trouver si loin des pays en cause. L'océan Atlantique lui parut un paravent énorme, un sauveteur.

Il prit une précaution. Riche de son expérience passée, il savait que la rareté viendrait. Il acheta une automobile. Lui, si économe par nature, par peur et par habitude, sortit sept cent vingt dollars de son bas de laine et se procura une Chevrolet neuve, flamboyante et solide, noire comme son habit de serge. Pour plus de précautions il sacrifia quelques dollars pour se munir de deux pneus neufs de rechange.

Il venait d'asseoir sa sécurité. Le temps lui prouva qu'il avait eu raison. Les automobiles furent rationnées puis la production fut suspendue : on gardait l'acier pour faire des armes. Seuls les médecins avaient le droit d'achat. Si les temps devenaient trop durs, il la vendrait ! Il se réjouit quand il apprit qu'il avait échappé à la taxe de guerre qui fut imposée sur les automobiles.

Il réalisa que vivre la guerre, comme ce fut autrefois son cas, et vivre loin des pays en guerre, étaient deux choses diamétralement opposées. Ici, sur le continent nord-américain, c'était rentable, et comment !

Un jour qu'il avait le nez plongé dans son journal, dont il lisait chaque ligne, une annonce attira son attention :

« À vendre, cause décès, atelier de réparation, ferraille, forge et toute la bastringue. »

Ce dernier mot le laissa perplexe. Il questionna la logeuse, elle l'informa que toute la bastringue signifiait tout l'attirail. Il crut comprendre. Il réfléchit deux jours pleins. Puis, il parla à Onésime. Pouvait-il le laisser seul alors que lui irait vivre à Québec ?

Onésime parla à l'autorité du séminaire. On lui ferait un prix de faveur : pour quatorze dollars cinquante cents par mois, il serait instruit, logé, nourri, blanchi. Onésime était ravi, il aurait de nombreuses heures supplémentaires à consacrer à l'étude.

Jean-Baptiste ne perdit plus de temps à rêver. Il l'aurait son propre commerce. En travaillant fort et bien, il pourrait laisser une affaire bien montée à son héritier. Il voyait à peine le décor qui se déroulait sous ses yeux quand, au volant de sa Chevrolet, il déambulait sur la route tortueuse et étroite qui le conduisait à Québec.

Il se rendit chez son ancienne logeuse. Hélas ! la maison était pleine à craquer ! La colline parlementaire attirait des tas de gens que la situation actuelle avait secoués. Finalement, il trouva un gîte. Dès le lendemain matin, il partit vers la forge, le journal sous le bras ; la Chevrolet resta là, à l'ombre d'un arbre. On ne se présente pas en carrosse pour acheter un commerce !

Une dame d'un certain âge l'accueillit : le drame ! Il dut d'abord écouter le pourquoi de la vente. Ses deux fils s'étaient enrôlés à la suite d'une beuverie. Considérés comme volontaires, ils ne tardèrent pas à être envoyés dans les vieux pays, pour y servir sous les drapeaux. Le père mourut peu après ; la veuve, seule, devait vendre le bien qui était leur depuis deux générations. La bastringue, le comprit Jean-Baptiste, signifiait l'achalandage et la boutique était bien achalandée !

Jean-Baptiste acheta le tout, prit logis à la maison de la dame. Elle retrouvait presque un fils. Puis, elle serait de bon conseil.

Il retourna à Rimouski, donna sa démission à Price Brothers, dit adieu à Onésime et à la logeuse, plaça ses biens dans la Chevrolet, partit vers l'avenir.

Il passa chez le pompiste, actionna la pompe qui emplit le réservoir de gaz rouge sang, puis plaça le boyau pour faire le plein.

Il paya la note, dix cents le gallon. Heureux comme un roi, il prit le volant.

Il passa dire un dernier bonjour à Onésime ; il en sortit déçu. Le garçon avait à peine jeté un œil sur son beau carrosse et n'avait pas semblé affecté par le départ de son oncle.

C'est bien correct d'être préoccupé par ses études, pensa Jean-Baptiste, mais il pourrait au moins témoigner son affection, sa reconnaissance. Serait-il aussi dur et froid que son père ?

Mais le soleil était radieux, la voiture souple et confortable, et il se dirigeait vers son bien, enfin le sien, bien à lui ! Il oublia la froideur de son neveu, chanta les refrains de son enfance. Jean-Baptiste était fou de joie. Il analyserait l'attitude d'Onésime plus tard ! Il ne fallait pas gâcher ses bons moments.

Les villages qu'il n'avait jamais traversés autrement que par train, qui lui souvent les contourne, lui parurent très beaux. De coquettes maisons propres entourées de champs cultivés s'échelonnaient sur sa route. Il lui sembla que ça bougeait beaucoup.

Non, les années de guerre ne seraient pas pénibles pour lui. Quelle joie d'avoir quitté la France ! Tout son être était reconnaissant pour son pays adoptif qui lui offrait plusieurs occasions de vivre et de progresser !

Il se mit à chanter *Ô Canada*. Il y mettait plus d'âme, plus d'amour que jamais.

Il s'arrêta à Rivière-du-Loup, visita la ville, puis Saint-Jean-Port-Joli où il fut attiré par des étalages de catalognes et de courtepointes. Il en acheta une de chaque modèle qu'il plaça sur les banquettes avant et arrière de son automobile. Qu'il était bon de flâner, rêver, errer partout ! Il se sentait comme le cheval, qui, rênes lâchées sur le dos, se balade vers l'église le dimanche matin, sans presse, sans fatigue. Si seulement Louis-Philippe pouvait être là pour voir son attirail à lui, bien à lui malgré ses folies de lunes de miel et de rideaux de voile !

Lorsqu'il atteignit les abords de Bellechasse, il pensa à Fabienne et aux siens. Il bifurqua dès qu'il reconnut le rang où vivait Fabienne. Sur le coin se trouvait un magasin général. Il entra, la porte fit tinter une clochette suspendue à une corde qui annonçait l'arrivée d'un client. Un rideau se souleva, cachant l'ouverture de l'arrière-boutique.

Un vieux grognon s'avança. Il vit la Chevrolet qui brillait au soleil malgré la poussière de la route.

— Ah! «cré gué»! lança-t-il, on ne se mouche pas avec des pelures d'oignon!

— Un beau bolide, hein?

— Un beau quoi? Vous voulez dire un beau char!

— Oui, c'est ça.

— On s'est déjà connus, vous et moi? Ah oui! c'est vous l'oncle riche de la ville… qui est parti avec le petit d'Adelphonse; que ça a dû le soulager, parce qu'Adelphonse figure sur ma liste noire. Il doit trois piastres à ce magasin qui donne de bons prix mais aime bien voir la couleur de son argent, sinon on coupe les vivres!

L'oncle riche de la ville paya la dette et acheta un tapis de table à fleurs, six tasses de granit blanc avec bordure bleue et des cassots de tire d'érable parce qu'il n'y avait pas de lunes de miel.

Il allait sortir quand il pensa aux mouches qui envahissent la grange. Puisqu'il devrait sûrement coucher dans le fenil, il valait mieux prévoir. Il acheta quatre attrape-mouches, à deux pour cinq cents. Il pourrait les chauffer dans le creux de sa main, puis étirer les rubans enduits de colle. Il les suspendrait au plafond, fixés par des punaises. Si chaque tirette attirait cent mouches, ce serait autant de pris, tant pour lui que pour les animaux qui se font importuner par les bestioles maudites.

Sur la route, il croisa le marchand de glace. La charrette délabrée était tirée par un vieux cheval fatigué qui avait la tête couverte d'un chapeau de paille duquel émergeaient les oreilles de la bête. Jean-Baptiste plaignait l'homme. Ce n'était pas facile de tailler les blocs de glace sur le lac gelé, avec une hache d'abord, l'égoïne ensuite, de les tirer, de les emmagasiner dans la sciure de bois afin qu'ils fondent le moins vite possible. Et tout ça sans être assuré de la vente! Cinq cents pour le petit bloc, dix pour le très gros.

Il faisait partie du décor, le marchand de glace qui chantait, suivi des marmots pieds nus qui agaçaient monsieur Glaçons! Chaque village, chaque ville avait le sien. On lui criait le plus souvent de la fenêtre : « un gros morceau ». Les grelots qui ornaient le dos du cheval cessaient de tinter, l'homme descendait, prenait ses pinces énormes, piquait le carré de froid et le plaçait dans la glacière de madame. Les aliments seraient conservés. Madame n'aurait plus qu'à vider le bassin où s'écoulait l'eau du dégel.

C'était ainsi qu'on conservait le lait qui passait de la vache au bidon. Le récipient reposait sur la glace jusqu'à ce que la voiture passe le prendre pour le vendre à la beurrerie ou à la fromagerie du village.

La femme du cultivateur connaissait bien des métiers, en plus de savoir faire le pain.

Elle séparait le lait de la crème à l'aide de la centrifugeuse. La crème, déposée dans le moulin à palettes, était battue. Il en résultait de belles mottes de beurre. On servait le résidu, le petit lait, comme buvée pour les animaux à l'engrais.

La meilleure charcuterie était aussi préparée dans la cuisine. Du sang des porcs saignés avant leur mort, on faisait le boudin. Viande et épices étaient insérées dans les boyaux de l'animal pour devenir saucisse.

Le porc était débité. Une partie, dont les épaules et les fesses, était fumée. Il suffisait de suspendre les quartiers de viande dans un cabanon dans le bas duquel on brûlait de l'écorce de bois d'érable, de cèdre. La fumée faisait seule le reste du travail.

Les habitants mangeaient bien, mais c'était drôlement mérité : ils trimaient fort et se couchaient épuisés.

Le chemin était raboteux, les calvettes n'avaient pas été remplacées. Au printemps, à la crue des eaux, elles renfonçaient ; la côte drue était pleine de cahots, on se serait cru sur une planche à laver ! Devant tant de cahotage, Jean-Baptiste changea de vitesse, il embraya en petite, pour épargner transmission, moteur et pneus.

Enfin, il fut là ! Quelle surprise, quelle joie ! On parla d'Onésime, on admira le tapis à fleurs, les tasses furent étrennées, on y versa du thé chaud, fumant. Puis Jean-Baptiste eut droit à son petit salé et à sa miche de pain.

Fabienne copia le modèle de la courtepointe ; elle n'en avait jamais vu une aussi belle ! Les voisins s'assemblèrent pour admirer le char neuf. La Chevrolet avait provoqué toute une commotion et tout Bellechasse sut que le beau-frère d'Adelphonse était un monsieur, richard en plus!

À la messe, dimanche, Fabienne marcherait la tête haute, le talon pesant! Si Jean-Baptiste avait pu lire cette pensée, il se serait écrié: «Elle ne changera jamais!»

La jumelle lui rappela sa mère à lui, beau brin de fille, douce, sentimentale. Elle raconta à son oncle qu'un voisin lui avait donné des œufs de canard. Elle les avait placés sous une poule couveuse. Il lui avait fallu arroser les œufs quelque peu, deux fois par jour, ce que la cane aurait fait par instinct. Quand les canards furent nés, elle les plaça dans la grande cuvette qui servait à faire boucherie. La poule couveuse fut effrayée de voir ses bébés canards flotter sur l'eau et elle cacassa pour les faire sortir de là.

Adelphonse, qui s'était opposé à l'expérience parce qu'il aurait préféré manger les œufs, fut renversé du résultat. Il s'était enrichi d'une nouvelle variété de volailles… qui elles aussi eurent des petits!

Jean-Baptiste se souviendrait de cette leçon: manger l'œuf et être satisfait, ou attendre le poulet et en faire un banquet!

— Je dois partir. Le jour décline et j'ai une demi-heure de route à faire pour me rendre au traversier de Lévis.

— Tu ne prends pas le pont?

— Non, je me rends à la Basse-Ville. Inutile de faire un détour.

— Quand tu reviendras, promènerais-tu les enfants? Ils en crèvent de désir!

— Promis, Fabienne.

— Tu es certain que mon Onésime est heureux?

— Comme un roi!

— Tu es bien bon, Jean-Baptiste. Je ne t'oublie pas dans mes prières.

Fabienne semblait vraiment émue. Adelphonse soufflait en dedans: la jalousie! «Trente sous pour nourrir les enfants et lui se promène en char; une demi-heure de route! En cabriolet, ça prendrait une journée»! Il rêvait qu'un jour, lui aussi…

* * *

Enfin les derniers villages, Lauzon, Lévis, passée la traverse du chemin de fer, oui, c'est ça, en bas de la grande côte. Il vit de la fumée, la suivit, c'était la cheminée du traversier. Les passerelles étaient baissées, on accueillait les passagers. Jean-Baptiste paya son écu et s'aligna sur les deux madriers. « Pourvu qu'une vague folle ne vienne pas déplacer le bateau pendant que je suis là-dessus. » Malheur, le moteur étouffa ! Jean-Baptiste sua. Puis, sous la direction d'un initié, il se stationna le long du basting. Il sortit et regarda la mer devenue grise par la nuit naissante.

À sa grande surprise, on le saluait ! Un monsieur bien mis, chaîne d'or à la boutonnière, porta deux doigts à son chapeau. Jean-Baptiste regarda derrière. Non, c'était bien à lui que le geste courtois était adressé. Il comprit : sa Chevrolet le hissait au rang des messieurs ! Il s'enorgueillit, il était ennobli, lui, Jean-Baptiste Gagnon, et non John Ganong… Il saluerait, lui aussi, discrètement, mais élégamment. Il faut rendre la politesse par la politesse !

Un instant, une image occupa son cerveau : les chevaux cabrés sur les routes glacées du chantier !

On amarrait. Il rejoignit sa « limousine ». Maintenant, lui aussi saluait !… Entre gens du même milieu ! Puis il se perdit à travers la Basse-Ville de la vieille capitale, au pied du cap Diamant sur lequel le Château Frontenac, illuminé, faisait une tache de jour dans le cadre de la nuit naissante.

Arrivé à son atelier, il ouvrit la porte à deux battants, fit une caresse au capot de la voiture et lui dit : « Viens, ma pouliche, rentre dans l'étable de Jean-Baptiste. » Et il alla dormir, satisfait, plein d'espoir.

Tôt le lendemain, il se mit au travail. D'abord l'inventaire, le nettoyage et l'étiquetage. Il y avait là de quoi faire fortune ! Des clous de toute qualité, de toutes grosseurs, à tout usage. Une richesse, en temps de guerre ! Puis, il inspecta la petite machinerie, le tour à bois, l'enclume et les marteaux, le fourneau pour chauffer le fer et le grand bac pour le refroidir.

Il dénicha un aiguisoir de confection domestique, une meule énorme qui trempait en partie dans un récipient d'eau dont le rôle était de refroidir la meule qui tournait.

Le sol de l'atelier était en mortier grossier, il le nettoya à l'eau et au balai. Les objets hétéroclites dont il ne connaissait ni le nom ni l'usage furent entassés. La veuve Pinsonneault le renseignerait. Une image de Notre-Dame-des-Sept-Douleurs était au mur, poussiéreuse avec ses glaives dans le cœur. Il l'enleva. Ça lui parut de mauvais augure, il se souvint du Christ qui avait pleuré… Il remit la triste Vierge en place après l'avoir époussetée. Son Christ avait brûlé… La Vierge le protégerait.

Après quatre jours et quatre nuits de travail, il ouvrit toutes grandes les portes à battants. Il avait enfilé une salopette… Il portait les bleus mais pour lui-même, il travaillait à son compte! Enfin.

Un premier client se présenta pour une soudure à faire. Jean-Baptiste s'émerveilla. Son expérience prise au chantier lui devenait précieuse.

La veuve Pinsonneault, assise dans son éternelle berçante, de sa fenêtre voyait tout. Elle lui dit, un soir :

— Monsieur Jean-Baptiste, vous vous créez un problème…

— Comment?

— C'est pas très facile à dire!

— Essayez.

— Votre langage… c'est trop musical. Les clients sont des hommes simples, il faut parler leur langage! Vous les mettez à la gêne…

Jean-Baptiste réfléchit. Il décida que son langage était son langage. Qu'une fois déjà il avait dû emprunter celui des autres. Ça lui suffisait. Puis il se ravisa… « Elle a peut-être raison. Ces gens sont chez eux, ils ont droit à ce que je respecte leurs idées. » Après tout, l'usage de l'anglais ne lui avait pas nui! Il n'était plus un Français; s'il était demeuré en France, on lui aurait planté une pièce d'artillerie devant le nez et on l'aurait obligé à tirer sur l'autre clan.

— Ce n'est pas vilain, monsieur Jean-Baptiste, je vous conseille d'être diplomate.

La veuve lui fit un clin d'œil. Il le lui rendit, elle sourit!

Le tiroir-caisse ne débordait pas encore, bien sûr, mais les affaires prospéraient de jour en jour. Jean-Baptiste décida le dimanche suivant d'aller visiter le maréchal-ferrant à qui il avait vendu Piton autrefois. Le vieux était décédé. Son fils offrit à Jean-Baptiste de prendre là ce qui l'intéressait, car il vendrait bientôt les lieux pour la seule valeur du terrain. Il était fonctionnaire, tout ce bric-à-brac ne faisait que l'encombrer. Jean-Baptiste s'émut, il s'était encore enrichi, tout simplement parce qu'il s'était souvenu de Piton! Piton n'était plus là; la bête avait été vendue par le père.

L'Événement Journal mentionna le rationnement prochain de la gazoline. Elle coûtait maintenant dix-huit cents le gallon! Qu'à cela ne tienne! Il plaça un réservoir bien isolé derrière la forge et l'emplit d'essence. «Les chameaux manquent d'eau dans le désert, ma Chevrolet ne manquera pas d'essence au Canada!» Ça le fit sourire.

L'avantage d'avoir économisé lui garantissait tous les conforts.

Onésime écrivait parfois. Bien du savoir, songeait Jean-Baptiste, mais jamais un mot pour exprimer sa reconnaissance ou son affection. Ça lui faisait mal. Un garçon replié comme son père! Le dernier été, il l'avait passé là-bas, à son séminaire. Jean-Baptiste aurait apprécié son aide, sa présence; en outre, il n'aurait pas eu à verser le prix de la pension, s'il était venu vers lui. L'ingratitude!

Jean-Baptiste peinait, suait. Onésime étudiait. L'autre génération n'aimerait pas se salir les mains... Il prévoyait que les chantiers fermeraient un jour, par manque de gars valeureux! «Avec tout ce savoir, ce sera comme en France, gémit-il. On ne tire pas de la jambette, on joue à la pelote! Le déclin!»

Ce que Jean-Baptiste ne savait pas et dont il était à cent lieues de se douter, ce qu'il ne voulut pas croire quand il l'apprit, et le fit enrager si noir qu'il eut peur de lui-même, lui tomba dessus comme une masse sur la tête! Sainte misère!

Jean-Baptiste reçut deux lettres. Pas une, deux. La première, d'une écriture soignée. Intrigué, il la regarda, la soupesa, l'examina. Il ne savait pas pourquoi, mais il en avait peur. Il sortit son couteau de poche, tailla proprement l'enveloppe. Il prit le feuillet.

Dieu le père en personne qui l'invitait, lui, à la prise des cordons. Le Blanc, s'il vous plaît. Dieu avait décidé que son neveu Onésime avait la grâce. La vocation religieuse! Dieu se réservait ce neveu pour Lui. Le latin, la langue de la prière, aurait été apprise pour servir la Cause. Jean-Baptiste dégringola l'escalier et fila vers la forge. Là, il battit le fer froid, le feu de la rage était dans sa tête à lui. Lui, Jean-Baptiste, avait payé de ses deniers l'instruction qui faisait de son neveu un serviteur de l'Église ; il ne comprenait plus rien.

Il ouvrit l'autre enveloppe. Elle contenait le même baratin. Le neveu, crotté hier encore, avait entendu l'appel céleste : il se haussait au plus haut de la hiérarchie humaine en se vouant au service de son Père. Il pensa au chanoine : « Entrez, mon fils. »

Par le truchement du cours classique, qu'Onésime avait pu faire grâce aux sacrifices de Jean-Baptiste, à qui l'on promettait la récompense, dans l'éternité bienheureuse, avec les neuf chœurs des anges, Onésime chanterait la gloire du Seigneur au plus haut des cieux. Onésime avait prononcé le *fiat voluntas tua* !

Jean-Baptiste jura ! « Je vais lui en faire, moi, un *fiat* ! *in aeternum* ! ». Il faillit sauter dans sa Chevrolet et descendre dans le Bas-du-Fleuve régler l'affaire, tout de suite ! Puis, il se souvint : demain il devait remettre un travail terminé à son meilleur client. Il marmonnait : le « *fiat* ! ». Il était si fâché qu'il ne put réussir à s'endormir ! Son dernier mot n'était pas dit ! Petit à petit, il se calma. Il aurait dû y penser, prévoir ça ! « Si Louis-Philippe voit tout, là-haut, comment peut-il laisser faire ça sans intervenir ? » Ça dépassait son entendement.

Il fut bourru le reste de la semaine. Il préparait mentalement son sermon.

Il se sentit moins sûr de lui au moment où il prit l'avenue ombragée qui menait au séminaire. On le fit attendre au parloir, puis on le guida vers le bureau du directeur de l'institution. Jean-Baptiste portait son habit de serge noire. Il n'était plus le garçon timide qui demandait du secours pour une veuve et trois enfants. Les beaux parquets l'impressionnaient moins. Il était Jean-Baptiste, le gars qui avait trimé dur, mais qui n'était pas prêt à continuer de s'imposer des sacrifices sans être payé en retour, et ce, tout de suite, en ce bas monde ! Fini le trente sous à Adelphonse qui continuait d'additionner des membres à sa famille ! Aujourd'hui, il perdait Onésime, un fils, un aide, un héritier.

Voilà que les fruits de son labeur tomberaient directement dans les coffres de l'Église : sa forge, sa Chevrolet et tout le contenu du bas de laine ! Jamais ! Le tremblement le reprenait !

Il y avait là, sur le sol, un magnifique crachoir en cuivre bien astiqué. Il se plaça au-dessus et cracha un puissant jet de salive.

Le directeur entra, suivi d'un Onésime recueilli, l'air pieux, les mains placées en bénitier, à la hauteur de la taille, comme il avait vu, autrefois, là-bas, cette religieuse…

Ce fut la tempête ! Seul Jean-Baptiste parla. Il dit peu, mais dit tout, dit trop !

— Toi, le fils du pendu…

Le saint homme se signa, Onésime blanchit et se laissa tomber dans un fauteuil, horrifié.

Trop tard ! Ces mots lui étaient sortis de la bouche sans méchanceté, par colère.

Le fils d'un pendu, lui, Onésime. Le séminariste, dans sa redingote noire, ceinturon vert à la taille, n'aurait jamais l'honneur de devenir prêtre. Il le savait. On n'accepte pas en religion le fils d'un pendu : déshonneur, honte, infamie, ignominie, ça, ce serait son lot !

D'un geste résigné, Onésime défit le nœud, ôta le ceinturon, le plia, le posa sur une table. Puis la redingote. Enfin il alla s'agenouiller devant le directeur, baissa le front et gémit :

— Pardonnez-moi mon père, je ne le savais pas.

Le prêtre plaça la main sur la tête du jeune homme. Puis il regarda Jean-Baptiste droit dans les yeux :

— Merci, monsieur, pour votre franchise. De toute façon nous l'aurions découvert tôt ou tard. C'est bien ainsi.

Et il sortit.

Jean-Baptiste, subitement refroidi, ne trouvait pas les mots à dire, les gestes à poser. Onésime était livide.

— C'était donc ça !

— Euh !

— C'est de ça que maman parlait à mots couverts. Un empêchement majeur, a-t-elle dit. C'était ça ! Quant à vous, oncle Jean-Baptiste, merci pour tout ce que vous avez fait pour nous tous, ma mère, mon frère et ma sœur, et les autres. Je vous rembourserai le prix de mes études, ce dont je vous remercie. Mais vous ne me reverrez jamais!

Il quitta la pièce, la tête basse, humble et doux, sans amertume, sans révolte.

Jean-Baptiste, assommé par tant d'inattendu, restait là, éberlué. Quand enfin il sortit de sa torpeur, il s'éloigna à son tour. Il reprit la route, la mort dans l'âme. C'était la première fois qu'il faisait une colère. Quel gâchis! Louis-Philippe le lui pardonnerait-il de là-haut?

Il était complètement désemparé. Une simple phrase avait tout détruit, tout brisé, pour Onésime en gâchant sa vie, pour lui en lui faisant perdre l'amour de celui qu'il considérait comme un fils! Cette souffrance n'avait eu d'égale que la pendaison de son frère. Les deux fois, il était, lui, à l'arrière-scène. La première fois, par une mise en garde faite à Louis-Philippe au sujet de sa femme. Et aujourd'hui, par l'aveu horrible qu'il avait laissé échapper! Il lui faudrait apprendre à se taire!

* * *

Le mois qui suivit fut très pénible pour Jean-Baptiste, malheureux et désemparé.

Un jour qu'il martelait le fer, une énorme Chrysler vint se stationner devant sa boutique. Un monsieur en sortit, tenant sous le bras un mince cartable. Il désirait une information. Il cherchait les mots pour se faire comprendre. Jean-Baptiste lui simplifia les choses en lui disant qu'il comprenait l'anglais.

– Quelle chance, dit le visiteur.

Jean-Baptiste fit le tour de la voiture, c'était la première automobile pâle qu'il voyait de toute sa vie. Habituellement, elles étaient noires. Celle-là, c'était autre chose! La conversation se continua à l'intérieur. Peter Bull était fonctionnaire fédéral, attaché au ministère de la Défense. Peter Bull fit une offre à Jean-Baptiste. Jean-Baptiste accepta l'offre; il décidait donc de travailler pour la Défense, de mettre sa boutique au service du roi.

Jean-Baptiste, Français d'origine, en sol canadien, parlant la langue des Anglais, mettrait savoir, établissement, et sueurs à servir les patries… il devint à Québec un armurier important; le bas de laine débordait…

La veuve Pinsonneault vendit sa maison à monsieur Jean-Baptiste, bien connu à la Basse et à la Haute-Ville que monsieur le curé saluait de même que le gérant de la banque. Il devint vite prospère et fut riche sans avoir eu le temps de le réaliser.

Chapitre 8

1945, toutes les cloches, de tous les clochers non détruits de par le monde, résonnèrent pour annoncer la bonne nouvelle : la guerre était finie.

Le 10 août de la même année, jour où se signa l'armistice, Jean-Baptiste eut quarante ans.

Si la guerre de 1914-1918 avait coûté la vie à soixante-deux mille Canadiens, celle de 1939-1945 en avait fauché quarante et un mille.

La première avait ruiné l'enfance de Jean-Baptiste, la deuxième en avait fait un homme fortuné. En si peu de temps, Jean-Baptiste avait assuré sa vie et sa vieillesse ! Les billes de plomb rapportaient plus que les billes de bois !

Un jour de fin d'octobre, il se promenait à la Haute-Ville, laissant ses pieds traîner sur le sol jonché de feuilles multicolores que le vent avait décrochées des arbres. Toute son attention était concentrée sur le flot de feuilles qui glissaient en cascade sur ses souliers.

Une jeune fille venait en sens inverse, jouant le même jeu. Il y eut collision. Elle s'esclaffa, il s'excusa. Le rire lui plut, il l'invita à boire un soda.

Il n'aurait jamais cru que cette fille, d'allure décidée, était presque une enfant. Qu'aurait-il pu savoir d'une femme ? Fabienne avait été l'épouse de son frère si peu de temps : fille un jour, vieille depuis. Amanda, il ne l'avait qu'entrevue. Ses logeuses, elles avaient dû naître logeuses ! Cette fille-ci lui plaisait. Il se sentait gêné, comme un collégien. La pensée lui fit plaisir et le fit sourire.

— Ça vous amuse ?
— J'étais distrait. Que disiez-vous ?
— J'ai raté le train, je retournais chez moi.
— Où habitez-vous ?

— À Montréal, en banlieue.

Il mentit :

— Je dois m'y rendre demain, voulez-vous profiter de l'occasion ?

— Vous avez une automobile ?

— Oui, mademoiselle.

Que diraient ses parents de la voir arriver en auto avec un étranger ? Non... elle aurait bien aimé afficher sa conquête, mais elle aurait plus de plaisir à le rencontrer en cachette, ici, à Québec.

Jean-Baptiste eut peur qu'elle n'accepte. Jamais, au grand jamais, il n'avait pénétré dans la grande ville qu'était la métropole. Presque un million d'habitants, les tramways, la forte circulation automobile, ça l'effrayait. Il ne voulait pas le laisser voir à cette belle fille. Il fit dévier la conversation.

— Je n'ai pas osé vous demander votre nom...

— Marie-Reine Lépine. Et vous, monsieur ?

— Jean-Baptiste Gagnon.

— Métier ou profession ?

— Industriel.

Il se cambra. Il ne s'était encore jamais affublé de ce titre ronflant. Il n'ajouta pas qu'il produisait des balles... qui tuent !

— Êtes-vous originaire du Nouveau-Brunswick ? Vous avez un accent.

— Je suis Français d'origine.

— Français de France ?

— Oui.

— Chic ! Comme nos ancêtres.

L'heure du souper était venue. Ils jasaient toujours, attablés devant des verres qui avaient contenu du soda.

Le restaurant devenait de plus en plus bruyant ; des soldats rentraient au pays, encore en uniforme, *discharge* en poche. Ce fameux papier, qu'ils avaient tant souhaité pendant la durée de la guerre, était maintenant en leur possession, indiquant leurs années de service, leur conduite bonne ou mauvaise. Ils l'avaient, mais ça mettait fin à la paye... Fini le dollar trente par jour ! Le travail devait reprendre, les femmes étaient sorties du foyer et occupaient plusieurs postes à des salaires moindres... Alors l'ex-militaire était lésé !

L'uniforme faisait paraître beau, on était fier de le porter ; grâce à lui, on bénéficiait de prix de faveur au cinéma et dans certains restaurants. Puis, il était chaud, solide, en bonne étoffe : pure laine, s'il vous plaît !

L'ex-soldat obtint une prime du gouvernement : mille dollars ou une maison qui prit vite le nom de maison des vétérans. Ces maisons poussèrent comme des champignons. Quatre pans, un toit : uniformes, elles aussi. Le surplus des cabanes fut expédié aux abords des mines pour y loger les mineurs.

Le pays avait prospéré bien sûr. Le logement se faisait rare. On vota la loi de l'uniformité du salaire : l'ouvrier embauché à vingt-huit dollars l'été et à vingt dollars en saison morte se vit favorisé. Il serait dorénavant payé vingt-huit piastres, à longueur d'année ! C'était le début des réformes sociales.

Jean-Baptiste avait jeune allure. Souvent il se faisait regarder de travers, car il ne portait pas l'habit kaki. Comment n'avait-il pas été en service sous les armes, lui ? Les femmes le lorgnaient. On chuchotait dans son dos. Plusieurs d'entre elles étaient mainte-nant des veuves ! Les veuves de guerre ! Plusieurs n'avaient connu le mari que quelques nuits avant le jour de la conscription. On s'était épousés sans se connaître pour ne pas être expédiés en Europe. Des bonheurs d'occasion, il y en eut. Puis ce furent les épousées de l'autre continent qui vinrent rejoindre l'époux connu là-bas ! C'était à ne pas s'y retrouver ! Tous et chacun avaient une histoire.

La fille souriait à Jean-Baptiste. Solitaire, il avait développé la manie de penser. À vivre seul, à ne pas avoir l'occasion de s'ex-primer, on finit par se taire ! Il ne pouvait changer d'un coup de baguette magique ; assis devant la fille, il continuait de ruminer.

Chose étrange, ça plaisait à Marie-Reine ; le voisinage de son père lui avait fait découvrir le côté sérieux chez l'homme. Les garçons de son âge lui semblaient maladroits. Elle se sentait en confiance, près de lui.

De plus, il était industriel et possédait une automobile. Issue de parents aisés, elle avait des désirs et des ambitions au-dessus de la moyenne des filles de son âge. Se déplacer de Montréal pour venir étudier chez les dames Jésus-Marie-de-Saint-Sacrement, posséder un piano bien à soi, ça promettait. Ses tantes plaignaient l'homme qui l'épouserait, elle, une fille gâtée.

Théodore et Imelda, ses parents, ne se préoccupaient pas de ces dires. Leur fille, de toute façon, était déjà à l'aise : la fortune des parents lui reviendrait, en mains propres, un jour. Marie-Reine était jolie et jeune. La guerre finirait, elle trouverait un bon parti. Même que ce fut prédit, le jour de son baptême… On interprétait favorablement, selon les circonstances, les paroles du prêtre qui avait tracé les onctions.

Quand la noirceur obligea le restaurateur à éclairer, Marie-Reine se leva. Jean-Baptiste aurait aimé pouvoir lui exprimer son désir de la revoir. Il ne savait comment. Ce fut elle qui fit les avances. Il la reconduisit au couvent. Elle le pria de la laisser à un coin de rue de là. Il comprit le stratagème : surtout ne pas être vue par tante Saint-Philippe… Elle fixa un rendez-vous pour le dimanche suivant. Imelda serait heureuse que sa fille demeure à Québec à étudier plutôt que de perdre son temps dans le train à se promener, ce qui était onéreux !

Jean-Baptiste se sentit très heureux. Une fille qui étudie chez les religieuses apprend des tas de choses. Puis, la tante portait le nom de Philippe. C'était providentiel ! Marie-Reine ! Quel beau nom à faire rêver !

Jean-Baptiste avait de quoi réfléchir. La production des balles était arrêtée. Un camion de l'armée devait venir chercher tout le contenu de l'usine, improvisée en vitesse pour satisfaire les besoins urgents. La machinerie, installée de façon temporaire, n'avait jamais été fixée à demeure. Tout partirait, y compris la liste des inventaires, les plans et devis, tout ! Jean-Baptiste allait se retrouver le bec à l'eau : quatre murs vides et plus de métier, plus de forge. Mais des gros sous en banque !

Il fallait recommencer. Où ? Comment ? À faire quoi ? À quarante ans, un homme est au meilleur de lui-même ! Il n'était pas question de devenir paresseux, de s'asseoir sur ses lauriers.

La fille était racée, une Canadienne pure laine. De bonne souche, ça se voyait : une tante religieuse ; qui sait, peut-être un oncle curé. Donc pas de pendu dans la famille ! Où était donc passé Onésime avec son grec et son latin ? Avait-il écrit à Fabienne ? Lui n'osait plus donner signe de vie. Comment aurait-il pu expliquer ses déboires ? Chacun est assez préoccupé par ses problèmes personnels pour ne pas avoir à se pencher sur ceux des autres ! Jean-Baptiste décida, ce jour-là, de rompre avec le passé, à tout jamais.

* * *

Il vint enfin, ce dimanche tant attendu ! La Chevrolet fut stationnée au coin complice, dorénavant le coin des rendez-vous secrets. Jean-Baptiste verrait… questionnerait… Avant le soir, il voulait savoir à quoi s'en tenir. Cette fille avait remué en lui quelque chose d'endormi, qu'il avait dédaigné. Si ce n'était pas elle, ce serait une autre. Tout ça à cause du fou d'Onésime qui avait décidé de pencher du côté de l'Église. Il n'allait pas, lui, vieillir seul ! Il lui fallait un fils.

Elle arriva enfin ! Il replongea le nez dans son journal. Il ne voulait pas qu'elle devine qu'il était anxieux et surtout qu'il était déjà là une heure avant celle du rendez-vous fixé.

La jeune fille, de son côté, avait décidé d'en apprendre plus long au sujet de cet homme auquel elle ne parvenait pas à donner un âge.

C'est en se baladant sur les plaines d'Abraham qu'on échangea des confidences. Ses parents s'adonnaient à la culture maraîchère. Ce choix était dû aux marais qui recouvraient en partie leur terre. De plus, ils étaient marchands de primeurs, grâce à des serres immenses. Le grand-père avait lancé l'entreprise qui s'était avérée un succès. Depuis le début de la guerre, le chiffre d'affaires avait triplé. La demande était forte, car les usines avaient causé la désertion des fermes. Plus la population augmentait, plus les ventes se multipliaient.

Est-ce que la jeune fille se plaisait sur la ferme ? Oui, il n'était pas question de laisser tomber ce coin de terre, gage de sécurité. Elle ajouta, en lui jetant un coup d'œil de biais, que celui qui deviendrait son époux devrait être un amoureux de la nature et de la famille. Marie-Reine poussa jusqu'à l'impudence en lui disant qu'elle désirait dix enfants.

Elle rougit et regarda dans une autre direction. Jean-Baptiste n'eut aucune réaction. Sauf qu'en son for intérieur, une voix indignée cria : « Cinq suffiraient bien ! »

Voyant que Jean-Baptiste savait tout d'elle et qu'il ne fuyait pas, elle s'enhardit. Elle ne lui avait pas posé d'énigmes. Elle avait été franche et directe et en espérait autant de sa part. Elle fonça, elle en aurait le cœur net !

— Quel âge avez-vous, Jean-Baptiste ?

— Quarante ans.

Elle hoqueta, s'arrêta sec, se dandina sur un pied, puis sur l'autre. Il s'arrêta, elle posa une main sur son bras.

— J'ai un cailloux dans mon soulier…

Elle ôta l'escarpin, le secoua, à peine quelques grains de sable en sortirent. Elle remit son soulier. La surprise avait été telle que Marie-Reine en eut un choc qu'elle camoufla par une ruse. Quarante ans ! L'âge de mon père ; elle ne pourrait épouser un homme qui avait déjà l'âge de son père ! Que diraient les membres de la famille ? Et le curé ? Et la grand-mère ?

Jean-Baptiste, non conscient de l'émoi causé, se réjouissait. La jeune fille avait pris son bras, s'y était appuyée, comme ça, spontanément. Ça lui fit chaud au cœur. Il regrettait qu'elle se soit si vite reprise. Il aurait aimé se balader comme ça, bras dessus, bras dessous, avec cette belle jeune fille.

Alors, il fallait tout savoir ; le premier obstacle était l'âge, l'auto et l'aisance feraient peut-être oublier ça. Mais pour le reste ?

— Vous êtes catholique ?

— Euh, oui ! Je suis Français.

— Chauvin alors ?

— Euh, non, catholique sans plus.

— Et vos allégeances politiques ? Provinciales et fédérales ?

— Je suis « bleu » à Québec, « rouge » à Ottawa.

Bonne réponse, bien directe, qui ne prête pas à confusion, jugea Marie-Reine, une réponse qui serait tombée de la bouche de tout Canadien d'origine.

— Je peux vous demander pourquoi ?

– J'ai remarqué que les libéraux portés au pouvoir à Québec ne faisaient rien sans demander la permission à Ottawa!

– Duplessis…

– Duplessis, comme vous le dites, est plus nationaliste, pense plus au peuple. Il s'occupe des petits, des campagnes. Il favorise les cultivateurs.

– Ça le fait haïr des citadins, à Montréal.

– Pensez donc! Ils se prennent pour le commencement et la fin du monde. Tout l'argent du gouvernement devrait être dépensé chez eux. Ça les enrage de voir les routes tracées en toutes directions; les petites écoles ont le droit d'exister, les enfants de la ferme ont aussi besoin de savoir écrire! Puis, Jean-Baptiste réalisa:

– Je vous ai offensée? Vous êtes de la grande ville!

– Ma mère va vous aimer!

– Ah! oui?

– Elle a assez tempêté quand Godbout fut élu!

Jean-Baptiste aima Godbout, une fraction de seconde, le temps d'apprendre qu'il connaîtrait, lui, Jean-Baptiste, la mère de Marie-Reine. Celle-ci, dans sa tête, résuma: «Il est aisé, a un bon métier, il est catholique, adepte de l'Union nationale.» Tout était parfait, sauf son âge. Elle renchérit:

– Dix enfants, ça vous fait peur?

– Non, s'il y a du pain pour dix, il y en a pour douze.

– Vous avez raison.

Tout avait été dit. Il restait à se faire approuver par la famille. À qui s'adresser d'abord? pensa Marie-Reine. Elle tournait et retournait la question en tous sens. De qui viendrait l'objection la plus féroce à son projet?

Son père? Non, avec un peu d'adresse, elle saurait lui faire avaler l'idée. Sa mère?… peut-être. Alors il faudrait trouver quelqu'un pour soutenir sa décision d'épouser cet homme. Qui?

Tout à ses réflexions, elle n'avait pas vu venir sa tante, sœur Saint-Philippe, qui s'arrêta et la regarda passer, distraite car absorbée, plongée dans ses rêveries.

– Marie-Reine…

– Bonjour, ma tante.

– Tu es rentrée tôt.

– Oui, je… je voudrais vous parler.

– J'ai un peu de temps libre avant l'office, suis-moi.

Voilà! C'est elle qui m'appuiera, à condition que je sache la convaincre. Si je réussis ce tour de force, ni maman, ni monsieur le curé n'oseront riposter, car cette tante fait autorité.

Elle parla de Jean-Baptiste, de sa foi, de ses idées sur le plan politique, de son succès, de son bon parler, de sa souche sûre et de son goût pour la grande famille.

L'argument suprême fit effet! Adroitement, la tante se fit rassurer sur la vertu intacte de la jeune fille. Marie-Reine, habile, n'avait pas mentionné l'âge ni la Chevrolet.

– Vous jouerez le rôle de ma mère, puisqu'elle n'est pas là; il vous appartient de le juger, vous-même!

La religieuse se sentit émue, touchée par tant de confiance; on avait vraiment réussi à en faire une fille bien! La tante promit de réfléchir.

Une longue lettre partit le soir même pour la métropole. Au haut de la page, une croix tracée à la plume rendait officiel le message qui révélait tout. Imelda prit feu! Théodore sourit: Imelda l'avait privé de sa fille, Imelda la perdrait à son tour. «Il est mieux d'avoir les ongles propres!» hurla la mère. Sa fille n'épouserait pas un va-nu-pieds. On ne l'avait pas fait instruire pour ça. Le bien familial tomberait dans les mains d'un étranger, changerait de nom, le ciel l'avait voulu ainsi, mais il lui appartenait, à elle, Imelda, de voir à ce que ce ne soit pas pour le dilapider!

Les hommes à gages surveilleraient le bien pendant qu'elle, Imelda, et son mari Théodore, iraient vers la vieille capitale voir ce qui se tramait là.

Les Lépine s'embarquèrent sur l'*Ocean Limited*. Le bruit que faisaient les roues de métal en courant sur les rails agaçait Imelda. Elle pestait contre la suie qui recouvrait les bancs et les fenêtres. Théodore souriait; il valait mieux que l'ire de sa femme s'effrite un peu avant l'affrontement de la mère et de la fille.

La rencontre se fit à cinq, dans le parloir du couvent. Le ton devint vite maussade.

– Toi, Alma Garon, cesse de jouer les entremetteuses!

Sœur Saint-Philippe pinça le bec. Marie-Reine venait de s'assurer une alliée ; tante Marie-Alma, sœur Saint-Philippe, gagnerait sur sa sœur Imelda, celle qui avait toujours fait à sa tête, une têtue, une égoïste !

Imelda gesticulait ; son chapeau à plume, retenu par une longue épingle, glissait sur son front. D'un geste rageur, elle le repoussait. Le chapeau glissait encore, alors, elle l'ôta et le lança. Théodore souriait à Marie-Reine qui attendait que la paix revienne.

Jean-Baptiste se leva, lui, le malheureux. Il prit le chapeau et le tendit à Imelda.

— Merci ! dit-elle rageuse, sans lever les yeux. Puis, elle enchaîna : je suppose que vous avez fait la fête à tout vent et que de guerre lasse, vous vous tournez vers ce qui est pur ! Parce que notre fille est… pure vous savez !

— Maman ! hurla Marie-Reine.

— Je l'espère bien, madame, rétorqua Jean-Baptiste !

Jean-Baptiste, fouetté en plein visage, était réveillé.

— La fête, comme vous le dites, je l'ai faite à travailler pour faire vivre des orphelins, pour payer des études classiques à un – il allait dire un fou, il se reprit – à un jeune homme qui se destinait à la prêtrise.

Marie-Reine en eut le souffle coupé. Il ne le lui avait pas dit. Il n'avait rien dit pour gagner ses bonnes grâces. Mais là, il avait su clouer le bec de sa mère.

Sœur Saint-Philippe ramena les plis de sa jupe en silence. Elle laissait l'effet créé par ces bonnes paroles faire son chemin dans toutes les têtes, surtout dans celle sans cervelle d'Imelda. Théodore attaqua à son tour.

— Le travail aux champs ne vous fait pas peur ?

— Le travail ennoblit l'homme.

La réplique était excellente ! Il n'avait pas été question du pendu, de la Chevrolet, ni de l'âge.

— Notre fille n'a pas de dot autre que la vie sur la ferme tant que nous serons vivants, lança Imelda, histoire de se faire bien comprendre, jusqu'au bout.

— J'ai de quoi faire bien vivre femme et enfants.

Ce qui amena Imelda à le regarder.

– Ah oui ? Quel âge avez-vous donc ?

La voix était déjà empreinte de plus de douceur.

– J'ai quarante ans, madame.

Sœur Saint-Philippe sursauta légèrement. L'âge de son beau-frère ! Presque son âge à elle, plus âgée qu'Imelda. Mais si Dieu le voulait ainsi… aussi le ciel lui inspira la phrase magique : « Vaut mieux être la chérie d'un vieux que l'esclave d'un jeune ! »

Sœur Saint-Philippe venait de changer le destin de Jean-Baptiste. Les desseins de Dieu sont impénétrables ! Marie-Reine quitterait le couvent dès les vacances de Noël ; elle rentrerait chez elle préparer son trousseau.

Jean-Baptiste mettrait de l'ordre dans ses affaires. La noce serait célébrée entre le jour de l'An et la fête des Rois. Les fiancés étaient autorisés à se voir, à se rencontrer, mais sous l'œil vigilant d'un chaperon.

L'*Ocean Limited* ramena vers Montréal une Imelda bouleversée. Il faudrait faire boucherie, hors saison ! Un bœuf, un mouton seraient sacrifiés pour le festin. Toute la famille serait invitée, toute ! Jusqu'aux arrière-cousins et cousines. Après tout, ils n'avaient qu'une fille à marier ! La parenté se souviendrait de ce mariage. On remplirait l'église. Théodore n'avait rien eu à dire, il n'avait pas eu voix au chapitre ! Il regardait sa femme, ses méninges travaillaient ! Quand un homme a la chance inouïe d'être le mari d'une femme de cette trempe, il n'a qu'à se taire et à ménager sa salive pour les grandes occasions.

* * *

Puis, ce fut la merveilleuse mais brève période des fréquentations. Désireux de conserver les bonnes grâces de la tante religieuse, Jean-Baptiste partit, un beau dimanche, au volant de la Chevrolet, Marie-Reine à sa droite et sœur Saint-Philippe accompagnée de sœur Saint-Ignace assises sur la banquette arrière. On se rendit à Saint-Jean-Port-Joli acheter catalognes et courtepointes.

La route fut douce, un bon bout de chemin avait été refait, une promesse tenue à la suite de la campagne électorale sans doute. Au retour, quand Jean-Baptiste traversa Bellechasse, il se dit qu'il devrait venir rendre une dernière visite à Fabienne et aux siens… avant de disparaître à tout jamais. Il ne fallait pas que cette histoire du pendu brise sa vie, la future belle-mère n'accepterait jamais un tel affront !

Jean-Baptiste remarqua qu'il y avait beaucoup de trafic routier. On disait qu'à Montréal, il y avait une automobile pour cinquante familles. Quelle prospérité ! Le nombre de téléphones aussi se multipliait, le peuple était gâté. Les retombées de la guerre se faisaient sentir. Les États-Unis prospéraient, la porte avait été ouverte toute grande à l'immigration et le pays florissait.

Au Québec, on encourageait la colonisation ; l'Abitibi s'était divisée et avait été octroyée par lots. Le gouvernement donnait des subsides aux colons. On était plus généreux du temps de Jean Talon qui avait appris aux colons à « se suffire sur place » dans les années seize cents !

On achetait le whisky à la Commission des liqueurs. Les alambics n'étaient pas tous détruits, la bagosse était toujours populaire…

Une main s'était posée sur son bras. Il sursauta.

— Tu es lointain.

— Je réfléchissais, excuse-moi.

— Tu es préoccupé ?

— Non, l'habitude de ruminer, à vivre seul… Tu comprends.

Les « Je vous salue Marie » reprirent sur la banquette arrière, on avait interrompu la prière, le temps de ces quelques phrases.

On en vint à « L'Ascension, demandons le désir du ciel. » Marie-Reine sourit à Jean-Baptiste. Il tapota sa main. Elle sourit encore. Ils s'aimaient bien ! On passa ensuite aux invocations.

Bonne sainte Anne, priez pour nous.

Saint Jean-Baptiste, priez pour nous ;

la fiancée sourit.

Bon saint Joseph, priez pour nous.

Notre-Dame-du-Perpétuel-Secours, priez pour nous.

Marie-Reine-des-Cœurs, priez pour nous;
ce fut le fiancé qui sourit à sa belle.
Sœur Saint-Philippe venait d'ajouter à la litanie…
Joies anodines, mais qui adoucissaient les cœurs, l'un jeune,
l'autre innocent.

* * *

Jean-Baptiste vendit ses biens sauf la Chevrolet. Il adressa
un chèque à Fabienne et l'informa qu'il partait bientôt pour la
grande ville, et ce, pour fort longtemps.

Fabienne sentit que son beau-frère cherchait la rupture. Après
tout, il était devenu un monsieur qui conduisait une voiture. Puis,
il avait tant fait, il avait bien le droit de penser à lui-même. Elle lui
redit son amour et sa reconnaissance dans une courte lettre dans
laquelle elle parla beaucoup des enfants sans mentionner le nom
d'Onésime. Jean-Baptiste comprit qu'elle était sans nouvelles de
son aîné. Il en souffrit.

Comme il se devait, Jean-Baptiste alla visiter cette tante
religieuse qui l'avait aidé à gagner le cœur de la femme qu'il
aimait. Avec sa coiffe bien empesée qui empiétait sur son visage,
il n'aurait su où déposer un baiser: il ne restait que les yeux, le
nez et les lèvres à découvert… Il la remercia et promit qu'il serait
à la hauteur de ses espérances.

Puis, il fit un pèlerinage à l'île d'Orléans. On ne reconnut pas cet
homme bien vêtu, bien chapeauté. Il alla jusqu'à l'emplacement
de la cabane. L'herbe poussait par touffes, là où lui et son frère
avaient battu le sol. Il reconnut le contour occupé autrefois par
leur logis qui avait abrité eux deux, Fabienne, les enfants, Piton,
les poules et la chatte. Il alla errer du côté du cimetière. À l'écart
des lots de famille où se dressait croix de bois ou monument en
retrait, se trouvait ce coin où l'on enterrait les enfants morts sans
baptême, qui eux n'avaient pas droit à la terre bénite. Son frère, le
pendu, devait se trouver là!… Il ôta son chapeau et fit une prière.
Le sol gelé criait sous ses pieds. Il sentit son âme triste et glacée;
pauvre Louis-Philippe!

Il revint vers Québec. Le château lui paraissait extrêmement beau. Il y viendrait, un jour. Il viendrait y dîner et dormir avec sa femme! Il se le promettait. Il aurait dû demander l'opinion de Marie-Reine, au sujet du voyage de noces. C'eût été une bonne occasion...

Il acheta des chaînes neuves pour la voiture. Pas question d'être en panne sur le grand chemin. La neige serait bientôt là, abondante.

Puis, il partit enfin. Montréal lui paraissait loin. Surtout que la route était déserte. Elle était droite mais étroite et monotone. Eût-il tant roulé, en Europe, il aurait sûrement changé de pays! La seule province de Québec pourrait contenir neuf fois la surface de la France, avait-il lu quelque part. Le vent soufflait par rafales, formant des bancs de neige. Quand la nuit vint, il décida de s'arrêter. Pour ce, il quitta la route dès qu'il vit une agglomération éclairée. Il s'arrêta devant un restaurant qui était bondé; la route était fermée à la circulation deux milles plus loin. Des bébés dormaient sur les tables; on jasait, on racontait des histoires drôles, salées, cochonnes, les identifiant avant de les lancer. On riait, les cercles s'agrandissaient. Tous ces gens qui s'ignoraient une heure plus tôt étaient maintenant amis.

Jean-Baptiste revoyait ici l'atmosphère qui régnait le dimanche aux chantiers. Ça lui fit chaud au cœur. Les citadins l'effrayaient un peu, tout ceci le rassurait. Il se mêla à eux. On chanta des chansons à répondre. Ça lui remémorait sa Normandie. On mima *Le pont d'Avignon*, *Les chapeaux ronds de la Bretagne*, puis on pluma l'*Alouette*. Les réserves de thé et de café y passèrent. Quand la porte s'ouvrait, la rafale s'engouffrait et une nuée blanche pénétrait en grondant. Le sol fumait, la neige fondue s'élevait en vapeur. Les vitres, frimassées par le contraste créé entre la chaleur de l'intérieur et le froid extérieur, étaient ornées de dessins bizarres. Parfois, on y grattait pour tenter de voir dehors; aussitôt, elles s'embuaient.

Peu à peu, le silence se fit. Les uns et les autres tombaient endormis, la tête appuyée sur un bras replié sur le bord d'une table, ou la chaise renversée dos contre le mur.

Soudain la porte s'ouvrit dans un fracas épouvantable. Tous sautèrent sur leurs deux pieds. Un énorme ours noir qui faisait la hauteur de la porte entra en grognant.

Jean-Baptiste n'en avait jamais vu. On lui en avait parlé. Habituellement, ils dorment en hiver. Celui-ci s'était peut-être attardé.

Pour un instant, ce fut la panique. Les femmes hurlaient. Un vieux monsieur placé à côté de Jean-Baptiste lui dit tout bas :

— Bouge pas, mon gars. C'est un vilain tour.

La bête gesticulait. Les enfants pleuraient. Puis ce fut l'hilarité générale. De derrière la peau de l'animal sortirent deux jeunes garçons qui riaient à s'en tenir les côtes. Ils avaient réussi leur bonne farce.

— Comment avez-vous deviné ? demanda Jean-Baptiste.

— Les ours n'ouvrent pas les portes de cette façon. Une pareille bête avec trois brins de neige sur le poil, ça m'a paru louche...

Il y eut alors une deuxième ronde de chansons et le silence revint peu à peu. De temps à autre, un de ceux qui repensaient à l'ours s'esclaffait, suivi d'autres.

Tôt le matin, les charrues et les grattes firent leur apparition ; lentement le restaurant se vida et la caravane motorisée reprit la route, par petits groupes. On échangeait des poignées de mains, on se saluait, on se souhaitait « Joyeux Noël ».

Jean-Baptiste resta là encore un peu. Il causait avec l'homme âgé.

— Vous allez vers la grande ville ?

— Me marier.

— Bien sage ! Vous n'avez pas perdu les gages dans la neige, j'espère ?

— Pardon ?

— Les gages ?

— Je ne comprends pas très bien !

— Quand on se marie, on achète des gages qu'on cache habituellement dans sa poche.

— Et ça sert à quoi, ces gages ?

— Vous êtes étranger ?

— Depuis près de vingt ans...

— Ah ! Des gages, jeune homme, ça consiste en une bague et un jonc pour la promise.

— Les alliances!

— Oui, c'est le mot dont se sert le curé.

— Je n'y avais pas pensé.

— Sacrebleu! Voyez-y, votre belle-mère ne vous le pardonnerait pas! Pas de gages, pas de mariage!

— Je vais m'en occuper dès demain. Vous allez loin?

— Non, j'habite en face. Quand je vois venir la tempête, je sais que la route va se fermer dans la courbe à Brochu et je viens ici me distraire. Veux-tu traverser avec moi, le fun est fini? Viens déjeuner, je dois aller faire une attisée dans le poêle.

Jean-Baptiste accepta. Auguste était ravi. On déjeuna de grillades de lard et but du café fait de graines de pain grillé. Puis, Auguste plaça dans la main de son invité un cœur en or retenu par une chaînette.

— Pour votre belle. C'était à ma défunte, je n'ai pas d'héritier.

Le ton était d'une infinie tristesse. Jean-Baptiste voulut refuser, mais Auguste insista.

— Je viendrai vous présenter ma femme.

Il parla de son projet concernant la visite au Château Frontenac.

— « Cré gué »! T'as des ambitions, toi, fiston!

Jean-Baptiste se sentait tout remué. D'abord, il avait dit tout haut « ma femme ». Ce fut une musique nouvelle pour son oreille.

Lui, le Français, il savait où situer la courbe à Brochu sur la carte de la province.

Personne au monde n'aurait pu lui offrir plus agréable enterrement de vie de garçon! Demain, il irait acheter les gages avant de se rendre chez les Lépine. Il ne sut pas pourquoi, il pensa à ce Chinois qui avait si longtemps empesé ses chemises. Sa vie passée semblait lui revenir en mémoire de façon pressante…

* * *

Elle était là, devant lui, la grande ville. Il s'attendait à autre chose, elle ne lui parut pas trop difficile d'accès, la route l'avait mené droit au pont. Les rues étaient nettoyées sur une bonne largeur. Quel trafic! C'était à rendre fou. Il tourna sur la droite et s'arrêta à une station-service, où il fit le plein. Il s'informa de la direction à suivre. On lui remit une carte sur laquelle le tracé fut fait. Il lui faudrait traverser de l'est vers l'ouest, complètement. Il déboucherait sur la rue Décarie qui monte franc nord. Il s'y reconnaîtrait facilement : à chaque deux portes se trouvait un vendeur d'automobiles usagées. Cette rue le mènerait à la Côte-Vertu. C'était moins compliqué que la ville de Québec. Puis c'était plat, pas de côtes! Il vérifia les attaches des chaînes, gratta les vitres de la voiture, rabattit son collet de paletot et s'installa derrière le volant.

Chemin faisant, il vit une vitrine où s'alignaient des bijoux. Il s'arrêta, stationna la voiture et regarda autour de lui, mémorisant quelques points de repère. Il entra dans le grand magasin et demanda à voir les alliances. On lui parla anglais, il répondit en français.

– *One hundred and seventy five dollars.*
– Vous avez des bijoux plus cher?
– *Yes, sure. How much do you intend to pay?*
– Cinq à six cents dollars.
– *Ah! Well.*

Et le commis parla français, comme autrefois, lui, Jean-Baptiste parlait son anglais : mal. Jean-Baptiste donna un dépôt contre reçu ; il reviendrait le lendemain avec sa fiancée pour vérifier la grandeur du bijou.

– Meurci, monsieur, aureverre, dit le commis.

Jean-Baptiste sortit sa carte routière, y indiqua l'emplacement de la bijouterie et repartit. «L'appât du gain semble délier la langue.», ne put-il s'empêcher de penser.

Enfin, la Côte-Vertu était là, transversale à l'autre. Il s'y aventura et vit la maison longue, à lucarnes, avec galerie. Telle que Marie-Reine l'avait décrite si souvent.

Elle était là, elle, derrière ces murs… Ça le remua. Il stationna la voiture aussi près de la maison qu'il put. Devait-il entrer par devant ou aller par derrière? La grande porte, pensa-t-il. Il s'avança, grimpa les marches.

Elle ouvrit, se jeta dans ses bras. Il faillit tomber à la renverse. Il ôta son chapeau. Le contact de la femme l'émoustilla, Jean-Baptiste plongea la main dans sa poche pour remettre de l'ordre dans son pantalon…

— Il y a la panique ici, lui dit la fille. Toujours appuyée contre lui, elle l'entraîna.

— Viens, vite, Marie-Reine, viens tirer les beignes, ils vont brûler.

— Jean-Baptiste est arrivé, maman.

— Bonjour, monsieur Jean-Baptiste, vous tombez bien mal !

— Que se passe-t-il ?

— La pompe de circulation pour les serres a flanché, on en a acheté une neuve, mais les instructions sont en anglais, alors vous comprenez !

— Où est la pompe ?

— Dans la remise.

— Et… où est la remise ?

Elle lui indiqua du doigt. Il sortit par derrière et disparut vers l'endroit désigné. Jean-Baptiste fit un miracle. Il remit en marche la vieille pompe.

— Le petit sagouin ! dira plus tard Théodore. J'ai vingt ans de pratique sur la maudite pompe et cette fois je n'ai pas réussi ! Lui, en un tournemain, il l'a mise en marche ; le petit sagouin !

Jean-Baptiste expliqua que la réparation était temporaire, la pompe était très usée, il faudrait la remplacer.

— Je ne demande pas mieux, mais les instructions sont en chinois !

— Je vais vous les traduire.

Théodore regarda Imelda. Celle-ci sourit. Pas folle, sa Marie-Reine, elle avait su choisir un gars correct !

On eut droit aux bons beignets chauds roulés dans le sucre en poudre. Comme ça, en plein cœur de l'Avent !

Imelda avait pris arrangement avec une voisine qui logerait Jean-Baptiste jusqu'au mariage. C'était plus convenable ainsi.

Le lendemain, les amoureux furent autorisés à aller, seuls, à la bijouterie. Marie-Reine reçut un diamant énorme, comme un gros pois. Elle en fut éblouie.

On en profita pour acheter les étrennes au magasin Eaton, en parlant toujours en anglais, ou presque. Jean-Baptiste avait les yeux grands. Il furetait partout. Il avait vu Pollack et Laliberté à Québec, mais seulement de l'extérieur. Il se sentait plus à l'aise au magasin général, au coin de la rue. On y marche moins et toute la marchandise est étalée à la vue. C'est tellement plus facile !

Les achats furent placés sur la banquette arrière de la voiture et on refit le trajet rue Décarie vers le nord jusqu'à la campagne. La Canada Can était là, sur le coin, tout près ; c'était un bon point de repère. Quand l'été serait venu, il se payerait le luxe de visiter toutes les rues et de s'y perdre.

– C'est facile, tu sais. Le cadastre de la ville est tel que chaque numéro déterminant l'adresse d'une propriété correspond exactement à l'autre, de la rue d'en face, et ce, dans toutes les directions ; que ce soit de l'est à l'ouest, ou du nord au sud. Il avait suffi d'y penser. Jean-Baptiste s'en souviendrait.

La future belle-mère était inquiète. Comment se faisait-il que, lui, il ait une automobile ? Peut-être était-il gaspilleur ? Elle verrait. Mais à la vue du diamant offert à la fiancée, le soir de Noël, elle se ravisa. Il avait sûrement une fortune bien à lui, ce gars-là ! Il y gagnait continuellement en bonnes grâces !

Ce fut un Noël du tonnerre ; le sapin touchait le plafond et ployait sous ses décorations. Le réveillon, quel festin ! la noce promettait. On illumina le terrain avec des petits sapins couverts de lumières multicolores. Les voisins ralentissaient au passage. C'était la fête.

Jean-Baptiste raconta la fameuse nuit dans la tempête près de la courbe à Brochu. L'histoire de l'ours les amusa bien. On jugea qu'il avait une bonne nature, franche, loyale. L'accueil n'aurait pu être plus chaleureux.

Couché chez la voisine, Jean-Baptiste repassait tout dans sa tête. Il n'avait jamais osé rêver à tant de faste ; il y avait là assez de nourriture pour ravitailler une armée ! Une maison grande à n'en plus finir, dotée d'un salon aux chaises de peluche rembourrées de crin, d'une salle de séjour plus grande que la cabane de l'île d'Orléans, de deux cuisines, une d'hiver et une d'été, d'un tourne-disque haute fidélité, de trois ou quatre radios, d'un piano, de rideaux de dentelle, le tout d'une parfaite propreté. Même en France, il n'avait jamais vu autant de luxe. Si Louis-Philippe voyait tout ça! Son grand frère n'avait connu que la misère! Pauvre Louis-Philippe!

Marie-Reine semblait une bonne fille. Affectueuse, surtout envers son père, elle se montrait douce et gentille. Elle faisait aussi la cuisine, c'était bien qu'une femme sache cuisiner. Imelda était plus raide, il avait l'impression que c'était dû au fait qu'elle tenait les rênes dans le foyer. C'était elle qui portait les culottes, comme on disait à Québec.

Elle avait un œil de faucon, qui voit tout, qui analyse tout. Il y avait belle lurette que Théodore avait perdu le droit de commander, voire même de maugréer. «Pourquoi pas, pensa-t-il? Après tout, c'est le résultat qui compte.» Les affaires devaient être bonnes, puisqu'ils s'offraient un tel train de vie.

L'argent de Jean-Baptiste était en banque; il n'avait jamais pensé quel usage il pourrait en faire. Il lui était tombé sur la tête par miracle presque; parce qu'il parlait anglais, qu'un Anglais en Chrysler était passé par là. Ça lui paraissait facile, vu après. Il avait su copier les Anglais, imiter leur façon de penser, de calculer. Ça avait porté fruit.

Monsieur Gagnon remerciait monsieur Ganong de l'avoir mis sur la bonne route. Puis monsieur Ganong mourut... et monsieur Gagnon était heureux. Il souriait. Il pensait à Tit-Gusse qui l'avait traité de blanc-bec et de tête carrée! Il partit à rire, d'un grand rire franc. La vie est bête quand on ne sait pas en tirer profit! Est-ce parce qu'il était Français que ça lui avait été possible? Le Canadien avait les Anglais en grippe au point d'en perdre sa clairvoyance! Ça finirait mal! Lequel des deux avait le complexe de supériorité? Il s'endormit et rêva à Fabienne.

Le jour de l'An fut moins gai. Ici, on fêtait surtout la Nativité. Il y eut un déjeuner fracassant. Marie-Reine s'agenouilla devant son père et lui demanda la bénédiction paternelle. Jean-Baptiste aurait voulu se voir six pieds sous terre! Que fait un homme en telle circonstance? S'agenouille-t-il aussi? Il mit un genou à terre. Il n'eut pas le temps de mettre l'autre. C'était fini. On s'embrassa, on se la souhaita bonne. Pour Marie-Reine, le souhait était unanime: une grosse nichée d'enfants! Elle souriait, rose de bonheur, sans fausse gêne. «Du bien bon monde! Surprenant dans sa candeur, dur et tendre à la fois, comme le climat. On passe de la colère au sourire comme les saisons. Ils sont désarmants ces Canadiens, ce sont des pure laine ceux-là!» Jean-Baptiste les aimait de tout son cœur.

Il y eut un long défilé qui dura toute la journée! La cruche de caribou fut déposée sur la table de la cuisine avec les verres. La procession commença. Vint le curé, des voisins, des parents de partout, des amis et un grand nombre de curieux qui voulaient entrevoir le futur gendre.

Théodore versait à boire. On échangeait des vœux. Théodore força la note, il vérifiait l'endurance de Jean-Baptiste au whisky. Le gendre ne se méfia pas, il ne pouvait non plus savoir que la cruche serait remplacée par une autre… tant et aussi longtemps que les visiteurs afflueraient. Marie-Reine vit le manège du père et en avertit Jean-Baptiste. Habilement, il mêlait son verre plein aux autres et le remplaçait par un vide, si bien que ce fut Théodore qui leva les pieds le premier. Jean-Baptiste aida une Imelda fulminante à le transporter à l'étage, à lui ôter ses souliers et à le coucher sur un lit.

Imelda félicita Jean-Baptiste pour sa retenue. Elle haïssait l'alcool et les alcooliques! Dont Théodore aujourd'hui. Le mauvais exemple!

Jean-Baptiste prit la place de Théodore près de la table et salua les convives d'un verre contenant de l'eau. Marie-Reine riait de tous ses yeux.

La soirée se termina par un lavage de plancher en bonne et due forme. La neige fondue avait fait un méchant pigras: il y avait de la boue partout, un bourbier!

Tous se couchèrent rompus! Théodore ronflait toujours. Le lendemain, il eut droit à un déjeuner-causerie. Imelda, dans sa colère, alla si loin qu'elle le menaça de ne pas lui permettre de mettre les pieds au mariage de sa fille, par peur qu'il lui fasse honte encore une fois. Théodore se fit rebattre les oreilles avec ce qu'Imelda appelait la retenue de Jean-Baptiste qui, lui, ne perdait pas la tête pour une larme de whisky. Le pauvre Théodore souffrait, chaque mot résonnait dans sa tête malade. Il plaça les mains sur ses oreilles.

Jean-Baptiste connaissait l'agonie de son futur beau-père. Il se souvenait, là-bas, au chantier… Il alla vers la cuisine, versa deux doigts de whisky dans un verre et le lui tendit. Théodore leva vers lui des yeux qui en disaient long sur sa reconnaissance ; il avala tout d'un trait.

Imelda en eut le souffle coupé !

— Vous, comment pouvez-vous prendre soin d'un ivrogne ? Il faut les laisser souffrir pour leur péché !

Il lui expliqua qu'autrefois, au chantier… Elle s'étouffa ! On la lava à l'eau froide, on lui frappa dans le dos à deux mains. Elle reprit enfin ses esprits. Marie-Reine courut à l'étage et revint avec le cruchon qui contenait les sels de réanimation.

— Avez-vous dit… au chantier, vous êtes allé travailler au chantier ?

— Oui, madame Lépine, autrefois…

— Ne RÉ-PÉ-TEZ jamais ça ! Pas ici, dans cette maison ! Vous êtes chez des gens bien, ne parlez jamais à personne de ce… cet épisode-là de votre vie, déshonneur !

Jean-Baptiste furieux allait jurer quand ce fut Théodore qui le sauva.

— Toi, Notre-Dame-du-Haut-Fourchon, ferme-la ! Il n'y a pas de déshonneur à gagner durement et honorablement sa vie !

Et il assena un coup de poing sur la table, ce qui fit danser la vaisselle.

Marie-Reine fondit en larmes. Jean-Baptiste aurait voulu disparaître. Hier matin, à la même heure, Théodore bénissait sa fille ! Celle-ci se jeta dans les bras de Jean-Baptiste. Il n'osait la toucher, il avait peur que la foudre retombe sur lui. Imelda cria :

— Viens, ma fille, dégarnissons la table.

Elle avait retrouvé son calme et son autorité. Jean-Baptiste se jura à lui-même qu'à l'avenir il se tairait. Dans quarante-huit heures aurait lieu le grand jour du mariage. « Encore une histoire comme celle-là et nous aurons notre propre maison, bien à nous », pensa-t-il.

* * *

C'était la saison morte. À la ferme, il y avait peu de besogne à abattre, en dehors des serres qu'il fallait surveiller pour y vérifier la chaleur et l'humidité ambiantes. Des jeunes plants étaient en serre chaude, d'autres dormaient pour la saison d'hiver. Des graines, prélevées sur des fruits de la dernière saison, étaient mises à sécher, telles, par exemple, celles que l'on extrayait de la citrouille.

Théodore et Jean-Baptiste erraient çà et là et Jean-Baptiste apprenait son futur métier. Des fournaises chauffaient à l'huile. Il fallait constamment surveiller les thermomètres car, même l'hiver, la nature cause des surprises.

Théodore ne releva pas la triste histoire du déjeuner, mais il prévint Jean-Baptiste du caractère de sa femme. Il fallait comprendre, elle n'avait eu qu'une sœur, Saint-Philippe, qui était entrée au couvent très jeune. Donc Imelda avait fait ses treize volontés toute sa vie. Ce bien-ci, elle en avait hérité de ses parents. Ça lui était monté à la tête même si c'était lui, Théodore, qui, à force de travail, avait sauvé les meubles au moment de la longue et pénible crise de vingt-neuf. Il en avait passé des journées à quatre pattes dans le champ pour en tirer quelque chose. Ce n'était pas de la terre de culture, loin de là; ce n'est qu'à force de drainage qu'il avait réussi. Les légumes, qui préfèrent un sol sec, poussaient mal autrefois; ils pourrissaient avant de mûrir.

Imelda avait été brave et l'avait bien secondé. Marie-Reine était une fille en or. Jean-Baptiste serait heureux. Lui, Théodore, était ravi du choix de sa fille. Il n'aurait pas aimé mettre tout ça dans les mains d'un blanc-bec. De la main, il indiqua tout le bien; il était heureux que sa fille ait choisi un homme bien né, soucieux du respect de l'autre.

La façon dont Théodore lui adressait la parole, à la troisième personne, lui parlant à lui, de lui, toucha Jean-Baptiste. « La gêne d'exprimer les bons sentiments », pensa-t-il. Ils rentrèrent pour dîner, jasèrent de culture et retournèrent aux serres. Théodore mentionna ses projets d'agrandissement maintenant qu'un gendre serait là pour le seconder.

Imelda s'occupait des livres et de la vente. Ils n'avaient pas à aller au marché central. Ils étaient fournisseurs pour l'hôpital Notre-Dame-de-l'Espérance. Parfois, ils vendaient à la prison de Bordeaux. Les dépenses étaient minimes comparativement aux entrées; trop faibles pour faire fortune, suffisantes, cependant, pour bien nourrir une famille.

Jean-Baptiste fut étonné d'autant de bonté chez Théodore. Même le ton était respectueux. Il apprécia le fait que l'homme ne se soit pas abaissé à discréditer sa femme pour s'excuser lui. C'était l'honnêteté qui transpirait. Ce fut une journée de paix, de douceur et de compréhension. Les hommes de la maison se comprenaient; pas de mesquinerie, beaucoup d'affection.

Ils ne rentrèrent qu'à l'heure du souper. Les femmes semblaient exténuées. Les cadeaux de noces arrivaient. On les disposait sur une grande table décorée d'une nappe, dans le salon. C'était l'après-guerre; aussi, la rareté faisait de certains objets, comme le grille-pain, un véritable luxe.

Jean-Baptiste ressentait le grand vide que laissait l'absence de sa famille à lui. Il les aurait, les dix enfants que Marie-Reine souhaitait!

Puis Théodore toussa très fort.

— Viens, Imelda, laissons les jeunes en paix. Demain, ils ne peuvent se voir, donnons-leur une dernière chance de changer d'idée…

Imelda suivit à regret. Théodore sortit en faisant un clin d'œil en direction de Jean-Baptiste. Celui-ci n'en comprit pas le sens. C'était à la fois gauche et sympathique, selon l'interprétation donnée.

— Réalises-tu, Jean-Baptiste, que très bientôt nous serons mariés et que tu ne m'as pas encore embrassée?

— Oui. Je dois t'avouer que j'en ai souvent eu le désir fou sans oser.

— Alors, ose.

— Non, pas comme ça, pas parce qu'on est seuls, ou sur commande. Pour moi, ça représente plus que ça.

— Et si c'est moi qui le désire, qui te le demande?

Il la prit dans ses bras. Il la repoussa, tendrement.

— J'avais un peu peur de me sentir maladroit… Maintenant j'ai peur de ne pouvoir attendre!

– Grand fou! dit-elle.

Et elle n'insista plus. Ils jasèrent, tard dans la nuit.

– Si j'avais su que tu parles couramment anglais, j'aurais choisi New York comme destination pour notre voyage de noces. Ça me tentait beaucoup.

– Alors, allons-y! Qui nous en empêche?

– Je pensais…

– Ne pense pas. Nous irons à New York si c'est ton désir. C'est ton mariage, c'est ton choix. L'année prochaine, au premier anniversaire, nous irons au Château Frontenac. Ce sera le mien, mon voyage de noces.

– Grand fou!

– Dois-je prendre ça pour un mot d'amour?

– Tu sais bien!

– N'aie jamais peur, ma Reine, de dire ce que tu ressens vraiment, ne sois pas gênée d'exprimer tes sentiments profonds. Quels qu'ils soient, laids ou beaux.

– Tu parles comme un confesseur. Monsieur le curé dirait des choses profondes comme celle-là, des choses qui font réfléchir.

– Je t'aime.

Il souriait, elle avait eu besoin de passer par le curé pour lui faire un compliment… Il remarquait, là encore, cette pudeur des sentiments exprimés.

L'amour se cimentait peu à peu. Ils ne se connaissaient que depuis trois mois et ensemble, dans quelques heures, ils entreprendraient la vie de couple pour le meilleur et pour le pire.

Chapitre 9

Doux Jésus qu'elle était belle! Elle s'approcha au bras de son père, rose d'émotion, dans sa robe vaporeuse, toute blanche, des fleurs piquées dans ses cheveux; un long voile, qui flottait depuis l'auréole, s'étirait sur une longue traîne qui glissait sur l'allée centrale de la nef.

Jean-Baptiste tendit la main vers sa belle, elle s'avança vers lui, il garda sa main dans la sienne, ses yeux rivés aux siens. L'officiant attendit un peu, pour ne pas rompre le charme du dialogue muet. Théodore essuya une larme, Imelda étouffa dans son mouchoir de dentelle et l'assistance au grand complet se sentit remuée.

Ils échangèrent les promesses.

Elle sortit au bras de son mari, la tête appuyée sur son épaule. La cérémonie de ce mariage avait été un poème d'amour. Les grandes orgues se firent enlevantes.

La réception fut fracassante. Longtemps, on parlerait du mariage de la petite Lépine! Les époux étaient partis et la fête continuait.

La Chevrolet prit la route de New York. On pouvait se perdre en chemin, ça n'avait pas d'importance.

Imelda avait placé dans la voiture un panier de jonc plein à craquer de bonnes choses, un thermos de café et une bouteille de champagne roulée dans une nappe à thé. Jean-Baptiste apprécia le geste de cette femme aux dehors durs.

Nos amoureux virent peu New York: les gratte-ciel étaient gris et humides. La nuit était belle sous les néons. De là-bas, ils écrivirent à sœur Saint-Philippe pour la remercier et lui dire leur amour.

La grande aventure était commencée.

* * *

Lorsque Jean-Baptiste ouvrit les yeux, il eut la surprise de voir sa femme qui pliait bagages. Pourtant il restait encore deux jours à courir avant la date prévue pour le retour.

– Je ne sais pas pourquoi, j'ai le goût de rentrer. Je me suis réveillée avec ça en tête. Qu'est-ce que tu en penses?

– Si tu veux, nous partirons. Tu n'es pas malade ou malheureuse?

– Ah non! Mais je me sens inquiète.

– Alors partons.

Il aida Marie-Reine à fermer les valises, examina partout pour ne rien oublier. Il paya la note. Ils déjeunèrent et prirent le chemin qui les ramènerait à Montréal.

Quelque chose avait brisé la grande joie de Marie-Reine. Son exubérance était freinée. Jean-Baptiste ne posa pas de questions. Qu'aurait-elle pu répondre? S'il y avait réponse, ça cesserait d'être un pressentiment! Elle était pensive. Pour la distraire, il mit sa main dans sa poche et en sortit deux billets.

– Tiens, tu mettras ça dans ta boîte à souvenirs.

– Qu'est-ce que c'est?

– Je les avais achetés pour le grand spectacle à Broadway. D'après le journal local c'est grandiose. C'était pour ce soir.

Elle les glissa dans son sac et retourna à ses pensées. Plus ils approchaient, plus il y avait de neige sur la route.

– Il a dû y avoir une bonne tempête au Vermont.

Elle hocha la tête. Il mit une main sur la sienne.

– Es-tu heureuse, ma Reine?

– Oui, très heureuse. Tu as été gentil. J'avais peur tu sais. Maman m'avait dit des tas de choses que je ne comprenais pas, et j'étais trop gênée pour demander des explications. C'est pas si terrible...

– C'est surtout... formidable!

Elle rougit, alors il n'insista pas.

– Penses-tu qu'on va réussir à rentrer de clarté?

– Quatre cents milles, oui je crois.

– Ça sent bon. Mais je suis surprise.

– Pourquoi?

— Je pensais que les États étaient bâtis partout, comme à Manhattan. Je ne croyais pas qu'il y avait autant de terres de culture, partout comme autour de Montréal.

— Les Américains aussi doivent manger.

— Bien sûr, je n'y avais pas pensé.

— Sais-tu quelle est la population totale?

— Environ cent quarante millions d'habitants.

— C'est du monde!

— Comparativement au Canada, onze millions dont trois au Québec seulement.

— Tu en es sûre?

— C'est ce que j'ai appris l'an passé, au couvent. Jacques Cartier serait surpris, s'il revenait.

— Et Cabot!

— Pourquoi Cabot?

— C'est Sébastien Cabot qui découvrit le Labrador et Terre-Neuve. Cartier n'a fait qu'explorer plus tard.

— Et Colomb alors?

— Il découvrit le continent nord-américain. Il fut suivi de Cabot, Cartier, Balboa, Champlain, La Salle, Marquette, Joliette, La Vérendrye.

— Ça alors!

— Tu es surprise? Tu ne savais pas?

— Oui, mais pas de cette façon, selon toi Cabot… fut le premier à venir au Canada?

— Non, dès le VIIIe ou le IXe siècle, des Norvégiens étaient arrivés jusqu'au Groenland et probablement jusqu'à la côte orientale de l'Amérique du Nord, mais leur découverte n'eut pas de suite connue.

— Ce qui expliquerait la présence des Indiens à l'arrivée des Blancs sur le continent.

— Sans doute!

— Crois-tu que les Anglais du Haut-Canada ont appris la même histoire que nous?

— C'est à se le demander, pense à la Vierge Noire du nord de l'Afrique, alors que la nôtre est toute blonde aux yeux bleus.

— L'histoire s'écrirait de plusieurs façons?

– Des versions qui diffèrent, selon le point de vue.

– Ce n'est pas loyal.

– Envers qui ?

– De la part de celui qui fait de l'interprétation. La vérité devrait être respectée.

– Qui la possède ?

– Alors, qui croire ?

– Tu es sévère, Marie-Reine.

– On meurt pour son pays, pour sa foi. Ce serait trop bête de mourir pour des faussetés.

– En théorie, tu as raison.

Il y eut un long silence, Marie-Reine réfléchissait.

– Jean-Baptiste…

– Oui ?

– J'ai peur de la vie parfois.

– Pourquoi la vie te fait-elle peur ?

– Tu viens de donner un parfait exemple de mes appréhensions.

– Il faut beaucoup d'espoir pour pouvoir avancer dans la vie.

– Mais quand on perd ses illusions, que les réalités sont si cruelles qu'on ne veut pas y croire : la trahison par exemple ?

– Seules les lois mathématiques sont rigides. Tout est relatif sur le plan humain ou philosophique. On aime et on vit en fonction de ce que l'on est, de l'environnement, du milieu, des influences.

– Tu m'aideras ?

– Nous nous aiderons mutuellement. Notre amour sera notre bouclier.

Jean-Baptiste, autrefois muet, apprenait à dialoguer.

* * *

Le jour du mariage, Théodore avait été sobre toute la journée. Il voulait ce jour mémorable, sans anicroches : il n'était pas question d'embarrasser sa femme devant la famille et les amis.

Mais après le départ de ses invités, il mit la main au verre. Imelda décida de le laisser se saouler si le cœur lui chantait.

Hélas! Théodore avait aussi fait bonne chère. Ce soir-là, il se promena souvent entre le petit coin et son lit. Imelda simula le sommeil profond, tout en l'observant du coin de l'œil. «Tant pis pour lui, qu'il souffre!» Elle se souviendrait longtemps de ce lendemain du jour de l'An!

Théodore, mal en point, entrouvrit la fenêtre pour aspirer de l'air frais. Soudain, il hurla:

— Imelda! Lève-toi, regarde.

Elle ne bougea pas. Il s'agissait sans doute encore d'une de ses farces.

— Imelda, il y a le feu, là-bas.

Il sauta dans ses vêtements.

— Téléphone aux pompiers, alerte les voisins.

Elle entendit démarrer le camion. Elle comprit que c'était sérieux. Elle sonna la grosse cloche des urgences et téléphona aux pompiers. Puis elle se vêtit.

Derrière les rideaux tirés, elle pouvait voir la flamme qui montait droit dans le ciel froid.

Des voisins arrivaient, des voix montaient de partout. Et ce fut le drame!

Au deuxième étage de la maison, une fenêtre se cassa avec fracas; de là-haut, Théodore lança deux jeunes enfants dans le banc de neige. Il se retourna. La flamme attisée envahit l'ouverture, se mit à gronder et à s'enrouler, s'étendit jusqu'à la couverture qui s'effondra.

C'est à ce moment qu'Imelda arriva. Un voisin la prit dans ses bras et la serra à l'étouffer. Elle continuait de hurler. Il la frappa en plein visage. Peine perdue. Alors il la jeta dans la neige et l'y roula. Elle se calma enfin.

On ne revit jamais Théodore. Ses ossements calcinés furent découverts dans les cendres. Apparemment, il tenait dans ses bras une femme et son bébé quand il périt là, immolé par le feu, comme on dira plus tard, victime de son dévouement. Théodore avait sauvé la vie de deux enfants et sacrifié la sienne. Il était devenu un héros! Le journal *La Presse* publia photo et nouvelle. Théodore Lépine: un grand homme!

* * *

— Ça te plairait qu'on soupe en route?

— Non, si tu veux, j'aimerais mieux souper à la maison.

— Ton inquiétude persiste?

— Au point d'en avoir mal!

— Encore une heure; j'espère Marie-Reine, que tu te trompes.

— Moi aussi.

Il tenta d'accélérer, mais la route glacée crissait sous les pneus. Il fallait être prudent.

Lorsqu'ils atteignirent la maison, Marie-Reine poussa un cri. Un crêpe noir marquait la porte d'entrée. Jean-Baptiste comprit. Il rangea la voiture et prit sa jeune femme dans ses bras. Il la serra contre lui, passa une main dans ses cheveux. Il ne parvenait pas à articuler un seul son. Il s'était toujours senti impuissant devant la souffrance.

Lorsqu'il desserra son étreinte, elle ouvrit la portière et se précipita chez elle.

Elle vit sa mère, tout de noir vêtue, assise près d'un cercueil fermé. Le silence se fit autour d'elle. Elle aspira, ferma les yeux et se raidit. Puis elle vint embrasser Imelda. Pas un mot ne fut prononcé. Imelda ne pleura pas, Marie-Reine non plus. La fille prit place près de sa mère, lui tint la main.

Là où huit jours plus tôt, dans le même coin du salon, était la table des cadeaux de noces, se trouvait maintenant un cercueil fermé dans lequel reposait Théodore.

D'abord Noël et ses joies illuminées, suivi du mariage et d'un grand bonheur tout fleuri, puis aujourd'hui, tristesse et deuil.

Jean-Baptiste, embarrassé, prit place sur une chaise droite. Tout autour, on marmonnait. Une cousine éloignée, vieille fille et chipie, maigre à percer de ses os l'étoffe noire de sa robe usée, y allait de ses commentaires:

— Maintenant qu'il est mort on va faire du parfait Théodore, un plus-que-parfait!

— Qu'est-ce que tu bavasses là, Éméline? Explique ton bavardage.

— Le bon Théodore a secouru deux enfants! Tout le monde en aurait fait autant!

— Mais il y a laissé sa vie, Éméline!

— Et alors? Il est rentré ici, s'est pris une chaise dans la maison de son beau-père. Qu'est-ce qu'il a fait? Il a récolté les citrouilles et les tomates que le vieux avait plantées la saison d'avant! Ça a vécu dans le péché pendant vingt ans!

— Dans le péché?

— Mortel, que je te dis. Penses-tu que c'est normal pour un homme et une femme de mettre un seul enfant au monde pendant toutes ces années? On voit ça chez les Anglais. Eux autres, c'est connu, ils sont protestants. Pis encore, elle s'inclina plus près et chuchota: il vient de marier sa fille à un étranger, un vieux, parce qu'il est fortuné, qu'il a une automobile.

— Tu as assisté au mariage?

— Tu penses! Elle a invité ceux qui lui plaisaient. Mon vieux père et moi avons été oubliés… C'est pour ça que je suis là; aux enterrements, on n'a pas à attendre l'invitation!

On se leva, c'était l'heure du chapelet. Imelda demeura assise, les paupières baissées.

Marie-Reine vint vers Jean-Baptiste. Elle lui fit signe de la suivre. Éméline vit se lever Jean-Baptiste. Elle se demanda si c'était lui, le vieux. Puis, elle s'inquiéta. Qu'est-ce qu'il avait pu saisir de la conversation?

Marie-Reine et Jean-Baptiste allèrent vers la cuisine. Il s'y fit un silence, les tantes préparaient le goûter pour la nuit funèbre. Le voisin d'en face raconta la nuit tragique aux jeunes épousés.

On pria toute la nuit; le lendemain, Théodore remonta, cette fois couché, l'allée centrale de la nef. Sa fille et son gendre le suivaient. Théodore irait finir la saison froide dans le charnier en attendant qu'on l'enterre au printemps, après la fonte des neiges, après le dégel.

* * *

Le jour suivant en fut un de grand bouleversement. Imelda libéra sa chambre… La chambre des maîtres revenait de droit à Marie-Reine et à Jean-Baptiste.

Elle descendit à l'heure du repas. Elle entra à la cuisine, se dirigea vers Jean-Baptiste et lui remit le trousseau de clés. Puis, elle lui tendit la main, le regarda droit dans les yeux, fit demi-tour et quitta la pièce.

Imelda venait de transmettre son autorité aux mains de Jean-Baptiste.

Dorénavant, elle porterait le deuil de Théodore. Elle lissa ses cheveux, les noua sur la nuque, où ils blanchiraient sans opposition. L'arrogante et forte Imelda devenait silencieuse comme une carpe, discrète comme un courant d'air.

Sans emballement, sans enthousiasme, sans arrogance non plus, Marie-Reine entreprenait de jouer son rôle dignement.

Le repas du soir terminé, Jean-Baptiste se dirigea vers les serres. Il vérifia la chaleur et le degré d'humidité des lieux.

Chacun des mots prononcés par Théodore, la veille de son mariage, lui revenait en mémoire. La conversation qui eut lieu ce jour-là lui apparaissait maintenant comme l'expression de ses dernières volontés, exprimées librement, affectueusement. Théodore n'aurait su prévoir, mais il avait laissé un message impressionnant, empreint de confiance. Jean-Baptiste sentait presque la présence de l'autre. Il releva le front : il acceptait le défi.

La paix se glissa en lui.

Il regrettait Théodore avec qui il avait connu une espèce d'entente muette ; une compréhension mutuelle s'était glissée entre eux. Jean-Baptiste protégerait Imelda. Il aimerait sa femme et les enfants qui naîtraient de ce mariage. Lui, autrefois solitaire, avait une famille, des liens, des racines profondes, grâce à l'amour ! Il se sentait remué jusqu'au fond de l'âme.

La serre, dorénavant, serait son sanctuaire, son lieu de recueillement.

* * *

Imelda, ayant toujours vécu à travers Théodore, perdait avec lui son arrogance et son verbe tranchant. Elle s'efforçait de passer inaperçue.

En présence de Jean-Baptiste, elle était révérencieuse, ne donnait pas de conseils, n'émettait pas d'opinions personnelles.

Elle adoptait l'attitude d'une personne résignée. On sentait que le veuvage lui était pénible.

La lutte quotidienne ne dépendait plus d'elle. Son rôle actif était arrivé à terme le jour du décès de son époux.

Maintenant, elle était celle qui vivait chez sa fille, chez son gendre. La belle-mère s'effaçait; d'autonome, elle devenait dépendante; son agressivité d'autrefois n'avait été possible que par la présence et l'appui de son homme! Lui parti, elle se neutralisait!

On la voyait souvent, assise devant sa fenêtre, les yeux braqués sur l'infini. Elle n'avait plus qu'un rêve, celui de devenir grand-mère. Qui sait? Peut-être à travers les petits-enfants elle pourrait se valoriser, retrouver une raison d'être là, de se dévouer.

La femme, sans son homme, se sentait dépaysée, inutile.

Imelda, toutefois, gardait un œil attentif sur sa fille. Elle se sentait réconfortée par ce mariage de Marie-Reine avec Jean-Baptiste. Le mari était sécurisant, il avait su prendre la relève avec sérieux.

Elle remit à sa fille son plan de travail, dicté par son expérience personnelle, fruit de ses années d'un patient labeur. Comme elle, Marie-Reine devrait tenir une comptabilité précise des frais d'exploitation de la ferme et de ses revenus.

Elle lui remit aussi la liste des fournisseurs, des clients, les notes prises par Théodore concernant les travaux inhérents aux différentes saisons, dont les dates favorables à tel ou tel ensemencement, à la transplantation des plans de la serre en pleine terre.

La page s'était tournée sur ses activités en même temps que sa vie s'était vidée de l'amour de son homme. À quarante et un ans, parce que veuve, elle devenait une vieille qu'on loge et qu'on nourrit; sa nouvelle condition faisait d'elle un fardeau. Imelda le savait et avait horriblement peur. Elle avait déjà vu ce phénomène se produire; elle ne croyait pas, alors, que son tour à elle viendrait.

À la messe du dimanche, on la traitait avec tout le respect dû à une femme d'un autre âge... Finies les remarques gaies et valorisantes que lui valaient autrefois son autorité et son succès sur la ferme. Son dos se courbait lentement. La solitude pesait plus lourd que le labeur quotidien d'hier.

Jean-Baptiste réfléchissait à tout ça sans y rien comprendre. Les vieilles dans son pays devenaient acariâtres, entêtées, s'acharnaient à garder la main haute sur les leurs, sur leur commerce ; elles étaient vieilles jeunes mais jeunes vieilles longtemps. Peut-être était-ce dû à ce que la guerre avait fauché tant d'hommes que les femmes s'étaient donné un rôle de relève comme chef de foyer, devant les besoins des nombreux orphelins.

Il lui semblait que Marie-Reine aurait dû laisser de l'initiative à sa mère, surtout qu'elle s'était avérée si bonne administratrice. Un jour, il se hasarda à attaquer le sujet ; l'occasion s'y prêtait devant une ambiguïté à résoudre.

— Pourquoi n'en parles-tu pas à ta mère ? Elle saura te conseiller.

— Ce serait ouvrir la porte à ses commentaires et à ses remarques. Je ne veux pas ça. Je dois me débrouiller seule, avec toi.

— Ne crois-tu pas qu'au contraire, ce serait lui donner une occasion de se sentir utile ?

— Ou de lui souligner que je suis une incapable !

— Il n'y a rien d'humiliant à ce que ta mère sache que tu reconnais son mérite et ses capacités.

Jean-Baptiste ne comprit pas qu'au fond de son cœur, c'était lui, Jean-Baptiste, qu'elle protégeait : Marie-Reine ne voulait pas que sa mère se rende compte du manque d'expérience de Jean-Baptiste.

Celui-ci crut que Marie-Reine prenait la relève, que ce serait elle dorénavant qui prendrait la gouverne… Un dominant, un dominé, pensa-t-il.

* * *

L'été battait son plein ; dame nature était généreuse, les fruits et légumes abondaient. La récolte serait pour très bientôt.

Au dîner, Marie-Reine, rose de joie, annonça la bonne nouvelle. Le médecin avait confirmé ses espérances : elle attendait un enfant.

Jean-Baptiste ne réussit pas à desserrer les dents, ses mâchoires s'étaient subitement soudées. Il se leva et se dirigea vers la serre. Dès qu'il en eut franchi le seuil, ses jambes se ramollirent, sa joie était telle qu'elle lui faisait mal. Lui, Jean-Baptiste Gagnon, serait enfin le papa d'un enfant bien à lui ! C'était le summum, son ultime désir ! Sa vie était comblée.

Imelda frémit. La joie se mêlait à la peur. Il fallait que l'enfant vive. Elle prierait Dieu de toute son âme.

— Il me faudra me reposer, tu accepterais, maman, de m'aider pour la tenue des livres ?

Imelda sentit son cœur se serrer, l'enfant n'était encore qu'une promesse et déjà il ensoleillait sa vie !

Jean-Baptiste revint vers la maison. Il embrassa sa femme, lui passa la main dans les cheveux, comme il le faisait toujours dans les situations sérieuses. Il ne parvint pas à émettre un seul son. Marie-Reine savait reconnaître sa joie. Elle se sentait grandie, valorisée.

Lorsqu'il vit Imelda attablée devant le secrétaire, il comprit... Marie-Reine avait attendu le moment propice, avait sauvé la face. Il respecterait ce pacte ; toujours, il passerait par l'intermédiaire de Marie-Reine pour atteindre Imelda... Ainsi, l'harmonie durerait.

Ce dimanche-là, Imelda assista à deux messes. Une en action de grâce, l'autre en supplique à Dieu.

L'année fut fructueuse : les tomates atteignirent le prix de cinquante cents le panier, les concombres se vendaient deux pour quinze cents.

Une fille naquit... on l'appela Yvonne, et plusieurs autres suivirent !

Partie 2

Chapitre 10

Le diable m'emporte !

– Jean-Baptiste ! Quel langage !

Imelda leva les yeux. Jean-Baptiste traversa la cuisine, sortit précipitamment par la porte d'entrée située à l'avant de la maison. Pourquoi ? C'était tout à fait inhabituel ! Il allait se réfugier à la serre. Il fallait que ce soit grave.

Marie-Reine s'approcha de la fenêtre pour voir ce qui avait fait ainsi sursauter son mari. À son tour, elle s'exclama :

– Sainte bénite !

Marie-Reine joignit les mains. Un malheur, c'était certain, un malheur s'abattait sur eux.

La porte de la cuisine qui donnait sur l'extérieur s'ouvrit. Une valise se glissa, puis une femme timide s'avança, se donnant un air arrogant.

– Bonjour maman.

Marie-Reine s'écria :

– Yvonne !

– Tu ne m'embrasses pas ?

– Pas avant que tu me dises ce que tu fais ici, ainsi attifée.

– Mais, maman !

– Mais, maman ! Ce n'est pas une réponse à ma question. Qu'est-ce qui t'arrive ?

– J'ai changé d'idée…

– Tu as quoi ? Tu es tombée sur la tête ou quoi ?

– Je ne pouvais plus, maman, accepter la vie religieuse.

Marie-Reine s'adressa à Imelda :

– Tu entends ça, maman ? Mademoiselle ne pouvait plus accepter la vie religieuse ! Et si toutes mes filles décident qu'elles ne peuvent plus accepter la vie du mariage, qu'elles abandonnent mari et enfants, dis-moi où on va se retrouver dans ce bas monde !

Tu es folle? Malade? Ou quoi? Le déshonneur dans la famille! Tu veux faire mourir ton père de honte?

— Voilà! L'orgueil, ton orgueil. La peur du qu'en dira-t-on! L'opinion des voisins!

— Et l'opinion du bon Dieu?

— Ne mêle pas Dieu à tout ça! Je n'ai pas à être plus catholique que le pape et le pape m'a accordé ma dispense.

— Tu veux dire qu'il a relevé une tête folle de ses vœux! Sainte bénite, j'en ai la nausée.

Yvonne se jeta sur une chaise près de la table et se mit à pleurer.

— Larmes de crocodile!

— Maman!

— Salope!

Imelda, jusque-là silencieuse, émit un grognement.

— Toi, maman, ne te range surtout pas de son côté. Je n'ai pas élevé ma famille dans la morale pour la voir s'écarter ainsi du droit chemin, un chemin que tu as choisi toi-même, ma fille! Tu me dégoûtes.

Jean-Baptiste était dans l'embrasure de la porte. On n'avait pas remarqué sa présence. Il n'en croyait pas ses oreilles. Il devait intervenir, donner son opinion. Mais il ne trouvait pas ses mots; il ne comprenait pas la colère de sa femme. Puisque le pape avait parlé, Marie-Reine ne devrait pas être aussi horrifiée, la réponse péremptoire du Saint-Siège suffisait.

— Tu sais ce que tu mérites? D'être excommuniée!

Imelda frappa sur la table, de sa vieille main usée par des années de labeur. Au même moment, Jean-Baptiste prononça une phrase bien articulée, dont le ton indiquait qu'il n'accepterait pas de réplique:

— Yvonne, monte dans ta chambre.

Celle-ci se leva, marcha vers son père. Il répéta:

— Yvonne, prends ta valise et monte dans ta chambre.

Jean-Baptiste acceptait le retour de sa fille. Jean-Baptiste coupait court à des discours disgracieux et cruels.

Les deux femmes ne répliquèrent pas. Il ouvrit la radio, déplia son journal qu'il ne réussissait pas à lire, mais qui cachait son visage et toute l'émotion qui s'y trouvait.

Imelda se remit à écosser les petits pois. Marie-Reine avait une envie folle de bougonner mais n'osa pas. Alors, elle changea de tactique.

— Tu crois ça, toi, que cette décision a été approuvée par le Saint-Père ?

— Si elle te le dit. Ça ne doit pas dater d'hier, il est trop tard pour revenir sur le sujet.

— Elle va me faire mourir de honte !

— Ni de honte, ni de désespoir. Elle ne te fera pas mourir du tout.

— Tu as la réaction d'un païen.

— Marie-Reine, ma fille ! Ta peine t'égare. Prends garde.

Imelda, pour la première fois, s'interposait entre sa fille et son gendre. Elle avait toujours admiré leur amour réciproque et le respect qu'ils se vouaient mutuellement. Jean-Baptiste avait été un bon père et un excellent époux. Son âge vénérable l'aidait à comprendre que le retour de leur fille à la vie laïque était une épreuve écrasante. Mais le chagrin ne devrait pas être une occasion pour séparer les êtres. Au contraire, il faut se serrer les coudes et s'aimer davantage quand la paix est menacée. Elle aurait aimé dire tout ça, tout haut, pour qu'ils se reprennent. Elle ferma les yeux, supplia Théodore, là-haut, d'aider ses enfants.

Quand vint l'heure du repas du soir, Jean-Baptiste remarqua que Marie-Reine tournait en rond. Habituellement, à cette heure-ci, la table était prête à les accueillir. Il comprit que son orgueil l'empêchait de dresser un couvert pour Yvonne.

Il prit donc un plateau et y déposa l'assiette, la tasse et les ustensiles. Marie-Reine joua les aveugles mais lui en sut gré. Puisqu'il avait fait un bout de chemin, elle ferait l'autre. Elle servit le repas, sur le plateau d'abord. Jean-Baptiste le prit et monta à l'étage. Il trouva Yvonne en pleurs.

— Mange, lui dit-il. Je reviendrai te parler plus tard.

Il ferma doucement la porte et descendit.

Imelda se souvint alors du verre de whisky que Jean-Baptiste avait autrefois versé à Théodore… ce lendemain du jour de l'An. Une larme brouilla ses yeux. Jean-Baptiste était un homme juste, compréhensif, bon.

Lorsque, après le repas, il récita les grâces, il ajouta ces mots : « Dieu, toi dont les desseins sont insondables, bénis-nous, bénis notre fille. »

Marie-Reine rougit. Le père venait d'absoudre sa fille.

Chapitre 11

Il y avait belle lurette que la vie champêtre s'était modifiée chez les Gagnon.

D'abord, la population de Montréal avait doublé. L'exode vers la ville n'avait pas cessé. Des autoroutes convergeant dans toutes les directions avaient surgi, des routes ceinturaient la ville. Il fallait traverser l'île Jésus et pousser plus au nord pour admirer des champs cultivés. Les vieux étaient dépassés par les événements. Les couvents étaient désertés, les familles nombreuses démodées, les réformes étaient dites sociales. Les gouvernements, que l'on accusait d'être des gouvernements de la providence, étaient en passe de devenir la providence même. Les théories de Marx, quoique dépassées par le nouveau standard de vie, étaient appliquées trop tard. L'effet menaçait toutes les structures. Les syndicats qui avaient effrayé Duplessis prenaient des proportions inquiétantes. Le peuple se prenait en main. Parfois malhabile, parfois ambitieux à outrance. Tous avaient droit de parole.

Les frontières se rapprochaient, les distances ne comptaient plus. Toute la terre remuait, on irait courir jusqu'à la lune! Tout se passait à une vitesse vertigineuse, on avait à peine le temps d'assimiler le renouveau. Le monde moderne se repensait. Ça éclatait partout. Les plus timides devenaient braves, les universités s'ouvraient à tous.

Quand Jean-Baptiste racontait à ses filles ses débuts en terre canadienne, elles riaient à s'en tenir les côtes. Elles ne pouvaient se faire une idée juste des faits, il était impossible de retourner aussi loin dans le temps.

Puis, un jour, Jean-Baptiste fut visité par un agent immobilier : on lui suggéra de subdiviser la terre en lots, ce qui rapporterait une somme rondelette à son propriétaire.

Jean-Baptiste discuta avec Marie-Reine, qui à son tour en parla à sa mère. On réunit les enfants, les idées étaient partagées. Fallait-il monnayer le bien familial? On devait longuement réfléchir. Les supermarchés et le libre-service avaient changé les mœurs des gens. Ils s'approvisionnaient indifféremment de légumes ou de viande sous un même toit. Il y avait toujours la vente en gros, mais il avait fallu changer les moyens de production et surtout d'emballage.

En outre, il n'y avait pas de fils dans la famille, les gendres appartenaient à cette nouvelle génération qui ne prise pas les longues et laborieuses heures de travail. Le salaire minimum était trop intéressant pour qu'on se fie à la nature et à ses caprices pour attendre d'elle un revenu incertain.

Imelda souhaitait une chose, qu'on conserve la maison paternelle. Marie-Reine fut étonnée que sa mère ait pu penser un seul instant que l'on pourrait se défaire de leur home.

On en vint à un compromis, on garda une serre et tout le terrain environnant la grande demeure.

Yvonne n'avait encore jamais pris part aux discussions. Elle ne faisait qu'écouter. La peur de se faire reprocher son départ du couvent la hantait. Elle savait que ses sœurs avaient été horrifiées de cette décision. Elle leur en avait tant fait voir et entendre avant de prendre la robe et plus tard, alors qu'elle était novice; au moment de prononcer ses vœux perpétuels, elle s'était scandalisée de la maigreur de sa dot. Elle avait reproché à ses parents leur manque de générosité.

Jean-Baptiste avait une crotte sur le cœur vis-à-vis des communautés religieuses: l'expérience amère du séminaire qui avait envoûté Onésime pour le discréditer ensuite, à cause d'un crime qu'il n'avait pas commis. En son âme et conscience, ses sacrifices avaient suffi, il ne comblerait pas son aînée au point de sacrifier ses autres enfants. Il avait été sagement généreux; Yvonne pouvait tempêter, il avait fait son devoir!

Au moment des rencontres lors desquelles étaient émises les idées au sujet du morcellement de la ferme, Yvonne se taisait, mais enregistrait, mijotait le point de vue de chacun. Elle mettrait à profit le fruit de ses conclusions à la ronde finale. Ainsi, elle aurait des alliés dans son camp...

Adroite, Imelda pria Yvonne d'aller faire un dépôt à la banque ; l'ayant ainsi éloignée de la maison, elle s'entretint avec sa fille et son gendre.

— Vous vous attendez à une chicane, maman ?

— Tout au moins à une tempête.

— Pourquoi, maman ?

— L'expérience, ma fille ; il arrive souvent que les héritages soient cause de division au sein des familles.

— Pas chez nous !

— Souhaitons-le. Vous affronterez autant d'opinions, d'ambitions que vous avez d'enfants, sans compter ce qui leur est inspiré par le conjoint.

— Quelle salade !

— La position que vous prendrez devra être solide. Demeurez inflexibles. Mais d'abord et avant tout, écoutez. Écoutez sans broncher. Quelle que soit la situation, ne vous emportez pas et ne prenez pas les choses trop à cœur. Les intérêts abrutissent souvent la raison.

— C'est effrayant !

— Non, c'est humain.

— Nos propres enfants !

— Voilà pourquoi je vous fais cette mise en garde.

Marie-Reine repassait toutes ces choses dans sa tête. Elle était incrédule ; sa mère exagérait sûrement. Elle s'affaira en préparant des galettes qu'elle servirait chaudes, telles que ses filles les aimaient. L'aiguille de l'horloge avançait, en même temps que ses craintes grandissaient.

Jean-Baptiste lisait l'inquiétude sur son visage. Il s'approcha, lui passa la main dans les cheveux. Elle prit peur pour de bon.

— Je t'aime, Jean-Baptiste.

Il devait bien y avoir dix ans que Marie-Reine n'avait pas senti le besoin de prononcer ces mots. Il lui sourit et répondit seulement :

— Ma reine !

Elle se sentit soudain plus forte. L'heure redoutée sonna enfin.

Les couples arrivaient. On s'installa autour de la grande table. Jean-Baptiste attendit que sa femme soit assise. Il se plaça devant elle. Imelda resta à l'écart, dans sa chaise berçante.

Marie-Reine informa les enfants des derniers développement concernant la vente, les offres d'achat. Le silence était parfait. On écoutait religieusement.

— Vous gardez la maison ? demanda Marie-Anne.

— Oui, la maison, la petite serre, le terrain sur lequel elle est érigée, plus l'espace occupé par le champ de moutarde et le chalet. Le reste sera vendu.

— Vous n'avez pas pensé vendre la maison ? Après tout, vous n'êtes que trois, vous pourriez vous loger facilement ailleurs à bien meilleur marché.

— Que veux-tu dire, toi, Marie-Anne, « Vous n'êtes que trois. » ? Et grand-mère ? demanda Yvonne.

— Grand-mère est incluse. Papa, maman et grand-maman.

— Et moi alors ?

— Toi, ma chère, fais comme les autres, va gagner ta vie, tu n'es pas impotente !

— Tu l'entends, maman ? Elle veut me chasser de chez moi.

— De chez toi ? C'est aussi chez moi que je sache, rétorqua Marie-Anne ; tu l'entends Gonzague ?

Gonzague ne daigna même pas lever la tête, il continuait de se nettoyer les ongles avec son canif.

— Regarde-le, hurla Marie-Anne, le saint homme est occupé ailleurs !

Gonzague ne broncha pas. Imelda se berçait plus vite. Jean-Baptiste pensa intervenir, mais ça semblait bien enfantin tout ça. Il choisit de se taire et d'attendre.

— Toi, sœur Saint-Jean-de-Latran, tais-toi. Pendant que tu te tortillais la rotule sur les prie-Dieu, nous, nous trimions dur à la maison et nous mettions des enfants au monde. Tu as fini de nous faire la morale, tu comprends ?

Henriette regarda Lucien. Celui-ci baissa les yeux ; elle venait d'être piquée au vif. Ne pas avoir d'enfant : le drame ! Sa vie était un martyre, elle ne pouvait rencontrer un membre de sa famille sans qu'on lui pose la question fatale :

— Puis ? Es-tu comme ça ?

Elle aurait aimé répondre : « Oui, je suis de même. » Le sujet était traité en des termes couverts pour ne pas scandaliser les plus jeunes. C'était humiliant, à la longue, de se faire harceler sans cesse sur le même thème, comme s'il n'y avait rien d'autre d'important dans la vie que de mettre des enfants au monde. À l'église, le sermon reprenait la même rengaine : la femme est faite pour enfanter, la parabole du figuier stérile la gelait jusqu'à l'os. Les dames prolifiques ne se gênaient pas pour lui jeter un coup d'œil et la condamner du regard ! Elle, Henriette, ne mettait pas d'enfants au monde. Elle était une pas bonne, une incapable, une inutile, un parasite !

Elle aurait aimé que Lucien s'offusque de ces propos, qu'il défende sa femme. Puis, elle se demanda si, lui aussi, au fond de son cœur, ne la condamnait pas pour sa stérilité. Pour les familles qui s'adonnent au labour de la terre, le drame est doublement marquant : la femme stérile est comparée au champ stérile. Ça ne se pardonne pas !

La conversation se gâtait autour d'elle, mais elle n'entendait plus : elle souffrait…

— Marie-Anne !

— Qu'est-ce qu'elle fait depuis qu'elle a rejeté sa capuche ? Elle se fait loger et nourrir !

— Marie-Anne ! Ça suffit.

— Prenez la part de la vieille fille ! Elle est revenue se loger sous les jupes de sa mère ; le couvent n'en voulait sans doute plus.

Jean-Baptiste toussa. On se tut.

— Pourquoi suggères-tu que l'on vende la maison, Marie-Anne ?

— L'occasion est belle. Elle ne se présentera peut-être plus.

— Qu'y gagnerais-tu, Marie-Anne ?

— Ben, je suppose que c'est de notre héritage qu'il est question, non ?

Le mot fatal avait été prononcé. Tous parlèrent en même temps. Jusqu'à Frank, l'époux de Colombe, qui gesticulait, gueulait dans sa langue maternelle. Il y avait confusion générale.

Imelda se leva soudain. Elle s'approcha de la table. Avec un geste aussi solennel que celui qu'elle avait fait le jour où elle avait remis les clés à Jean-Baptiste, elle ôta son jonc de son doigt, le déposa devant elle, sous les regards surpris de tous ceux qui étaient là.

– Pour le moment, vous êtes ici chez moi : CHEZ MOI. Que chacun reprenne sa place et que ceux qui ne peuvent se bien conduire sortent de cette maison. Je ne suis pas morte, ne l'oubliez pas. On ne me délogera pas. Ni ma fille, ni son mari, ni tous ceux que j'accepterai chez moi. Je n'aime pas ce genre de spectacle. Je ne le tolérerai plus. Tenez-vous-le pour dit. À l'avenir, vous ne serez plus consultés. Vous devrez accepter les décisions telles qu'elles auront été prises.

Elle hésita, remit son alliance à son doigt et se tourna vers sa fille.

– Marie-Reine, tu peux sortir les galettes du réchaud, il n'y aura pas de festin ici ce soir. Ni ce soir, ni aucun autre soir tant et aussi longtemps qu'on ne se sera pas excusé pour le chahut d'aujourd'hui.

Elle retourna vers sa chaise berceuse. Frank tira un beau-frère par la manche et lui fit signe de le suivre. Les gendres sortirent à la queue leu leu. Les filles, piteuses, demeuraient assises sur leurs chaises.

– Allez, mesdames, dit Jean-Baptiste. Présentez vos excuses !

* * *

Après la naissance de sa première fille, Jean-Baptiste avait acheté un lopin de terre en pleine forêt, situé à quarante milles de leur demeure de ville Saint-Laurent.

Un camp assez rudimentaire y était érigé. Il était bâti sur la pointe d'un cap qui plongeait droit dans le lac, la vue y était tout simplement superbe. Pendant quinze ans on s'y était éclairé à la lampe à l'huile, chauffé au bois ; une pompe actionnée à la main amenait l'eau du lac jusqu'au chalet. Puis les fils d'Hydro vinrent se dérouler en bordure de la route de gravier.

L'endroit retiré gardait quand même son cachet. Le sentiment d'être isolé de la grande ville avait, à lui tout seul, son charme.

Les grossesses répétées de Marie-Reine suffisaient à faire pardonner à Jean-Baptiste sa folle dépense ; la jeune maman s'y reposait et les enfants y prenaient leurs ébats. On s'y rendait habituellement le vendredi soir pour ne repartir que le dimanche. Que de jours heureux, d'une grande intimité, ils goûtèrent là-bas !

L'immense véranda entourée de moustiquaires était l'endroit de prédilection pour ces petits bouts de choux. Là, pas de discipline stricte, la plus grande des libertés. On se couchait quand on le voulait. On chantait, on jouait, on bavardait inlassablement.

Au début, Imelda avait refusé d'y aller, ça lui semblait un caprice d'enfant gâté. Mais devant la joie de tous, elle succomba à la curiosité. Elle ne tarda pas à réaliser que le fait de s'éloigner du quotidien avait un effet tonifiant. Jean-Baptiste surtout tirait profit de son évasion. Il se mêlait aux jeux des jeunes, nageait avec eux, chantait à pleine voix.

Marie-Reine profitait de l'atmosphère détendue pour inculquer des principes à ses petits-enfants. Elle organisait des concours de bon parler. Il fallait utiliser le « terme juste » pour mériter de bonnes notes.

C'est là aussi que les aînées prirent leurs premières leçons de cuisine. Tour à tour, les enfants préparaient le déjeuner. On cueillait les fraises en juin, les framboises en juillet, les groseilles en août.

Ce soir, la famille avait vécu sa première crise grave. Ce qui bascula les pensées de Jean-Baptiste dans ce passé pas si lointain où le bonheur régnait.

Il se demandait comment redresser le navire qui menaçait de chavirer. Marie-Reine ne dormait pas non plus. Elle ne faisait que remuer.

— Descendons manger tes galettes, ma reine.

Elle éclata en sanglots. Il la serra dans ses bras, attendit que l'orage cesse.

— Il te faudra passer l'éponge sur tout ce que tu as entendu. Et surtout ne plus y faire allusion.

— Je ne pourrai jamais oublier autant de cruauté.

— N'oublie pas, mais pardonne.

— Nous n'avons pas mérité ça !

— Le siècle est ainsi fait. Nous avons voulu leur procurer ce que la vie nous avait refusé. On les a habituées à prendre sans donner. C'est un peu de notre faute.

— J'ai eu honte.

— C'est une leçon pour l'avenir. Je ne serai pas toujours là, souviens-toi de ce soir et prends tes décisions pour l'avenir. Qui sait, peut-être est-ce miraculeux qu'Yvonne soit revenue chez nous. Tu ne seras pas seule.

— Ne parle pas ainsi! Je te l'interdis! Tu invites le malheur.

Il dut la consoler encore. Dans son cœur, l'homme ressentait une grande lassitude. Il reprit:

— Il faudra être très bon pour ta mère, la gâter, égayer ses dernières années. Elle fut toujours si bonne, si dévouée pour nous tous.

— Pourquoi me dis-tu ces choses, ce soir?

— Descendons, si tu le veux.

Marie-Reine avait le goût de hurler. Jean-Baptiste venait de lui souligner inconsciemment que sa vie à lui était très avancée. Elle ne s'était jamais arrêtée à l'idée que sa mère et son mari avaient à peu près le même âge. Et elle eut très peur.

Elle fit chauffer du lait, l'aromatisa d'une goutte de vanille et plaça les galettes chaudes sur la table.

— Qu'en dirais-tu, si nous organisions un pique-nique au chalet pour les enfants et les petits-enfants? L'ambiance là-bas favorise la détente, ça dissiperait les nuages de la tempête.

— C'est une idée magnifique.

— Fais tes invitations. Je vais aller acheter la bouffe nécessaire. Nous ferons un grand feu de joie, nous chanterons en chœur.

— Que ferais-je sans toi? C'est la solution.

— Les belles années que nous avons passées ensemble à la campagne leur reviendront en mémoire.

— Je n'aurais jamais osé songer que l'argent a tant d'importance pour eux.

— Pourtant, ils n'en manquent pas.

— Marie-Anne, peut-être…

— Non, Gonzague a organisé sa vie à sa façon; il est fier, il n'aurait pas permis qu'on s'infiltre dans ses affaires personnelles.

— Nous avons toujours souligné Noël et les anniversaires. Je n'ai jamais pensé…

– Chut, tu te fais du mal inutilement. Tu n'as aucun reproche à te faire.

– Tu crois qu'ils vont avoir bien réfléchi?

– Je crois surtout qu'ils ont compris le message de ta mère. Elle a été extraordinaire. J'étais moi-même si indigné que j'avais perdu mon sang-froid. Je me sentais à deux pas de la colère. Ta mère a agi avec beaucoup de dignité. Quelle femme admirable!

– Crois-tu que Frank pardonnera?

– Oui, bien sûr.

– Quel merdier!

– Tut! Tut! Cherche un terme plus juste…

– Grand fou!

Jean-Baptiste aurait aimé avoir la force de la prendre dans ses bras et de la monter là-haut, comme il faisait autrefois…

* * *

Ils dormirent plus tard qu'à l'accoutumée. Lorsqu'ils descendirent déjeuner, la table était dressée, le café chantonnait dans le percolateur. Imelda leur sourit et désigna Yvonne du bout du menton.

Marie-Reine mangea à la hâte et entreprit ses appels téléphoniques. Tous acceptèrent l'invitation avec empressement.

Il fut décidé que les parents partiraient plus tôt pour préparer la réunion de famille. Imelda les accompagnerait et Yvonne viendrait plus tard les rejoindre.

Pendant le trajet, sur la route qui grimpait vers le nord, Marie-Reine ruminait: «Je dois m'efforcer de garder la famille unie, pensa-t-elle. Après le départ de maman et de Jean-Baptiste je serai bien seule…» À la solitude, elle n'avait jamais pensé. Maintenant ça lui faisait peur. Une mère qui a plusieurs enfants peut-elle vraiment craindre de se retrouver seule? Imelda ne fut jamais abandonnée! Après cette terrible mésentente survenue il y avait à peine quelques jours, elle sentait des menaces suspendues au-dessus de sa tête.

Il était bien révolu, le temps où l'on hébergeait ses vieux à la maison, où la grand-mère gardait les bébés, les berçait, les collait sur ses vieux seins taris, le marmot y puisant l'amour et le réconfort qui feraient de lui un enfant sain et équilibré.

« Les maudites réformes sociales! » pensa-t-elle. L'argent a tout gâté. La pension de vieillesse n'était qu'une fausse promesse de sécurité. C'eût été utile alors que la masse était plongée dans le marasme. Mais avec les possibilités actuelles de gagner sa vie, le programme n'a réussi qu'une chose : esseuler les vieux. Prends ton chèque de pension et efface-toi! Tu as ce qu'il faut pour ne pas crever, je n'ai pas à t'aimer. Va mourir ailleurs!

« Je ne suis pas morte que je sache. » Ce cri échappé du cœur par sa mère la fit frissonner! Avec leurs gros salaires et leur pouvoir d'achat, les jeunes ont perdu l'amour. L'ambition a pris la place de l'affection! Le vieux, chez son fils pauvre qui lui donne le gîte et le pain, même sans beurre, est plus riche que celui qui a un chèque à verser à son logeur indifférent à sa solitude! Les jeunes n'ont plus à travailler pour assurer leurs vieux jours… Alors ils flambent tout!

Elle regarda sa mère; recroquevillée, elle dormait. Elle dormait toujours pendant les randonnées en auto.

Elle soupira et dit tout haut :

— Chère maman!

Jean-Baptiste sourit.

— Aimerais-tu que j'arrête pour acheter du pain chaud?

— Nous sommes déjà rendus à Saint-Lin?

— Oui, le voyage est plus paisible qu'il l'était autrefois, quand on avait peine à contenir les enfants.

— Achète du pain, ça semble faire partie de ton amour pour la campagne.

— Si tu avais goûté le pain de Fabienne!

— Qui est Fabienne?

— Ma belle-sœur.

— Tu as une belle-sœur et tu n'en as jamais parlé! Tu as donc un frère?

— J'avais, c'est une longue histoire…

— Qu'il faudrait me raconter, ne crois-tu pas?

– Un jour…

Elle porta son regard sur son mari. Soudain, elle eut un grand désir de tout savoir de lui, de sa jeunesse, de ce que fut sa vie, avant elle.

Jean-Baptiste stationna la voiture, entra chez le boulanger, en sortit les bras pleins. Il déposa le tout sur la banquette arrière. Imelda ouvrit un instant les yeux et se rendormit.

– Voilà, dit-il. Nous avons ce qu'il faut pour tenir le siège pendant un mois.

Puis, ils prirent la route tortueuse et poussiéreuse qui les menait au rang croche de Saint-Calixte. En haut de la butte, Jean-Baptiste immobilisa un instant la voiture.

– Regarde comme c'est beau !

– Et comme ça sent bon le sapin !

Ils se sourirent. La pelouse avait besoin d'être coupée. Des branches sèches gisaient en bordure du lac. Jean-Baptiste et Marie-Reine transportèrent la nourriture à l'intérieur. On vérifia le rendement de la pompe activée par un moteur. On vida une chambre de tous ses meubles. Des sacs de couchage seraient étendus à même le sol où dormiraient les plus jeunes. Quant au bébé, on lui organiserait un lit de fortune dans le grand tiroir de la commode. Puis, on se mit en frais de cuisiner.

Un énorme bouilli mitonnait sur la cuisinière et une fesse de jambon, piquée de clous de girofle, aromatisée au sirop d'érable, cuisait au fourneau. Sur la table, Jean-Baptiste avait déposé une planche et il taillait de généreuses tranches de la miche de pain encore chaude. Il y étendait le beurre qui fondait au contact.

– Pour vous, belle-maman. Pour toi, ma reine.

– Ce n'est plus, hélas ! de mon âge, gémit Imelda.

– Tant pis, belle-maman, c'est encore du mien.

– Jean-Baptiste !

– Il oublie, ma fille, qu'il est mon aîné.

– C'est qu'il est plein de prétentions…

– Ne m'enlevez pas mes dernières illusions !

– Des illusions de jeunesse dans le cœur d'un grand-père adorable, ceci dit par une arrière-grand-mère bien heureuse d'être ainsi choyée.

— Ce n'est pas une question d'âge, le pain chaud, c'est une question d'eupepsie.

— Voilà, mon cher, le terme juste!

Comme autrefois, la soirée se termina sous la véranda, toutes lumières éteintes pour pouvoir contempler les étoiles qui dansaient sur l'eau calme du lac. Vers neuf heures, Imelda alla dormir. Marie-Reine approcha sa chaise de celle de son mari, elle prit sa main.

— Parle-moi de toi.

— Tu vois comme la vie passe vite? Je dois remonter à la première guerre mondiale pour te raconter mon enfance.

Jean-Baptiste narra dans le détail toutes ces années de lutte, de travail. Il lui parla du chantier et de ses misères, de la cabane de l'île d'Orléans, de Fabienne, de Louis-Philippe; l'histoire de John Ganong la fit bien rire. Il mentionna Piton avec beaucoup d'attendrissement. Puis, il en vint à son usine de douilles pour les balles; il sembla à Marie-Reine que cette étape lui avait laissé des regrets.

— C'était à la toute fin de la guerre, je crois que ces douilles ne furent jamais utilisées.

— Si ce n'avait pas été toi, c'eût été un autre qui aurait fait ce travail. De toute façon, il fallait bien des armes pour libérer l'Europe. Surtout que la France, cette fois encore, avait laissé traverser les Allemands… Oh pardon!

— Je n'ai pas à t'excuser, c'est une triste réalité.

— Tout s'oublie.

— Non, tout s'estompe, c'est ainsi qu'on refait toujours les mêmes erreurs, d'une génération à l'autre. L'histoire ne fait que se répéter.

— Avec des armes plus puissantes.

— La guerre est en passe de se démoder. On en viendra à des guerres idéologiques qu'on combattra par l'économie.

— En attendant, on meurt chaque jour, dans tous les coins du monde.

— Les guerres intestines et les épidémies terniront toujours le blason de la planète.

— Jusqu'à ce qu'on se détruise tout à fait!

– Il y aura toujours un renouveau. Regarde l'Amérique qui était inconnue il y a cinq cents ans. Pense que j'ai, sur ces cinq siècles, vécu, à moi seul, une bonne partie de ces années!

La nuit pâlissait lentement. Les étoiles étaient parties vers un autre rendez-vous. Le soleil soutenait sa lutte quotidienne pour percer les nuages et se montrer à la terre des hommes. Ces hommes dont la longévité se calcule en heures…

* * *

La ribambelle de voitures s'alignait en marge de la route. Les portières s'ouvraient et laissaient déferler une foule d'enfants qui lançaient des cris à l'iroquoise, se précipitant dans le lac, se roulant dans l'herbe. Les plus petits pleuraient, apeurés par cette meute hystérique.

Gonzague, le grincheux, interpella rageusement sa fille. Jean-Baptiste intervint:

– Laisse tomber, Gonzague. Laisse-les se défouler, il n'y a pas de lois ici. Le bruit se perd dans la nature. Fais comme moi, bouche-toi les oreilles. Laisse-les s'énerver tout leur saoul, ils dormiront mieux ce soir.

– Les voisins, alors? maugréa Yvonne.

– Le diable les emporte, c'est ma fin de semaine à moi et celle de mes petits-enfants. Je la veux bruyante. C'est plus doux à l'oreille que la musique disco…

– Hé! les hommes… Il y a de la bière là-haut. Pour ces dames, cola et chocolat.

– Pour les enfants, grand-maman?

– Des sodas, des bonbons et de la gomme balloune. Après la baignade et au moins deux heures avant le repas.

– Ah! Encore des restrictions.

– Vous voyez ce que je veux dire, dit Gonzague. Donnez-leur la main, ils vous arracheront le bras!

Jean-Baptiste organisa un concours de son cru. Ses gendres passeraient le test de la jambette, on tirerait du poignet. Les enfants furent bien amusés par ces tours de force inconnus d'eux.

Ils soutenaient les adversaires de leurs applaudissements. Les rires fusaient.

De temps à autre, un enfant éraflé venait pleurer dans les jupes de Marie-Reine. Elle donnait un bécot sur le bobo et la douleur s'envolait. Fait assez bizarre, c'était à la grand-mère que les petits s'adressaient pour se plaindre d'un mauvais traitement subi, infligé par un cousin, pour réclamer un verre d'eau ou une beurrée. Si bien que les mères pouvaient se faire bronzer à loisir, en toute quiétude.

Jean-Baptiste regardait remuer cette foule de marmots. Il berçait le dernier-né dont la couche saturée débordait de pipi. «Tant pis ; qu'il dorme le mioche!»

Imelda posa une main sur son épaule et lui dit:

– Vous êtes le plus merveilleux des grands-pères ; meilleur que je ne l'aurais espéré le jour où je vous ai accordé la main de ma fille! Elle lui pinça le lobe de l'oreille et s'éloigna.

Une lumière éblouissante réveilla Jean-Baptiste. Il s'était endormi, tenant toujours son petit-fils dans ses bras. Sa fille avait pris une photo.

Le souper fut bruyant. L'heure qui suivit, encore plus. Frank avait monté une tente sur le terrain ; on se disputait pour savoir qui y coucherait.

Alors Marie-Reine organisa le tirage à la courte paille ; elle utilisa des tiges du balai, dont une extrémité était cachée dans sa main. Chacun choisit un brin et connut son sort d'un soir.

Yvonne n'était pas d'accord. Cousins et cousines ne devaient pas dormir sous le même toit, partager la même couche, surtout sans chaperon!

Marie-Anne ouvrit la bouche et pas un son n'en sortit: elle venait de rencontrer le regard de sa mère. On pouffa de rire.

Finalement, les enfants allèrent se coucher, au grand soulagement des parents.

On installa la table à cartes. S'ensuivit une partie de «dame de pique» qui se prolongea fort tard. Puis, comme le voulait la tradition de jeunesse, on fit sauter les crêpes dans le poêlon.

Les hommes allèrent dormir, les femmes lavèrent la vaisselle. Marie-Reine dressa la table pour le déjeuner, sous la véranda.

On éviterait ainsi bien des collisions, quand, demain matin, les marmots s'élanceraient tous à la fois vers un point commun : le grand air réveille les appétits.

Et ce fut le grand silence nocturne, enfin ! Au déjeuner, la tablée des jeunes eut une conduite exemplaire. Quand vint le tour des adultes de se régaler, sans qu'on sache ni pourquoi, ni comment, un sujet épineux fut entamé : la politique. Le nom de René Lévesque fut prononcé dans l'air clair du matin.

Il n'en fallait pas plus ! Le coup du FLQ fut évoqué, on s'horrifiait du fait qu'un compatriote y ait laissé sa peau, alors qu'un Anglais survécut à l'épreuve : l'intervention de l'armée des rouges ajoutait au mélodrame.

L'homme au tableau noir avait fait tout un cheminement : après avoir fondé le mouvement souveraineté-association, il était devenu président du Parti québécois.

Les hommes qu'on porterait au pouvoir seraient des francophones, pas des francophones comme Duplessis ou Godbout, des bons francophones, avec des lois francophones !

On fit également le procès de monsieur Trudeau : un homme d'envergure dont on était fier, mais qu'on aurait souhaité plus près du peuple.

Marie-Reine avait sorti son chaudron et fait bouillir la mélasse. Elle écoutait et pensait à l'histoire de John Ganong. Quand le thermomètre à bonbon marqua le degré exigé, elle versa sa tire dans des plats qu'elle plaça au réfrigérateur.

Sous la véranda, le ton des voix montait. Charles de Gaulle eut droit à la critique. Puis, on évoqua les phrases vite oubliées qu'avait prononcées le maire Drapeau qui s'étonnait de cette « crise d'amour tardive de la France ».

Marie-Reine n'en revenait pas ; elle n'aurait jamais cru ses enfants aussi mordus de politique !

À ce moment précis, Marie-Reine déposa la tire sur la table et plaça à côté un plat de farine pour y plonger les doigts.

– Voilà, dit-elle, dépensez votre énergie.

Imelda sourit. Les enfants, demeurés tapis dans leur coin pendant que les adultes criaient, furent heureux de cette accalmie.

On étirait de la tire, on en mangeait surtout ; les mioches avaient le bec collé, ils en avaient jusque dans les cheveux.

— C'est comme ça qu'ils sont beaux, dit Jean-Baptiste.

Colombe regarda son père de biais.

— On voit que tu n'as pas à les laver.

— Les laver parce qu'ils sont collés et heureux n'est pas plus difficile que de les laver par unique souci de propreté...

Imelda pouffa.

Yvonne se sentait aigrie. Les réunions la fatiguaient, surtout le désordre et le tumulte. Les marmots sont des plaies, ils salissent tout. Pourquoi sa mère avait-elle organisé cette fin de semaine absurde ? Inviter une seule famille à la fois aurait été bien suffisant. Il y avait là de quoi rendre fou le plus pacifique des saints ! Imelda, la grand-mère, n'arrêtait pas de bercer et de faire craquer sa chaise : ça l'étourdissait. Les cendriers étaient pleins. Des hommes... la peste ! Elle en eut assez. Elle déposa bruyamment un verre qu'elle tenait en main et sortit en courant.

— Qu'est-ce que tu as, tante Yvonne ? Tu as vu le diable ?

— Mon énergumène, efface, parce que si je t'attrape...

Elle ne put terminer sa phrase. Raymond, qui avait été témoin de la menace, l'apostropha :

— Toi, la punaise de sacristie, la grenouille de bénitier, si jamais tu lèves la main sur un de ces enfants, je t'étrangle. Tu as compris ?

Il s'approcha d'elle, jusqu'à la toucher. Elle vit qu'il ne badinait pas. Enragée, elle entreprit de faire le tour du lac pour calmer sa furie.

Quand arriva l'heure de quitter, les petits embrassèrent les grands-mères et le pépère. Tous et chacun avaient un mot tendre pour remercier. Ils se souviendraient longtemps de cette belle fin de semaine. Marie-Reine et son mari décidèrent de prolonger leur séjour. Imelda en fut ravie.

Le départ laissa derrière lui un grand vide. Le rire des enfants avait empli le chalet de vibrations magiques. Les canards apeurés avaient déserté la rive, ils revenaient reprendre leur place habituelle.

— Pourquoi souris-tu, Jean-Baptiste ?

— Laquelle ou lesquelles de nos filles furent enfantées ici ?

— Tu penses à des drôles de choses.

– Non, à des choses drôles…

Imelda ressentit un pincement au cœur : ce genre de phrase, de la part de Théodore, était une invitation à le suivre au lit. Le vieux crasse penserait-il encore à la couchette à son âge ? Ça s'arrête quand, ces histoires-là ? Théodore avait été fauché si jeune ! La gaieté des petits avait une fois de plus réveillé les souvenirs chez les plus âgés.

– Que penses-tu, toi, du discours de Charles de Gaulle ?

– Un coup d'émotion, si je peux utiliser l'expression. Il était grand, important, la langue bien pendue, il était Français. De plus, il portait l'uniforme ! La province, en petite fille, a interprété les paroles de cet amoureux des grands éclats, on a cru à un cri d'amour. Pour un instant, elle s'est énervée et a perdu la tête : grand-papa de Gaulle nous aime ! Il aurait dû se mêler de ses affaires.

– Il avait probablement oublié que la mère patrie a, autrefois, préféré le sucre et les épices des Antilles aux grands espaces blancs du Canada, à la grande joie de l'Angleterre.

Imelda demanda à son tour :

– Que pensez-vous de la crise de 1970 ?

– Un pet dans un verre d'eau, qu'on aurait eu avantage à ne pas faire mousser, dit Marie-Reine.

– La politique de René Lévesque t'impressionne-t-elle ?

– La politique sera toujours la politique. Tout dépend d'un tas de choses. Mais c'est une étape qui doit être franchie. Sinon, il y aura toujours un malaise. Les élus de l'Assemblée législative et du Conseil législatif étaient francophones. Les pères de la Confédération aussi, mais le malheur fut qu'ils acceptèrent de négocier pour conserver la langue et le droit à la prière en abdiquant pour le reste… Les Anglais auraient été bien idiots de refuser ce marchandage à la pièce. On échangeait des libertés déjà acquises dans les faits. L'autorité en place d'alors est inexcusable !

– Tous ces excommuniés de 1837, ces pendus ?

– Quel pays n'a pas eu ses innocentes victimes ? Toutes les grandes idées ont coûté des vies ; relis l'histoire. C'est dépassé tout ça. Pourtant…

Jean-Baptiste fit une pause. Il alluma sa pipe.

— Je pense à Jean-Paul.

— Qui est-ce, Jean-Paul?

— Un gars du chantier. Un coureur des bois. Là-bas, quand un arbre était abattu, on prévenait du danger en hurlant: *timber!*, le grand cri s'élevait dans le froid crispé de la forêt... L'arbre tombait avec un écho long et déchirant qui se répercutait dans le ciel. Le cri qui annonçait le danger d'un arbre qui allait se coucher de toute sa pesante longueur était répété, inlassablement. Souvent on ne l'entendait pas, ou trop. Si on ne s'éloignait pas à temps, l'arbre devenait criminel et fauchait une vie. Dont celle de Jean-Paul, le boute-en-train du camp huit. Il gisait là, sur le dos, un tronc en travers du thorax et il continuait de crier des ordres. Les durs trimaient pour le dégager, la morve formait un glaçon au bout de son nez! Sa dernière phrase fut: «Dites au foreman de remettre mes payes à ma femme...» On ôta le tronc, il grimaça, il mourut! On le ramena au camp huit, étendu de son long sur la sleigh, par-dessus les troncs entassés.

Timber!, criait-on encore le lendemain. On bûchait en anglais, on jouait au poker avec une *flush* ou une *full*, en anglais. On mangeait des *beans*, on touchait un chèque unilingue pour la prime. Les dollars du Dominion étaient aussi anglais et le drapeau et le roi; le citoyen canadien était sujet britannique. On avait servi sous les armes... en anglais! On souffrait en silence, on priait en latin. Qui était-il? Qui était le Canadien pure laine? Un bon gars en bleus qui devait économiser pour se procurer un habit d'étoffe, un vêtement de laine!

— Tu vois, tu l'admets toi-même que ça se passait ainsi.

— Ce n'est pas la faute des Anglais. On aurait pu crier gare sans crier *timber*.

— Et aller se battre en chinois?

— On s'est également battu en France, Marie-Reine. J'y ai perdu mes parents, les Allemands se baladaient sur les Champs-Élysées. Et ça, crois-moi, ce n'était pas la faute des Anglais! L'Angleterre l'a eu sa bataille, elle aussi.

— Tu es probritannique!

— Ne dis jamais ça à un Français ! J'essaie d'y voir clair. Il faut se mettre dans le contexte pour comprendre. Ce ne sont pas les Anglais qui ont poussé les Américains à faire la guerre.

— Non, mais plutôt la peur que l'Allemagne vienne à bout des pays qui s'étaient endettés à acheter leurs armes.

— Tu vois, Marie-Reine Lépine, tu vois. C'est ce que je te dis depuis le début. La politique, c'est ça ; une foule d'éléments qui se modifient selon les événements. Celui qui refuse le rouage devient un dictateur, et là, c'est la mer de sang ! Les besoins changent, avec eux les lois, par elles les valeurs. Tout être radical est voué au recul. Tu as entendu tes filles, la semaine dernière ? Elles étaient prêtes à nous écorcher vifs pour servir leur cause personnelle.

— « Mes » filles ! Vous l'entendez, maman ? « Mes » filles ! Hier, elles étaient « ses » filles, « ses » belles et gentilles petites filles. Mais dès qu'elles montrent les griffes, ce sont « mes » filles à moi ! Sainte bénite.

— Hourra, hourra, cria Imelda. Bravo, mes enfants. Vous venez, à votre tour, de crever un autre abcès.

Jean-Baptiste baissa la tête. Il reprit sa pipe et la caressa. C'était toujours ainsi qu'il se donnait bonne contenance. Marie-Reine se mit à toussoter. Jean-Baptiste leva la tête et attendit.

— Pourquoi me regardes-tu ainsi ?

— J'attends.

— Tu attends… quoi au juste ?

— Que tu le dises.

— Que je dise quoi ?

— Ce que tu veux dire.

— Comment sais-tu que je veux dire quelque chose ?

Imelda s'esclaffa !

— Seriez-vous plus à l'aise, vous deux, si j'allais dormir ?

— Vous, restez là !

— Oui, major ! amplifia Imelda.

— Maman !

— Eh bien ! vas-y, nous t'écoutons… religieusement.

— Maman !

Ce fut au tour de Jean-Baptiste de pouffer de rire.

Imelda semblait contrite. Elle se cala dans le fond de sa berçante et le cric-crac de la chaise indiqua à Marie-Reine que sa mère avait repris son sérieux.

— Si nous parlions testament…

— Oh! c'était ça. En effet, c'est un sujet difficile à aborder; est-ce à moi que tu poses la question?

— À vous deux. Si on en parlait à Raymond?

— Surtout pas à Raymond. D'abord, en ce qui me concerne, tous mes biens te reviennent par contrat de mariage. Je n'ai pas à faire de testament.

— Quant à moi, dit Imelda, mes papiers sont en règle.

— Bon. Ce qui s'est passé la semaine dernière m'a donné à réfléchir. C'est vrai qu'Yvonne n'a pas de mari. C'est vrai aussi que Marie-Anne et Gonzague ne sont pas riches…

— Gonzague croit plus en son agent d'assurances qu'au Saint-Esprit. S'il partait, sa femme ne serait pas laissée dans la misère. Quant à toi, Marie-Reine, souviens-toi qu'on ne se donne jamais de son vivant. Tu es jeune, en bonne santé, tu as bien du temps devant toi pour penser à tes dernières volontés.

Il remplit sa pipe, l'alluma. Il enchaîna:

— En ce qui a trait à Yvonne, la vie te dictera ta conduite. Sous des dehors dociles, elle est têtue et orgueilleuse. Je ne dis pas qu'elle est méchante. Elle se fera un chemin, à sa manière.

Imelda se leva lentement, elle dit «bonsoir» et se dirigea vers sa chambre.

Marie-Reine se couvrit d'un châle et remit un gilet à Jean-Baptiste.

— Viens, allons admirer les étoiles.

— Il n'y en a pas ce soir, le ciel est nuageux. Il pleuvra cette nuit, remarque comme les grenouilles sont silencieuses et il y a de l'écho.

On entendait clairement se répercuter le clapotis des vagues que des rames faisaient dans l'eau du lac.

* * *

— Vous êtes prête, maman ?

— Donne-moi cinq minutes encore, veux-tu ?

— Bien sûr, maman.

Marie-Reine aida Jean-Baptiste à tout entasser dans la voiture. On coupa le courant de la pompe à eau. Imelda ne sortait toujours pas du chalet.

— C'est bizarre.

Marie-Reine monta les marches et regarda par la fenêtre. Imelda était dans la berceuse, immobile. Elle cria à Jean-Baptiste.

— Viens voir ici, un peu… Regarde maman.

— Ses pensées semblent bien tristes !

— Ça lui pèse sans doute, le voyage du retour. Jean-Baptiste voyait bien au-delà d'un fait si banal. Lui aussi avait eu un pressentiment que cette merveilleuse fin de semaine marquerait une étape de sa vie qu'il ne revivrait plus jamais.

— Viens t'asseoir, laissons-la à ses rêves.

* * *

La tradition du souper du dimanche soir chez les grands-parents avait cessé pour un temps, les naissances des bébés coïncidaient avec l'arrivée de la télévision qui gardait les gens entre leurs murs. Ces fêtes manquaient à Marie-Reine ; elle décida d'inviter quelques couples à la fois, histoire de faire renaître la tradition des réunions de famille. C'était la seule occasion de voir les enfants et de jouer avec eux. Elle y tenait, à ces heures de tendresse. Imelda aussi goûtait ces rencontres.

Il était temps de faire renaître la coutume, puisque les bébés avaient grandi.

Ils revenaient sur la route qui serpente dans la belle campagne où ça sent si bon le foin frais coupé. Marie-Reine pensait à l'hiver qui viendrait trop vite. Tout à coup, elle se mit à rire, d'un grand rire franc et frais.

— Tu nous feras partager ta joie ?

— Je pense au bébé de Monique qui s'est présenté à table le pot de chambre calé sur la tête, sous la dégoulinade de pipi.

– Damien ne savait plus par quel bout la prendre pour la nettoyer.

Cette fois encore, Marie-Reine avait oublié les accrochages…

Chapitre 12

La semaine qui suivit fut remplie de surprises. Les enfants vinrent tour à tour remercier leurs parents pour cette joyeuse fin de semaine. Chacune d'elles apporta un plat cuisiné. Elles avaient dû se donner le mot.

Seule Monique n'était pas venue. Elle arriva le jeudi, après le repas du midi. Marie-Reine était sortie. Jean-Baptiste et Yvonne étaient dans la serre. Elle chercha sa grand-mère.

Celle-ci était debout dans le salon, à l'endroit précis où elle avait prié près du cercueil de Théodore. Devant le crucifix, elle avait allumé un lampion. Elle était si profondément plongée dans sa méditation qu'elle n'entendit pas Monique.

La jeune femme revint vers la cuisine et prépara du café. Par la fenêtre elle vit venir son père.

— Bonjour, papa.

— Bonjour, mon pinson, quelle belle surprise ! Les enfants t'accompagnent ?

— Non, papa. Je suis en congé. Tu entends ça ? Je suis en congé. Lucien s'occupe des marmots. Je suis tout à toi, pour le reste de la journée.

— C'est merveilleux.

— J'ai apporté des tartelettes aux noix que j'ai faites pour toi seul ! Tu préfères thé ou café ?

— Le café sent si bon !

— Où est maman ?

— À la banque et, tu imagines bien, au magasin à y faire des emplettes.

— Yvonne est occupée ?

— Elle transplante. Veux-tu que je l'appelle ?

— Non. Je suis contente d'être seule avec toi, de t'avoir tout à moi.

— Tu es un gentil pinson.

– Il y a longtemps que tu ne m'as pas donné ce joli nom d'amour…

– Tu es mon bébé ; avec les aînés, les parents sont toujours plus sévères. Alors, tu comprends, devant tes sœurs je n'ose pas… On m'a déjà assez accusé de te chouchouter à outrance !

– Les méchantes langues !

– Viens, viens sur mes genoux. J'ai un désir fou de te bercer, comme autrefois.

– Je t'adore, papa.

– C'est de l'idolâtrie !

– Si tu veux, tu es mon idole.

– Chut ! Ta mère pourrait t'entendre. Elle serait jalouse, jalouse !

– Doucement, tu m'étouffes !

– Quel beau spectacle !

Imelda venait d'entrer dans la cuisine. La porte s'ouvrit, laissant passage à Yvonne qui se scandalisa.

– Quelle indécence !

Monique sauta sur ses pieds.

– Reviens, mon pinson.

– Oh !

– Si le spectacle te déplaît, Yvonne, tourne-nous le dos.

Mais le charme était rompu.

– Grand-maman, tu veux une tartelette aux noix ? Elles sont fraîches de ce matin.

* * *

On soupa, seule Yvonne ne semblait pas priser l'atmosphère joyeuse.

– Maman, tu es la meilleure cuisinière du monde.

– Grâce à moi, je fus son maître-chef… dit Imelda.

– Yvonne, je te donne congé ; si tu veux, je m'occupe de la vaisselle.

– Non, Monique, c'est mon travail. Je ne peux pas faire des surprises avec des galettes aux noix, moi.

– C'est mesquin, cette remarque, Yvonne.

– Vous vous êtes donc tous ligués contre moi!

Yvonne ôta son tablier et grimpa l'escalier. Jean-Baptiste ne dit rien et sortit s'asseoir sur la galerie. Monique lava la vaisselle, rangea le tout, aidée de sa mère.

– C'est gentil, cette visite improvisée, tu devrais le faire plus souvent. Ton père se sent bien seul.

– Il est adorable. Grand-maman aussi me semble triste, tu ne trouves pas? Je l'ai vue, plus tôt, debout au salon, son chapelet à la main. Il me semble qu'elle cherche les occasions d'être seule; c'est un mauvais présage.

– Explique-toi.

– On dit qu'avant le grand départ, les personnes âgées retournent à leur jeunesse, puis lentement se résignent à voir venir la mort. Elles se détachent peu à peu de la vie, c'est la période de l'acceptation.

– Qui t'a enseigné ces choses?

– J'ai suivi une série de conférences en gérontologie. Pourquoi me regardes-tu comme ça?

– Rien, je réfléchis à ce que tu viens de me dire. Va trouver ton père, je vais terminer seule.

Dès que Monique se fut éloignée, Marie-Reine frémit. Depuis quelque temps, Jean-Baptiste fouillait constamment dans son passé… «Ah! non. Je ne veux pas! Ce serait trop affreux.»

Du revers de la main, elle essuya une larme.

Monique s'arrêta sur le seuil de la porte et observa son père.

– Tu sembles très loin, papa, à quoi penses-tu?

La berceuse se tut, la pipe éteinte ornait la face de Jean-Baptiste. Il la prit, la secoua contre son soulier, puis la tenant par le fourneau, dans le creux de sa main droite, il la caressa de l'index de la main gauche.

Il regardait sa fille les yeux brillants, pleins d'amour.

– Je réfléchissais à ce dilemme nationaliste.

– Où en étais-tu? As-tu tiré tes conclusions?

– Elles sont trop personnelles pour compter dans la balance.

– Pourquoi, papa?

– Je fus, je suis, je serai toujours un étranger.

– Mais, papa, tous ici furent des étrangers à l'origine ! Tu étais jeune quand tu es venu, il y a si longtemps de ça !

– Pourtant, j'ai gardé l'accent de là-bas. Je n'ai jamais pu remplacer un « V » par un « ou ». Je n'ai jamais pu dire, comme Éméline : « On oua ouère qui a raison ! »

La fille sourit.

– Tant mieux, papa !

Marie-Reine arrivait, tenant à la main des chocolats et des menthes.

– Finissons le repas en beauté.

– Yvonne est-elle descendue de sa chambre ?

– Non, il faut la laisser bouder, elle doit se réadapter au monde. Elle est bourrue, mon Yvonne. Ses sautes d'humeur passeront.

– C'est bien toi, maman ! Devant chacun de nous tu es sévère, parfois intransigeante puis, dès qu'on s'éloigne, tu deviens conciliante et t'acharnes à défendre l'absent.

– C'est ça, le rôle d'une mère. Nous avons été inventées pour discipliner, mais aussi pour temporiser et assurer l'harmonie au sein de la famille.

– Je doute que grand-mère ait été sévère avec toi, elle si douce...

Jean-Baptiste éclata d'un grand rire sonore.

– Si tu crois ça, ma fille, c'est que tu n'as pas connu Imelda au temps où elle exerçait son autorité.

La soirée se termina sur une note joyeuse. Monique apprit à connaître le grand-père qu'elle n'avait jamais vu autrement qu'en photo. On revivait ensemble des faits du passé.

Au moment de partir, Monique embrassa ses parents avec plus d'effusion qu'à l'accoutumée.

Marie-Reine regarda son mari et avoua :

– Tu avais raison, autrefois, de dire qu'il faut savoir doser discipline et affection ; ce n'est pas toujours facile d'être une mère...

* * *

Le père d'Imelda avait hérité d'une partie de la terre de ses parents. Le reste de la ferme avait été divisé pour abriter trois autres enfants, qui avaient déserté le coin un à un.

Odilon, respectueux de la tradition, avait bâti la grande maison transmise à sa fille Imelda, peu avant son décès. Théodore avait pris la relève du commerce familial. Une seule fille était née de ce mariage.

Imelda avait légué son bien par testament. Marie-Reine serait héritière. Celle-ci n'avait enfanté que des filles. Imelda sourit. «Nous sommes sans doute très acides.» Mais il y avait maintenant des mâles parmi les petits-enfants ; lequel prendrait la relève? Une fois encore, la propriété avait été morcelée, il ne restait plus que la grande maison ancestrale, un peu de terrain tout autour et la petite serre qui n'avait plus de valeur, ne servant qu'à l'expérimentation.

«Drôle de siècle.», pensa Imelda. Autrefois, on tirait profit de la terre à force de travail. La vente de la terre avait rapporté un revenu suffisant pour ne plus avoir à travailler! Des fermiers s'étaient métamorphoses en citadins parce que, peu à peu, les habitations poussaient. Elle avait eu la chance de garder sa fille ici ; ce mariage à Jean-Baptiste avait été une bénédiction. La plupart voient leur progéniture s'éloigner à l'occasion des mariages. Les naissances nouvelles accaparent, on pouponne comme maman autrefois... Puis cette génération remplace l'autre, et la roue tourne, tourne. Les vieux finissent par disparaître, après s'être sentis bien seuls.

Chacun pense que son rôle est nouveau, exclusif, éternel, que le dernier bébé est le plus beau... C'est cette foi qui permet de relever le défi, de vivre intensément, de foncer, d'assurer la relève.

«Yvonne», Imelda pinça les lèvres. L'aînée avait été élevée dans l'amour, adorée par son père, mais était égoïste, pleine d'elle-même, incapable de gentillesse. Il n'y eut jamais de prétendant assez bien pour elle. Dès sa plus tendre enfance, elle montra une nature dédaigneuse, elle afficha la manie des grandeurs. Imelda avait douté de la sincérité de cette vocation religieuse. Yvonne était, de toutes les filles de Marie-Reine, celle dont le caractère se révélait le moins compatible avec celui de sa mère ; ce serait pénible pour elles de vivre sous le même toit. L'âge avancé de Jean-Baptiste n'arrangeait pas les choses! Imelda sentait bien que l'avenir serait souvent marqué de jours tristes, sous ce toit qui avait connu tant de joies.

Cette dernière réunion de famille au chalet avait un peu arrangé les choses… mais le plus précieux des vases, recollé après avoir été cassé, demeure sans valeur! Certaines brisures sont irréparables.

«De là où tu es, Théodore, vois-tu ma peine?»

Imelda avait froid, sentait le poids des ans. Il est faux de croire que les personnes âgées ont atteint la sérénité à travers l'expérience; la vérité est moins simple. Elles apprennent à se taire.

Elles se taisent, car elles savent qu'on n'a ni le temps ni la patience de les écouter. Elles se taisent parce qu'on leur rappelle sans cesse qu'elles sont d'un autre siècle. Elles se taisent parce qu'on a besoin de la place qu'elles occupent: elles se taisent pour faire oublier qu'elles sont là.

Elles se taisent et sont reconnaissantes pour un sourire, pour un bon mot, un léger service, pour une aide si précieuse pour elles parfois.

Tout change autour d'elles, les lieux, les moyens de communication, la face du village et de l'Église, les valeurs; un jour elles se souviennent que ce fut ainsi autrefois, dans le cas de leurs parents… alors elles se taisent. Si seulement Théodore était là!

À qui confier ses peines? Sa sœur religieuse n'y comprendrait rien. Il lui restait une cousine, Éméline. Une vraie chipie! Théodore la détestait comme la peste, Imelda savait pourquoi: la cousine aurait conté fleurette à Théodore et dénigré Imelda pour s'attirer ses bonnes grâces. Théodore avait piqué une colère noire et n'avait jamais pardonné. La pauvre fille était monté en graine et était restée sur le carreau.

Imelda grimaça: dans sa tête, elle venait de comparer Yvonne à Éméline. Deux égocentriques, deux mesquines!

Imelda sortit son chapelet. Elle n'avait pas été très pieuse autrefois, sa prière était son devoir d'état, son oraison était active. Avec Dieu elle saurait s'arranger; c'était Lui, le Saint Homme. Il savait tout d'elle. Le temps était venu d'égrener le rosaire, celui-là même qui avait appartenu à son père Odilon.

* * *

Il n'y avait pas qu'Imelda qui avait médité sur les derniers événements. Ceux qui étaient là le soir de la grande bourrasque n'étaient pas très fiers de leur conduite. La crise psychologique avait accrû le désir de resserrer les liens qui les unissaient; il fallait se réconcilier, se faire pardonner cette minute de cruauté.

Les parents avaient fait les premiers pas en les rassemblant quelques jours à leur maison de campagne. C'était à leur tour maintenant de montrer de la bonne volonté. Sans s'être consultés, chacun entreprit de visiter l'autre.

Alice craignait qu'on s'en prenne à Marie-Anne qui avait jeté de l'huile sur le feu, ce soir-là. La pauvre, il fallait la comprendre. Elle n'avait pas une vie très facile. Elle avait épousé Gonzague, un gars bien bizarre, bourru, parfois grossier avec sa femme. Heureusement, il avait du cœur au ventre et faisait bien vivre sa famille, même si ce n'était pas richement, loin de là.

Alice décida de se rendre à Bois-des-Filion où habitait sa sœur.

— Tu m'accompagnes, Julie. Sois très gentille. Tante Marie-Anne est bien seule, elle est fatiguée, elle s'ennuie. Témoigne-lui beaucoup d'amour, aux enfants aussi.

Julie promit. Elle aurait préféré continuer de jouer à la poupée.

Alice souhaitait que Marie-Anne soit seule à la maison; elle aimerait lui parler à cœur ouvert, sans la présence de Gonzague.

Par malheur, il était là. Et il tempêtait.

— Qu'est-ce qui t'arrive, Gonzague?

— La pompe a claqué.

— Encore des grosses dépenses, gémit Marie-Anne.

— C'te fois cite, j'ai acheté une Barclay.

— Quelle sorte aviez-vous, avant, mon oncle? demanda Julie.

— Une Trémor.

— Vous l'aviez depuis longtemps?

— Dix-sept ans!

— À mon avis, que vous auriez dû acheter une autre Trémor.

— Pourquoi?

— Le temps que vous avez passé à réparer la première, à étudier ses défauts vous servirait pour l'entretien de la nouvelle pompe. C'est tout un cheminement à refaire.

— Es-tu à oser me dire que j'ai fait erreur? Qu'est-ce que tu connais, toi, la fille de Raymond, en pompes?

— En pompes, rien. Mais mon expérience me dit que…

— Parle pas aussi durement à ton oncle Gonzague!

— Le diable l'emporte, il est toujours là, à faire le grand Jos connaissant, puis c'est vous qui…

— Tais-toi, insultante, cria Marie-Anne.

— Toi, maman, tu ne dis rien. Tu le laisses m'insulter. Il faut venir visiter tante Marie-Anne qui est seule, qui s'ennuie, qui trime dur. Rendues là, on se fait accabler de bêtises et…

La femme de Gonzague releva la tête loin derrière. Ses lèvres tremblaient, ses narines palpitaient, la ligne des cils qui suit le contour de l'œil prenait une couleur violacée. «Ça y est, on l'a fait encore souffrir», pensa Alice. Il fallait faire diversion et vite. Sinon le drame allait encore éclater et toute la famille allait en parler.

Alice se leva et administra une taloche à sa fille tout en lui piquant un clin d'œil complice.

Julie ne l'accepta pas aussi facilement:

— Qu'est-ce qui te prend? Non, mais vous êtes tous dingues?

Marie-Anne et Alice se levèrent. Alice pour frapper avec conviction, cette fois, et Marie-Anne pour protéger Julie…

L'oncle Gonzague sourit. Ce qui fit enrager Julie qui sortit de la maison en furie.

Alice s'excusait. Gonzague jubilait.

Alice avait espéré que Marie-Anne protesterait, ne serait-ce que pour la forme. Mais elle n'en fit rien. Depuis toujours et comme toujours, elle courbait l'échine devant son homme, son dieu, son idole.

— Tu veux un verre de jus de cassis que Gonzague a produit l'année dernière?

— Trop tard, Marie-Anne, ma fille est enragée. Trop tard pour faire tes politesses. La sauce est gâtée.

Alice partit, furieuse! Elle ne viendrait plus visiter cette sœur idiote. On aurait beau lui répéter à longueur d'année qu'elle fait pitié. C'était f-i-n-i. À tout jamais. «Ça y est. Je vais entendre parler de ça pendant vingt ans. Le misérable! Il va faire courir l'histoire que je me suis battue avec ma fille...»

— Tu voulais servir mon jus de cassis à cette sorte de monde là, toi?

— C'est ma sœur après tout.

— Toi, tu fais coton!

* * *

Après le départ de sa sœur, Marie-Anne remit son tablier et commença à éplucher les patates pour le souper. Assise dans la berceuse, le panier installé devant d'elle, sur le plancher, coincé entre ses deux pieds, elle courba l'échine, appuya ses avant-bras sur les genoux et se mit à peler avec le petit couteau. Une pelure longue se déroulait en un ruban uniforme: Marie-Anne n'était heureuse que quand elle réussissait à faire tout le tour de la pomme de terre sans briser la continuité. C'était un bon présage...

«Trois pommes de terre pour Gonzague, une pour moi, six pour les enfants...» Les rubans de pelure reprenaient parfois la forme qu'avait le légume avant d'être épluché. C'était pour elle un jeu de chaque jour.

Flouc! la patate tombait dans l'eau du chaudron qui jaillissait en gouttelettes.

— Tu vas abîmer le prélart! Fais donc attention.

Ces éternels coups d'épingle de Gonzague l'avaient autrefois torturée, mais elle n'entendait plus. Avec les années, elle s'était fait une carapace, mais les enfants souffraient; cette manie d'asticoter sans cesse les énervait. Le perpétuel rabâchage qui ne menait nulle part mettait en boule les nerfs de toute la famille. Et c'était ainsi depuis le jour du mariage.

Au retour du voyage de noces, Gonzague commit l'erreur suprême d'ajouter un «tabarnac» à son radotage. Marie-Anne sursauta, se retourna et lui flanqua une tape en plein visage.

– N'importe quoi, mais pas ça! Tu me comprends, Gonzague Létourneau? Pas ça! Tu ne sacreras jamais après moi, ni personne en ma présence. J'ai été bien élevée, moi. Les filles de Jean-Baptiste Gagnon et de Marie-Reine Lépine ne se laissent pas sacrer par la tête. Souviens-t'en toujours ou je sors par la porte qui est là et tu ne me reverras jamais. Tu m'as bien comprise?

Gonzague ne sacra plus jamais en présence de sa femme. Il se tut et rumina sa rage pendant une semaine. Elle lui tint tête, se mura dans le silence.

Vint un jour où il eut besoin d'aide. Il était descendu dans le puits pour raccorder un tuyau. L'échelle de corde céda. Alors Gonzague hurla de toute la force de ses poumons:

– Marie-Anne…

La voix désespérée parvint jusqu'à elle.

– Grand Dieu Tout-Puissant, il s'est tué!

Elle accourut. Ne le voyant pas, elle attendit. Le cri rauque, presque inhumain, retentit encore. Elle suivit la voix, le vit, là, au fond du trou, de l'eau à la hauteur de la taille, l'échelle de corde rabattue sur la tête. Elle pouffa de rire.

– Tabar… le reste du mot mourut dans la gorge. Lance-moi une corde, que je sorte d'icitte!

Marie-Anne amena un câble et le fit se balancer au haut du trou. Jeune, encore moqueuse, habituée à la gaieté de son père, elle ricana:

– Pour te pendre ou pour te secourir? Qu'est-ce qu'en penserait le chef de police de Bois-des-Filion?

– Fais pas ta drôle.

Lui ne riait pas. De guerre lasse, elle lança le bout du câble et noua l'autre extrémité à une branche d'arbre.

Puis elle retourna à la maison.

Gonzague sortit de l'orifice, bleu de colère.

– Raconte jamais ça à personne ou je t'étrangle.

Marie-Anne comprit qu'elle avait épousé un colérique qui n'avait aucun sens de l'humour; de plus, il était orgueilleux.

Elle pleura devant l'image de sainte Anne. Puis, le lendemain, demanda pardon à Dieu d'avoir osé penser qu'elle aurait dû rabattre le couvert du puits plutôt que de lui tendre la corde…

Pendant un mois, elle n'eut que cette infâme pensée en tête. Mais, à la fin de ce mois-là, elle réalisa qu'elle n'avait pas ses règles. Une femme engrossée est mieux mal mariée que veuve. Elle souhaita qu'il vive...

Il ne sacra plus jamais, mais elle perdit sa jovialité toute naturelle.

Jeune, forte, bonne chrétienne, elle para aux colères de Gonzague du mieux qu'elle put, se replia sur elle-même et développa une autre personnalité : celle de la femme opprimée que tous plaindraient. On ne sut jamais exactement pourquoi, sauf peut-être que tous finirent par percevoir Gonzague tel qu'il était, un vieil ours mal embouché, renfrogné, bourru.

– Pauvre elle, pauvre femme, disait-on en parlant de Marie-Anne.

Gonzague trimait comme quatre pour joindre les deux bouts. Ayant acheté un lopin de terre, il avait déboisé et construit une cabane qu'il agrandissait au fur et à mesure que le lui permettaient temps et argent.

Sobre, économe, ne flânant jamais, il avait, malgré tout, bonne réputation. Puis, sa femme avait mis au monde six mômes qu'il avait logés, vêtus, nourris du labeur de ses propres mains, sans l'aide de personne. Six plumes à son chapeau. Un gars ne peut pas toujours être en gaieté de cœur. Son confesseur était d'accord.

Son cheval, qui l'aidait à repousser la forêt, son chien, qui acceptait caresses et coups de pied en égale proportion, étaient les seuls, à Bois-des-Filion, à savoir que Gonzague sacrait comme un gars de chantier. Le printemps et l'automne, il s'absentait. Il allait faire la drave sur la rivière du Nord. Il en avait poussé de la pitoune en courant sur les billots et les bômes. Pic en main, sacre en gueule, il était osé, voire même téméraire. Plus les billots étaient têtus, plus il avait de plaisir à les mater.

– Descendez mes crisses, ou je vais vous noyer !

Quand l'écluse s'ouvrait, il se tenait là et riait de bon cœur. Il gagnait toujours, ne permettait à aucune bille de lui tenir tête.

– Passez toutes, mes crisses.

La drave constituait ses vacances annuelles. Pas de femelle pour l'emmerder, pas de bébé qui braille. Il pouvait sacrer à son saoul et dompter les billots.

Pour sa femme, c'était la paix. Elle soupirait d'aise au départ de son légitime et profitait de ses absences pour être gaie et heureuse avec ses enfants qui apprirent à l'aimer, elle, à le tolérer, lui. Jamais elle n'émit de mauvais commentaires au sujet de son homme. Les jeunes avaient vécu l'expérience, sans la médisance de la mère. Elle l'excusait sans cesse.

— Ce n'est pas la faute de votre père, il a connu une enfance dure, il ne connaît pas mieux. Il nous respecte à sa manière ; il ne boit pas, fume un peu sa pipe, il ne sacre pas, il ne couraille pas, il nous donne tout son gagné. Pas question de vouloir plus. Il faut le prendre comme il est.

L'aînée osa un jour s'écrier :

— Il a une tête de cochon, il ne veut rien comprendre ! Il est toujours enragé et bourrasse tout le temps. Je n'en peux plus de l'entendre marmonner et chialer.

La mère attendit que le trop-plein ait fini de s'échapper par la soupape de la colère.

— T'as fini ta litanie ? Monte dans ta chambre, tu en redescendras demain matin.

Les enfants doivent respecter le père, quel qu'il soit… C'était son école de pensée.

« Si au moins on habitait en ville, proches de tout le monde, pensa Marie-Anne ; il est venu se bâtir ici pour m'emmerder. Il n'aurait pas pu payer cinquante piastres de plus pour avoir un terrain situé au village, au moins ! Mais non, seuls, loin de tout le monde, loin de l'école, loin de l'église. J'en ai plein mon chapeau ! Je suis fatiguée de m'ennuyer, de faire bon visage. Jusqu'à mes propres sœurs qui s'en mêlent ! La vie est une saloperie !

« On a failli avoir une bataille pour une histoire de pompe, Gonzague est encore grimpé sur ses grands chevaux, il a toujours la rage. Je me demande parfois pourquoi il est si haïssable quand quelqu'un vient à la maison nous visiter ! Il est deux fois plus pointilleux devant le monde, je me demande ce que ça lui donne ? »

La visite de sa jeune sœur, qui aurait pu lui apporter de la joie, la laissait plus triste que jamais! Il lui semblait que Gonzague se durcissait de plus en plus. Il n'avait plus de fierté, plus de pudeur. En somme, elle avait honte.

Alice en avait de la chance! Son mari était un homme gentil, courtois, il gagnait beaucoup d'argent. La vie était injuste. Les gens riches ont de petites familles, les pauvres ont beaucoup d'enfants. Ce soir-là, elle dut prendre son courage à deux mains pour faire bonne figure devant les jeunes. Gonzague boudait. C'était mieux ainsi. Au moins il se tairait.

Marie-Anne n'avait pas tout dit à Alice. Il n'y avait pas que cette histoire de pompe qui tourmentait Gonzague. Son mari n'aimait pas la visite! Il n'appréciait pas qu'on vienne le déranger chez lui. Jamais il ne dérangeait personne et aimait qu'on fasse de même!

Le fameux soir où il fut question de l'héritage, il avait finalement accepté la rencontre chez sa belle-mère, car sa femme l'en avait tellement prié. Les heures de l'autobus ne coïncidant pas avec celle du rendez-vous, Marie-Anne craignait qu'on prenne des décisions avant son arrivée; Marie-Anne devait surveiller ses intérêts; Marie-Anne avait eu le plus grand nombre de petits-enfants et méritait plus que les autres; Marie-Anne en avait tellement dit qu'il avait fini par obtempérer. Et qu'est-ce que ça lui avait donné? Il ne s'était jamais senti aussi humilié, il avait eu honte ce soir-là. Marie-Anne s'était conduite comme une quêteuse, une insatisfaite de ce que lui, Gonzague, faisait pour sa famille. On ne l'y reprendrait plus!

Quand vint ensuite l'invitation à la campagne, Marie-Anne, adroitement, changea son fusil d'épaule. C'était Jean-Baptiste qui avait insisté pour que Gonzague vienne avec tous les enfants. Jean-Baptiste avait promis une grosse fête pour les petits parce qu'il avait besoin de l'aide de Gonzague.

Il ne pouvait refuser ça à son beau-père. Il était correct, lui. Il ne dérangeait jamais. Mais quand Gonzague réalisa que tous les beaux-frères et leurs familles étaient présents, il eut le désir fou de rentrer chez lui en les laissant tous là, les marmots et Marie-Anne. C'était déjà assez d'endurer les siens sans avoir à supporter la douzaine de bédaines!

Mais il avait aimé tirer de la jambette et du poignet, les beaux-frères avaient été corrects. C'étaient les pimbêches de belles-sœurs et la belle-mère avec son terme juste qui l'horrifiaient.

Cette fois encore, il avait pardonné. Hélas! Deux jours plus tard, ce fut Colombe qui s'était amenée, sans s'annoncer, en plein après-midi, comme si sa femme n'avait pas d'autre chose à faire que de servir du jus de cassis à ces énergumènes de la Côte-Vertu!

La Colombe, mariée à un Anglais de Hull, qui se payait le luxe de casser son français pour se donner un genre à elle toute seule. Elle était venue monter la tête de Marie-Anne contre l'autre, le pilier de l'église!

Et voilà que c'était maintenant Alice avec sa grande maigréchine de Julie qui était déjà arrogante avant même d'avoir réussi à se mettre une couche de gras sur les os! Ça promettait! Celle-là n'avait pas eu son jus de cassis! Lui, Gonzague, serait le maître chez lui. Il achèterait la marque de pompe qui lui plaisait, à lui. On ne viendrait pas faire la loi dans sa maison! «Si ta sœur, la capine, met les pieds ici, je la mets à la porte, je me contrefous des conséquences que mon geste pourrait avoir!»

Marie-Anne se contenta d'écouter les réactions furieuses de Gonzague qui n'étaient survenues que le lendemain; tous les enfants étaient absents. Donc, aucun témoin de sa grosse colère! Elle le laissa crier tout ce qu'il avait sur le cœur, sans riposter, sans même broncher. Elle prit un air soumis. Marie-Anne savait qu'Yvonne ne viendrait pas, elle était bien trop égoïste pour se déranger. De plus, elle ne s'éloignait jamais de la maison, sauf pour aller à l'église et se lamenter au presbytère. Jamais elle ne se déplacerait pour venir jusqu'à Bois-des-Filion!

Rusée, Marie-Anne téléphona à Monique, la seule qui n'avait pas donné signe de vie, comme ça, innocemment, pour lui raconter qu'elle devait aller faire l'entrée des enfants à l'école pour septembre…

– Dommage, j'avais projeté de te visiter. C'est tellement plus facile pour moi, tu as toute ta marmaille sur les bras. Pourquoi n'en profiterais-tu pas pendant que Gonzague est à la maison pour venir passer une journée avec moi?

Marie-Anne promit de le faire. Puis elle s'informa de tout le nouveau, de ce qui se passait dans la famille. Monique lui raconta les derniers potins, lui parla de la tristesse d'Imelda, de son père et tout le reste.

Marie-Anne avait vu juste... Son appel avait double mérite; et de un, éviter une colère de Gonzague en empêchant la visite de sa sœur Monique, et de deux, apprendre tout le bavardage qui s'était fait à la maison.

Il ne lui restait plus qu'à se glisser elle-même au foyer paternel pour vérifier tous ces dires et tâcher de savoir si la vente s'était conclue avantageusement. Elle devrait se montrer mielleuse et prudente envers sa grand-mère; Imelda était perspicace, elle était à prendre avec des pincettes.

Marie-Anne se voyait installée dans la grande maison à lucarnes avec ses six enfants. Imelda ne pourrait pas vivre éternellement... Son père non plus. Pour un instant, elle eut honte de cette méchante pensée, mais après tout, il avait l'âge de sa grand-mère, alors il faut s'attendre à tout... Quant à sa mère, elle lui donnerait la meilleure chambre, du côté du soleil... Gonzague devrait apprendre à se taire. Puis, elle pensa à Yvonne. Quoi faire de la sainte nitouche qui prétendait avoir droit à la fortune elle aussi? Quel culot! Elle n'avait jamais appris à attacher une couche de sa vie. S'il fallait qu'elle reste vieille fille! Non, ça briserait trop les rêves de Marie-Anne! « Je devrais prier pour qu'elle croise un bon parti sur sa route. »

Elle repensa à tout ce qu'elles s'étaient dit. Monique était bonne et compréhensive; pouvait-elle se faire une idée juste de ce que c'était que d'avoir six enfants, elle qui en avait trois?

La journée était chaude et très humide. Marie-Anne avait préparé un pouding au pain; elle avait beau exiger des enfants qu'ils mangent les croûtes, ils en laissaient toujours, alors elle les accumulait, les cassait, les arrosait de lait chaud, ajoutait une tasse de sucre, incorporait un œuf au mélange et faisait cuire le tout dans le fourneau.

Gonzague lui avait promis un poêle électrique, mais ça coûtait cher. Alors, il avait transformé le vieux poêle à bois en remplaçant les grilles par un brûleur à l'huile. Il faudrait chauffer pour que le souper soit prêt à l'arrivée de la marmaille. Quelle vie ! Sans luxe. Là-bas, sur la Côte-Vertu, on n'avait qu'à tourner les boutons de la cuisinière et le tour était joué… alors qu'elle, elle devait suer deux heures pour préparer un repas ! C'était injuste.

Elle avait le nez dans le fourneau, quand la sonnerie du téléphone retentit. Elle accourut.

— Marie-Anne, ici Lucien. Est-ce que Gonzague est à la maison ?

— Oui, il est autour ; tu veux lui parler ?

— S'il te plaît. Ça va toi ?

— Oui, bien sûr. Personne n'est malade, j'espère ?

— Non, c'est autre chose.

— Un instant, Lucien.

Elle déposa le récepteur. Ça alors ! Que se passait-il ? Jamais, au grand jamais un beau-frère n'avait encore téléphoné à Gonzague. Ce devait être bougrement sérieux !

Marie-Anne s'épongea le front avec le coin de son tablier et courut dehors. Gonzague, incrédule, regardait Marie-Anne. Il se décida enfin. Il déposa son outil et suivit sa femme. Lui, Gonzague Létourneau, recevait un appel téléphonique en plein après-midi. De la part d'un beau-frère par surcroît, un beau-frère avec qui il n'avait rien, absolument rien, en commun. Ce devait être une erreur.

— Salut, Lucien.

— Bonjour, Gonzague. Tu dois te demander pourquoi je te dérange. Aimerais-tu ça venir à une partie de chasse ? Je veux inviter tous les beaux-frères, on va aller se chercher un orignal.

Marie-Anne souffrait le martyre de ne pas entendre ce qui se disait. Elle dévisageait Gonzague qui ouvrait la bouche et de grands yeux ronds ; son mari semblait estomaqué.

— Tu me prends par surprise, en quel honneur ?

— Juste comme ça, histoire de se retrouver entre hommes, de s'amuser un peu.

Gonzague éclata de rire, il riait à se tordre, se tapait sur les cuisses.

— Pas de femme?

— Pas de femme!

Marie-Anne se laissa tomber sur une chaise.

— Quand ça?

— Samedi en huit.

— Où?

— Dans le bout de Shipshaw.

— Ce serait une bonne idée de pousser jusqu'à la route des Passes… C'est loin!

— Oui, mais ça vaut le coup. Proche du parc, on a de bonnes chances de ramener une bête.

— Qui y va?

— Tu es le premier que je contacte, je te ferai savoir qui accepte.

— Je suis bien d'accord.

La conversation se continuait, Marie-Anne crevait de curiosité. Enfin, Gonzague raccrocha. Muet de surprise, il hochait la tête en tous sens. «Tu es le premier que je contacte.», la phrase l'avait renversé; décidément, ça, c'était toute une surprise.

— Parle, mais parle donc!

Gonzague entra dans sa chambre, grimpa sur une chaise et sortit sa carabine cachée dans le haut de la garde-robe. Marie-Anne prit peur.

«Pas de femme… Il va me tuer!»

— Tu deviens fou? Ma foi!

Gonzague, amusé, la fit patienter; il connaissait sa curiosité, et se payait sa tête. Il sortit sa boîte de cartouches et l'écouvillon. Dans son for intérieur, il rigolait. Une partie de chasse, sans femme. La paix!

— Tu vas parler?

Marie-Anne avait pris sa petite voix, sa voix câline et doucereuse.

— Tu vois bien.

— Je vois quoi? Que tu sors ta carabine.

— Qu'est-ce qu'on fait avec une carabine?

— Voyons Gonzague!

— Je vais à la chasse.

— Toi ?

— Oui, moi.

— Avec Lucien ?

— Avec Lucien.

— Qu'est-ce qui vous prend ?

— Moi, rien.

Marie-Anne comprit qu'elle n'en tirerait rien de plus. Son mari avait cette manie de se taire quand elle, sa femme, se montrait trop curieuse. Si seulement il retournait dehors travailler, elle pourrait s'enquérir auprès d'Henriette, obtenir des détails. Mais Gonzague, sarcastique, s'amusait trop à voir sa chipie se mettre martel en tête pour se refuser ce plaisir malin et gratuit !

* * *

Chez les Gagnon, on se réjouissait de la joie donnée à Gonzague.

Henriette et Lucien avaient décidé de cette randonnée : les mâles de la famille se réuniraient et ça cimenterait l'amitié. Les réunions familiales étaient peu propices à l'éclosion de sentiments, la présence des femmes empêchait les hommes de se montrer sous leur vrai jour. Seuls, ils seraient plus à l'aise pour commenter, rigoler à leur goût, sans la désapprobation ou les commentaires des épouses. Un voyage de chasse était un choix judicieux : coucher sous la même tente, cuisiner ensemble, canoter, réfléchir en silence, pratiquer le sport dans la nature, tout ça serait une excellente occasion de nouer des liens entre eux.

La dispute leur avait fait comprendre qu'ils étaient une grande famille menacée de brisure ; ils ne voulaient pas ça, c'était trop bête. L'harmonie devait régner, ne serait-ce que pour le bonheur des enfants dans le futur. Gonzague était l'aîné, on l'avait consulté d'abord.

Frank à Colombe s'était montré plus réticent, ce n'était rien de nouveau. On le qualifiait souvent du surnom de coq de la famille. Frank était constamment sur la défensive. Il avait grandi à Hull, dans une famille anglophone, ce qui lui avait toujours valu des apostrophes et des remarques amères. Colombe, sa femme, était une pâte molle, qui bouffait sans cesse. Dès que quelque chose n'allait pas à son goût, elle se tournait vers le réfrigérateur et s'empiffrait. Elle gobait tout ce qui lui tombait sous la main ; en conséquence, elle pesait dans les deux cents livres et elle était devenue paresseuse et engourdie. Il l'avait épousée toute menue et frêle, il adorait les femmes coquettes ; voilà qu'il avait comme épouse un mastodonte avec qui il fallait vivre jour après jour ! Ils s'étaient souvent querellés à ce sujet ; elle se défendait en mettant la faute sur ses maternités répétées : leurs deux enfants étaient nés en vingt mois. Frank s'était juré que Colombe aurait le temps de fondre avant sa prochaine grossesse. Elle ne fondit pas, mais n'enfanta plus.

Frank n'était pas de nature chagrine ; si on ne l'attaquait pas, il se mêlait de ses affaires. Colombe, peu ambitieuse, se contentait de se bercer, de lire des romans à l'eau de rose et de regarder la télévision. Frank travaillait de longues heures et se consolait dans la bière.

Il crevait d'envie de participer à cette excursion de chasse, ne serait-ce que pour s'éloigner de la maison. Mais il craignait qu'on remette encore sur le tapis cette maudite histoire du séparatisme ! Il en avait assez d'être compté au rang des Anglais, des méchants ! Finalement, il avait accepté, il se joindrait à eux, mais si on l'emmerdait, s'il se sentait attaqué, il ferait un X sur le clan. Frank se demandait ce que serait l'avenir de la famille après le décès de Jean-Baptiste et d'Imelda. Marie-Reine l'horripilait avec son « terme juste ». Colombe ne fit pas de commentaire, elle se tut et mâcha son chewing-gum un peu plus vite qu'à l'accoutumée.

* * *

Raymond se montra très enthousiaste à l'idée de la partie de chasse. Souvent, il entendait raconter des histoires de chasseurs et de pêcheurs et ça le faisait rêver. Il avait trimé dur pour payer ses études et n'avait jamais eu le loisir de vivre ces aventures desquelles les hommes tirent tant de vanité. Il avait l'espoir de connaître là quelque chose de grisant. La forêt lui avait toujours fait un peu peur; les sous-bois, même dans les parcs comme sur le mont Royal, lui paraissaient menaçants, pleins de mystère! Il se réjouissait de participer à cette randonnée en famille; ce serait moins humiliant pour lui s'il devait avoir l'air d'un parfait ignorant de la nature.

Alice, jalouse à en crever, n'aurait rien à redire, puisqu'il voyagerait avec ses beaux-frères. Habituellement, Raymond devait s'y prendre longtemps à l'avance pour organiser une sortie seul. Alice ne tolérait pas ces réunions où la femme n'est pas admise. L'homme qui sort sans son épouse a quelques secrets à cacher! Il était impensable, selon elle, qu'un homme ait une vie privée et personnelle. «La femme est seule à la maison, le mari rencontre le public toute la journée, il doit se satisfaire de rentrer chez lui, le soir venu.»

Raymond, voulant faire bonne figure, décida de s'équiper pour le voyage. Il se rendit chez un armurier s'acheter une Winchester qui lui coûta neuf cents dollars, balles comprises. Puis, il se rendit dans une boutique spécialisée pour se procurer une casquette et une vareuse rouges, afin d'être sûr qu'il serait repéré par les chasseurs qui pourraient se trouver sur les lieux. Il choisit des bottes solides. Pour le reste, il s'en remit au vendeur qui profita de son ignorance: il vit s'entasser le sac de couchage, la veste garnie de pochettes pour y dissimuler les cartouches, une nasse pour saisir le poisson, le lancer léger et une variété de mouches allant des rousses aux grises en passant par toutes les gammes de jaune. Il ne serait pas dit qu'il ne savait pas voyager! Il acheta aussi un coffre étanche qui contiendrait ses agrès de pêche. Ce qui lui coûta cinq cents dollars. Les armoires de cuisine neuves dont rêvait Alice devraient attendre! Pour une fois que Raymond prendrait le bord du bois, il le ferait en grande!

Il avait pensé à tout, sauf aux culottes d'étoffe et au couteau de chasse! Avant de rentrer à la maison, il fit un détour et s'arrêta chez son beau-père. Jean-Baptiste se berçait sur le perron. Raymond fit dériver négligemment la conversation sur le sujet de ses préoccupations... Il parla de sa Winchester. Jean-Baptiste y alla de ses conseils. La vie dans la forêt, il la connaissait. On parla des différentes méthodes de trapper. On jasa de petit et gros gibier, de la perdrix à l'orignal en passant par le chevreuil et le caribou, quand et comment éventrer la bête, comment faire le portage en forêt. Raymond apprit que ces quadrupèdes perdaient chaque année leur panache, ces bois qui ornent leur tête, et comment on peut détecter l'âge de la bête en comptant ses cornes, puisque la bête femelle n'en a pas et qu'il est interdit de la tuer.

Jean-Baptiste rappela à Raymond de ne pas charger l'arme avant d'être en forêt, de toujours la tenir en pointant le canon du fusil vers la terre pour éviter les accidents. Raymond écoutait religieusement. Quel enrichissement! Il était ravi et le laissait savoir à son beau-père qui ne tarissait plus.

Jean-Baptiste parla de l'habitude qu'ont les animaux sauvages d'emprunter les mêmes *trails*: ces pistes qu'ils suivent pour se déplacer en forêt, choisissant les replis des collines ou les rebords des prairies. L'empreinte que laisse la bête sur le sol annonce son passage et sa grosseur, de même que la direction prise. Pour câler l'animal, autrement dit pour appeler le mâle, il suffisait d'imiter le cri de la femelle; celui-ci accourait parfois après avoir répondu de très, très loin.

Se mettant debout, Jean-Baptiste plaça ses mains en cornet autour de sa bouche et émit un gémissement long et plaintif.

Marie-Reine, Yvonne et Imelda accoururent. Raymond éclata de rire.

– Vous avez raison, le beau-père, les femelles accourent!

Jean-Baptiste s'esclaffa à son tour, les deux hommes se tenaient les côtes. Parvenant enfin à se maîtriser, Jean-Baptiste expliqua qu'il avait imité le cri de l'orignal mâle qui appelle la femelle en forêt.

Marie-Reine et Imelda trouvèrent la farce très drôle, mais Yvonne s'offusqua. Elle regarda Raymond et lui jeta un «crétin» en plein visage. Raymond repartit de son rire sonore. Yvonne, irritée, retourna dans la maison, rouge de rage.

Marie-Reine se contenta de hausser les épaules. Imelda prit place sur le banc et écouta les deux hommes parler de chasse. Ça lui faisait un velours au cœur d'entendre ces propos de mâles. Ça lui rappelait son Théodore, qui ramenait toujours du petit gibier qu'elle conservait au congélateur pour son cipaille des fêtes, ce mets canadien par excellence constitué de perdrix, de lard salé, de bœuf et de veau.

— Essayez de me ramener une perdrix grise, Raymond. Ça me ferait tant plaisir.

— La perdrix grise n'est pas facile à chasser, dit Jean-Baptiste. On la rencontre dans les sentiers, elle est discrète et se confond avec le décor. Elle est nerveuse et difficile à approcher. Elle aime les framboises, c'est un secret à exploiter ; elle n'est pas qu'insectivore, elle est végétarienne, elle mange des tiges vertes. Elle aime vivre à découvert mais elle est très vive. On la surprend parfois à un tournant du sentier, son envol surprend par sa vitesse et le bruit qu'elle fait en fuyant. Elle semble craindre l'homme. Surveille les jeunes pousses, les bourgeons, elle en est friande. Tu as une bonne « 22 » ?

— J'ai ma Winchester…

— C'est gros pour du gibier à plumes. Je vais te prêter ma carabine « 22 ». Elle est de longue portée.

Imelda sentit son cœur s'émouvoir ! La « 22 » de Théodore sortirait de la boule à mites…

La conversation se poursuivit tard le soir.

— Belle-maman, voulez-vous me faire plaisir, téléphonez à Alice, je crains qu'elle s'inquiète ; elle sera rassurée de me savoir ici.

Marie-Reine entra et fit le message. Alice était en furie, sa mère la calma.

— Laisse donc vivre ton mari ! Les hommes ont besoin de jaser entre eux, ils ne font rien de mal à parler de chasse et de pêche. Il n'y a rien de plus sain que l'amour de la forêt.

— Tu trouves ça normal, toi, de les voir partir sans leur femme pour des jours et des nuits ?

— Tu ne vas pas devenir jalouse d'un orignal, ma fille ?

— Ce n'est pas une question de jalousie, c'est une question de principe.

— Je ne me suis jamais opposée à ce que Jean-Baptiste parte pour le bois. Papa l'a toujours fait et ça réjouissait maman.

— Et nous mangions du chevreuil en boîte.

— En conserve, Alice, en conserve. Habitue-toi donc à utiliser le terme juste. Tu élèves des enfants, c'est très important.

– Oui, maman, oui ! En attendant, dis à Raymond de rentrer à la maison sans tarder.

– Non, ne compte pas sur moi pour jouer le rabat-joie. S'il te faut toujours la présence de ton mari, viens-t'en ici, toi. Pour le moment, ils s'amusent comme des fous sur la galerie et maman est tout heureuse de les entendre.

– Vous êtes toujours du côté des hommes…

– Je ne me formaliserai pas de cette réflexion fort disgracieuse ; tu me déçois, Alice. Je ne sais pas ce qui vous arrive, mes enfants, mais vous êtes insupportables depuis quelque temps. Vous avez de la chance que vos maris tolèrent vos stupides sautes d'humeur. Je me réjouis de ce qu'ils aillent se recueillir en forêt, ils ont sûrement besoin de distraction… Je te laisse, Alice, je vais préparer un thé aux hommes, le tien et le mien… Bonsoir, ma fille. Essaye de t'humaniser.

Marie-Reine posa rageusement le récepteur. Elle s'inquiétait sérieusement de tous ces caractères rabougris qui l'entouraient. Ses filles manquaient de maturité, étaient révoltées et détestables. Pourtant, comme elle les avait aimées, peut-être trop ! Elles semblaient ne pas progresser au rythme de leur expérience. Et Marie-Reine s'inquiétait pour ses petits-enfants qui vivaient dans cette atmosphère de morosité. Elle se garda bien de dévoiler la teneur de la conversation qu'elle avait eue avec sa fille. Les galettes et le thé agrémentèrent la fin de la soirée. Les hommes étaient radieux, transportés sur les ailes de leurs rêves.

Raymond quitta la maison le cœur en fête. Il n'aurait pas tout à fait la conduite d'un novice lors de la partie de chasse. Il ressassait le tout dans sa tête pour ne rien oublier. Il se voyait déjà ramenant une douzaine de perdrix à sa belle-mère ! « Le beau-père est vraiment un brave type qui gagne à être connu, je devrais passer plus de temps en sa compagnie ; il n'a pas l'âge de son visage, il est très jeune de cœur. »

Ah ! Miracle. Alice dormait quand il rentra.

* * *

Damien remercia Lucien d'avoir pensé à organiser ce voyage. Il avoua son ignorance de l'art de chasser, mais était heureux de savoir qu'on se ferait un plaisir de l'initier. Il assura Lucien qu'il se chargerait de cuisiner pour le groupe. Qu'est-ce qu'on aimerait bouffer? Du chevreuil! Il sourit. Il s'assurerait qu'on aurait de quoi se nourrir sans compter sur le fruit de la chasse! Par contre, il savait pêcher.

Il suggéra qu'on se réunisse pour dresser une liste des choses à prendre, afin de ne pas avoir de bagage inutile à traîner. Monique se réjouissait de la joie de son mari. Elle en profiterait pour visiter ses sœurs, elle organiserait peut-être une soirée pour elles; histoire de s'amuser entre femmes.

On sortit les agrès de pêche qui étaient poussiéreux, on remplaça la ligne par une neuve, solide. Les culottes d'étoffe et les bottines de caoutchouc montèrent du sous-sol pour un nettoyage en règle.

La gamelle du dernier voyage de pêche fut astiquée, le havresac aéré.

— Comment se fait-il que tu possèdes tant d'équipement utilisé par l'armée?

— J'ai tout emprunté d'un copain. Plus tard, il m'a tout donné. Il détenait ces choses de son père.

— Allez-vous remonter des rivières?

— Je n'ai pas de détails. Nous allons nous réunir et en discuter. Je sais que nous allons camper près d'un lac.

— Pourquoi ne pas louer une roulotte? Vous seriez installés confortablement.

— Ça ôterait du cachet à l'expédition. Le gros plaisir est de coucher sous la tente, dans le bois.

— Vous avez une tente?

— Zut! Je n'avais pas pensé à ça!

On sortit une carte géographique et on localisa Shipshaw; on calcula les distances à parcourir. Lorsque le couple se retira pour dormir, Damien avait déjà profité du bienfait prometteur du plaisir futur.

Chapitre 13

Ce vendredi matin, au lever du jour, il y eut rassemblement à la maison paternelle, sur la Côte-Vertu. La station-wagon ne put tout prendre à son bord. Elle partit donc avec Lucien au volant et Gonzague comme pilote. Les autres occupèrent une voiture qui suivrait. La bonne humeur était dans l'air. Il ne manquait que les trompettes et les chiens dressés pour que le convoi ait réellement une allure royale. On eût dit de jeunes écoliers. Les épouses se sentaient étreintes par tant de gaieté, elles regardaient s'éloigner leurs hommes, tous des frères en somme. Yvonne pinçait le bec. Imelda pleurait doucement. Jean-Baptiste s'était évertué à donner des conseils de prudence. Il avait affûté son meilleur couteau, sa meilleure lame d'acier trempé, et le leur avait prêté. La pierre à aiguiser avait réveillé en lui une foule de souvenirs de jeunesse. Il avait le cœur remué.

Le convoi n'était plus à portée de la vue; sur la galerie, les têtes regardaient toujours dans la même direction. Marie-Reine se râcla la gorge et dit tout haut:

— Entrez, mesdames, c'est l'heure du déjeuner.

Elle sortit une jarre de fèves au lard qu'elle plaça sur la table, une miche de pain chaud, de la mélasse; le début du repas fut silencieux. Peu à peu, la conversation se fit. La joie est sans doute communicative; on se mit à rire et à raconter des histoires drôles.

Imelda, contrairement à son habitude, récita les grâces. Elle sentait le besoin de remercier Dieu de la joie qu'Il donnait à sa famille.

— Amen, reprit-on en chœur.

Monique observait son père, elle savait qu'il souffrait de ne pas pouvoir participer à l'expédition. Elle se fit tout particulièrement affectueuse avec lui. Ce matin, il lui paraissait très usé, très fatigué.

* * *

Ce coin de la province était une révélation pour les beaux-frères. Seul Gonzague était familier avec la route, qu'il avait déjà empruntée pour aller draver dans les environs.

La barrière du parc, où l'on signalait l'heure d'entrée, la route qui longe plusieurs lacs et cette belle forêt les épatèrent. On s'arrêta à l'Étape pour se dégourdir les jambes, faire pipi et boire un bon café chaud.

À les entendre, on aurait cru que les beaux-frères étaient des camarades inséparables qui ne pouvaient vivre l'un sans l'autre. Ils étaient ivres de bonheur. Quelle détente, quelle échappatoire à l'éternel quotidien !

Gonzague vit une carte postale sur laquelle figurait une mère ourse aux seins pleins de lait, donnant la patte à un homme en tenue de chasse. Au bas se lisait l'inscription : Adieu ma femme, je choisis un monde meilleur. Il vint vers ses beaux-frères, leur montra sa trouvaille en leur disant qu'il la destinait à Marie-Anne.

— Elle va te descendre au retour !

— S'il s'agissait d'un éléphant plutôt que d'une ourse, je l'achèterais à l'intention de Colombe !

Chacun y allait de son trait d'esprit ; les filles de Marie-Reine et de Jean-Baptiste, Dieu soit loué, étaient loin et ne pouvaient entendre leur mari échanger des commentaires saugrenus sur les épouses abandonnées à leur mère.

— Tu crois qu'on va tuer ?

— Je l'espère.

— On m'a dit que c'est un endroit formidable, vu la proximité du parc qui regorge de gibier.

— Il doit y avoir beaucoup de chasseurs dans les environs.

— Moi, on m'a conseillé de me rendre plus loin, dans le bout de Desbiens, à Roberval.

— C'est une question de chance. Si on pouvait avoir une petite neige au sol, de bon matin, ça serait favorable.

— L'an prochain, on devrait s'organiser pour aller en Abitibi, autour de Senneterre ou La Sarre. On dit que là-bas le gibier abonde.

— Que c'est bien dit : le gibier abonde.

— Le « terme juste », comme dirait la belle-mère.

On reprit la route; des écoliers en vacances n'auraient pas eu plus d'entrain.

— Le chemin est beau.

— Ç'a été fait par les bleus, ç'a rendu le coin accessible.

— Le boulevard Talbot est parfois appelé le boulevard de la mort, on y fait trop de vitesse.

Raymond n'avait jamais tant vu de lacs et de conifères. Il gardait les yeux rivés sur le paysage.

— Mes oreilles bourdonnent.

— Nous gravissons des montagnes, nous sommes dans les hauteurs. L'air est pur!

— Je n'ai jamais vu Gonzague de si belle humeur.

— C'est probablement que tu l'as toujours rencontré en présence d'Anne-Marie; je serais bourru moi aussi à vivre avec un pareil gibier de potence.

— Encore le terme juste, les gars!

On riait de bon cœur!

— Nous sommes cinq, nous avons droit à une bête par permis, nous reviendrons avec cinq têtes à cornes sur le toit des voitures.

— Et deux douzaines de perdrix, de sarcelles, deux outardes.

— Et dix douzaines de truites mouchetées.

— En camion à dix roues!

Sans qu'on sache ni comment ni pourquoi, on entonna le chant *Alouette*.

— Je ne me suis pas autant amusé depuis le collège, lança Raymond.

On passa ensuite aux sujets plus sérieux. Ils se diviseraient pour aller chasser, en deux groupes de deux, et l'un d'entre eux demeurerait au campement pour faire la popote. On ferait une rotation de partenaires.

— Il va falloir localiser une *trail*.

— Une *trail*?

— Un sentier, une piste, traduisit Frank.

— Il y en a partout, non?

— Pas comme celles suivies par le gibier; on les trouve dans les coulées, ce sont les meilleures, les bêtes les empruntent continuellement.

Réalisant que ses connaissances épataient ses beaux-frères, Raymond continuait son discours, étalait son savoir. Si bien que tous voulaient d'abord chasser avec Raymond. Il se sentait fier comme un pape.

— Dès le premier matin, je vais câler.

— Tu vas quoi?

— Appeler, dit Frank. Mais appeler qui?

— Les bêtes, parbleu!

— Tu es fou, non?

Raymond mit ses mains en cornet et émit le long gémissement. Puis il se demanda si l'intonation était la bonne. Il raconta l'effet que le call de Jean-Baptiste avait eu sur les femelles de la famille. Le conducteur riait tellement qu'il dut s'arrêter un moment en bordure de la route.

Ils avaient mis huit heures à arriver à bon port. Il suffisait maintenant de pénétrer dans la forêt pour atteindre le lac Tremblay. Il fallait monter la tente. Gonzague avait eu la brillante idée d'apporter sa hache. On prépara un terrain propice, près d'une éclaircie. On planta les piquets, on déplia la maison de toile. Gonzague excellait. «Tirez tous ensemble.»

— On ne pourra jamais tenir là-dedans!

— Attendez, un peu de patience.

Gonzague sortit une tente de plus petite dimension et la monta.

— Voilà la cuisine et la chambre du cuisinier, dit-il.

Il disparut et revint avec des branches de sapin dont il couvrit le sol du premier dortoir.

— De la plume, mes amis, de la plume pour dormir confortablement; utile aussi en cas de pluie, on ne se réveille pas les fesses à l'eau quand on prend cette précaution.

— Comme oreiller, Gonzague?

— Une cruche rembourrée ou une bûche de bois, au choix!

Tout en parlant, Gonzague saisit une brassée de branches d'épinette qu'il tortilla en fuseau.

— Voilà le balai du cuisinier pour nettoyer sa tente.

— La noirceur apparaîtra bientôt?

— Pas avant une heure.

— Qui est le cuisinier?

On tira à pile ou face. Puis, on forma les groupes de la même façon.

— Vous avez tous un couteau de poche ?

— Tu n'en avais pas parlé !

— J'en ai.

Il les distribua.

— Ne partez jamais sans un couteau de poche. J'ai apporté des boîtes de sardines et des allumettes de bois pour chacun de nous. Ça ne prend pas de place et c'est utile si on se perd en forêt. En cas d'urgence, tirez deux coups en l'air, comptez jusqu'à cinq et tirez encore un coup. C'est compris ? Le nord est là, le bras droit tendu vers le lever du soleil indique l'est.

— Les lumières dans le ciel indiquent un centre d'achat !

— Ou la ville de Québec !

— Soyez sérieux, vous allez trouver la nuit longue si vous devez la passer en forêt.

Damien, élu cuisinier, avait puisé de l'eau, préparé un âtre en bordure du lac, avec des roches.

— On mange des truffes ?

— Non, du lapin en cocotte.

Monique avait fait cuire deux poulets qu'elle avait ensuite dépecés et emballés. La belle-mère avait fourni deux grosses fesses de bon pain frais. On fit un festin de rois !

Enfin l'eau bouillit ; on infusa le thé dans la gamelle.

Assis en rond, à l'indienne, les citadins regardèrent descendre la nuit. Les oiseaux se turent, le calme engourdit le lac. La minute était au recueillement. On s'étira, on bâilla. On pissa en bordure du bois et, à quatre pattes, on entra s'étendre sur le plumard du bon Dieu.

Damien s'endormit au milieu de la bouffe.

Tôt le matin, Gonzague sortit de la tente et regarda la nature. Il s'étira. Le dur, l'intrépide draveur qui sacrait « après ses billes » fit un grand signe de croix. Puis, il porta les mains à la bouche. Il aspira longuement et câla d'une voix puissante.

Damien sursauta, lâcha un cri, s'enfargea dans les casseroles qui firent un bruit d'enfer et sortit de la tente en trombe.

Au même instant, les trois autres beaux-frères s'élancèrent vers la sortie. Lucien avait les fesses à l'air ; dans leur précipitation, ils firent sauter un piquet qui retenait la tente.

Gonzague se roula de rire, étendu de tout son long sur le sol. Il riait à en être malade. Les beaux-frères avaient eu la peur de leur vie.

— Tabarnac, cria Gonzague. Rien que ça, ça valait le voyage.

— Où sont les femelles, cria Frank ?

— Ton orignal doit être fifi, dit Damien, il n'a attiré que des mâles.

— Cache vite tes fesses, Lucien !

Lucien se regarda et, pudiquement, sans réfléchir à son geste, cacha son sexe de ses deux mains.

— Cache plutôt ta face, Lucien !…

Dans le clair matin, ces hommes, hier encore guindés, étaient délirants de joie.

— Raymond, pour l'amour ! Où est-ce que tu penses que tu vas avec ton capot et ta calotte rouge ?

— C'est pas correct ?

— Tu veux attirer l'attention et te faire tirer dessus ?

— Tu n'es pas sérieux ?

— Bien sûr, tourne-moi ça à l'envers et vite.

Raymond enleva la vareuse. Gonzague n'en croyait pas ses yeux.

— Qu'est-ce que tu as là ?

— Des balles.

— Tu en as assez pour tuer un régiment. Nous ne sommes pas à la guerre, nous sommes à la chasse !

Gonzague riait de bon cœur, il n'avait jamais rien vu de plus cocasse !

— Deux balles, deux bêtes, Raymond.

— Cinquante balles, cinquante bêtes, taquina Damien.

On déjeuna en vitesse, les groupes partirent dans des directions opposées.

Demeuré seul, Damien lava la vaisselle et rangea. Puis, il fit la pêche. Il prit trois poissons. Chaque bruit insolite l'inquiétait. Il ne se sentait pas brave, seul, dans un endroit inconnu. Puis, il vit une volée de canards sauvages qui descendaient se poser sur l'eau. Ça l'émut. Il désirait qu'ils restent là, près de lui, heureuse présence. Il oublia qu'il avait un fusil, qu'il était à la chasse, que le canard est comestible. Après leur départ, il réalisa sa stupidité. « Je suis mieux de me taire, si je raconte ça, on ne me le pardonnera pas. » Il changea de mouche, se déchaussa et pénétra dans l'eau du lac aussi loin qu'il put : le poisson ne mordait plus. « Le soleil est trop haut dans le ciel. », pensa-t-il.

Il vida ses trois poissons, les lava à l'eau douce. Il jeta les viscères dans le lac et il eut la surprise de voir un gros poisson sauter sur le festin inespéré. Il reprit confiance, lança la ligne ; peine perdue.

Il lui vint à l'idée de déposer le lait, le beurre et la viande dans une chaudière qu'il plaça dans l'eau, à l'ombre, retenue par une corde fixée à l'anse et qu'il attacha à une branche d'arbre. « Congélateur nature. », se dit-il.

Il coupa du bois, fit un trou en terre qu'il tapissa de roches, le remplit de bois, prêt à être allumé. Puis, il fit bouillir une grande quantité d'eau pour les pommes de terre et le thé. Il se coucha sur le dos, face au soleil. Il admira le ciel bleu, huma l'air pur et s'endormit.

Raymond et Lucien arrivèrent les premiers. En voyant Damien étendu au soleil, ils préparèrent un mauvais coup. Ils prirent une corde au bout de laquelle ils fixèrent un sac de couchage qu'ils placèrent non loin de lui. À voix basse, d'abord, puis, à voix haute, ils émirent des grognements.

Damien sauta sur ses pieds. À cet instant, ils tirèrent précipitamment sur la corde et le sac suivit. Damien crut qu'il s'agissait d'une bête. Il se mit à hurler et courut se réfugier sous la tente.

Lorsqu'il entendit rire les deux comparses, il comprit qu'on s'était payé sa tête. Il n'avait qu'une consolation, les deux énergumènes revenaient bredouilles ; lui, il avait trois poissons à son actif.

Gonzague et Frank arrivèrent peu après. Gonzague se disait satisfait de sa randonnée de reconnaissance. Il avait pu se familiariser avec les lieux et indiqua à ses amis les endroits où il avait repéré une bonne passe.

Les trois poissons furent partagés.

– Ça fait très biblique, dit Raymond, deux tentes et trois poissons.

— Seul Jésus manque pour tout multiplier.

Damien sourit. Il se dirigea vers le lac où il avait calé des bières dans le sable.

— Je suis là, mes petits enfants. Puisque je suis au Canada, je n'ai pas changé l'eau en vin, mais en bière Molson.

— Alléluia! tonna Raymond.

— Moi, je dis que c'est un péché d'être aussi heureux, dit Gonzague.

— Je comprends Jean-Baptiste d'avoir eu la mort dans l'âme quand il nous a vus partir.

Damien raconta l'histoire de la bête qui l'avait sorti de son sommeil, tout en s'affairant à surveiller la cuisson des patates.

— Comme entrée, messieurs, la truite mouchetée du lac Tremblay de Shipshaw. Comme mets principal, les beans de la belle-mère. Comme sortie, un gâteau aux carottes; à bon mangeur, salut!

— Demain, lever à trois heures pour le call. Restez tranquilles cette fois, que je sache si je reçois une réponse; on partira vers cinq heures et demie. Vous prendrez le chemin que j'ai emprunté hier. Moi, je vais dormir.

Gonzague, sérieux comme un pape, alla soulager sa nature, se mit à quatre pattes et entra dans la tente. Tous l'imitèrent. Gonzague semblait devenir le chef de file à qui on obéissait. Il en était drôlement bouleversé et fier.

La nuit toutefois ne fut pas de tout repos. Les fèves au lard de la belle-mère s'avérèrent de la vraie dynamite. Gonzague entonna le couplet, Raymond répondit. Frank tenta de se retenir, tant et si bien que son pet se fit serré, sifflant, puis ronflant. Pis encore, puant. Un pet si puant que Raymond souleva le bas de la tente pour faire entrer de l'air.

— Ce n'est pas du parfum *Nuit de Noël*!

— On dirait plutôt du parfum *Nuit dans une étable*!

Plus on riait, plus on pétait.

— Dommage qu'on n'ait pas mangé d'ananas pour dessert, on aurait de la musique hawaïenne, susurra Frank.

Gonzague, malade de rire, sortit de la tente. Après s'être calmé, il entra se recoucher. Mais le refrain reprenait, le rire aussi.

— Ce soir, ce n'est pas le terme qui est juste, c'est le pet !

Le lendemain, au déjeuner, Gonzague raconta l'histoire d'un pet que des hommes avaient mis dans une bouteille qu'ils avaient scellée de cire et qui avait été ouverte après un mois.

— Ça puait tellement que ça donnait la nausée.

— Ils auraient dû le faire brûler.

— Hein ?

— Ça brûle, mon cher.

— Dis donc, Frank, en as-tu un autre dans le ventre, aussi sifflant que celui d'hier ?

— Pourquoi ?

— On va le faire brûler.

Damien prit les allumettes.

— Présentez le postérieur, chers beaux-frères, dès que vous aurez la capacité d'évacuer…

Sans qu'on s'y attende, Gonzague baissa sa culotte et présenta le postérieur à Damien qui, avec brio, gratta l'allumette. On vit jaillir une flamme du derrière de Gonzague.

Frank se mit à gémir :

— Arrêtez de me faire rire les gars, je vais être malade.

* * *

Tôt le matin, Gonzague câla. Il n'y eut pas de réponse à son appel.

C'était au tour de Raymond de prendre charge de la cuisine. Ayant trouvé inconfortable de satisfaire aux exigences de la nature dans la position du petit bonhomme, il décida d'y remédier. Il prit la hache, abattit un arbre qu'il coucha à un pied du sol, retenu par des branchages. Sur le tronc ébranché, il plaça une pancarte sur laquelle il écrivit « cacatière ».

Après le souper, il indiqua le lieu dédié à ses beaux-frères. Puis il se mit en frais de laver la vaisselle. À un moment donné, il leva la tête et vit Gonzague siégeant sur le tronc avec, à ses côtés, Frank et Damien.

— Eh ! Gonzague, hurla-t-il.

– Ouais.

– Tu chies diacre, sous-diacre.

Gonzague pouffa de rire, débalança le billot, tant et si bien que les trois hommes basculèrent par derrière, pattes en l'air, fesses à découvert, couchés sur le dos dans le merdier.

Lucien et Raymond riaient tellement qu'ils durent se séparer ; ils partirent chacun dans une direction opposée pour calmer leur hilarité.

Lorsque enfin ils se calmèrent, Raymond s'exclama :

– Attendez de voir la face de la révérende Yvonne quand je lui raconterai ça !

Gonzague dut se plonger la tête dans l'eau froide du lac pour reprendre ses esprits…

Raymond avait gardé le feu actif. Il sortit des guimauves. On les enfourcha sur des branches pour les faire griller.

– Gonzague, nous aurions dû amener Jean-Baptiste avec nous, le voyage ne l'aurait pas fait mourir et il se serait tellement amusé !

– L'an prochain, nous l'emmènerons.

– Ça ne sera plus jamais aussi comique, aussi parfait que ce voyage-ci, dit Raymond.

La nuit venait lentement, le ciel se parsemait d'étoiles. L'air pur embaumait à mesure que les branches de sapin et d'épinette dégageaient de la résine sous l'effet de la rosée ; les mille gouttelettes parfumaient l'air, distribuaient la chlorophylle.

Les grenouilles et les ouaouarons entonnèrent leur récital nocturne.

– Il va faire très chaud demain, dit Gonzague.

Sur cette révélation prophétique, il se leva pour aller dormir ; une fois encore, tous l'imitèrent.

* * *

Ce jour-là, Gonzague était le chef attitré à la cuisine. Il riait sous cape, depuis Montréal ; il savourait le bon tour qu'il jouerait à ses beaux-frères. C'était maintenant ou jamais.

Il organisa sa journée. Il coupa le petit bois, fit des copeaux en enlevant des éclats de bois, à l'aide de sa hache. Il fit mijoter une pièce de bœuf avec de l'oignon et des épices. Il éplucha ses pommes de terre et ses carottes qu'il ajouterait à la viande une heure avant de servir. Il ne restait plus qu'à entretenir le feu et à laisser mijoter.

Il pêcha et prit quatre poissons. Il allait vers la tente lorsqu'il vit une perdrix, puis une autre, qui se pavanaient dans le sous-bois.

– Mon fusil !

Il partit à reculons, gardant les oiseaux à l'œil ; il atteignit enfin son arme, épaula et pan ! pan ! Deux touffes de plumes s'éparpillèrent. Gonzague était fou de joie.

– Je n'aurai pas fait un voyage blanc. Je les garde pour la belle-mère.

Il lorgna du côté du chaudron fumant ; grand Dieu que ça le tentait d'y plonger les deux gélinottes ! Raymond avait promis des perdrix ; peut-être n'en verrait-il pas d'autres. Il décida de les vider et de les garder au frais.

Puis, vint le temps d'organiser son sale tour. Il tapa le sable tout autour de la cuisine et de la grande tente. Il alla dans le bout de son sac de couchage où il avait caché son truc. Il l'en sortit et se mit à rire comme un enfant.

Gonzague, en complicité avec le boucher Charron de Bois-des-Filion, s'était procuré la patte d'un gros bœuf pesant presque huit cents livres. Il avait gardé le sabot. Demain matin, avant de câler, il marquerait le tour de la tente en y imprégnant des pistes que laisserait le pied du bœuf de façon à faire croire qu'un gros gibier était venu en réponse à son appel du matin. La trace sortirait du bois, suivrait la rive vers la tente. Il pratiqua son stratagème, ce qui l'amusa comme un fou.

Tôt le lendemain, il se leva sans faire de bruit et passa à l'action. Se traînant à reculons pour éviter d'y laisser ses propres empreintes, il imprima le sabot de pied de bœuf dans le sable et autour du dortoir improvisé. Puis, il lança le sabot dans la forêt et, se plaçant debout, il câla. Les hommes sortirent.

Ah ! Miracle ! Dans le lointain, à environ deux milles de là, l'orignal mâle répondit.

– Sapristi !

– Tu es sûr, Gonzague, qu'il ne s'agit pas de l'écho ?

Gonzague piqua du talon, reprit son gémissement. La bête répondit.

– Les gars, soyez sages, on ne sort pas, l'animal s'en vient droit sur nous. Pas de bruit inutile.

Au même moment, Raymond vit les pistes dans le sable et tout autour de la tente.

Il tira sur la culotte de Gonzague et lui indiqua les marques. Gonzague, malheureux et mal à l'aise, ne dit rien. Raymond, convaincu que la bête était déjà venue rôder par là, pendant la nuit, mit la main sur son fusil.

L'instant était solennel. Les quatre beaux-frères, muets, remplis d'émotion, se tenaient l'un près de l'autre. Seuls leurs yeux se promenaient des pistes à Gonzague.

Lui, impassible, promenait les yeux sur les abords du bois. Frank avait le cœur remonté dans la gorge, il se sentait étreint d'une émotion inconnue jusqu'alors. L'attente paraissait s'éterniser. Cinq gars, cinq fusils en main, dix yeux exorbités, cinq cœurs palpitants, cinq beaux-frères qui attendaient de vivre un moment mémorable : le coup de feu qui couronnerait leur espoir, le rêve d'une vie d'homme.

Gonzague consultait sa montre. Puis, il se raidit. Il leva le fusil qu'il tenait par le canon et le saisit par la crosse. Tout son être était tendu. Il recula de trois pas, plissa les yeux.

Gonzague était maintenant seul sous le ciel de Dieu. Lentement, il se mut sur sa gauche. Il pliait le genou avant de lever la jambe. À pas de loup, il continua sur sa gauche. Il s'arrêta. On entendit un bruissement de feuilles, puis un autre. Le bruit se rapprochait. Personne ne respirait. Gonzague, immobile, attendait. La bête et l'homme se mesuraient. L'animal cherchait la femelle, l'homme cherchait l'animal. Il y eut un silence, un long silence. Chez l'homme l'immobilité, le point mort. La bête saisit une branche dans sa gueule. Gonzague vit la branche rebondir sur son tronc… Il épaula, il attendit. Cambré vers l'arrière, la mire en ligne avec le cran, il dégagea lentement la sécurité… et attendit.

La bête mangeait. De temps à autre, elle levait la tête et flairait. Gonzague ne voulait pas tirer dans la fesse, ça gaspille la viande. Il attendait que l'animal se tourne dans une autre direction.

Les branches sèches craquaient sous le poids de la bête. Puis, il retentit, le coup de feu, fendant l'air en sifflant, suivi d'un deuxième. Un bruit terrible emplit l'air.

La bête, visée dans le cou puis en haut de l'épaule, fit quelques pas, peut-être vingt ou trente, et s'affaissa.

Les hommes sautèrent sur leurs pieds.

— Ne bougez pas ! hurla Gonzague. Mais vous pouvez crier votre joie. Il est à nous !

— Peut-on approcher ?

— Non, surtout pas.

Les hommes étaient fous de joie. Tout à coup, comme par miracle, tous jurèrent l'avoir aperçu depuis longtemps. De là où ils étaient postés, c'était pourtant impossible. Ils n'avaient sûrement pas vu autre chose que les branches bouger. La bête était venue de face, droit vers eux. C'est pourquoi Gonzague avait tant attendu ; il voulait qu'elle se tourne. L'avoir visé et manqué, l'orignal aurait pu charger et foncer sur eux, les attaquer avec impétuosité.

Gonzague regardait l'heure à sa montre-bracelet. Il approcha et tendit l'oreille. Les hommes sentaient que tout n'était pas terminé. Ils se turent. Gonzague vint à la lisière du bois.

— Venez voir ça !

Ils s'approchèrent ; des traces de sang se dessinaient sur le sol.

— Dans quarante-cinq minutes, on pourra s'approcher jusqu'à elle. Elle n'est pas loin, je pense avoir visé en plein cœur au deuxième coup. Le premier a porté dans la base du cou. C'est une maudite belle bête, haute comme ça. C'est un orignal brun, dommage !

— Pourquoi ?

— Le noir, du même âge, l'orignal des montagnes, pèse quatre cents livres de plus et son panache est plus beau. Le brun, il vit dans les prairies. Son panache est plus ouvert.

— On va le mettre sur la wagon ?

— Tu es fou ! Cette bête-là ! Elle va l'écraser.

– C'est si gros que ça?

– Raymond.

– Oui, Gonzague.

– Sors la poivrière et le couteau du beau-père.

– Hein?

– Tu n'as pas l'intention de manger la viande crue? s'exclama Lucien.

Gonzague, qui avait eu les nerfs tendus pendant l'attente, fut secoué d'une crise de rire nerveux.

– Le manger cru, que vous êtes drôles!

Puis Gonzague s'installa au pied d'un arbre, tendit les jambes, croisa les pieds, rabattit sa calotte sur ses yeux et savoura sa joie dans le silence.

– Je pense qu'on a perdu le cuisinier, dit l'un.

– Et moi j'ai faim, ajouta l'autre.

On s'activa. On alluma le feu. Du pouce, Gonzague souleva la casquette et hurla:

– Du thé fort, du beurre et six oignons en rondelles. On va déjeuner au foie d'orignal!

– Je vous l'ai dit, il veut le manger cru, gémit Frank.

– Mange du pain, poltron, hurla Gonzague.

Les rires se communiquèrent. Gonzague replongea dans sa méditation. Il imaginait la binette que ferait Marie-Anne en voyant la tête de la bête, son trophée; la joie de Jean-Baptiste, et toutes les histoires. Puis, il pensa aux traces autour du campement... Devrait-il dire toute la vérité aux campeurs? Non... Il les laisserait croire que la bête avait rôdé par là pour de bon. Plus tard, il avouerait tout... Il rigolait tout bas.

– Gonzague, attrape.

Damien lançait des pommes. Gonzague écoutait. Raymond avait vu la bête avant Gonzague, c'était lui qui avait vu les pistes le premier. La bête avait dû rôder là toute la nuit. Elle devait s'éloigner quand Gonzague avait câlé et elle était revenue sur ses pas... Les commentaires allaient bon train.

– Tu as le couteau et le poivre?

– Oui.

– À l'action. Doucement. D'abord on va suivre la trace du sang, s'assurer que la bête est bien morte, l'admirer puis l'éventrer.

– Et si elle n'est pas morte?

– Dis ton acte de contrition!

Gonzague, de son pouce, recula sa calotte, puis sauta sur ses pieds. Il avança vers la forêt. Il écartait les branches qui reprenaient vite leur position. Elle était là... couchée, inerte. Sa fourrure brune se mêlait au sol, ses cornes surplombaient son corps; elle s'était glissée dans le feuillage des branchages qui couvraient le sol, s'y était tapie, son pelage se confondait avec la couleur de l'environnement: ultime moyen de survie de sa part. Mais elle n'avait pas réussi à totalement se cacher, elle était trop atteinte. «Beaucoup de gibier meurt ainsi en forêt, car des chasseurs non avertis croient avoir manqué leur cible, ne connaissant pas cette tactique de l'animal», avait plus tard expliqué Gonzague.

– Un beau, un bien beau gibier! s'exclama Gonzague.

– C'est triste, dit Damien.

– À plus tard les remords. Il faut l'ouvrir; l'orignal est un ruminant et gonfle très vite. Viens Raymond. Je vous préviens, ce n'est pas beau à voir et ça ne sentira pas trop bon pendant quelques minutes.

Les hommes étaient là, debout, éblouis.

– Ça pèse quoi, cette bête-là?

– Dans les onze cents livres.

– Onze cents! reprit-on en chœur.

– Au moins.

Gonzague compta les cornes.

– Cinq ans, il avait cinq ans, le bébé.

Il planta le couteau près du sternum.

– Tenez-lui les pattes ouvertes, allez, un par patte et tenez fermement.

Le couteau descendit lentement. Un vent puant s'échappa de la bête. Frank eut la nausée.

– Ce n'est pas le moment de jouer les mioches, il faut sauver la viande. Regarde ailleurs, Frank, mais tiens bien la patte de la bête!

Délicatement, Gonzague extirpa les intestins, verts à cause de la nourriture ingurgitée, constituée de pousses et d'herbe.

Il balança le tout hors de l'animal, ses mains saisirent le foie qu'il plaça sur un tronc d'arbre couché là.

— Tirez l'animal de côté pour l'éloigner de la saleté.

— C'est pas facile, c'est tout un mastodonte, rugit Lucien.

— Comme la Colombe à Frank.

— Tirez encore, encore. Bon, ça va. Maintenant le moins drôle commence.

— Non ! le moins drôle ?

— Il faut le hisser et l'accrocher à un arbre par le panache. Il faut le palanter, même si on n'a pas de palan. À force d'hommes. On va s'aider d'une corde qu'on va lui passer autour du cou et des cornes. Mais avant ça, on va poivrer la plaie béante et les trous de balles pour ne pas que les mouches viennent y pondre. C'est chaud, là-dedans.

— La viande est foncée.

— Oui, riche en fer.

Gonzague prit une branche qu'il plaça entre les lèvres de la plaie laissée par la lame du couteau.

— Pourquoi la branche ?

— Pour que l'air pénètre bien et que la viande refroidisse vite.

— Je pensais que tu lui posais une poignée !

— Grand comique !

— Écoutez, les gars, on va être obligés de la couper en quartiers pour la transporter. Pour le moment, il faut la hisser tout d'une pièce.

Elle faisait pitié, vue ainsi, le ventre ouvert, les yeux hagards. Ses pattes arrière touchaient presque le sol. Frank le savait, il ne pourrait manger une seule bouchée de cet animal. Il aimait mille fois mieux les pièces de viande toutes préparées qu'il choisissait dans les comptoirs des supermarchés.

Gonzague poivra encore, ramassa son couteau d'une main et le foie de l'autre.

— On va enterrer les dégâts qu'on a faits pour éviter d'attirer le petit gibier.

Puis, il marcha jusqu'au lac, rinça le foie dans l'eau et le remit à Raymond.

– En tranches minces, bien cuit des deux côtés, dans de l'oignon, avec sel et poivre. Tu m'en donneras des nouvelles.

Gonzague retourna vers la bête, la regarda sous tous ses angles. Tout était en ordre. Il vint rejoindre le groupe.

– Les gars, on a fait une maudite belle prise. Le plus beau de l'affaire, c'est qu'elle est venue à nous autres. Parfois, il faut faire le portage de la bête sur de très longues distances. Au poids que ça représente, ce n'est pas facile.

– Tu vas la tailler ?

– Oui.

– Le poil ?

– On laisse le poil. Ça garde la viande tendre et fraîche.

– Quand ?

– C'est la fin du voyage. Il faut partir demain si on veut que la viande se conserve. Il faut la laisser « mourir » au moins vingt-quatre heures.

– Es-tu à nous dire que la viande n'est pas morte ?

– C'est une expression, comme ça. Il faut la laisser mûrir. On n'a plus rien à faire ici. Je suggère qu'on commence à plier bagage tranquillement. On va charger la voiture autant que possible. Ne vous embarrassez pas de choses inutiles. On va placer la bête dans la station-wagon sur des branches d'épinette. Je n'aurais jamais espéré qu'une bête comme ça vienne se jeter pratiquement directement dans la poêle à frire !

On déjeuna et dîna de foie d'orignal. Un régal. Le reste fut utilisé pour appâter les lignes à pêche. C'est illégal mais ça donne des résultats formidables… C'est irrésistible, un tantinet de braconnage, quand on est en forêt.

– Qu'est-ce que vous diriez les gars que demain, on se lève très tôt pour plier la tente, qu'on s'organise pour le départ et qu'on aille se balader dans la ville de Chicoutimi, la tête de la bête sur le toit de la station-wagon ? On va montrer aux gens du Saguenay que les gars de Montréal sont des capables !

– Pas mauvaise idée.

– On va aller dîner à l'hôtel des Bellemare. Ils préparent la ouananiche comme nulle part ailleurs.

– La quoi ?

— La ouananiche est un saumon d'eau douce du Lac-Saint-Jean qui ne descend jamais à la mer. C'est typique de la région. Tout de suite après, on rentre en ville. Il faudra enregistrer notre butin en passant à la barrière du parc. Ça prend cinq minutes. Ça me fait penser : j'ai un cadeau bien spécial pour la belle-mère. J'ai tué deux perdrix hier. Elle les voulait pour son cipaille du jour de l'An. Elle aura en plus son morceau d'orignal. La maudite belle partie de chasse! Merci, les gars, vous avez été corrects, plus que corrects! Merci.

— C'est grâce à toi, tout ça, Gonzague.

Gonzague se moucha bruyamment et retourna visiter son orignal qui était toujours là, suspendu à une branche, en train de mûrir. Gonzague était heureux, son cœur battait à un rythme accéléré. La vie lui paraissait belle, si belle!

Il était là, à savourer un bon moment de la vie, quand il entendit crier Raymond. Il se leva et s'approcha de son beau-frère.

— Qu'est-ce qui t'arrive, Raymond?

— J'ai un fragment de la nageoire dorsale du poisson ancré dans le bout du doigt et je ne parviens pas à l'en extraire.

— Laisse-moi voir. L'épine est en forme de vrille ; n'essaye pas de la retirer en tirant en sens inverse, tu ne réussirais qu'à entailler la chair.

— Aïe! tu me fais mal. Bon! Tonnerre! Regarde l'enflure, qu'est-ce qui cause ça?

— Je ne sais pas, mais je connais le remède.

Avec tout le sérieux d'un célèbre chirurgien, Gonzague extirpa l'œil du poisson, le plaça sur la plaie, le coupa en deux et laissa le liquide couler. Comme par magie, le gonflement se résorba.

— *Gross*! s'exclama Frank.

— Dégoûtant, peut-être, dit Gonzague. Mais vois le résultat!

— Tu en détiens beaucoup de recettes du diable comme celle-là?

— La survie dans la nature a permis la transmission de bien des moyens de fortune. Tous n'ont pas l'hôpital au coin de la rue, comme c'est le cas à Montréal!

— Recette du diable ou de sorcier, je t'assure, Gonzague, que j'apprécie le fait que mon doigt ait repris sa forme normale et cessé de me faire souffrir. Merci mon vieux.

Gonzague essayait de garder l'allure du dur, du désintéressé, mais son regard révélait toute sa fierté d'avoir manifesté son savoir... Ses beaux-frères en parleraient longtemps!

L'ours mal léché avait, au fond, un cœur d'or.

* * *

Le lendemain, dans Chicoutimi, Jonquière et La Baie, paradait une grosse tête d'orignal et en dessous, derrière les vitres des portières, cinq têtes d'hommes au grand sourire qui saluaient les passants. Le chemin du retour leur parut court. Mais, plus la Côte-Vertu approchait, plus nos chasseurs avaient hâte de voir la surprise de Jean-Baptiste. Le silence se fit dans les voitures quand ils se trouvèrent en vue de la maison.

Jean-Baptiste était là sur son banc, sommeillant. Deux coups de klaxon le firent sursauter. Marie-Reine accourut, suivie d'Imelda et d'Yvonne. Tous parlèrent ensemble. Gonzague souriait. Jean-Baptiste comprit : la poule qui avait pondu ne cacassait pas... Gonzague attendit qu'on se calme. Il mit la main dans son sac et, tenant ses perdrix par les pattes, il vint les offrir à Imelda. La grand-mère, émue, versa une larme de joie. Marie-Reine les prit religieusement et dit :

– Jean-Baptiste, tu sais ce que tu as à faire?

Les beaux-frères se mirent à rire. Ils prirent place sur le bord du perron. On décidait maintenant de la distribution de la viande de gibier.

Onze cents livres moins la tête, moins le panache, moins les pattes, moins la peau, moins les os, Gonzague avait raison : la prochaine fois, il faudrait tuer un orignal noir qui, âge pour âge, pèse beaucoup plus. Les amateurs étaient devenus des experts.

Qui garderait le panache? Il faudrait remettre la tête au taxidermiste pour la faire empailler. Gonzague refusa l'honneur. Devait-on tirer à pile ou face? Non, le panache serait un cadeau pour le beau-père.

– En récompense pour avoir nettoyé les perdrix!

Marie-Reine s'était esquivée et avait téléphoné aux épouses. Elles arrivèrent une à une, toutes, sauf Marie-Anne qui habitait trop loin.

On recommença à narrer les événements du dernier jour. Alice eut la preuve que son mari Raymond était réellement allé à la chasse, admit qu'il était revenu plus tôt qu'espéré, mais elle se sentait frustrée parce que, dans ses yeux, brillait une flamme qu'elle n'avait pas, elle, allumée.

Monique, comme à l'habitude, se tenait près de son père ; elle pouvait lire dans son regard toutes les émotions que les hauts faits relatés suscitaient en lui. Elle passa son bras autour de ses épaules.

Marie-Reine était heureuse ; sa famille était là, réunie, sauf Marie-Anne, et affichait le bonheur et l'amour. Imelda frissonna ; ce n'était pas la fraîcheur de la nuit naissante qui était la cause de son saisissement, c'était la joie, l'émotion. C'était comme ça, dans cet état d'âme qu'elle souhaitait les siens, toujours. Après, elle pourrait mourir !

On parla du prochain voyage, l'an prochain, en Abitibi. Noranda, Senneterre, Macamic ou La Sarre. Là où l'orignal est noir ?

— Faudra que Raymond porte sa vareuse et sa calotte rouge…

Yvonne fit la remarque qu'avec toutes ces dépenses, le coût de la viande revenait cher la livre.

— Je dépenserais dix fois plus pour revivre encore une fois une aussi belle aventure ; je n'ai jamais autant ri de ma vie.

— Ce que ça peut être fou des hommes, renchérit Yvonne.

— Toi, monte donc te coucher, dit Imelda !

— La douche froide, hein, Yvonne. Tu ne peux pas résister à ça. Ça t'achale, ça t'agace le bonheur des autres. Mais ça fait rien, la belle-sœur, on t'aime quand même.

Gonzague la prit par la taille et la força à exécuter quelques pas de danse.

Elle eut un petit rire gêné, insignifiant, mais elle se tut et se contenta d'écouter.

Imelda regretta de s'être montrée si amère. La soirée se termina autour de la table de cuisine.

— Un conseil, la belle-mère. Pas de fèves au lard.

Les hommes pouffèrent de rire. On parla pets qu'on qualifia de puants, sonores, hypocrites, sifflants. On parla du pet en bouteille, du pet flambé.

– Savez-vous ce qu'est la flatulence ? demanda Imelda.

– Dites-nous ça, grand-mère.

– C'est l'art de péter.

Venant de l'aïeule, habituellement réservée, sévère même, la farce était encore plus drôle.

– Bourzaille que le terme est juste ! clama Raymond.

Quand la soirée se termina, Imelda se fit solennelle :

– J'espère, mes enfants bénis, que vous remercierez tous Dieu, ce soir, pour cette grande joie qu'il vous a permis de connaître.

Ils se dispersèrent, heureux, l'âme légère. Jean-Baptiste et Marie-Reine jasèrent tard dans la nuit. Il y avait bien long-temps que la grande maison n'avait pas entendu retentir autant de folle gaieté.

* * *

Gonzague entra chez lui. Marie-Anne l'attendait. Il avait le cœur en fête. Quelle merveilleuse aventure ! Il en était tout chaviré. On ne lui avait jamais tant témoigné d'affection, il s'était toujours cru dédaigné par ses beaux-frères ; le voyage avait prouvé qu'on l'aimait bien, qu'on l'appréciait. Enfin, il avait ressenti beaucoup de joie au contact des siens. Il se sentait valorisé, soupirait d'aise, de contentement.

Il entra, tenant dans ses mains un énorme quartier de viande.

– Tiens, sa mère, un beau gros rôti. Il y en a pour dix repas au moins.

– Tu es content, Gonzague ?

– Tu parles ! Une pareille bête qui vient nous reluquer jusqu'au campement.

– Vous vous êtes amusés ?

– Oui.

– Pas plus que ça ?

– On a fait un bien beau voyage.

Marie-Anne savait qu'elle n'en saurait pas plus. Il lui semblait pourtant qu'il était de belle humeur, il avait les yeux brillants de joie.

Gonzague retourna à l'automobile et entra son bagage. Il caressa doucement son fusil. Oui, Gonzague était heureux.

— Tu t'es faite belle !

— Merci, Gonzague. Vous n'êtes pas demeurés là-bas longtemps.

— Il fallait revenir pour ne pas que la viande se gâte. Elle peut se putréfier vite avec cette chaleur. Tu as du thé de prêt ?

Marie-Anne était ravie, son mari était de belle humeur. Son ton était aimable, il avait perdu toute agressivité. Elle avait redouté que ce voyage tourne au vinaigre. Toutefois, ce ne serait pas par lui qu'elle apprendrait ce qui s'était réellement passé. Elle crevait d'envie d'en savoir davantage.

— Je vais chez ton père demain. Veux-tu venir ?

— Ah ! oui, j'aimerais ça.

— On ira après dîner.

Habituellement, Marie-Anne posait des questions à n'en plus finir. Ce soir, elle était plus avenante. Gonzague pensa qu'elle avait dû s'ennuyer de lui.

Il la prit dans ses bras, ses gros bras forts. Elle ne résista pas. Le sommier grincha, il grogna de plaisir :

— Chut ! les enfants…

Il éclata de rire.

— Qu'est-ce que j'ai dit de drôle ?

— Rien, c'est comme ça que j'appelle l'orignal…

— Meu, meu, fit Marie-Anne.

Gonzague ronflait déjà.

* * *

— Bonjour, la belle visite ! Quel bon vent vous amène ?

— Je vous le donne en mille, maman.

— Venez donc par là, le beau-père. Laissons les femmes en tête à tête.

Les hommes sortirent.

– Éloignons-nous. Je ne veux pas qu'elles viennent écouter ce que j'ai à vous dire.

Ils se dirigèrent vers l'arrière de la grande demeure et s'installèrent dans la balançoire près de la serre. Gonzague choisit le siège qui lui permettrait de voir venir, si quelqu'un s'approchait. Jean-Baptiste avait, lui, le dos à la maison.

Et Gonzague raconta le voyage de chasse. Il narra l'histoire des empreintes du sabot de bœuf autour de la tente.

– Il fallait entendre Raymond se vanter d'avoir vu les pistes de notre orignal le premier. Au début, je crus qu'il avait une certaine expérience, mais ce sont tous des novices. Pourtant, Raymond semblait savoir câler, il était bien équipé.

Jean-Baptiste se garda de l'informer que c'était lui qui l'avait si bien renseigné.

– Ils ne se sont pas rendu compte de la différence entre les sabots de l'orignal et ceux du bœuf?

– Je n'ai pas besoin de vous dire que la première chose que j'ai faite, j'ai coupé les jarrets de l'animal et je les ai fait disparaître dans le bois!

Jean-Baptiste trouva la farce bien drôle. Il riait d'un rire égrené, qui se terminait en une petite toux saccadée.

– Je ne sais pas si tu es d'accord avec moi, Gonzague, mais à la chasse les hommes redeviennent des enfants espiègles.

– Je ne savais pas comment l'exprimer, mais j'ai réalisé ça. Ils étaient comme des bébés. Tout les faisait rire, tout les amusait. Mais le matin où j'ai tué la bête, ils m'ont paru impressionnés; vous auriez dû voir leurs visages sérieux, pleins de curiosité. Ils étaient intrigués. Frank a failli vomir quand j'ai sorti les intestins de la bête. Il est devenu blanc comme une femmelette, j'ai cru qu'il allait trépasser. « Regarde ailleurs, que je lui ai dit, mais lâche pas la patte! »

De temps à autre, Marie-Anne montrait la tête à la fenêtre. Jean-Baptiste riait tellement que sa femme crevait de curiosité! Ça le rendait encore plus enclin à amuser son beau-père, il lui détailla les émotions qu'il avait vues sur les visages lorsqu'il avait sorti la forsure, c'est-à-dire la fressure de la bête, dont les poumons, le foie, le cœur.

– J'ai bien pensé qu'ils ne mangeraient pas le foie. Mais non, ils l'ont bouffé, au grand complet.

– Je ne les ai jamais vus aussi gais qu'hier soir.

– L'année prochaine, vous viendrez ; vous resterez au camp si la marche en forêt est trop difficile. Rien que de les voir rire, ça vaut le voyage. Ils appelaient au miracle, parce qu'il n'y avait pas assez de poissons pour tous ; alors Damien se prit une voix de l'au-delà et leur dit qu'il avait changé l'eau du lac en Molson plutôt qu'en vin, comme à Cana…

– Tu vois, comme c'est enfantin ! Le bois, c'est l'évasion parfaite.

– Il n'y a pas de chasse possible, à Saint-Calixte ?

– Pas beaucoup. Autrefois oui, c'était bon pour le cerf. Il reste de la perdrix, j'en vois parfois, à l'automne. Puis, il y a des ours qui ravaudent dans le coin, surtout si l'hiver est long et très froid. Il y a du chat sauvage qui rôde, mais ça ne se mange pas, ça n'a de valeur que pour la fourrure.

– Avez-vous déjà mangé de l'ours ?

– Souvent. C'est très gras, pas très bon et ça rancit vite. La peau fait une belle parure, elle est recherchée. Il faut l'enduire de sel et la faire tanner. Pour ça, on se sert du tan, de l'écorce de chêne moulue.

– Dans la Gaspésie, la chasse est-elle bonne ?

– En arrière de Rivière-du-Loup jusqu'à la ligne du Nouveau-Brunswick, puis sur les hauteurs de Rimouski, ça c'est la région du Bas-du-Fleuve, on trouve du chevreuil à longueur d'année et, soit du caribou soit de l'orignal. Ça s'explique mal, mais dans cette région-là, caribous et orignaux n'occupent pas le même territoire. C'est l'un ou l'autre, ça alterne. Une autre chasse bien intéressante, c'est celle de l'outarde, dans le bout de Montmagny et de Bellechasse. En saison, il en passe des milliers, des volées noircissent le ciel. Il y a aussi le canard sauvage, ça se fait en bateau plat, spécialement conçu ; on le recouvre de varech, on se glisse à travers les joncs pour se confondre avec la nature. C'est une chasse bien agréable. Si tu avais connu Gaétan, trapu, costaud, un expert qui fabriquait lui-même ses bateaux avec de la toile. C'est un des plus grands chasseurs que j'aie connus. Il n'y a pas de tours qu'il n'avait pas dans son sac ; c'était le meilleur braconnier de la région. Il visait juste comme pas un, il avait même une méthode pour attirer les chevreuils en tapant du pied en bordure des lacs. C'était un grand naturaliste, un homme très près de la nature.

— Dommage que ce beau sport se perde ! Les hommes ne respectent plus les bêtes, ils les tuent pour le goût de tuer.

— Je me suis laissé raconter que Gaétan, un hiver froid et qui avait connu une surabondance de neige, se promenait en raquettes pour secourir les bêtes dont les bois s'étaient coincés dans les branchages.

— Ça, c'est aimer les bêtes !

— Oui, mon Gonzague, oui. Heureusement que l'on a maintenant des parcs où il est interdit de chasser et de pêcher ; on préserve ainsi la faune pour les générations à venir.

* * *

Dans la cuisine, Marie-Anne frétillait.

— J'aimerais bien savoir pourquoi Gonzague est venu voir papa aujourd'hui. Ce n'est pas dans ses habitudes de laisser tomber l'ouvrage un jour de semaine pour le plaisir de jaser.

— Laisse, ma fille, laisse faire. Tant et aussi longtemps que les hommes feront la chasse, ils ne penseront pas à la boisson et aux femmes. C'est le sport le plus sain qui existe. Ils en reviennent toujours rassérénés et fort joyeux.

— C'est pas ordinaire ! Regardez-les donc rire.

— C'est la soif de solitude, comme pour nous, quand les enfants sont jeunes, qu'on est à bout et qu'enfin les marmots s'endorment… Vous restez à souper ?

— Bien non, les enfants sont seuls. On va rentrer.

— Ma pâte à tarte est prête, elle repose au froid. Je vais la rouler, ma garniture est prête.

Gonzague t'a-t-il raconté qu'il a fait danser Yvonne, hier sur le perron ?

— Hein ? Quoi ? Gonzague a fait danser Yvonne !

Marie-Reine raconta. À son tour, Marie-Anne riait aux larmes.

– J'aurais voulu voir ça! Tu sais comment Gonzague est palotte, comme un ours en cage; il manque d'agilité, de souplesse. Ça devait être drôle à mort!

– Maman a bien ri.

– Où est-elle, grand-mère?

– À l'église. Dans l'après-midi elle va faire son chemin de croix. Surtout aujourd'hui, elle a dû aller prier et réciter le *Magnificat*; la joie manifestée hier l'a émue jusqu'à l'âme. Elle veut tant notre bonheur à tous.

La porte s'ouvrit, Jean-Baptiste riait aux éclats. Marie-Anne remarqua qu'en ce moment encore, les yeux de Gonzague brillaient comme la veille. Sa mère avait sans doute raison; les hommes aussi ont besoin de gaieté et d'évasion pour stimuler leur bonne humeur.

Marie-Reine regarda Gonzague. Son gendre lui apparaissait sous un angle nouveau. Elle n'avait jamais eu l'occasion de constater le côté humain de ce rustaud qui affichait toujours un air bourru. Marie-Anne était si braillarde, toujours en train de se plaindre; avec une geignarde comme elle, il lui avait sans doute fallu se faire une carapace.

«À part Monique et Henriette, mes filles ne sont pas des femmes à hommes; peut-être parce qu'elles sont les plus vieilles, ou c'est leur éducation chez les religieuses qui en a fait des saintes nitouches», pensa Marie-Reine.

Elle regarda Jean-Baptiste: l'avait-elle bien aimé? Il était au déclin de sa vie, il avait été bon. Elle n'avait pensé qu'au commerce et aux enfants à éduquer! Il avait dû souvent s'ennuyer, mais ne s'était jamais plaint, n'avait jamais pleuré sur son sort. Dans sa tête surgit un souvenir; elle ne savait pas pourquoi, ni comment, mais elle se souvint d'une phrase qu'il avait dite lors de leur voyage de noces. La mort de Théodore avait empêché la réalisation d'un de ses rêves; du jour au lendemain, la charge de la famille lui était tombée sur les épaules.

– Jean, dit-elle attendrie.

Jean-Baptiste la regarda, surpris. Marie-Anne n'en revenait pas, jamais sa mère n'avait encore nommé son père ainsi, jamais elle n'avait entendu autant de douceur dans la voix de sa mère!

– Oui, ma reine?

Ça alors! Gonzague baissa les yeux, gêné.

– Tu as parlé autrefois d'aller faire un voyage à Québec et d'aller séjourner au Château Frontenac. Ne penses-tu pas qu'il serait temps qu'on se décide?

Jean-Baptiste ne répondit pas. Une grosse larme ronde coula sur sa vieille joue ridée. Le silence dans la cuisine s'éternisait...

– Piton!

Personne ne put saisir le sens profond de l'exclamation de Jean-Baptiste. Gonzague, mal à l'aise, toussota.

– Bon, sa mère, il est temps de retourner à Bois-des-Filion.

On s'embrassa avec chaleur. C'est à cet instant qu'entra Imelda. Elle fut toute bouleversée par ces démonstrations affectueuses auxquelles elle prit part. Marie-Reine passa la soirée à tout raconter à sa mère. Yvonne se garda bien de faire des commentaires. Elle sentait qu'elle n'avait pas voix au chapitre. Elle était l'intruse.

Chapitre 14

Toi, Yvonne, surveille la maison et garde un œil sur ta grand-mère. Nous partons en taxi vers Dorval. Nous voyagerons par le 727 de Québecair. Dans trente-cinq minutes nous atterrirons à l'Ancienne-Lorette.

— Vous voyagez en millionnaires !

— Tu ne trouves pas que c'est mérité ?

— Tout de même !

— Nous sommes cinq générations à avoir trimé dur sur ce coin de terre, nous serons les premiers à voyager par la voie des airs. Ne me dis pas que c'est de l'abus.

— Les avions n'existaient pas au temps des ancêtres !

— Et de un, tu connais mal ton histoire, et de deux, tu t'évertues à toujours trouver la bête noire, et de trois, tu commences à me taper sur les nerfs avec ton caractère irascible. Serait-ce dans ton couvent que tu aurais appris à être toujours enragée ? C'était ça, la charité et l'amour du prochain ? Ne gâte pas la joie de ton père avec tes remarques désobligeantes, tu m'as comprise ?

Yvonne se contenta de bourrasser, elle malmenait tout ce qu'elle touchait. Elle marmottait de façon inintelligible. Marie-Reine haussa les épaules et la laissa seule avec sa mauvaise humeur.

* * *

En mettant le pied dans le taxi, à l'Ancienne-Lorette, Marie-Reine lança :

— Au terminus d'autobus Voyageur.

— Bien, madame.

— Que dis-tu ? Nous ne nous rendons pas à l'hôtel ? Je ne comprends rien.

— Moi, si.

Marie-Reine regardait défiler la campagne. Son premier voyage dans la vieille capitale depuis son mariage. Tout lui paraissait merveilleux. Une fois au terminus, elle dit à Jean-Baptiste :

— Occupe-toi de la valise et de payer la course.

Elle descendit du taxi et se dirigea vers le guichet.

— Deux billets pour Bellechasse. À quelle heure aura lieu le prochain départ ?

— Dans vingt minutes, madame. Aller-retour ?

— Aller et retour, oui monsieur.

— Mais Marie-Reine, la réservation à l'hôtel ? protesta Jean-Baptiste.

— Elle a été faite pour demain soir…

Tout lui paraissait changé, bruyant, trop peuplé. Comme c'était le cas à Montréal, la ville s'étirait vers la campagne, éloignant celle-ci. Il expliqua à sa femme la structure compliquée du pont de Québec, une merveille du monde : le beau pont cantilever dont il était si fier, comme s'il en eut été l'unique propriétaire.

— Nous reviendrons par le traversier, c'est très imposant.

Il aurait aimé avoir l'automobile pour pouvoir errer dans les villes de Lévis et Lauzon. Son cœur semblait être resté dans ces lieux. C'était elle, Marie-Reine, qui l'avait attiré dans la grande ville. Il irait au retour voir l'emplacement où il avait tant trimé, à la boutique du maréchal-ferrant. À mesure que l'autobus grugeait le chemin, il reconnaissait mieux le décor qui avait moins changé ici qu'aux abords de la ville.

Baptiste surveillait la croisée du chemin. S'il fallait qu'il ne reconnaisse pas le rang habité par Adelphonse. Il sursauta, cria au chauffeur, les freins grincèrent. Jean-Baptiste avait reconnu le vieux magasin général qui semblait abandonné. Des planches de bois bouchaient les fenêtres, le perron était délabré.

Il s'adressa à un voisin, le priant de leur trouver un taxi ; l'accueil du couple se fit chaleureux, comme autrefois. On les invita à entrer boire un verre d'eau. Jean-Baptiste se sentait ému. Les gens de la campagne savaient demeurer authentiques. La maison rutilait, les rideaux de coton étaient immaculés devant des fenêtres dont les vitres brillaient.

Le taxi fut là. Jean-Baptiste questionna.

Mort, oui ; Adelphonse était décédé, sa femme Fabienne aussi. Les enfants étaient éparpillés çà et là. Une fille, une des plus âgées, avait épousé un gars du Vermont. D'autres habitaient la grande ville. La terre avait été vendue. Onésime ? Non, le nom ne lui rappelait rien. Ouais, ça devait être le gars adoptif de la deuxième femme d'Onésime. Il était venu aux funérailles de sa mère, l'homme s'en souvenait parce que le gars conduisait une grosse Lincoln et tout le canton en avait parlé. Il était reparti avec une de ses sœurs, mais on ne savait pas où.

La voiture s'immobilisa enfin. Elle était là, la maison, fraîchement repeinte ; le perron était neuf. Les nouveaux propriétaires se montrèrent avenants ; eux non plus n'en savaient pas plus long sur le sort de la famille d'Adelphonse.

On passa chez le curé. Le vieux prêtre, à la retraite, avait mauvaise mémoire. Le cimetière confirma la véracité des décès. Une pierre tombale imposante parlait d'Adelphonse et de Fabienne Théberge : générosité du fils du deuxième lit qui conduisait la Lincoln, sans doute. Jean-Baptiste pleura. Il s'agenouilla et pria. Puis, il sanglota. Marie-Reine lui donna son mouchoir. Ses yeux se mouillèrent ; elle aussi souffrait, pour Jean-Baptiste surtout.

« Il m'a beaucoup aimée, pour moi, il a rompu avec tout un passé. » Elle était heureuse de lui avoir donné une nichée de filles, si au moins celles-ci pouvaient comprendre… « Les enfants comprennent toujours trop tard, je devrais gâter maman… »

Le chauffeur du taxi restait là, en retrait, la calotte à la main, respectueux de la souffrance de ce vieil homme. Marie-Reine s'approcha.

— Ce serait bien dispendieux de nous conduire jusqu'à Québec ?

— Vous êtes de bonnes gens de chez nous, je ferai la trotte pour quinze piastres.

— Vous nous laisserez au traversier.

— C'est à Lévis, ça. Ça va vous coûter douze piastres. J'aime mieux ça ; la ville, moi, vous savez… Vous êtes d'où, bonne dame ?

— Ville Saint-Laurent.

— Connais pas.

— Montréal.

– Vous venez de loin! C'est toute une trotte. Vous êtes venus comment jusque dans nos parages?

– Par avion.

– Oh! Pardon! Ces machines me font peur. Je veux pas grimper là avant qu'on m'y appelle.

Il regarda Jean-Baptiste agenouillé.

– Excusez-moi, je n'ai pas voulu vous offenser. Vous êtes dans le deuil des gens d'icitte.

– Pas d'offense, mon brave.

Jean-Baptiste se releva avec peine. Il avait vieilli!

– Viens, mon Jean.

Elle lui donna la main et silencieusement ils marchèrent vers l'automobile.

– Je prends du gaz, j'avertis ma bonne femme, puis on roule vers la ville!

Jean-Baptiste ne dit rien. Il n'avait pas le cœur à la protestation. Son passé avait resurgi sur ce carré de terre où l'herbe poussait en broussailles.

– Fabienne et son pain chaud!

Il avait parlé tout haut sans l'avoir réalisé. Il ne vit pas le paysage sur le chemin du retour. Quand ils débouchèrent en haut de la côte de Lévis, il se secoua. Il posa une main sur la cuisse de sa femme. Elle le regarda et lui sourit. Il pressa plus fort et ne dit rien.

Il donna quinze dollars à l'homme et lui tendit la main.

– Merci, monsieur.

L'autre ôta sa casquette.

– J'ai été heureux de vous rendre service. Bon voyage, m'sieur, madame.

Jean-Baptiste se dirigea vers le guichet, acheta deux billets. Il pensa à sa première voiture, à cet homme, l'inconnu qui l'avait salué et lui avait fait prendre conscience de sa valeur, à lui, le frère du pendu. Ils traversèrent la passerelle, grimpèrent l'escalier et main dans la main se dirigèrent vers la rampe d'où ils pouvaient voir, sur l'autre rive, l'imposant Château Frontenac.

– Que c'est beau!

– Si tu voyais ça la nuit, ma reine.

— On fera la traversée pour le plaisir, un de ces soirs.

— Tu es un ange, je t'aime autant que ce jour où tu te traînais les pieds dans les feuilles mortes. Tu te souviens ? Nous avons alors eu notre première collision.

— Si je me souviens, Jean. Je t'aime beaucoup plus maintenant que ce jour-là.

— Tu m'avais menti.

— Moi ?

— Oui, tu m'as alors promis dix enfants.

— Qui t'empêche de finir ton travail ?

— Grande folle.

Le bateau s'éloigna, vira, fendit l'eau verte du fleuve. Le château majestueux s'approcha d'eux comme pour les accueillir.

— Je ne suis jamais venue sur la rive sud du fleuve. C'est la première fois que je vois le panorama qui s'offre à moi. Je voyageais par le Canadien-Pacifique. Tante Saint-Philippe ne me permettait jamais de m'éloigner du couvent.

— Je ne la blâme pas.

— Comment ça, si c'était à refaire…

— Une fille qui bute sur un homme en face de l'école, à l'âge que tu avais, je l'aurais enfermée.

— Jean-Baptiste Gagnon ! Mon grand fou !

* * *

Les épais tapis du lobby, les brillantes grilles des guichets, les boîtes aux lettres étincelantes, le grand escalier de marbre comme on en voit dans les châteaux d'Europe illustrés dans le dictionnaire Larousse, les peintures fanées par le temps, la hauteur impressionnante du plafond, les fauteuils somptueux, les valises de cuir empilées, les portiers costumés, le chic des invités de l'hôtel, ce cachet pieux et distingué de l'atmosphère prirent Jean-Baptiste et Marie-Reine à la gorge. Ils étaient là, debout devant la porte, nuisant au passage du public, la bouche ouverte, éblouis.

— Sainte misère !

— Sainte bénite !

Jean-Baptiste reprit ses sens le premier. Il se présenta au guichet.

— Bonjour, monsieur.

En français! Jean-Baptiste en eut le souffle coupé.

— Notre réservation est pour demain seulement, pourriez-vous nous accommoder dès ce soir?

— Certainement, monsieur.

Le gars qui lui présentait la plume articulait bien, ne laissait pas tomber la dernière syllabe de ses mots.

Il souleva l'appareil pendant que Jean-Baptiste remplissait la fiche. Il s'exprimait maintenant en anglais.

Jean-Baptiste sourit. «On dit que ça se passe comme ça dans les hôtels de Londres en Angleterre, pourquoi pas ici? pensa-t-il. Le bilinguisme est une puissance, une richesse.» Il déposa la plume, tourna la fiche vers le commis.

— Merci, monsieur.

Celui-ci posa le doigt sur un gong. Un garçon accourut, s'empara de la valise et les invita à le suivre.

— Par ici, monsieur, madame.

L'ascenseur s'ouvrit, pour eux, grimpa très haut, pour eux, s'ouvrit encore, leur livrant passage, à eux! Jean-Baptiste se prenait pour le prince consort. Marie-Reine marchait la tête haute, avec dignité, comme à la chapelle du couvent. Ils croisèrent un homme âgé qui venait en sens contraire; le garçon était en tête de file, suivi de Marie-Reine et de Jean-Baptiste. Le marcheur regarda Marie-Reine; quand il en vint à la hauteur de Jean-Baptiste, il lui piqua un clin d'œil complice. Jean-Baptiste ne saisit pas tout de suite. Puis il comprit: la différence d'âge des conjoints pouvait laisser croire qu'il était en compagnie d'une belle d'un soir. Sa première réaction fut de casser la gueule du gars. Il se ressaisit et sourit… C'était un beau compliment pour lui.

Le garçon ouvrit l'épaisse porte de beau bois précieux. La chambre… La belle chambre dans une tourelle, avec le fleuve tout en bas et la ville à leurs pieds.

Marie-Reine se laissa tomber sur le fauteuil de peluche et soupira. Il s'approcha, se fit tendre.

— Penses-tu, ma reine, que le petit Jésus va permettre que ce soir j'aie assez de puissance pour essayer de te faire un petit bébé? Rien qu'une fois encore, une fois encore…

* * *

— Trouves-tu que le monde est beau?

— Les Québécois ont beau teint. L'air n'est pas pollué comme dans la métropole. Les distances sont moins grandes, ils courent moins, sont moins fatigués que les Montréalais.

— J'adore voir ces vieilles toitures, ces anciennes cheminées.

— Demain, nous irons voir l'emplacement de ma vieille forge. J'ai de bons souvenirs de cette ville qui me fut hospitalière. Nous irons à l'île d'Orléans. C'est un pèlerinage pour moi. Je te remercie d'avoir pris la décision de me faire retourner à Bellechasse. J'en ai le cœur net. Onésime a fait son chemin. Je n'ai pas payé le cours classique inutilement… Il m'avait promis de me rembourser, il peut considérer que c'est fait. Le monument, au cimetière, acheté pour sa mère et son beau-père, ça me prouve qu'il a du cœur au ventre. Il y a Yvonne qui me tracasse. Je me casse la tête pour la caser de quelque façon, je ne vois pas comment. Elle ne témoigne jamais de goût ou de disposition pour rien. Sauf dans la serre où elle s'intéresse aux pousses.

— Ah! Oui?

— Elle fait présentement des expériences, elle sème toutes sortes de pépins de fruits et s'amuse à les voir pousser. Elle les déterre ensuite et regarde le germe.

— Bien alors, tu l'as, ta solution.

— Que veux-tu dire?

— Intéresse-la aux fleurs, fais-lui croire que l'idée vient d'elle…

— Sainte misère, je n'y avais pas pensé!

— Ça lui ferait un beau commerce, ça la tiendrait occupée; je crois qu'elle veut son indépendance, c'est ça qui la rend si détestable. Il y a des jours où j'aurais envie de lui serrer les ouïes. Elle m'exaspère.

— Elle n'a jamais su être heureuse.

– La petite serre, c'est parfait. Toute l'installation est en place, nous avons l'expérience pertinente dont elle pourra profiter. C'est une trouvaille géniale, reine. Tu as du génie. J'ai hâte de lui en parler.

– Ne fais que suggérer, machinalement. Elle va mordre à l'hameçon, tu verras.

– C'est formidable !

– Ce sera bientôt l'heure de descendre dîner.

– Mets ta plus belle robe et ton collier de perles.

– Compte sur moi. Ce n'est pas tous les soirs que madame soupe au Château.

– Que dirais-tu si nous allions d'abord au bar ?

– Non, mais tu es fou ! Au bar !

– Pourquoi pas ?

– À notre âge !

– Et alors ?

– Allons au bar. Dis donc, qu'est-ce que je vais boire ?

– Un sherry sec. Ça ouvre l'appétit.

– Pense donc ! La vie de millionnaires.

– Sais-tu, Marie-Reine, tout l'argent que j'avais garçon, à part un montant utilisé pour remplacer le camion, est resté à la banque et s'est multiplié !

– Ça fait beaucoup ?

– Tu vas être une vieille riche. Ne perds pas la tête après ma mort. Ne te laisse pas ruiner. Il y a des taxes sur les successions, n'oublie pas.

– Ne parle pas de malheur, ce soir.

– Il faut penser à mettre de l'ordre dans nos papiers.

– Il faut penser à se pomponner pour aller manger.

– J'ai le cœur en fête.

En un tournemain, Marie-Reine fut prête. Elle s'installa au secrétaire, prit les cartes postales et, pendant que Jean-Baptiste se faisait beau, elle écrivit à l'endos de la photo du Château. Chacun de ses enfants recevrait cette preuve de la vie luxueuse qu'était la leur. Elle les posterait de là-haut, dans la boîte de verre, près de la cage de l'ascenseur. Elle les verrait glisser vers le rez-de-chaussée. Marie-Reine était demeurée une petite fille, là, dans son cœur.

Jean-Baptiste parut enfin. Rasé de frais. Les cheveux bien lissés sur le crâne presque dégarni.

— J'ai mis mon habit de serge noire…

— Qu'est-ce que tu dis?

— Tu ne pourrais pas comprendre.

— Non, je te vois en complet gris, alors…

— C'est de l'histoire ancienne. Je te raconterai ça. Ça et l'histoire d'un sac de lunes de miel de vingt sous.

— Tes débuts, quoi!

— Mes débuts, je les dois à un vieux livre anglais tout déchiqueté.

— Ce qui te prouve que ce n'est pas la chose, mais l'usage qu'on en fait qui compte.

— Viens, ma reine, nous jaserons le verre à la main. Prends la clé, garde-la dans ton sac à main.

Les amoureux longèrent le long couloir, attendirent que la cage de verre ouvre sa porte. En silence, ils descendirent sous l'œil indifférent du garçon d'ascenseur ganté de blanc. Marie-Reine regarda l'escalier de marbre. Elle y posa le pied, le cœur en fête. Là-haut, c'était encore plus beau. Les chandeliers qui pétaient de mille feux, le cristal, la porcelaine fine, les ustensiles en argent massif, les fleurs sur la table, les nappes immaculées, la qualité du service personnalisé, la musique douce, tout était impeccable! Et ces petits plats qui se succédaient, chauds, savoureux; Marie-Reine était émerveillée.

— Ah! Jean-Baptiste! Et le bar! Nous avons oublié d'aller au bar.

Jean-Baptiste leva les yeux. Le garçon accourut. Il commanda le champagne.

— Nous irons là-bas pour le digestif.

— Ça alors, toi, il ne faudrait pas te laisser sans surveillance trop longtemps!…

— Je ne me plaindrai jamais d'être en ta compagnie. Toi, ma reine, et mon vieux livre d'anglais chiffonné, avez été mes deux filons d'or et de bonheur.

– J'aime ta façon bien personnelle de me dire des mots d'amour.

– Même si je n'ai pas le terme juste?...

– Être comparée à un vieux livre chiffonné n'est peut-être pas très flatteur, mais être le filon d'or et de bonheur, ça, c'est chouette!

– Le champagne me mousse le cœur et l'esprit.

– Prends garde, tu risques de mousser ton énergie, ta vigueur, tant pis pour le petit bébé...

– Je vais supplier saint Jude, l'avocat des causes désespérées, de me donner un regain de sève.

– Tu espères que le saint va s'inquiéter de ce qui se passe dans ton lit.

– Il fut un homme, lui aussi, autrefois...

Lorsqu'ils remontèrent à la chambre, Jean-Baptiste était passablement éméché.

Marie-Reine se glissa nue sous les couvertures. Jean-Baptiste se dévêtit et se coucha. Elle lui mordit le menton. Il répondit par une caresse nonchalante. Elle frotta son ventre contre sa bedaine, elle le sentit tout mou... Il était déjà dans les bras de Morphée. Elle s'étira, les yeux ouverts dans la nuit, elle rêvassa.

Lorsqu'elle se réveilla, Jean-Baptiste était installé dans le fauteuil et lisait la bible qu'il avait dénichée dans un tiroir.

– Comment va mon bébé?

– Ton bébé?

– Celui que tu devais me faire hier soir et qui suit encore son père...

On frappa à la porte.

– Déjà l'heure du nettoyage! Et je suis toute nue. Va répondre, dis-leur de revenir.

Il alla, ouvrit la porte toute grande.

Surprise, la femme se cala dans le lit, sous ses couvertures.

– Le déjeuner du 706. Bonjour madame, monsieur.

Le garçon se retira. Le chariot était bien garni: melon au miel sur un lit de glace, œufs au plat sous un dôme d'argent, rôties enrobées dans une serviette de toile blanche, carrés de beurre gardés fermes par des glaçons et une grande quantité de café chaud.

— Madame est servie.

Marie-Reine tira le drap et se drapa avec. Elle brossa ses cheveux, prit une fleur qui se trouvait dans un vase et la piqua dans sa chevelure.

— Votre filon d'or, monseigneur.

— Viens, ma jolie.

L'un près de l'autre, comme des amoureux, il se souriaient.

Ce fut à regret qu'ils quittèrent leur hôtel. Lorsque la porte pivota sur eux, Marie-Reine s'arrêta et regarda derrière. Elle savait que ce départ était sans retour. Une étape de leur vie se rangeait déjà au nombre des souvenirs…

Adieu, le projet de refaire la traversée du fleuve la nuit, adieu, le rêve de faire un bébé, la vie donne et retient : c'est son secret.

L'oiseau de fer les ramena chez eux.

— Montréal demeure la plus belle ville du monde, où il fait si bon vivre. Malgré sa grande population variée, elle demeure gaie, enlevante, colorée. J'aime ses gratte-ciel, ses autoroutes, jusqu'à la senteur de l'asphalte.

— Tu es une citadine corrompue.

— Heureuse de l'être.

— Ton voyage t'a plu ?

— Je suis enchantée. Et toi ?

Il ne dit rien, se pencha et déposa un baiser sur son front. Puis, comme autrefois, il lissa ses cheveux de ses deux mains en la regardant droit dans les yeux.

Chapitre 15

Dans la serre, Jean-Baptiste réfléchissait. Comment tirer meilleur profit de l'installation ? Il vérifia les fenêtres et leur étanchéité, de même que l'installation du système d'arrosage. Yvonne entra.

— Bonjour, papa.

— Bonjour, ma fille.

Le père semblait bien absorbé, ça intriguait Yvonne.

— Que ruminez-vous ?

Il ne répondit pas tout de suite. Il voulait piquer sa curiosité.

— Quelque chose ne va pas ?

— Non, je me demandais…

— Puis-je savoir ?

— Ouais…

Il lésina un peu, puis attaqua le sujet.

— Je me demande si ce serait possible de faire pousser des fleurs… ici.

— C'est l'endroit tout rêvé !

— Tu crois ?

— Voyons, papa, l'exposition est excellente, le soleil fait presque le tour de la bâtisse, on a un côté fort ombragé. Ça ne pourrait pas être mieux. Et c'est plus intéressant que les légumes.

— Tu crois ?

— Réfléchissez, voyons ! Les fleurs de toutes saisons poussent dans les serres. C'est un commerce payant.

— Tu penses ? Vraiment ?

— Il n'y a ni ci, ni ça, c'est garanti.

— Tu serais prête, toi, à tenter une chance pareille ?

— Ça m'y connaît. J'ai parfois pensé à ce qu'il serait possible de faire avec la serre.

— Ah bon ! C'est parfait. Si tu veux t'en occuper, je pourrais te donner un coup de main à l'occasion.

— Il y a un problème.

— Ah! oui? Lequel?

— Il me faudrait un certain capital pour me lancer, je n'ai pas les fonds nécessaires.

— Ça peut s'arranger. Je vais en parler à ta mère; ou plutôt non, parle-lui-en, toi. Tu n'auras qu'à me rembourser quand ton commerce sera rentable…

Et la conversation se poursuivit. Pendant ce temps, Marie-Reine avait la surprise de sa vie. Elle vint vers le secrétaire, ouvrit un tiroir. Son regard fut attiré par une feuille qui, placée sur la machine, avait été dactylographiée. Elle s'approcha et lut:

TÉMOIGNAGE:

Mesdames et messieurs, j'ai le plaisir de me trouver ce soir parmi vous; je n'avais pas l'intention de prendre la parole, mais il semble que ce soit le moyen le plus sûr de surmonter mes problèmes personnels.

Je vous ai religieusement écoutés, dans le passé. Vos témoignages sont touchants et portent à réfléchir. Je suis issue d'une famille fortunée où le devoir passe avant le bonheur. Je suis l'aînée. On m'a élevée sévèrement car, comme le répétait grand-mère, maman devait m'éduquer comme elle voulait que le soient ses plus jeunes enfants, c'est-à-dire sévèrement. Alors, j'ai grandi dans le «ne pas». Tout m'était interdit. Mon père était faible et se rangeait toujours du côté de maman.

Comme je les aimais, j'ai décidé d'orienter ma vie pour leur faire plaisir. J'ai pris le voile. Mes années de noviciat furent un vrai supplice. Hélas! je n'avais pas le courage de me confier à ma mère. Elle qui était si fière d'avoir une fille religieuse, je craignais…

Marie-Reine s'arrêta de lire. Elle écumait. Sa colère était telle qu'elle étouffait. Elle sortit sur la galerie. Imelda était assise dans son éternelle chaise berçante. Elle regarda sa fille.

— Ça ne va pas?

— Je suis enragée, je vais faire un meurtre; ne me laissez pas descendre l'escalier, ça va mal finir.

— Jean-Baptiste?

— Non. Ma grande folle, Yvonne.

— Pourtant…

— Pourtant quoi, maman parlez.

— Depuis quelque temps, elle semble plus calme, plus détendue. Elle sort de temps à autre, assez souvent même. Je crois qu'elle s'est fait des amis. Rappelle-toi, le jour où Marie-Anne et Gonzague sont venus. Elle n'était pas ici, elle est rentrée tard le soir. En votre absence, ce fut la même chose. Qu'est-ce qu'elle a fait, cette fois?

— Rien encore. Si je lui mets la patte dessus, je vais l'écorcher vive.

— Quelle colère!

— Je vais lui en faire un TÉMOIGNAGE moi! Mon père était faible… le devoir avant le bonheur… Elle est folle à recommander aux prières.

— De quoi parles-tu?

— Laissez faire. Ce n'est pas assez beau pour être répété. L'espèce de tête croche! Je vais lui en faire, moi, des «ne pas». Elle va s'en souvenir longtemps. Ça va lui ôter le goût des témoignages jusque dans l'éternité.

— Tu radotes, Marie-Reine.

— Il y a de quoi radoter. Le devoir avant le bonheur! Elle est complètement cinglée. Il va falloir que je recommence à l'éduquer comme si elle était une enfant.

— Pourtant…

Marie-Reine se calmait peu à peu. Le trop-plein était sorti, les mots l'avaient soulagée. Maintenant, elle réfléchissait. Elle se donnait vingt-quatre heures pour prendre une décision. En attendant, elle verrait à ce que la tête de linotte reste à la maison. Elle n'irait pas étaler les histoires de famille en public. C'était trop bête à la fin. Laver son linge sale en public! C'est du masochisme, de la fausse humilité. Mademoiselle était entrée au couvent pour faire plaisir à papa et à maman… Marie-Reine se prit à réfléchir sur ce passage. Ce n'était pas possible, ça ne pouvait pas lui être vraiment passé par la tête! Jamais on n'avait posé le moindre geste ou prononcé la plus petite phrase qui puisse avoir motivé une telle décision. Pleurait-elle sur son passé ou sur son présent? Marie-Reine était confuse. Ça la dépassait. À qui en parler ? À Jean-Baptiste ? À sa mère ? Au curé ? Le seul qui pourrait expliquer pareille stupidité serait un voyant qui pourrait lire dans sa tête folle. Quels qu'aient été les motifs de sa vocation forcée, elle n'irait pas garrocher sa confession en public. Ça, Marie-Reine se le promettait. Si elle n'a pas le courage de ses actes, ce ne sont pas des inconnus et des indifférents qui pourraient la diriger. Parler pour le plaisir d'entendre le son de sa voix. Brasser la merde pour la faire puer davantage. Elle n'a donc pas de pudeur, de moelle dans les os ?

Était-ce possible ? Sa fille, sa propre fille ne savait plus où se jeter ! Puis, Marie-Reine se surprit à se culpabiliser. Aurait-elle été si sévère ? Elle avait tant aimé ses filles ! Pourquoi celle-ci doutait-elle de ses parents ? En cet instant même, Jean-Baptiste tentait sans doute de l'aider à se faire un chemin dans la vie, à se valoriser. Oui, elle attendrait vingt-quatre heures pour prendre une décision dans un sens ou dans l'autre. Elle entra, prépara deux tasses de thé ; elle revint et en offrit une à sa mère.

— Ne dites rien, maman, je vous en prie. Je me suis peut-être emportée trop vite. Vous, maman, êtes-vous heureuse ici ?

— Moi, ma fille, je ne souhaite plus rien. Que pourrais-je désirer de plus ? J'ai de bons enfants, je vieillis en toute sécurité au milieu d'eux. Même une hirondelle est venue faire un nid près de la fenêtre de ma chambre. Toi, Marie-Reine, es-tu heureuse ?

— Ah ! oui. Ce voyage à Québec a été merveilleux.

— Aime bien ton homme, ma fille. Théodore est parti si vite, du jour au lendemain toute la responsabilité est tombée sur vos têtes, les naissances, les maternités ; vous avez eu peu de temps pour vous occuper de vous-mêmes. Reprends le temps perdu. Gâte ton mari. Il n'est pas jeune ; il n'a fait que se dévouer. Avec moi, il fut toujours parfait gentilhomme. C'est une perle, ton Jean-Baptiste. Au début, j'ai eu peur. Mais le jour où il a donné un whisky à Théodore qui avait mal aux cheveux, j'ai compris qu'il était humain. De ce jour, je l'ai aimé. Tu te souviens de ça ?

— Bien sûr, juste avant mon mariage.

— J'y ai pensé souvent… si j'avais pu prévoir le triste sort qui attendait ton père ! Il ne faut jamais s'entêter, il faut comprendre, pardonner. On peut regretter un excès de colère, mais jamais un excès d'amour. Vas-y doucement, avec Yvonne. Son drame, c'est son drame. Pour elle, c'est important et pénible. Même si à toi, ça paraît insignifiant ou stupide, pour elle, c'est primordial.

— Merci, maman. C'est bon de vous écouter, vous êtes sage.

— On le devient, à travers ses erreurs.

Des éclats de voix leur parvenaient. Le père et la fille étaient dans la cuisine. Marie-Reine était curieuse de savoir si Yvonne avait saisi la perche tendue. Son mari vint vers elle et lui fit un signe de tête. Elle comprit.

Ce fut Yvonne qui annonça à sa mère que, dorénavant, elle cultiverait des fleurs dans la serre. Elle n'en finissait plus de donner des détails, on eût dit qu'elle connaissait déjà tous les secrets du métier. Elle ne mentionna pas toutefois l'offre de son père concernant l'avance des fonds nécessaires pour exploiter le commerce. Ça chagrina Jean-Baptiste ; sa fille Yvonne était égocentrique et manquait de loyauté. Ça le laissait perplexe.

Le soir, avant d'aller dormir, Marie-Reine retourna voir si la feuille noircie de la confession était toujours sur la machine à écrire. Elle n'y était plus, elle avait été chiffonnée et reposait au fond du panier à papier… Marie-Reine ressentit un grand soulagement. Puis, elle se demanda si ce n'était pas volontairement, par ruse, que sa fille avait posé ce geste ; histoire de se vider le cœur. Elle décida de n'en pas parler. Ainsi, l'autre ne saurait jamais qu'elle avait pris connaissance du message.

* * *

L'automne venait à grands pas. Les nuits étaient froides. Yvonne s'absentait parfois et semblait heureuse. Elle lisait des tas de livres qui traitaient de la culture des fleurs.

Un jour, elle demanda à Jean-Baptiste de lui donner la veste de mouton blanc. Son père le fit avec empressement. Elle pourrait l'utiliser à son tour.

Pour Marie-Reine, ce fut un choc terrible ! Elle regarda sa mère qui baissa les yeux. La veste avait appartenu à son grand-père, Théodore l'avait portée, puis Jean-Baptiste en avait hérité ;

voilà qu'elle changeait de main… et de génération. C'était une nouvelle rupture. Les deux femmes se comprirent, aucune ne parla. Yvonne deviendrait partie de la légende des dos-blancs de Ville Saint-Laurent. Combien de femmes d'un certain âge avaient vécu cette minute tragique? L'héritier prend la relève, il a la critique facile, il fera mieux que les autres avant lui… Il ne réalise pas que celui qui se dépouille perd un peu de sa vie en même temps que ses biens.

Le lendemain matin, le vêtement de mouton pendait à la corde à linge. S'étant levée tôt, Imelda avait, une fois de plus, accompli le rituel : la veste de mouton avait été enduite de farine à faire le pain, secouée, enduite encore, jusqu'à ce que la fourrure redevienne d'une blancheur immaculée.

La bonne vieille formule était utilisée pour blanchir et nettoyer les collets et parements de lapin blanc des manteaux des enfants, de même que la peau d'ours blanc qui servait de descente de lit.

Ce qui fit sourire Marie-Reine. «Maman et ses recettes infaillibles.»

* * *

L'automne arrivait; on lavait les vitres, il fallait poser les châssis doubles. La grande galerie reçut sa traditionnelle couche de peinture. On fit le nettoyage de la fournaise, on ramona la cheminée. Les vêtements légers furent rangés, lainages et fourrures aérés pour en chasser la désagréable odeur de la boule à mites. Les casques et les mitaines furent examinés. Puis, lentement, on commença le grand ménage de la maison.

Le salon d'abord, les chambres ensuite. On lavait, époussetait murs, rideaux, stores, on battait les matelas, tout y passait. Les femmes se couchaient le soir courbaturées. Puis, on remettait tout en place, on voyait à ce que les vitres des cadres soient brillantes. On finissait par l'escalier, les marches recevaient une couche de peinture grise. Ensuite, on s'attaquait au grenier et au sous-sol. Les vieilleries étaient nettoyées, on les conservait en cas de besoin. Il fallait attacher les haies pour que la neige ne les écrase pas.

On changeait l'huile dans le moteur de l'auto. L'hiver pouvait ensuite venir, tout était reluisant, astiqué, prêt pour les longs mois de réclusion.

Les conserves étaient alignées au sous-sol ; déjà on pensait aux fêtes de Noël et du Nouvel An.

Pour Colombe, c'était une période de mauvaise conscience. Elle détestait ces efforts humains gaspillés à décrotter. Elle nettoyait en surface, laissait les coins ronds, on le lui faisait remarquer : l'ultime insulte pour une Québécoise. Pauvre ou riche, la propreté de la maison s'imposait ; le pauvre pour sauver son orgueil, le riche pour asseoir son prestige. La manie des clôtures entourant la maison était aussi un culte sacré. On rivalisait sur la disposition des fleurs dans les rocailles qui ornaient les parterres.

La rentrée des classes coïncidait donc avec tout le remue-ménage. Il fallait faire la couture, le reprisage, renouveler les souliers devenus trop petits. Les enfants avaient hâte de retrouver les amis, les parents encore plus. Enfin ils auraient quelques heures de répit à la maison.

* * *

— Monique a téléphoné, elle organise une partie de cartes samedi soir, toute la famille est invitée. Il y aura autant de tables que nécessaire.

Marie-Reine tranchait le pain. Elle plaça sur la table un plat de service où s'étalait un rôti succulent, saignant à point, accompagné d'un saucier dont le contenu rehausserait le plat. Du légumier s'échappait un arôme qui chatouillait l'appétit. Imelda inclina la tête et tout bas récita le bénédicité. Autrefois, quand les enfants étaient jeunes, elle se faisait un devoir de le dire à voix haute. Mais, c'était maintenant l'affaire de chacun. Tous se recueillaient, c'était un rituel consacré, mais nul ne savait qui priait vraiment.

C'est à ce moment précis que Marie-Reine transmit l'invitation de Monique. La première phrase émise lorsque tous sont attablés donne l'erre d'aller à la conversation. Chacun dépliait sa serviette, la plaçait sur ses genoux, les plats circulaient, vers grand-mère d'abord, puis la jasette battait son plein.

Imelda, n'ayant eu qu'une enfant, s'était toujours fait un point d'honneur d'avoir une table bien mise. Marie-Reine avait continué la tradition malgré sa grande famille. La nappe et les serviettes étaient de rigueur. On ne devait pas sortir de table après s'y être assis. L'étiquette était observée, le service soigné. Hélas! toutes ses filles n'avaient pas cet orgueil. Marie-Anne et Colombe ne se gênaient pas pour envoyer promener nappe et cérémonial. Pourtant, elle les avait mises au monde avec les dix doigts et les orteils réglementaires… Comment pouvait-on accuser tant de laisser-aller? Quelle chance auraient leurs enfants d'avancer dans la vie si l'éducation de famille continuait de se relâcher? Qu'advenait-il de la fierté de nos jours? Si les bonnes manières et la tradition devaient mourir, avec elles l'amour de la famille ficherait le camp!

— Les enfants seront-ils là?

— Quels enfants? Bien sûr, les enfants de Monique seront là, mais puisqu'il s'agit d'une soirée, les autres n'y seront pas. Pourquoi demandes-tu ça, Yvonne?

— Je déteste entendre brailler.

— Les petits de Monique sont si gentils, si mignons; pourquoi dis-tu des choses comme ça?

— Les disputes parents-enfants à l'heure de la couchette, ça n'a pas de fin.

— Ce n'est pas l'amour du prochain qui t'étouffe, toi!

— Reste à la maison, Yvonne, trancha Jean-Baptiste. Marie-Reine, veux-tu me passer le sel et le poivre. Le rôti est excellent, tu as des doigts de fée. En ce qui a trait à l'invitation, nous irons. Nous accompagnerez-vous, belle-maman? Nous ne veillerons pas très tard.

— Allez-y sans moi, mes enfants. Autant j'ai prisé les brelans de pommes organisés autrefois par mon père, autant je me sens impatiente à ne pas pouvoir bouger de ma chaise pendant de longues heures.

— Tu ne changes pas d'idée, Yvonne? Tu pourrais aider Monique, vider les cendriers, remplacer les verres, si tu ne veux pas jouer à la «dame de pique».

— Je n'ai pas laissé tomber la vie communautaire pour me mêler à des groupes de profanes.

— Ah! Permets-moi d'avoir certains doutes sur le sujet...

— Que voulez-vous dire, maman?

— Parle-nous donc de tes sorties, de tes activités en dehors de la maison...

— Qui vous a dit ça, vous?

— Mon petit doigt.

— J'ai passé l'âge de me faire répondre de pareils enfantillages.

— Oui, je sais, tu n'as plus rien de puéril! Ton âme se dessèche; tu as même perdu le goût de la taquinerie affectueuse.

Jean-Baptiste hocha la tête. Yvonne mit la main dans sa poche et en sortit une pierre violette, la posa sur la table et passa le bout de son doigt sur la surface polie.

— Qu'est-ce que c'est que ce fétiche?

— C'est une méthepte, elle a le don d'apporter la paix.

— C'est du charlatanisme, tu crois ces ruses diaboliques? Toi, une chrétienne? Yvonne! tu me déçois.

— Sainte misère! La vie est assez compliquée sans qu'on se tourne vers les fétiches pour régler les problèmes intérieurs. Une pierre est une pierre, elle est inerte, froide, indifférente.

— Mais elle a des propriétés qui peuvent devenir un moyen de défense. Pensez aux calculs, ces concrétions qui se forment dans la vessie, dans les reins.

Sous la table, Jean-Baptiste posa le pied sur celui de sa femme et la regarda intensément, pour l'inviter à se taire.

Yvonne poursuivait son exposé; le nitrate d'argent fendu était utilisé pour la destruction des verrues, la pierre divine, un composé de sulfate de cuivre, d'azote, de sulfate d'aluminium, s'employait comme collyre et cathéritique.

— Il y a aussi la pierre ponce et la pierre philosophale, renchérit Jean-Baptiste.

— Vous vous payez ma tête, vous ne me prenez pas au sérieux, se scandalisa Yvonne.

— Bien sûr que non, dit le père. Tu as voulu nous faire marcher. Tu sais, Yvonne, bien des individus seraient assez naïfs pour croire mordicus à ce genre de supercheries et iraient même jusqu'à s'y raccrocher. Certaines gens exploitent la naïveté de bonnes personnes qui, au début, n'y voient que du feu, mais, petit à petit, se laissent embobiner. Tu imagines la fortune qu'un tel commerce peut rapporter à l'exploitant? Remarque que ça peut être fatal à la victime lésée, si celle-ci va trop loin dans sa croyance et ne se réveille pas à temps.

— Moi je crois au cristal de roche de mes grains de chapelet et à ma pierre tombale, ricana Imelda.

— Vous ne croyez pas à la puissance de la pierre!

Yvonne soupira.

— Oui, nous y croyons. Par exemple, elle protège la maison contre le froid et les intempéries; mais elle n'a sûrement pas d'emprise sur le psychisme humain.

— Toutefois, ajouta Imelda, le fait de l'utiliser comme tampon peut aider. Quand tu es en colère et que tu la caresses de ton doigt, ce n'est pas le pouvoir de la pierre qui va te rendre ton calme, c'est le geste même que tu poses qui peut être bénéfique. Tu pourrais tout aussi bien avoir le même résultat à flatter un bout de bois... Je ne connais pas de panacée réelle!

Yvonne, ça se sentait, était déconcertée. Elle perdait certaines illusions...

Jean-Baptiste réalisa qu'on n'y gagnerait jamais à la prendre de front. Elle regimbait si on la contrariait; il fallait la raisonner, comme une petite fille! Il en parla à Marie-Reine qui lui répondit que son aînée était une tête croche!

— Les méthodes empiriques sont dépassées, il ne faut pas rejeter toutes les théories. Les jeunes d'aujourd'hui veulent vivre leurs propres expériences et ne sont pas prêts à tout accepter d'emblée.

— Où a-t-elle entendu une telle sornette?

— Tu semblais au courant de certaines choses au début de la conversation... Elle en a même paru fort étonnée.

— Simple déduction.

— Je me demande combien elle a déboursé pour obtenir son améthyste brute?

— La pierre de la paix !

— J'ai presque le goût de lui demander si elle peut m'obtenir une pierre à aiguiser le sexe…

— Le démon du soir te travaille, toi, Jean-Baptiste ; prends garde.

— Ce n'est pas le démon comme ma propre tête.

— Tu parles comme un vieux salaud.

— Voyons, sa mère, tu n'as pas toujours parlé comme ça.

— Tiens-toi tranquille et ôte tes grosses pattes de sur moi, tu m'as comprise ?

— J'ai tous les droits, je suis ton mari…

— Les droits découlent du pouvoir, alors bas les pattes ! Veux-tu te tenir tranquille, sacripant, tu vas froisser la courtepointe.

— Je vais aller me plaindre au curé.

— Il va t'envoyer au diable.

— Alors j'irai voir l'évêque…

— Qui va t'exorciser.

— J'irai vers l'archevêque.

— Veux-tu bien te tenir tranquille, tu vas déchirer ma jaquette neuve.

— Enlève-la !

— Parlons plutôt de notre fille, la tête croche.

— Encore l'excuse des enfants ! Dans le temps, tu avais un bébé à endormir, une autre fois un petit qui avait mal aux dents et aujourd'hui, une vieille fille qui a la tête croche… Tu es rusée, malhonnête, tu utilises des faux-fuyants !…

Jean-Baptiste retenait sa femme, la mordillait dans le cou, sur les bras.

— Comment oses-tu parler comme ça à une femme qui t'a donné six enfants ?

— Qui m'en avait garanti dix ! Voyons, sa mère ! Rappelle-toi, nos beaux dimanches après-midi…

— La fourche du diable entre la messe et les vêpres…

— L'œuvre de Dieu, soutenue par l'Église.

— Toi, tu te sers du Bon Dieu pour expliquer ton vice, uniquement !

— Tentes-tu de me sonder les reins et le cœur, ma belle petite femme en or ?

— Vous pourriez au moins fermer votre porte avant de vous chanter la pomme. C'est dégoûtant!

Jean-Baptiste, qui minouchait Marie-Reine sur le pied du lit, sursauta. La femme tira sur sa jaquette et se lissa les cheveux de ses deux mains. Elle en avait le souffle coupé: sa fille était debout dans l'embrasure de la porte et leur faisait la morale. Malgré qu'il était en petite tenue, Jean-Baptiste s'élança vers sa fille, le bras levé.

— Jean-Baptiste, cria Marie-Reine.

L'autre resta le bras en l'air.

— Je n'ai encore jamais frappé un de mes enfants, mais aujourd'hui j'ai une envie folle de t'administrer la fessée. Tu vas faire des excuses à tes parents, tu m'entends?

Il la saisit par le lobe de l'oreille et la força à s'exécuter.

— Si tu n'as pas d'entrailles, je vais te dresser comme on dresse un animal! Disparais, va te coucher.

Jean-Baptiste ferma la porte derrière elle avec tant de rudesse qu'un cadre suspendu au mur tomba sur le plancher et la vitre se fracassa. Ce fut alors le tour d'Imelda de se précipiter dans leur chambre, sans dentier, pieds nus, les cheveux épars.

— Il y a le feu? cria-t-elle.

Jean-Baptiste prit la grand-mère dans ses bras, la calma. Elle semblait très effarouchée. Elle lança un coup d'œil en direction de la fenêtre, d'où, autrefois, elle avait vu l'incendie qui avait fauché la vie de son mari. Elle n'avait jamais, depuis, remis les pieds dans cette chambre.

Jean-Baptiste la ramena à son lit. Il attendit qu'elle se couche, il la borda et déposa un baiser sur son front. Puis, il revint vers sa femme.

— Elle me fait peur, Jean-Baptiste.

— À moi aussi; elle fait coton, celle-là, c'est le cas de le dire!

— Qu'est-ce qu'on va faire, avec ça?

— Je me le demande. Elle n'a pas de cœur! Viens te coucher, ma reine. Quelle écervelée!

Jean-Baptiste ouvrit son bras, il l'étendit sur l'oreiller de sa femme. Celle-ci vint se blottir contre son époux, la tête cachée au creux de son épaule. Il la couvrit affectueusement; sa main libre caressa ses cheveux. Elle s'endormit doucement.

« Quand les enfants sont petits, les problèmes sont petits, quand ils sont grands, les problèmes le deviennent aussi! »

Jean-Baptiste rumina sa peine longtemps.

Chapitre 16

Les écureuils nichent dans les hauteurs, nous aurons beaucoup de neige cet hiver.

— Ça me décourage de voir venir la saison froide.

— Ce qui me manque le plus alors, c'est l'usage de la galerie. J'aime bien voir circuler les gens.

— Dire qu'autrefois, nous étions en pleine campagne, nous sommes envahis à un rythme vertigineux.

— Dans notre cas, c'est la campagne qui nous déserte. À quelle heure partirons-nous ce soir?

— Tout de suite après le souper. Je veux arriver avant que les enfants soient couchés.

Au moment de servir le thé, Marie-Reine s'arrêta devant Yvonne.

— Je te laisse la table à desservir, le tout à ranger.

— J'ai pensé…

— Ne pense pas! Tu as le dédain des enfants et les réunions de famille te laissent froide. Alors, ma vieille, reste en plan avec tes pierres. Nous, nous allons nous amuser et n'avons pas besoin de rabat-joie.

Yvonne se leva.

— Je te prierais de remarquer que nous n'avons pas terminé notre repas. Assieds-toi.

Le ton n'incitait pas à la réplique. Yvonne se contenta de soupirer.

— Pas de protestations, même silencieuses! Contrôle tes nerfs, et ménage les nôtres!

Marie-Reine se fit belle; elle portait sa robe de soie moirée, son collet de dentelle blanche, son camée d'écaille. Elle prit le bras de son mari; l'air solennel, elle sortit.

Imelda, l'œil moqueur, observait Yvonne. Elle eut l'impression que celle-ci était déçue. Elle aurait sans doute aimé qu'on la supplie de venir.

Chez les Martineau, la maison avait une allure de fête. Toutes les fenêtres étaient illuminées de même que le porche et l'extérieur. On attendait de la visite.

— Bonsoir, mon pinson.

— Papa! merci d'être venu. Maman, comme tu es belle! Venez déposer vos affaires dans ma chambre.

Dans l'escalier qui menait à l'étage, les enfants en robe de nuit, les cheveux bien tirés, le bout du nez reluisant, se tenaient derrière les barreaux et regardaient arriver les visiteurs. La grand-maman les embrassa à leur faire mal. Grand-père les fit sauter sur ses genoux.

— Je peux t'aider à faire quelque chose, Monique?

— Merci, maman. Tout est paré.

— «Paré» est un solécisme, ma fille. Tu veux dire «prêt».

Le bébé vint se frôler à sa mère, il se frottait les yeux de ses deux petits poings ronds.

— Dodo, maman.

— Viens, mon ange. Viens, grand-maman va te raconter une belle histoire.

Les deux autres marmots accoururent. Les femmes disparurent. Les hommes parlèrent de la pluie et du beau temps. L'ampoule dans la lampe torchère s'éteignit. Damien la changea. Il y avait sur des tables, dans la cuisine, dans la salle à manger et au salon, des paquets de cartes, des cendriers, des plats de bonbons.

— Vous attendez tout le monde?

— Je crois, oui. C'est une surprise, ne dites rien, mais c'est la fête de Gonzague. J'ai voulu la souligner pour le remercier de ce qu'il a fait pour nous à Shipshaw. Yvonne n'est pas venue?

— Ah! celle-là!

— Elle est tourmentée, dans son âme.

— Elle ferait mieux de se prendre en main. Ma femme semble en avoir jusque-là! Elle va se faire mater!

Un à un, les couples arrivaient, Gonzague et Marie-Anne en fin de file. On coupa les cartes pour choisir les partenaires. Deux tablées de six, c'était parfait. On s'installa, un groupe dans la salle à manger, l'autre au salon. Ainsi, on pouvait profiter de la présence de tous; seule la porte d'arche séparait les deux pièces.

La première ronde fut un succès pour Colombe qui réussit à prendre le contrôle. On tenta, en vain, de ne pas la laisser s'emparer de la dame de cœur, mais Colombe sut les déjouer tous. Elle cria de joie.

— J'aurais dû le prévoir, me méfier, je suis idiot!

— Comment aurais-tu pu prévoir, Frank?

— Elle n'a pas mangé un seul bonbon pendant toute la partie. Son esprit était trop occupé…

Colombe, gênée, arrêta de croquer. Dès que le contrôle fut établi, elle s'était attaquée à la bonbonnière!

Ce fut le seul contrôle réussi de la soirée. On s'amusait ferme. Les rires fusaient. Il y eut quelques engueulades lorsque la dame de pique était abattue sur la table, mais ça faisait partie de la folie du jeu.

— Tu sais bien que je suis la plus haute, c'est moi qui ai le plus de points, passe-la à d'autres! Salaud!

On changea de partenaire. Le gagnant reçut une bouteille de vin pour marquer la victoire.

— Débarrassez la table, j'arrive avec le lunch.

Les femmes défilaient avec des plateaux de sandwichs agréablement présentés. Les tasses et la cafetière fumante furent placées sur le buffet, près des serviettes de table. La soirée commençait vraiment.

Monique s'approcha de Gonzague, elle tenait un étroit paquet. Damien se leva et tendit la main à son beau-frère.

— Bonne fête, mon vieux. Ceci pour te remercier du bon temps que tu nous a permis de connaître lors de la partie de chasse de Shipshaw. Merci encore!

Gonzague faillit tomber à la renverse. On avait pensé à lui! On le fêtait, lui!

— Tabar…

— Gonzague Létourneau!

— Ouais, ben, là, je ne sais pu…

Il sortit son mouchoir et se moucha bruyamment. Tous applaudirent.

— Voilà un discours de remerciements bien explosif!, dit Raymond. Avec un pareil pif…

On riait aux éclats. Colombe en était à manger le persil qui décorait les plats.

— Elle mange même les fleurs, dit Lucien !

— C'est mangeable, non ?

— Très bon pour la santé, radoucit Marie-Reine.

Et on parla de politique, de la fameuse souveraineté-association, du séparatisme. La famille était grande, tous n'étaient pas d'accord sur le sujet. On avait cependant appris à être délicats, à ne pas pousser trop loin. Jean-Baptiste et Frank étaient chatouilleux, il fallait tenir compte d'eux ; en somme ils étaient Québécois à part égale, le respect leur était dû, comme à tout le monde. Ils étaient d'excellents citoyens, payaient des taxes.

Alice avait un faible marqué pour Pierre-Elliott Trudeau. On la taquinait bien pour ça. Elle appelait René Lévesque le grand Napoléon grincheux. Ce à quoi Henriette répliquait immanquablement que, grognon ou pas, il donnait l'impression d'être un bon gars drôlement sensuel, et qu'elle adorait sa mimique.

— Que t'arrive-t-il, Alice ? Toi, la libérale enragée, tu ne dis rien ?

— J'écoute.

— Branlerais-tu dans le manche par hasard ?

— Bourzaille ! s'exclama Raymond.

— Dis donc, Gonzague, c'est ton petit paquet qui te cloue le bec, arrête de le reluquer et ouvre-le !

Gonzague ne se fit pas prier. Il tira sur les rubans, souleva le couvercle de la boîte, jeta un coup d'œil à l'intérieur, puis il sortit la chose enroulée dans du papier chiffon. Il tâta et cria «aïe». On vit enfin un joli et solide couteau de chasse à lame forte, bien aiguisée.

— En tout point comme le vôtre, le beau-père ! Merci, merci, les gars.

— On va l'étrenner l'année prochaine…

Et on parla chasse en riant aux éclats. Les femmes rangèrent. Finalement il y eut deux groupes de formés, les hommes au salon, les femmes à la cuisine, comme ça se passe toujours dans les fêtes de familles québécoises.

L'horloge sonna trois heures ; on s'embrassa, on se dit bonsoir.

* * *

— Dommage que Marie-Quatre-Poches n'ait pas été avec nous, dit Marie-Reine.

— Qui nommes-tu ainsi ?

— Yvonne, la grincheuse !

— Marie-Reine ! Tout de même, tu es sévère.

— Et cruelle, je sais. Elle me fait rager. Je ne l'ai pas en odeur de sainteté depuis la semaine dernière surtout.

— Mais qu'est-ce qu'elle t'a fait ?

— Laisse faire… C'est un moyen gibier de potence !

Jean-Baptiste avait maintenant la certitude que quelque chose de sérieux préoccupait sa femme. À leur grande surprise, il y avait de la lumière dans la chambre de leur fille, malgré l'heure tardive.

— Elle lit peut-être.

— Ou elle écrit, insinua Marie-Reine, mais elle ne poussa pas ses commentaires plus loin. Jean-Baptiste ne questionna pas.

Marie-Reine remarquait que son mari relevait de moins en moins les commentaires. Comme Imelda, il se taisait. Ça chagrinait Marie-Reine et l'inquiétait. Les silences de l'acceptation…

* * *

À huit heures du matin, le lendemain, la sonnerie du téléphone retentit, insistante.

— Qui nous dérange ? gémit Marie-Reine, en se tournant dans son lit chaud.

— Je n'aime pas ça, dit Jean-Baptiste.

Imelda grimpait l'escalier, elle s'approcha de la chambre du couple.

— Mauvaise nouvelle…

Marie-Reine sauta sur ses pieds, enfila sa robe de chambre, regarda sa mère, l'œil interrogatif.

— Gonzague.

— Quoi, Gonzague ?

— Viens parler à Marie-Anne, elle est dans tous ses états.

Marie-Anne raconta : ils étaient rentrés à la maison. Gonzague était aller chercher un bout de bois dans la remise et s'était mis à le gosser avec son couteau de chasse neuf, son cadeau d'anniversaire de naissance reçu le soir même. Elle était allée dormir. Tôt le lendemain, les enfants avaient trouvé leur père étendu à même le sol, tenant d'une main le couteau, de l'autre un oiseau aux ailes déployées, à peine achevé. Les enfants avaient hurlé, elle était accourue.

— Sainte bénite ! Quel malheur. Courage, ma fille, nous allons nous occuper de toi tout de suite. Courage, ma grande. Nous t'aimons.

Elle composa le numéro de téléphone de sa fille Henriette ; celle-ci, qui n'avait pas d'enfants, pourrait vite se libérer.

— Qu'est-ce qui se passe, Marie-Reine ? s'enquit Jean-Baptiste qui arrivait drapé dans sa robe de chambre.

De la main elle lui fit signe d'attendre ; elle raconta tout à Henriette.

— Rends-toi tout de suite là-bas. Il serait bon que Lucien t'accompagne. Nous ne tarderons pas.

Puis elle rappela Marie-Anne.

— Tu as appelé la police ?

— Oui, bien sûr, maman. Ce sont eux qui ont téléphoné au médecin ; il était trop tard. Si j'avais été là…

— Ne te fais pas de reproches, tu ne pouvais prévoir. Son heure était venue ; le bon Dieu sait ce qu'il fait. Il est mort heureux… Je remercie le ciel qu'il ait fait cette partie de chasse, ça lui a apporté beaucoup de joie.

Yvonne arrivait, bâillait.

— Qu'est-ce qui se passe ?

On lui raconta tout. Elle eut une réaction bizarre.

— Un fou, mourir de joie pour un couteau.

Marie-Reine ne put se retenir. Sans réfléchir, elle frappa Yvonne en plein visage. Celle-ci hurla de surprise et de rage.

— Prépare le déjeuner, nous devons partir, nous deux. Grouille-toi ! Tu as compris, grouille-toi ! Que ça saute, Yvonne Gagnon. Sors six tartes du congélateur, des pâtés à la viande, toute la réserve de beignes. Place tout ça prêt à partir, dans une caisse de carton propre et solide. Grouille!

Imelda dressait déjà la table. Le café dansait dans le percolateur, chantant son glouglou, indifférent à la peine des autres.

Marie-Reine regrettait son geste. On ne doit pas frapper quelqu'un en plein visage. Yvonne lui en voudrait éternellement. La mort si subite de Gonzague l'avait énervée, Marie-Anne semblait en proie au désespoir, tout ça en quelques minutes, c'était trop. Elle prit une robe de coton dans sa garde-robe, ce serait utile. La maison de sa fille devait avoir besoin d'un coup de torchon, elle était satisfaite d'avoir pensé à apporter des provisions là-bas.

Cette fois encore, Jean-Baptiste dut reconnaître que sa femme était forte dans l'épreuve, elle ne perdait pas la tête, prenait rapidement ses décisions. Elle souffrait autant sinon plus que tous, mais savait se faire violence; pour tout ça il l'aimait, comme il l'aimait! Il serra sa main qui tremblait.

Ils arrivèrent à Bois-des-Filion. C'était la panique chez les Létourneau. Gonzague reposait sur son lit. La fenêtre avait été ouverte pour permettre à son âme de prendre son envol vers le ciel. Le pan du rideau de cretonne imprimée battait au vent.

Les enfants, les six, étaient assis autour de la table de cuisine, les bras croisés appuyés sur le tapis à fleurs. Les plus jeunes ne comprenaient pas ce qui se passait. Marie-Anne était atterrée.

La maison était petite, il n'y avait pas de salon; il y en avait eu un, autrefois, mais on l'avait converti en chambre depuis. Heureusement, la porte extérieure n'avait pas été condamnée et le perron n'était pas trop mal en point.

Lucien et Henriette arrivaient enfin. Puis ce fut le fourgon. Le bébé, en voyant son père sur une civière, immobile, couvert d'un drap, courut se jeter sur le cadavre en hurlant «papa». On eut toute la misère du monde à le calmer. Les cinq autres se mirent à pleurer. Leur premier contact avec la mort!

— Le docteur a été formel, c'est le cœur, dit Marie-Anne. Qui aurait pu penser ça de lui? Un vrai gaillard.

— Henriette, tu peux héberger les deux ou trois petits derniers pour le temps que Gonzague va passer sur les planches? On a besoin d'une chambre pour exposer le corps.

— Marie-Ange, fais infuser du thé, ma fille ; il y a du boulot à abattre.

Marie-Reine avait raison. Les enfants avaient fêté, la veille, en l'absence des parents. Ils avaient fait des bonbons et tout était collant. Les femmes se mirent à l'œuvre. Les hommes nettoyèrent l'extérieur. Puis on entreprit de laver la chambre qui aurait eu besoin d'un coup de pinceau ! C'était sans importance, les murs seraient tapissés de draps noirs. Il n'était pas question d'aller exposer Gonzague dans les salons funéraires, où c'était trop impersonnel et pas assez respectueux envers le mort ! Jean-Baptiste téléphona à un croque-mort dont il avait vu le nom dans les pages du journal local. Il prit rendez-vous, s'y rendit avec Lucien, pour choisir le cercueil. Gonzague portait déjà l'habit qui le suivrait dans l'éternité. C'était le seul propre qu'il possédait ; Marie-Anne l'avait repassé après avoir nettoyé les taches à l'aide de thé froid, le jour de la partie de cartes… La veille !

Le temps était cru. Il fallait fermer portes et fenêtres. Avant de refermer celle de la chambre où allait reposer Gonzague, Marie-Reine sortit la tête et regarda vers le ciel. Elle la ferma lentement, religieusement.

— Fais-moi une liste de ce dont tu as besoin, Marie-Anne. Je vais aller au magasin avec ton père.

— Prenez Luc avec vous, ses souliers sont usés jusqu'à la corde, il marche sur ses renforts ! Moi, je vais me renipper, j'ai ce qu'il me faut ; souliers, robe et tout. Élevant le ton, elle ajouta :

— Vous, les enfants, sortez vos chapelets, lavez-vous le bout du nez. Ne me faites pas honte devant le monde. Je vous ai montré à vous tenir, c'est le moment de sortir vos bonnes manières. Je ne veux pas entendre un mot plus haut que l'autre. Inutile de vous chagriner, votre père est au ciel, avec le Bon Dieu.

— C'est où ça, le ciel, maman ?

— C'est la maison du Bon Dieu.

— Alors il va revenir, papa va revenir rester avec nous, hein ! maman ?

Henriette prit l'enfant sur ses genoux et lui expliqua le mystère de la mort. Le garçon ne comprit peut-être pas, mais les mots simples, prononcés lentement, avec affection, semblaient le calmer, le réconforter. Henriette tenait ses menottes, lui faisait des caresses. Les autres enfants assistaient au spectacle, médusés. L'aînée des filles alla jusqu'à sa mère et lui dit tendrement :

— Maman, nous allons t'aider, tous les jours et toujours.

Henriette réalisa que l'enfant avait compris que son père ne reviendrait jamais. Alors, elle les prépara à la minute cruelle qui est celle de la réalité du cercueil. Marie-Anne, se sentant entourée, était moins nerveuse. Elle voyait à tout, ce qui étonna Henriette. Habituellement Marie-Anne était braillarde, geignait sans cesse.

Marie-Reine revint avec des provisions. Elle développa une immense fesse de jambon qu'on plongea dans l'eau et qu'on plaça à l'arrière du poêle pour la laisser mitonner. Ainsi la viande serait tendre, juteuse.

Alice promit d'apporter des croquignoles et des croquettes de poisson. Deux douzaines d'œufs furent plongés dans l'eau, on prépara une énorme chaudronnée de soupe au riz et aux légumes.

Tous les voisins viendraient sûrement veiller le corps, pas toujours par amitié : souvent parce que l'on sert un goûter dans la soirée.

Marie-Reine avait acheté une paire de bas noirs au cas où sa fille n'en aurait pas eu. Surprise ! Marie-Anne déclara de but en blanc qu'elle ne porterait pas le grand deuil. La mère ouvrit la bouche pour protester, aucun son ne sortit.

— Va te reposer ma fille. La nuit va être longue, se contenta-t-elle de dire.

On donna un bain éponge aux plus petits. On leur servit à souper. Luc bouda devant l'assiette, sa tête était lourde. Il avait sommeil. Alors Henriette décida de partir avec les mioches. Elle trouverait une gardienne à qui elle confierait les enfants et reviendrait.

* * *

La première nuit, il y eut foule. Tout le village vint rendre un dernier hommage à Gonzague. D'aucuns prétendirent qu'il était sûrement malade, puisqu'il n'était pas parti à la drave au printemps. Les vingt-quatre œufs et la fesse de jambon, plus les croquignoles, tout fut dévoré ; Gonzague, de l'autre côté, devait rager s'il voyait ça. Si certains d'entre eux souffraient de borborygmes, ce ne serait sûrement pas dû à la faim !

– Il est bien beau…

On parlait du mort.

Gonzague avait sur les lèvres un sourire sarcastique. Son faux col, cette fois, ne le faisait pas souffrir et sa cravate était bien droite. Gonzague paraissait plus gros que de son vivant, on l'avait un peu fardé. Ses mains semblaient puissantes ; les grains du chapelet noir y étaient entrelacés. Son habit du dimanche était un peu démodé, mais ça ne se voyait pas. Le crucifix était là, gigantesque, avec, dans le creux de la croix, des lumières dissimulées qui projetaient des reflets violets sur le satin de la bière.

Marie-Anne se mariait bien au décor. Elle s'était installée sur une chaise droite. Vêtue de bleu, les cheveux tirés derrière les oreilles, elle ne se levait pas, elle tendait la main, baissait les yeux, un air affligé en permanence sur le visage.

Aux heures, on récitait le chapelet. Marie-Anne répondait aux « Je vous salue, Marie » sur un ton élevé à la première phrase, puis le ton baissait, comme si elle faisait un effort pour surmonter l'angoisse. « Sainte Marie, mère de Dieu… » le reste était à peine audible. La cinquième dizaine terminée, elle baisait la croix de son chapelet avec passion.

Si on avait pu lire dans sa tête ! Elle promenait les yeux, paupières à demi baissées sur l'assistance. Avec six enfants, c'est difficile de se refaire une vie… Enfin, elle sortirait du rang, elle aurait une maison au cœur du village, ce qui serait mieux, à la ville. Elle ferma les yeux, pensa à la maison à lucarnes de la Côte-Vertu. Elle soupira si fort que tous se tournèrent vers elle. Qui eût pu croire qu'elle l'aimait tant son Gonzague…

Le plus gros de la foule était parti. Seuls les intimes étaient là.

– Paraît-il que vous avez fait une bonne chasse ?

– Oui, dit Jean-Baptiste. Grâce à Gonzague.

Raymond parlait des calls de Gonzague, de la tente qui leur tomba dessus. Jean-Baptiste choisit cet instant précis pour raconter l'histoire des pistes faites avec la patte de bœuf. Un de ceux qui se trouvaient là fut pris d'un rire hystérique; c'était lui, le boucher qui avait fourni le sabot en question. On oublia l'heure du chapelet. Tous riaient à s'en tenir les côtes.

— Gonzague, de là où il est, doit être bougrement fier, ajouta le boucher. Il savait rire, Gonzague; un vrai bon gars, de bonne humeur, jamais renfrogné…

Ce qui fit sourire Marie-Anne. Marie-Reine trouvait que c'était irrévérencieux, cette bonne humeur autour d'un cercueil. Ce n'était pas son rôle de ramener l'ordre, Marie-Anne devrait s'en charger… Pourtant celle-ci paraissait trouver que c'était correct: en somme, on parlait du mort, de ses farces, après tout, c'était sa veillée à lui. C'était à lui qu'on rendait hommage! Il n'y avait rien de mal à dire publiquement que Gonzague était un franc-tireur.

Marie-Anne regrettait de l'avoir tant fait étriver, mais quand elle le taquinait, ce n'était pas par méchanceté. Il devait maintenant le savoir. Quand on est près de Dieu, il n'y a plus de secret… Savait-il, en cet instant, qu'elle avait été bien gros tentée de le laisser crever au fond du puits, le jour où il avait sacré pour la première et la dernière fois en sa présence? Elle le regarda, un peu gênée… Il ne broncha pas. Elle pensa à l'oiseau qu'il avait taillé dans le bois, ce dernier soir… Il était si content qu'on se soit souvenu de son anniversaire. Il voulait peut-être savourer sa joie, c'était sans doute pour ça qu'il ne s'était pas couché. C'était mieux ainsi, elle n'aurait pas voulu qu'il meure couché près d'elle. Elle frissonna…

— Va dormir quelques heures, ma fille. Toi aussi, Jean-Baptiste. Nous allons finir la nuit.

— Disons un autre chapelet, après j'irai dormir. On dit que les peines du purgatoire sont affligeantes. Heureusement que Gonzague faisait partie de l'archiconfrérie de la garde d'honneur du Sacré-Cœur; il faisait toujours son premier vendredi du mois. Il a sûrement mérité des indulgences plénières applicables au moment de la mort.

Marie-Reine prit peur, sa fille parlait trop! Elle sortit son chapelet.

— Je crois en Dieu, le Père Tout-Puissant…

On récitait la prière ; deux messieurs endimanchés entrèrent, se frayèrent un chemin jusqu'aux prie-Dieu où ils s'agenouillèrent.

— C'est bien lui, Joseph. Je le reconnais.

— Un pareil gaillard partir aussi jeune !

— Ouais ! Dommage, c'est une perte. Y'en avait pas deux comme lui ; quand il se tenait debout sur le bôme, avec la perche à crampon en main, la pitoune savait quel bord prendre !

— C'est sur le bôme qu'il faisait ses prières au Bon Dieu !

Les petits vieux ignoraient qu'on les entendait discourir ; étant durs d'oreilles, ils parlaient tout haut. Tout le monde riait.

Marie-Anne se leva, elle alla se placer au pied du cercueil, s'éclaircit la voix et récita le *De Profundis*, en latin s'il vous plaît :

« *Quia apud Dominum misericordia…* »

Marie-Anne eut un trou de mémoire, tous levèrent les yeux. Elle plaça son mouchoir devant sa bouche. On crut que c'était l'émotion qui l'étreignait. Cependant, pendant qu'elle récitait la prière, elle jetait des coups d'œil furtifs autour d'elle. Le latin a toujours eu beaucoup d'effet sur les âmes… Tous avaient les yeux fixés sur Gonzague qui avait sûrement marié une fille bien instruite…

Yvonne attendit un instant et enchaîna :

— « *Quia apud Dominum misericordia* » et d'un trait, sans hésiter, compléta l'oraison jusqu'au mot final : amen.

— Amen, répondit-on en chœur.

— Crégué ! dit un des deux visiteurs, il en faut de la mémoire pour tout enregistrer ça.

— Tu parles ! En latin, je pensais que c'était réservé au Bon Dieu et aux curés.

— Tu crois que le Bon Dieu parle latin, toi ? Je vais avoir l'air bête devant son trône. Je sais seulement « Amen ».

— Tu sais bien que le Bon Dieu parle français.

— Tu penses ?

— Peut-être bien l'anglais aussi.

— Ben voyons ! C'est pas nécessaire, les Anglais sont protestants, c'est pas eux autres qui vont peupler le ciel.

Colombe jeta un coup d'œil à Frank. Celui-ci fronça les sourcils.

— Moins fort, tout le monde vous entend !

— Pardon, belle dame ?

Marie-Reine leva le ton et répéta, cette fois avec une voix de commandement.

Les deux énergumènes firent le signe de croix. L'un d'eux s'approcha du cercueil :

— Salut ! vieux, à la revoyure.

Marie-Reine était malheureuse. Tout ce cérémonial était dépassé. L'église se modernisait. Le latin était en passe de devenir une vieillerie.

Marie-Anne, fière d'elle et de l'effet produit, pinça le bec et alla dormir. Elle dormit douze heures... Il fallut la secouer pour la réveiller.

Il ne restait, au salon, que les membres de la famille.

— Crois-tu, Jean-Baptiste, que Gonzague est sorti du purgatoire ?

— Voyons ! Ce sont des sornettes tout ça.

— En tout cas, moi, j'y crois, dit Imelda. Si l'après-mort n'existe pas, je n'aurai rien perdu à vivre honnêtement. Par contre, si elle est vraie cette histoire d'éternité bienheureuse, j'aurai tout gagné !

— Voilà qui est bien dit, maman, dit Marie-Reine. De toute façon, de tout temps, l'homme a besoin de croire en un dieu : le veau d'or, le soleil, la lune, on vénère depuis les temps anciens. Pourquoi ne pas aimer le nôtre, notre Bon Dieu ?

— Doux Jésus qu'il fait chaud !

— C'est la fatigue. Allez dormir, dit Colombe. Je veillerai avec Frank.

— Pour Gonzague, oui, uniquement pour Gonzague ! dit Frank, encore furieux d'avoir été condamné à l'enfer...

Marie-Reine, étendue sur le dos, revoyait en pensée Marie-Anne qui récitait une prière mémorisée à laquelle elle ne comprenait sûrement rien. Pourquoi avait-elle fait ça ? Pourquoi agissait-elle ainsi ? Elle se donnait en spectacle, se rendait ridicule. C'était un manque total de retenue. Essayait-elle de se mettre en évidence, de se pavaner devant le monde ? Sa fille était maintenant une veuve, avec charge d'enfants, six ! Ce n'était plus le temps de l'éduquer ni de lui faire des remontrances. Il était trop tard pour ça.

Que de lacunes se glissaient dans la conduite de ses filles! Elle avait pourtant le sentiment de les avoir bien élevées.

Marie-Reine souffrait. Elle essayait de s'endormir, mais n'y parvenait pas. Elle n'osait pas ennuyer Jean-Baptiste avec ces histoires de femme, de mère déçue. Il n'y avait qu'une solution, celle de se taire et d'endurer… Son autorité s'effritait, elle comprenait soudain le geste qu'avait posé sa mère le lendemain des funérailles de son mari… Les parents perdaient tout à coup, comme ça, voix au chapitre. Ils devaient un jour se résigner, déposer les armes, se taire, se contenter de hocher la tête, de hausser les épaules et de désapprouver en silence! Elle en était là, elle, Marie-Reine. C'était difficile, très difficile à avaler! Elle avait fait son possible, tant pis si le résultat n'était pas celui espéré!

Le lendemain, Marie-Anne prit ses six enfants auprès d'elle. Elle demanda aux gens présents de sortir, elle voulait que la famille soit réunie autour du père, une dernière fois. Elle ferma la porte et parla aux petits, d'une voix douce:

— Tout le monde a aimé votre papa. Le Bon Dieu l'a rappelé auprès de Lui…

Elle leur expliqua le mystère de la mort. Leur parla du ciel, leur conseilla de s'adresser à leur père comme à un saint, qui, du haut du ciel, pouvait intercéder en leur faveur.

— J'aurai mon tricycle, dit Joachim.

Marie-Anne pressa le petit sur son cœur. L'odeur du café lui parvenait, elle ouvrit la porte et tapa dans les mains.

— À table, les bedaines.

C'était ainsi que Gonzague s'était toujours adressé à ses enfants quand il était de belle humeur, au grand désespoir de sa femme qui détestait l'expression. Aujourd'hui, elle le faisait par tendresse, en mémoire de lui.

Elle se prosterna un instant et sortit.

Yvonne surprit sa sœur qui s'empiffrait.

— Qu'est-ce que tu essaies de faire, Colombe? Tu veux venir à bout de toute la bouffe à toi toute seule? Il va encore défiler des gens devant le cercueil, tu sais…

Colombe, en furie, répondit du tac au tac:

— C'est pour nous remercier d'avoir passé la nuit debout?

— Yvonne, franchement! gémit Marie-Reine. Boucle-la!

Frank était furieux. On le traitait de protestant parce qu'il était Anglais. O.K. Mais qu'on ne reproche pas à sa femme de manger! Elle avait bon appétit, et alors?

— Tant que tu rempliras le frigidaire, toi, Frank Mattews, elle te pardonnera n'importe quoi!

— Yvonne!

— Ben! Papa!

— Attends un autre jour pour laver ton linge sale. Un peu de respect, je t'en prie.

Marie-Anne s'était coiffée. Elle donnait un coup de fer à repasser à sa robe. Sa mère l'observait. Marie-Anne se contenta d'une brioche et d'un café.

— Mange un fruit, ma fille.

— Merci, maman. Je suis si grasse!

C'était le comble! Voilà qu'elle se souciait de sa taille. Elle qui n'avait jamais eu pour deux cents de vanité. Le veuvage lui montait sûrement à la tête. Elle refusait le deuil: «Le seul crêpe noir qui se portera ici est présentement accroché au cadrage de la porte d'en avant», avait-elle dit, sur un ton sans réplique. Ça chicotait Marie-Reine; elle était agacée, tracassée par ses manières...

* * *

— Je n'irai pas à l'église, ni au cimetière.

— Tu... quoi?

— Je ne vais pas à l'église, ni au cimetière!

— Tu n'es pas sérieuse? Comment pouvoir expliquer ça au monde après? Tu veux nous rendre la risée du public?

— Je me fous de l'opinion des autres.

— Je n'ai encore jamais vu ça, une mère qui ne se trouve pas aux côtés de ses enfants, dans l'église, le jour du service de leur père.

— Il y a toujours une première fois, maman.

— Le ridicule a ses limites!

Jean-Baptiste posa sa main sur le bras de sa femme. Il voulait la calmer. Il sentait qu'elle était au bord de la colère.

L'heure du départ définitif de Gonzague approchait. La maison était pleine de monde. Dehors, soufflait un vent du nord-est. Tous parlaient à voix basse, ce qui produisait un bourdonnement. L'entrepreneur des pompes funèbres avait endossé son habit à queue. La Cadillac noire reluisait dans l'allée étroite qui montait vers la maison décrépite. Les fleurs répandaient dans l'air une odeur terrible, car elles mouraient, elles aussi. Elles furent les premières à sortir ; le ton des voix baissait, le silence se faisait peu à peu. Tous prenaient un air de circonstance, recueilli, triste.

Ainsi dégarni, Gonzague paraissait encore plus gris à la lueur des lampions dont la flamme dansait à cause du mouvement fait tout autour. L'un d'eux s'éteignit, une longue fumée noire s'étira, se perdit vers le plafond. La senteur de la cire empestait l'air. Ce fut une dernière prière, un dernier regard vers le mort impassible.

Le croque-mort prit son air solennel ; d'un ton pieux, il pria les parents et amis de sortir. Marie-Anne resta là.

— Je veux son jonc.

— Ses doigts sont bien bouffis, madame.

— Je veux son jonc de mariage.

Elle tourna le dos à Gonzague après lui avoir posé un baiser sur le front.

Gonzague fut descendu de son coussin ; le satin blanc couvrit son visage. On ferma la bière ; le couvercle fit clic !

Dehors, le cortège s'était formé. La porte de la maison s'ouvrit. Le draveur quitterait le rang en limousine… On se rendit à l'église. Les glas retentirent. Le prêtre parla bien : Gonzague avait donné à l'humanité six beaux enfants forts et sains… Gonzague était mort en sculptant un oiseau, c'était symbolique… Gonzague était maintenant assis à la droite de Dieu, le Père, qui l'avait ramené à Lui.

Les enfants étaient au premier banc de la nef, assis entre leur grand-père et leur grand-mère. Le plus jeune se promenait, observait tout. Il ne comprenait pas le sérieux de la situation. On ne tenta pas de le retenir.

Tous versèrent une larme pour le bon gars.

Le cortège se forma de nouveau. On se dirigea vers le cimetière du village. Jean-Baptiste retint les plus jeunes des enfants, il ne voulait pas qu'ils voient le sort réservé à ce qui restait de leur père. Lui-même détestait la mort, il n'avait jamais pu s'y faire depuis la guerre.

Marie-Anne, restée seule à la maison, ouvrit toutes grandes portes et fenêtres. Elle replaça les meubles du salon, lava la vaisselle et remit dans des caisses ce qui ne lui appartenait pas ; tous ces plateaux et casseroles qu'on avait apportés, on avait été généreux ! Elle mijotait des choses, beaucoup de choses. Il n'était pas question pour elle de brailler éternellement. Elle avait rongé son frein assez longtemps. Elle prendrait ses ébats. Mais elle ne savait pas par où commencer. Il y avait belle lurette qu'elle n'avait pas pris de décision toute seule, Gonzague la brimait tant ! Elle se planta debout, au centre de la cuisine et regarda autour d'elle : la misère.

Sa mère aurait dû les aider davantage. Même si Gonzague ne l'avait pas toléré. Elle avait de l'argent, elle aurait pu faire en sorte qu'ils soient logés décemment... Elle se contentait de lui glisser quelques centaines de dollars à la fête de Noël. Marie-Anne en profitait pour acheter des souliers et des vêtements aux enfants.

Elle se lava les mains, coiffa ses cheveux. Elle se rendit dans sa chambre, grimpa sur une chaise. Dans le fin fond de la garde-robe se trouvait une boîte de métal, noire avec une poignée. Elle la tira vers elle, l'épousseta et alla s'asseoir sur le bord de son lit. Elle ouvrit le coffret. Enfin elle saurait ! Depuis des années et des années qu'ils économisaient pour « payer les polices d'assurances ». Gonzague considérait qu'il faisait un travail dangereux, que le seul moyen qu'il avait de protéger sa famille était de payer de grosses primes qui, en cas de décès, assureraient l'avenir des enfants.

Elle fut un instant impressionnée par les deux enveloppes jaunies par le temps, le papier était séché, cassant. Elle en tira le contenu et lut : *Prudential Insurance Company*. Sur l'autre : *Sun Life*. Elle se dirigea vers le téléphone suspendu au mur, dans la cuisine. Elle prit le gros volume et, nerveuse, chercha les numéros.

Elle espérait avoir le temps de faire ses appels avant le retour de la famille.

Elle se prit un air triste, comme si la réceptionniste pouvait voir son angoisse de là où elle était. Elle rapporta le décès. On lui demanda le numéro qui figurait sur les documents. Elle raccrocha. On lui avait dit dix jours… Ça lui donnerait le temps de réfléchir. Elle étudierait tous ces papiers plus tard. Elle remit le tout dans le coffre et le replaça sur la tablette.

Elle se sentait maintenant rassurée. Voilà certains sacrifices qui porteraient fruit! Elle se sentait puissante… Elle prit une chaîne, y passa le jonc de Gonzague et suspendit le tout à son cou. Ainsi, on saurait qu'elle était veuve… Elle affichait un air satisfait.

Marie-Reine et Jean-Baptiste arrivèrent les premiers avec les jeunes enfants.

— Enlevez vos souliers neufs et vos vêtements du dimanche les enfants.

— Il y a de la visite, dit le jeune Joachim.

— Et alors? J'ai dit!

Les enfants s'éloignèrent en bougonnant.

— Cessez de marmotter!

— Ne sois pas si sévère, Marie-Anne… Dis donc, toi, comment se fait-il que tu portes un bijou au cou, le jour même de l'enterrement de ton mari, tu es devenue folle? Tu es en plein deuil!

Marie-Anne affichait un air triste. Elle tira la chaîne et montra à sa mère le jonc qui y était fixé, mais qu'elle avait dissimulé sous sa robe.

Marie-Reine en eut le souffle coupé. Que pouvait-elle maintenant dire? Le jonc de Gonzague! Déconcertée, elle haussa les épaules.

Jean-Baptiste prit une chaise et s'installa près de la table. Il semblait mal à l'aise.

— Ça ne va pas, papa?

— Oui, ça va, ma fille. C'est que, il y a des choses à discuter.

— Quoi, par exemple?

— Sais-tu que ton mari avait de grosses assurances-vie?

— Oui, nous nous sommes serrés la ceinture Pendant des années pour payer les primes; c'est certain que je le sais.

– Il faut prévenir les compagnies d'assurances de son décès.

– C'est fait.

– Ah! oui?

Marie-Reine faillit échapper la théière. Ça alors!

– Je ne suis pas aussi idiote que cette femme qui versa les primes pendant dix ans, après la mort de son mari, croyant que payer les assurances était une dette d'honneur. Un jour, ne pouvant pas réunir le montant, elle écrivit à la compagnie pour s'excuser. Depuis que son mari était décédé, leur disait-elle, c'était la première fois qu'elle manquait à ce devoir.

– C'est vrai, cette histoire-là?

– Paraît-il.

Jean-Baptiste riait, Marie-Reine aussi. Les autres membres de la famille arrivaient; on se regardait, surpris de voir rire les parents.

Marie-Reine raconta. Jean-Baptiste en profita pour demander à sa fille, à voix basse:

– Es-tu la bénéficiaire?

– Je ne sais pas...

– Quels sont les montants à recevoir? Ton mari m'a dit qu'il était bien assuré.

– Je n'ai pas eu le temps de tout étudier ça... encore.

Bénéficiaire et montant. Les deux mots ronronnaient dans sa tête; elle avait une hâte fébrile de se trouver seule et de consulter ses papiers.

Henriette offrit de garder les plus jeunes chez elle encore quelques jours. Luc pleura, il voulait rester avec sa maman.

– Sois gentil, va chez tante Henriette. Je vais te prêter le bel oiseau que papa a fait.

L'enfant prit l'oiseau, le serra sur son cœur; il alla s'asseoir dans l'escalier et s'endormit. Lucien le transporta dans ses bras jusque dans l'automobile et ils quittèrent Bois-des-Filion.

– Moi, je ne me séparerais pas de mes enfants dans des circonstances tristes comme ça, susurra Yvonne, assez fort pour être entendue.

— Vas-y, Yvonne chérie, analyse les sentiments et la peine des mères ; c'est facile, quand on est une vieille fille enragée, une pie-grièche inutile, qui ne sait que faire la morale sans la pratiquer…

Marie-Anne parlait doucement, affichant un air de martyre. Elle faisait pitié.

Marie-Reine indiqua la porte à Yvonne.

— Prends les caisses, place-les dans l'auto de ton père, nous partons.

Et se tournant vers Marie-Anne :

— À moins que tu ne préfères que je reste auprès de toi, ma fille ?

— Non maman. J'aime mieux être seule…

— C'est ton droit le plus strict. Si tu as besoin de quoi que ce soit, n'hésite pas, nous sommes là.

Marie-Anne s'élança vivement vers sa mère qu'elle embrassa à plusieurs reprises. « Décidément ! Il y a anguille sous roche », pensa Marie-Reine. Que pouvait-elle donc mijoter ? Le décès du mari semblait avoir ressuscité la jeunesse de Marie-Anne. La vie de mariage l'aurait-elle tant brimée ? Elle en parlerait avec sa mère Imelda, car, pour elle, tout ça était mystérieux.

Sur le chemin du retour, Marie-Reine réfléchissait.

— Tu ne dis rien, ma reine ?

— Quand a-t-elle bien pu prévenir la compagnie d'assurances du décès de son mari ?

— Je me suis posé la même question. Du vivant de Gonzague, elle semblait passive, la voilà pleine de maîtrise d'elle-même. Ça me dépasse.

— Toi aussi ! Je suis bien contente de savoir que je ne suis pas la seule à penser ainsi.

Jean-Baptiste arrêta la voiture, un camion venait sur le pont Bailey. Il attendit qu'il passe, puis, s'y aventura à son tour.

— Que dirais-tu si on les invitait tous à nous seconder pour faire la fermeture du chalet avant que ce soit trop froid ?

— En pleine période de deuil !

— Ça se passera en famille, il n'y a pas là matière à scandale.

— Tu as peut-être raison. Il faut placer les carreaux aux fenêtres, je n'aime pas beaucoup ça te voir grimper à l'échelle. Un accident est si vite arrivé.

— On fera ça dimanche prochain. Préviens-les tous.

— Je vais préparer un gros bouilli dans ma grande marmite. Les légumes sont bons de ce temps-ci.

— Ça leur ferait peut-être plaisir que tu y mettes de la viande d'orignal.

— Tu n'es pas sérieux, l'orignal ne doit jamais être bouilli ! Il faut le rôtir avec des grillades de lard salé. À moins que je prépare un cuissot d'orignal et un cuisseau de veau. Je vais leur servir un de ces poudings au chômeur qu'ils n'oublieront pas de sitôt. As-tu l'intention de refaire la peinture des galeries ?

— Non. Ça peut attendre le printemps prochain.

— Henriette a été bien gentille d'amener les enfants avec elle, ça va permettre à la maman de se reposer.

— Les deux dernières sont plus douces que les autres.

— Tu aurais dû voir l'œil d'Alice quand tu t'es adressé à Monique en la nommant « mon pinson » !

— Elle a toujours été jalouse celle-là !

— Jalouse ?

— Ou envieuse, appelle ça comme tu voudras.

— Tu crois ?

— Sais-tu ce que Marie-Anne m'a dit hier ? Imagine-toi qu'elle souhaite de tout cœur que son aîné devienne prêtre. Écoute bien ça : elle aimerait finir ses jours dans un presbytère, parce que c'est propre, que ça sent bon, qu'elle aurait ainsi un pied dans l'église, pourrait faire ses prières à son goût. Se dévouer au clergé l'empêcherait de faire un gaspil de ses derniers jours.

— Un gaspil ?

— C'est un de nos canadianismes ; gaspillage est le mot consacré, mais avoue que c'est moins joli… Elle aura du temps pour y penser, ou pour changer d'idée… Les enfants sont jeunes.

— Chose certaine, les presbytères sont propres, ça, c'est vrai !

— Qu'en sais-tu ?

Jean-Baptiste eut un petit sourire en coin, il pensa à ses pieds gênés de toucher le sol, autrefois…

— Ralentis…

— Qu'y a-t-il?

— Regarde comme elle est imposante, notre maison.

— Et ce vieux chêne, il va falloir couper le vieux chêne, il n'est plus sain. Il meurt lentement mais sûrement.

— Quel dommage. Je l'ai si souvent massacré dans ma jeunesse. J'aimais m'y jucher. J'aime sa force, la tache d'ombre qu'il crée. Je lui confiais mes peines…

Ils s'attardèrent à examiner l'arbre sous tous ses angles. Marie-Reine souffrait, tout semblait se dérober sous ses pieds, la vie devenait de plus en plus amère. Était-ce parce qu'elle avait plus de liberté pour s'arrêter à analyser les faits? Quand on lui parlait de son temps, ça la choquait; peut-être que c'était ça, le problème: elle était d'une autre génération, déjà. Voilà qui était difficile à avaler. Tout avait commencé le jour où Yvonne avait quitté la vie religieuse. De son temps à elle, ç'eût été un scandale. Maintenant, les couvents étaient désertés, tous les jours. Quelque chose s'était brisé dans les cœurs. La maudite télévision! Elle chambardait tout. Finis les jeux de société, les réunions de famille, les visites surprises en début de soirée. Tout ce qui autrefois unissait les familles et les amis était sacrifié à la boîte d'images. On a vu les antennes pousser sur les toitures comme des champignons. Certaines familles achetèrent même l'antenne avant le poste pour dissimuler aux voisins qu'ils n'avaient pas encore la télé… Le snobisme du siècle!

Marie-Reine piqua une colère, un jour où elle s'était rendue en trombe chez Colombe. Celle-ci était sur le point d'accoucher. Elle n'avait pas répondu au téléphone de toute la journée. Sa mère, craignant qu'elle ne soit en difficulté, accourut chez elle, sonna à la porte. Sa fille vint ouvrir; elle tenait à la main un bol de maïs soufflé, l'œil toujours fixé sur l'image de la télé.

— Attends un instant, maman, je serai à toi; je veux savoir s'il va mourir…

Marie-Reine n'avait pas attendu l'instant demandé, elle était sortie et était retournée chez elle. Elle était en furie!

— Le petit écran sape l'autorité et le respect!

— Que dis-tu, Marie-Reine?

— Je pensais tout haut.

— Je peux savoir?

Marie-Reine et Imelda étaient assises, côte à côte; elles préparaient les légumes.

— Je pensais aux jeunes d'aujourd'hui. C'est terrible. Dans mon temps…

— Ah! tu sais, ton temps…

— Dans mon temps, il y avait une autorité. Dans tous les domaines. Le roi, l'Église, le gouvernement, le député, le père et la mère. On savait où on s'en allait. Aujourd'hui, on envoie balancer tout ça. Le sexe n'est plus un sujet tabou, des idées toutes faites rentrent dans les salons et s'infiltrent dans la tête des jeunes. Conséquence? Tous sont égaux! Les patrons sont critiqués, les psychiatres sont à la mode: le canapé remplace le confessionnal! Nos parents se détruisaient pour nous faire instruire, afin qu'on n'ait pas à porter les bleus des gagne-petit, l'*overall*; Les salopettes étaient un déshonneur. Aujourd'hui, tous portent les jeans! Les religieuses quittent la robe, les infirmières portent le pantalon. On fuit l'uniforme traditionnel pour s'en imposer un commun à tous: la paire de jeans! Nous ne sommes plus séparés au mérite mais à l'âge. À quarante ans, on est catalogué vieux, à cinquante ans croulant, à soixante ans…

— Tais-toi, j'ai peur de ce que tu vas dire! Arrête de te faire du mauvais sang! C'est l'histoire qui se répète, c'est la loi de la nature, la seule à laquelle on ne peut échapper. Les jeunes y passeront aussi. C'est le prix qu'il faut payer si on vit vieux… Mais, comme tu le dis si bien, ça fait très mal. C'est pénible de se voir vieillir, de sentir ses forces s'amenuiser. On ressent d'abord un sentiment d'impuissance, suivi de celui encore plus cuisant de devenir inutile.

— Ah, maman!

Marie-Reine posa son couteau sur la table et fit une caresse à sa vieille mère.

— Si tu savais comme j'ai été heureuse, le jour où tu m'as confié le soin des livres, avant la naissance d'Yvonne. Tu te souviens? Tu ouvrais la radio à l'heure des programmes *Les Joyeux Troubadours* et *Nazaire et Barnabé*, parce que tu savais que j'aimais les écouter.

— Et si je ne l'avais pas fait, l'aurais-tu fait?

— Je ne crois pas.

— Pourquoi?

— La peur de déplaire, de m'imposer!

— Maman! Tu étais chez toi!

— Tu comprendras, un jour, tu comprendras…

— Ah! Ma chère maman! Tu étais si jeune quand papa est décédé.

— Et j'avais si peur!

— Peur?

— Peur de finir dans un hospice!

— Et tu n'as rien dit! Ah! Maman. Tu sais bien que jamais je n'aurais permis ça.

— Ça ne t'est jamais passé par la tête?

— Non! Au contraire, j'étais rassurée de t'avoir là, de pouvoir compter sur ta présence en tout temps. Je me suis souvent reproché de te consacrer trop peu de temps, j'étais toujours si occupée!

— Si toutes les filles étaient comme toi! Tu n'as jamais vécu pour toi-même, tu vivais pour les autres. C'est de là que découle ton problème, aujourd'hui. Les gens vivent maintenant isolés, ça les rend égoïstes, ils sont centrés sur eux-mêmes, la mode est au « je ».

— Les enfants n'ont plus aucun sens de ce qu'est la piété filiale.

— N'amplifie pas les choses, vis les événements un à la fois; on ne peut arrêter l'évolution. Le secret est d'accepter, de rester digne, de ne pas se laisser aigrir par les coups d'épingle.

— C'est ça, maman, la sagesse: se taire?

— Se taire ne signifie pas accepter. Mais c'est souvent la meilleure recette pour avoir un semblant de paix avec soi-même et les autres.

— En attendant, les légumes doivent être cuits, l'heure du repas s'en vient vite.

— Jean-Baptiste est encore à la serre avec Yvonne?

— Oui, et c'est bien. Ta fille a besoin d'amour. Elle n'est pas capable de communiquer, c'est la raison de son irritabilité. Ça explique sa façon brutale de condamner les autres, chaque fois qu'elle en a l'occasion. Elle s'en prend surtout à ceux qu'elle aime… C'est un moyen de se défendre et de se défouler. C'est une faiblesse. Elle n'oserait pas s'attaquer à des inconnus, elle aurait peur des conséquences, alors elle s'attaque à ceux qu'elle aime, car elle sait qu'on lui pardonnera.

— Vous méditez beaucoup, maman!

— Ça meuble la solitude. J'ai la chance inouïe d'avoir tout ce beau monde autour de moi comme sujet d'étude.

Le père et la fille entrèrent.

— Nous avons faim! Ouf! que j'ai faim!

La phrase «elle a besoin d'amour» restait accrochée dans l'esprit de Marie-Reine.

— Je m'excuse, Yvonne, nous avons jasé et le repas n'est pas prêt. Excuse-moi.

— Marie-Reine!

Étonnée du ton employé, Marie-Reine sursauta, se retourna et regarda son mari.

— Ne t'excuse pas. Tu n'as pas à t'excuser ni à t'expliquer. Ton rôle n'est pas de nous servir!

Imelda était ravie. Yvonne, étonnée, ne savait pas si elle devait aller à sa chambre ou dresser le couvert.

Marie-Reine sentait ses jambes fléchir. En un éclair, elle sentit dans tout son être une grande peur de ce que serait sa vie à elle, lorsqu'elle serait seule, sans un soutien moral. Tout ce que lui avait dit sa mère trottait dans sa tête, elle était effrayée.

Chapitre 17

Tous, sauf Marie-Anne, acceptèrent de se rendre au chalet le dimanche suivant.

Le temps était superbe. Les enfants jouaient au fer-à-cheval, les hommes tondaient la pelouse, ramassaient les feuilles tombées des arbres, on consolidait les bardeaux de la couverture. Les épouses partirent avec les enfants faire une longue promenade ; il s'agissait de suivre la route qui contournait le lac. Imelda en profita pour faire un somme.

Marie-Reine se berçait sous la véranda. Une jeune femme se baignait avec ses deux enfants. L'un d'eux se cacha sous la chaloupe renversée.

— Ne fais pas ça, François.

— Pourquoi?

— C'est dangereux, on ne te voit pas. Si quelque chose t'arrivait, on ne pourrait t'aider, car on ne saurait pas où tu es, même si tu appelais à l'aide. Pense aussi aux autres. Tu vois la vieille dame qui est là, seule, sous la véranda. Si elle ne sait pas que tu as volontairement viré la chaloupe, elle peut croire que tu es en danger et avoir très peur.

Marie-Reine comprit que la vieille dame de la véranda, c'était elle. Voilà! Pan! Comme ça, d'un coup sec! Cataloguée : la vieille dame. Son sang ne fit qu'un tour, elle ragea. Puis les mots qui l'avaient si durement atteinte la firent frissonner. Grand-mère, assise sur une berçante pendant que les jeunes sont à l'action… Oui, elle était vieille. Elle pensait au menu du repas du soir… Ses jambes la faisaient souffrir. Elle avait toujours refusé de penser à tout ça. Dans l'air frais de septembre, on lui avait lancé le message. Elle en était à l'automne de sa vie. Imelda et Jean-Baptiste vivaient l'hiver. Les autres, l'été, les enfants, le printemps. Cette nouvelle classe sociale… celle de l'âge. Parfois, elle avait pensé à sa mère et à Jean-Baptiste en des termes durs qu'elle ne se pardonnait pas :

s'il fallait que je perde mes vieux… Voilà, elle avait rejoint leur clan. Heureusement que les hommes entrèrent pour se reposer, ils la sortirent de ses sombres et déprimantes pensées.

À la requête de Marie-Reine, on avait construit un nouveau couvercle qui irait remplacer celui qui recouvrait le puisard. Quand vint le moment d'enlever celui qui était en place, Marie-Reine y alla de ses recommandations.

— Prenez garde de ne pas perdre pied. Je ne vous vois pas émerger de ce trou nauséabond.

En réalité, elle badinait. C'était la première fois que Frank assistait à l'opération. Il tourna la tête et regarda dans le trou béant… Ce qu'il vit lui donna la nausée.

— *Gross!* s'exclama-t-il.

— Grosse ou petite, c'est de la merde, la tienne, la mienne, la nôtre. Tous ces bouillons que tu vois sont le résultat de la fermentation d'excréments humains. Comme l'a dit un jour le poète : «C'est là que gisent, en ruine, tous les délices de la cuisine!»

Les beaux-frères, surpris, restaient là, éberlués, muets de surprise. Marie-Reine semblait piquée au vif.

Frank quitta le groupe, revint au chalet. Son verre de bière déposé là l'attendait. Blessé dans son orgueil, il fulminait intérieurement. Il allait prendre une gorgée du blond liquide quand, dans son esprit, se forma un rapprochement entre les bouillons de la fosse… et les bulles dans son verre… La senteur de la bière lui donna la des haut-le-cœur. Il déposa rageusement son verre sur la table et sortit. Il avait besoin d'air frais! Il se promena et remarqua, pour la première fois, que chaque chalet avait son puisard flanqué d'une cheminée d'aération.

— *Gross!* répéta-t-il.

Là-bas, ses trois beaux-frères se tordaient de rire.

— Penses-tu que la belle-mère l'a employé, le terme juste!

Marie-Reine regrettait son emportement. Elle se demandait si elle n'avait pas poussé trop loin son énumération. «Ah! et puis merde, se dit-elle, il est assez grand pour savoir ces choses-là.»

— Penses-tu que les Anglais ont des bécosses eux aussi? demanda Raymond.

— Peut-être pas ; il a la bedaine collé au dos, aussi plate que les fesses ; dans le style planche à repasser !

Jean-Baptiste alla sur la route, dans la direction que Frank avait empruntée. Il s'installa sur une roche, attendit le retour de son gendre.

— Il ne faut pas en vouloir à ma femme, Frank. Elle passe un mauvais quart d'heure.

Ils revinrent vers le chalet, en silence. Yvonne sortit sur le balcon, clochette à la main. Elle la fit sonner.

— Premier appel pour le dîner.

Tous entrèrent, un peu gênés. Heureusement, les épouses n'avaient rien entendu.

— Ta soupe est bonne maman.

— C'est de la soupe de piste, dit Jean-Baptiste.

— De la soupe de pisse ?!

— De piste.

— Oh ! Qu'est-ce que c'est ça ?

— Demande aux hommes.

Et on parla des pistes du sabot de bœuf en riant aux éclats. Seul Raymond avait la mine piteuse, il s'était bien fait avoir par Gonzague, ce jour-là, à la chasse.

— J'ai une surprise, dit Damien. Il se leva et revint avec des photos qu'il avait prises avec un appareil miniature, lors de la grande aventure. On les fit circuler, de mains en mains.

Sur l'une d'elles figurait Gonzague, en bobettes, un rouleau de papier hygiénique à la main. La photo était éloquente, on devinait vers où il se dirigeait.

La tête de l'orignal sur la voiture les impressionna. Damien se vit, costumé en cuisinier improvisé.

— Pourquoi ne pas nous avoir montré ces photos plus tôt ?

— Euh ! Je les ai reçues le jour du décès de Gonzague.

Il y eut un long silence, chacun revivait une émotion, un souvenir.

« Cette fois encore, pensa Jean-Baptiste, la chasse aura ramené la paix, l'harmonie dans la famille. »

Jean-Baptiste, sa femme et sa belle-mère furent les derniers à quitter les lieux. Yvonne avait prié Lucien de la ramener, car elle avait une sortie à faire.

Le jour baissait à l'ouest, la paix presque palpable qui envahit la campagne en cette heure paisible entre toutes s'étirait, envoûtant ceux qui savaient la saisir.

Un oiseau d'une grande beauté vint se poser sur une branche qui frôlait le balcon. Jean-Baptiste le désigna de l'index.

— La dévotion de notre voisin Potel envers les oiseaux attire ici des spécimens rares.

— En voilà un qui a laissé tomber le groupe migrateur ; il est mieux de prendre vite la direction du sud s'il veut vivre, il n'est pas d'espèce à hiverner dans nos parages, dit Jean-Baptiste.

— Les hivers sont longs, gémit Imelda.

— Heureusement que nos maisons sont confortables, j'ai connu le froid dans toute sa cuisante cruauté ; l'hiver où je suis arrivé au Canada, on devait chauffer la chaudière à blanc le soir. L'air devenait irrespirable, puis au matin, il faisait si froid dans la cabane qu'il fallait casser la glace dans le seau pour avoir de l'eau pour se laver !

La grande misère des années trente !

Marie-Reine écoutait. Sa mère et son mari échangeaient des souvenirs d'antan. Ces êtres aimés, que pouvait-elle faire pour les retenir longtemps, longtemps ? Son cœur se serrait. Ce dernier deuil en appellerait d'autres...

* * *

De plus en plus, Yvonne s'absentait de la maison. Imelda était à même de vérifier ses allées et venues. Sa chambre faisait le coin de la maison, elle l'entendait arriver. Une nuit, ne trouvant pas le sommeil, elle s'était assise devant sa fenêtre et avait vu arriver une énorme automobile noire de laquelle Yvonne était descendue. Mais la grand-mère n'avait pas jugé bon d'en parler.

L'histoire avait débuté par une annonce parue dans un journal, à laquelle Yvonne avait répondu : «Trouvez la paix, le bonheur, l'amour, la foi. » Tant de promesses avait aiguisé sa curiosité. Elle avait envoyé deux dollars et attendu la réponse. Celle-ci l'invitait à une réunion qui se tenait deux fois la semaine, au centre-ville.

Craintive au premier rendez-vous, elle devint ensuite une fidèle adepte des lieux. Yvonne avait trouvé là l'amour, dès le premier jour. Il lui avait souri, il lui avait plu. Il était poli, sérieux, un beau garçon, gauche, timide peut-être.

Jusqu'à cent personnes se trouvaient réunies là, certains jours ; à tour de rôle, elles prenaient la parole et racontaient leur vie, leurs souffrances, leur angoisse. Ça s'appelait des relations humaines ; le but visé était de surmonter les problèmes personnels enfouis loin dans les replis de l'âme. En s'épanchant, on se libérait.

Deux chefs d'équipe menaient à bien le déroulement des séances. L'autre, le troisième, restait dans l'ombre. C'était celui-là qui charmait Yvonne. Elle l'observait. Avant les témoignages, il montait sur la tribune, disait quelques mots, d'une voix enveloppante qui grisait la foule. On l'écoutait religieusement. Il entrecoupait son discours de silences, méditait, reprenait le thème. Il avait voyagé de par le monde, connu des gourous, là-bas, aux Indes. Il avait parcouru le Moyen-Orient, les déserts, fréquenté les sages de la Grèce, dormi au pied des plus hautes montagnes du Tibet. On l'avait initié à la science des pierres. Quelques-unes, très rares, dont l'opale, étaient miraculeuses, surtout quand on avait la foi. Les pierres avaient séjourné dans la terre pendant des millénaires et y avaient tiré leur force de magnétisme. Elles provenaient de filons spécialement choisis, là où l'homme n'avait pas posé les pieds avant que les Élus ne viennent les extraire pour les répartir dans le monde, afin qu'elles apportent lumière, compréhension, paix et amour.

Lui, Élu d'entre les Élus, il avait la bonne fortune d'en posséder et le pouvoir de les distribuer. Lorsqu'on obtenait celle tant recherchée, on faisait une offrande, afin qu'il puisse les remplacer. L'améthyste brute donnait la paix, la topaze du pays des Incas, la santé, l'émeraude broyée de l'Inde garantissait la foi, le rubis du Siam inspirait l'amour, grâce à l'œil-de-tigre pulvérisé, on obtenait la force physique. Il fallait choisir avec soin les vertus qu'on voulait acquérir pour ne pas devenir vaniteux. Car alors, si on faisait des excès, il fallait se procurer du nacre du golfe Persique ou encore des agates qui provenaient des cavernes obscures du Maja au Mexique, afin de retrouver la quiétude de l'âme. Les pierres qualifiées étaient rares, difficiles à obtenir.

Lorsque son discours était terminé, le prêcheur retournait dans l'antichambre et attendait ses disciples. Ceux qui se faufilaient jusqu'à lui pendant les témoignages étaient les plus généreux… Les autres, à la fin de la séance, attendaient en file. Il n'y avait jamais assez de pierres magiques pour satisfaire à la demande. Souventes fois, des illuminés ayant vu leur espoir comblé en témoignaient publiquement, ce qui rendait la tâche plus facile, plus crédible surtout.

Yvonne avait compris que c'était lui, le chef de l'affaire, la bonne tête. Une corbeille était là, sur sa table ; tout au fond gisaient de vieux bijoux, des dons… De plus en plus osée, Yvonne le suivait parfois quand il revenait vers son sanctuaire tapissé de ses photos prises en pays lointains dont la Turquie, Israël, l'Égypte, les Indes, la Thaïlande ; le monde semblait avoir été son domaine. L'effet était certain : la preuve était faite de ses exploits.

Il ne lui avait pourtant que souri. Elle se collait à son ombre. Il la laissait libre d'entrer ou de sortir, ne lui adressait jamais la parole. Le manège avait duré trois mois. La pauvre fille se morfondait.

Puis un jour, il lui offrit de la ramener chez elle. Elle faillit crever de joie. Pourtant, il lui avait à peine parlé, elle était éblouie, ravie ! Son premier rendez-vous ! Il lui demanda son nom.

– Yvonne, répondit-elle simplement.

– Mathias, répondit-il.

Le nom Mathias se grava en elle, à jamais. Alors, elle eut peur : que dirait Mathias s'il apprenait qu'elle avait été religieuse, qu'elle avait fui le couvent ? Elle avait pensé le dire tout haut, publiquement, espérant qu'il le sache. Elle avait recommencé cent fois à écrire l'histoire de sa vie, elle n'y parvenait pas. C'était trop banal. Lui qui avait vu tant de choses, elle craignait qu'il la trouve insignifiante. Pour le moment, elle était entourée de mystère, c'était plus romantique ainsi… Elle se taisait.

Et Gonzague était décédé. Un soir que toute la famille était là-bas, elle s'était esquivée, était venue vers lui, l'avait invité chez elle.

Yvonne, maladroite, ne savait pas quelle attitude prendre. Le silence pesait lourd. Mathias regardait autour de lui, il s'approcha des photos de famille.

— C'est votre mère?

Avant qu'elle n'ait répondu, il recula de deux pas.

— Qui est-ce?

— Mon père.

— Quel est son nom?

— Jean-Baptiste…

Mathias se laissa tomber sur une chaise et répéta en martelant chaque syllabe:

— Jean-Baptiste! C'est votre père?

— Qu'y a-t-il?

Mathias se leva, sortit comme s'il avait vu le diable en personne.

Yvonne se laissa tomber sur la chaise qu'il avait occupée et se mit à pleurer.

Depuis, tous les jours elle retournait là-bas, espérant le revoir, le questionner, comprendre ce qui s'était passé. Mathias et compagnie s'étaient envolés.

Adroitement, elle avait questionné son père, alors qu'elle se trouvait seule avec lui dans la serre. Non, il ne connaissait rien aux pouvoirs des pierres; non, il n'avait jamais connu de Mathias; non, il n'avait jamais trotté sur le globe.

Jean-Baptiste se demandait bien à quoi rimait toutes ces questions. Il remarquait toutefois qu'Yvonne devenait de plus en plus irascible à mesure que les jours passaient. Surtout envers sa mère, Yvonne se montrait souvent méchante. Jean-Baptiste se disait que ça lui passerait; le béguin pour ce Mathias à qui elle avait fait allusion prendrait fin et tout rentrerait dans l'ordre.

Pour tout souvenir, Yvonne possédait une retaille, sans valeur, de fausse améthyste… Souvent elle allait au salon et regardait les photos. Mathias était trop jeune pour avoir connu son père en France; il ne connaissait pas sa mère. Elle regardait alors ses sœurs et se demandait s'il n'avait pas, dans le passé, aimé l'une d'elles,

ce qui l'aurait fait bondir quand il entendit le nom de son père…
Comment savoir? Elle ne pouvait les questionner une à une!

Yvonne surveillait le journal, espérait toujours… Qui sait?
L'annonce paraîtrait peut-être encore.

Chapitre 18

Un des vieux partis politiques agonisait, un nouveau naissait. C'était le sujet de toutes les conversations. On s'interrogeait, on ne savait plus. On écoutait l'autre, on le contredisait… n'était-ce pas le meilleur moyen d'aller au fond des choses ?

Monique avait discuté fort tard avec Damien. Elle voulait entendre d'autres sons de cloche. Elle pensa que le meilleur moyen de l'obtenir serait à l'aide d'une réunion de famille. Elle téléphona donc à sa mère.

— Bonjour, maman.

— Bonjour, ma fille. Ça va bien ?

— Oui, les enfants grandissent trop vite, mais ça va bien. Dis-moi, maman, que dirais-tu si j'organisais une rencontre dans ta cuisine samedi soir ? C'est à cause des élections qui s'en viennent. Il me semble qu'on devrait se réunir et en parler, je suggère ta cuisine parce que l'espace y est moins restreint.

— Mais, ma chère, rien ne me ferait plus plaisir ! Vous aimeriez souper avec nous, par la même occasion ?

— C'est qu'il est impossible de laisser les jeunes à une gardienne à l'heure du repas.

— Alors, nous mangerons plus tard. Disons sept heures trente, tu crois que ça irait ?

C'était parfait, Marie-Reine se réjouissait, ça ferait un plaisir fou à Jean-Baptiste et à sa mère. Elle ouvrit la radio. Tout en nettoyant, elle écoutait les commentaires. Le Parti québécois faisait beaucoup jaser. Elle prépara ses meilleurs plats, au caprice de chacun. La planche à pâtisserie passa la semaine couverte de farine. Elle irait plus loin, elle ferait une cuite de pain qu'elle servirait chaud. Ça, elle le faisait pour Jean-Baptiste. Avec les retailles de tartes, elle tortilla des nombrils de sœurs. Marie-Reine se sentait jeune, ragaillardie, heureuse.

Elle fit briller les vitres, lava les rideaux. La parenté venait! Elle sortit une belle nappe du grand tiroir, la repassa. Elle fit reluire la verrerie et l'argenterie. Imelda souriait devant l'enthousiasme de sa fille.

— Ne te crève pas à la tâche. Tu seras si lasse que tu ne pourras profiter de ta soirée! Tu sais, ma mère avait une tout autre philosophie de la vie, elle nettoyait après le départ des invités.

— Ce n'est pas bête comme idée...

— Ça évite surtout de le faire deux fois! Jean-Baptiste devrait profiter de la présence des jeunes pour installer le tambour.

— Je vais lui en parler. C'est indispensable. Surtout si l'hiver est rigoureux, ça protège du froid. C'est affreux d'ouvrir la porte pour se trouver les deux pieds dans la neige. Alors, avec le tambour, on a au moins un abri sur la tête. Je me suis toujours demandé, maman, pourquoi cette tradition chez nous? C'est tout un aria d'avoir à démonter les panneaux au printemps pour les remonter à l'automne.

— C'est une coutume. Les maisons ne furent pas toujours aussi confortables qu'elles le sont maintenant.

— C'est comme l'arrache-bottes. J'ai supplié Jean-Baptiste de le faire disparaître du portique avant, il n'a jamais voulu.

— C'est un conservateur, ton mari.

— Ah! oui? Alors il ne sera pas populaire samedi soir...

Imelda grimaça; elle saisit le sous-entendu de la phrase. C'était connu de tous, Imelda avait toujours été une bleue fidèle.

— Arrête de faire la drôle...

— Yvonne est-elle dans la serre, maman?

— Je ne sais pas.

On ne parlait plus d'Yvonne depuis quelque temps. Elle était si chipie que ça menaçait toujours de tourner au vinaigre!

— C'est tout un gibier de potence, celle-là.

— Quelle expression! Où en es-tu avec tes termes justes?

— Bouillabaisse! On m'a assez fait étriver avec ça, je ne le dirai plus jamais.

— Étriver?

— Agacer, taquiner. Ah! maman, tu te payes ma tête, toi aussi? Imelda riait sous cape.

— Maintenant qu'un gouvernement menace de tout bouleverser à cause précisément de la langue française, toi, la fille de Théodore, qui as passé la moitié de ta vie à corriger tout le monde, tu vas retourner au langage pop!

— Le langage pop! Maman!

— Je te fais étriver, ma fille. Il faut bien savoir rire de soi-même, c'est un signe certain de maturité.

— Mon doux Seigneur! Mes tartes brûlent!

— Penses-tu que Marie-Anne va nous honorer de sa présence?

— Ça vous paraît drôle, à vous aussi, ces longs silences?

— Elle a sûrement beaucoup à faire. Nous ne perdons rien pour attendre, elle va surgir au moment le plus inattendu, comme un cheveu sur la soupe.

* * *

Le samedi soir vint enfin. Ça brillait partout. On passa à table. Marie-Anne n'était pas là.

— Un bon repas facilite les discours, dit Marie-Reine. Aide-moi à faire le service, Yvonne.

La terrine fut placée en plein centre et les plats de service bien garnis, bien pleins surtout, tout autour. Sur une plus petite table, en retrait, se trouvaient les sucreries et l'imposante cafetière... On veillerait tard, ce soir...

Monique lança le débat: pour ou contre. Papa d'abord. Il sourit à son pinson.

— Grand-mère, dit-il.

— Je réserve mes idées pour le dessert. Allez-y, mon gendre.

— Vous connaissez tous l'histoire de la Révolution française, reprit Jean-Baptiste.

— Mais, papa, objecta Yvonne.

— Yvonne! Laisse parler ton père.

— Vous connaissez tous l'histoire de la Révolution française. On la fit parce que le peuple avait faim. Mais, au nom de la liberté, c'était plus romantique. On tua roi et reine, puis, dans les églises, on s'attaqua aux statues des saints qui portaient une couronne, car on croyait qu'ils représentaient des têtes royales.

— Mais, papa…

— Yvonne!

Marie-Reine allait riposter. Jean-Baptiste posa sa main sur la sienne et lui fit signe de ne rien dire. Il poursuivit.

— Ne t'en fais pas, Yvonne, j'achève mon discours. J'ai voulu illustrer le danger d'un peuple qui se soulève. Il doit connaître ses raisons, ses objectifs, ses ennemis véritables. Il faut éviter de pécher par excès. Voilà. Que voulais-tu dire Yvonne?

— Tu es Français, papa. Si nous parlions du Québec?

Frank blêmit. Il ferma les poings. Il avait eu tort de se laisser convaincre de venir ici, ce soir! Son tour viendrait… lui, l'Anglais!

Lucien réagit vertement.

— Saint Croche! Ton père est ici depuis plus d'un demi-siècle. Ça représente le huitième de la vie du pays. Tu lui refuses encore voix au chapitre? Tu es alors, jeune fille, mi-française, mi-québécoise! C'est pas pour entendre des raisonnements aussi stupides qu'on s'est réunis; si c'est ça, le séparatisme, c'est pas joli, pas joli du tout!

— Vous ne m'avez pas comprise…

— J'espère! trancha Imelda.

— Tu te souviens, papa, tu m'as parlé un jour de tes idées sur le sujet, au temps où tu allais travailler aux chantiers.

— Oui, Monique. Dans ce temps-là il y avait des abus. Les chèques étaient unilingues, tout ce qu'on achetait portait le mode d'emploi en anglais, le drapeau même était anglais. Mais tout ça, c'est le passé. La bataille n'a pas à être gagnée deux fois! L'instruction est à la portée de tous, il ne reste qu'à se prendre en main; ce n'est pas par la déchirure d'un si beau pays que se solutionneront tous les problèmes internes.

— Vous avez énoncé ce que je ressens, mais que je n'aurais su exprimer, dit Frank.

— Moi, je suis pour le Parti libéral, déclara Alice.

— Tu veux dire que tu aimes Pierre Elliott.

— Laissez-moi vous raconter. J'étais sur la colline parlementaire, à Ottawa. Une porte latérale s'ouvrit et je le vis là, en chair et en os, debout devant moi. Je le regardai, il me regarda. En idiote je m'exclamai : « C'est vrai, monsieur Trudeau, que vous avez de vrais beaux yeux ! » « Vous en doutiez, mademoiselle ? », me répondit-il. Il a des yeux, des yeux brillants, vivants, intelligents, des yeux pleins d'étoiles…

— Et une fleur à la boutonnière, dit Yvonne ; la prochaine fois que tu le rencontreras, demande-lui donc des nouvelles de l'élevage des éléphants au Gabon… De toute façon, on ne vote pas pour un homme parce qu'il a de beaux yeux ! On n'est pas ici pour discuter de la politique au fédéral, il s'agit du Québec, d'un nouveau parti provincial.

— À mon avis, du sang neuf ne ferait pas de tort à Québec. Il y a trop de grèves, les syndicats mènent le gouvernement par le bout du nez.

— Attention, Bourassa a eu du fil à retordre. Il y eut beaucoup d'action, de renouveau, sous son règne : la baie James, l'exposition universelle, le métro…

— Là tu parles du maire Drapeau, en grande partie, il prit…

— Tut ! Tut ! Tut ! Ce n'est pas avec ses piastres qu'il a fait tout ça. Montréal n'est pas la province. Il ne faut pas mêler les choux et les carottes.

On fit le procès des Parizeau, Garon, Johnson, Bédard, des anges ou des démons, selon l'opinion de chacun.

— Une chose est certaine, Lévesque sait soulever les foules. Il y a quelque chose dans cet homme-là qui envoûte.

— Il a du potentiel, est superintelligent et a beaucoup d'expérience.

— Je pense qu'on peut lui faire confiance. Pour un mandat en tout cas. C'est le seul moyen de savoir s'il est capable de faire les miracles qu'il promet.

— Les étapes se franchissent une à une. La politique n'est pas toujours une question de bonne volonté, c'est un engrenage ; on ne peut réaliser qu'en fonction de ce qui est, considérer ce qui fut et, à partir de tout ça, aller de l'avant.

— Autrement, c'est la mort de la diplomatie et l'anarchie la plus complète, suivie le plus souvent de la dictature.

– Dictature rime bien avec confiture, lança joyeusement Marie-Reine. Débarrassons la table, mesdames. Je vous lève mon chapeau ; le sujet est chatouilleux, habituellement il s'envenime, vous avez fait preuve de maturité. Maman…

Imelda tenait la tête baissée, elle sommeillait.

– Nous n'avons pas réussi à garder nos partisans réveillés, nous ferions piètre figure sur l'estrade…

La conversation se continua très tard. On sentait l'indécision, la lutte intérieure.

– Si l'ouest de la métropole ne vote pas rouge…

Jean-Baptiste sentit qu'il fallait changer de sujet, par considération pour Frank. Il fallait tout de même respecter les siens ! Évidemment, venant de lui, ça se comprenait… Sa fille Yvonne l'avait dit… il demeurait un étranger !

* * *

Marie-Reine peinait devant la montagne de vaisselle à remettre en place. Yvonne aidait en bougonnant.

– Nous avons de bons enfants, Jean-Baptiste, ils sont sérieux.

– Il n'y a rien qui me fait plaisir comme une rencontre où l'on échange des points de vue.

– T'es-tu fait une idée, au sujet de leur vote ?

– Tu sais, plus les gens hésitent, plus ils sont enclins à changer d'idée à la dernière minute. Remarque ce que je te dis : la balance va encore pencher tout d'un côté… Il est tôt pour se prononcer, mais plusieurs vont faire la croix avec en tête l'idée que l'autre la fera ailleurs. Comme ça s'est passé pour le choix du drapeau.

– Qu'est-ce à dire ?

– Selon certaines sources sûres, il y eut deux groupes de formés pour arrêter le choix du drapeau. Chaque groupe tint le même raisonnement : votons pour celui qui est notre deuxième choix, pour avoir l'autre. Tu connais le résultat : ils tombèrent d'accord accidentellement.

– Je ne connaissais pas ce détail.

– Il me fut cité par un haut fonctionnaire fédéral.

— Je suis curieuse de savoir ce que maman nous aurait dit, ce soir.

— Je monte dormir, mes jambes me font souffrir. Viens donc te reposer, toi aussi. Demain est un autre jour.

— Jean-Baptiste, une idée folle me passe en tête; pour le moment, nous sommes tous des rouges ou des bleus... Quelle sera la couleur du nouveau parti?

— Blanc, si j'en juge par la limpidité du programme et de ses adeptes...

Le sonnerie du téléphone résonna; c'était Henriette.

— Maman, j'ai besoin d'un conseil.

— Demande, Henriette. Si je peux t'aider, tu le sais, je le ferai.

— Ce sera un secret, entre nous.

— Bien sûr, ma grande.

— Lucien est découragé, il fait du pied d'athlète. Connais-tu un remède?

— Fais bouillir de l'écorce de pruche dans beaucoup d'eau. Laisse tiédir, qu'il fasse tremper ses pieds dans la solution, et ce, deux fois par jour. Il doit changer de bas chaque fois, porter des bas de coton blanc de préférence. Le résultat va apparaître presque immédiatement.

— Tu crois? Il est désespéré.

— Grand Dieu, qu'est-ce qui se passe, attends un instant...

Marie-Reine se précipita vers la fenêtre de la cuisine. Un camion venait de reculer dans la cour et avait accroché le coin de la maison, ce qui avait fait un bruit terrible. Jean-Baptiste accourut, Yvonne le suivait.

Une automobile, celle de Gonzague, faisait son arrivée, elle aussi; les portières s'ouvraient et les enfants Létourneau se précipitaient dans les bras de leur grand-mère.

— Pour l'amour, Marie-Anne, qu'est-ce qui se passe?

— Tu peux nous accueillir quelques jours maman, je veux dire, nous donner l'hospitalité?

— Entrez, c'est froid! Mais le camion?

— Ce sont les choses que je veux garder.

— Je ne comprends pas.

— Je vais tout t'expliquer.

— Vous avez mangé?

— Un peu, oui, tôt ce matin.

— Je vais vous préparer...

— Laissez faire, je vais m'en occuper.

— Maman, maman, hurlait Henriette dans l'appareil resté ouvert.

— Grand Dieu! Henriette...

Elle prit le récepteur:

— C'est Marie-Anne qui vient d'arriver avec les enfants. Si tu veux, je vais te rappeler.

Marie-Anne raconta. Elle avait trouvé un acheteur pour la maison, encaissé ses polices d'assurances. Il ne lui restait qu'à trouver une nouvelle demeure.

— Je devais libérer les lieux illico. J'ai pensé qu'avec une aussi grande maison, tu ne verrais pas d'inconvénient à nous héberger, le temps que je trouve à me loger ailleurs...

— Tu aurais dû me prévenir, tu me prends par surprise.

— Je ne suis pas inquiète, tu as toujours des tonnes de bonnes choses à manger.

— Là n'est pas la question. Il faut aussi dormir.

— J'ai gardé deux matelas et les meubles auxquels je tenais le plus.

Yvonne avait le dos appuyé au mur, les yeux exorbités, la bouche ouverte, elle tiquait! Adieu veau, vache, cochon! C'en était fait de la paix au foyer! La veuve et sa marmaille allaient coller aux jupons de sa mère, à tout jamais. Elle était si enragée que les mots s'étranglaient dans sa gorge. Elle écartait les doigts et lissait sa jupe de haut en bas. Elle écumait!

Soudainement elle traversa la cuisine en courant et grimpa l'escalier.

— Nous aurons du boudin pour souper, ricana Marie-Anne.

— Tu sembles de bien bonne humeur.

— J'ai touché les assurances et j'ai vendu la maison. Vous devez admettre, maman, que je n'ai pas perdu de temps.

— Non, en effet!

— Vous dites ça sur un ton, maman!

Marie-Anne fouilla dans l'encolure de sa robe, tira sur la chaîne qui retenait le jonc de Gonzague. Elle le plaça dans le creux de sa main, leva les yeux au ciel, puis les ferma. Ses lèvres bougeaient, elle invoquait Gonzague... lui demandait sans doute aide, assistance, courage, patience...

Imelda, dans sa chaise, qui écoutait et observait, suspendit un instant le mouvement de sa berceuse, puis elle sourit et reprit son rythme... «Voilà qui est très habile.», pensa-t-elle.

— Qu'est-ce que tu fais, maman? demanda un bambin.

Marie-Reine faillit éclater de rire; elle venait de saisir l'astuce; le petit avait vendu la mèche, il s'agissait d'un truc nouveau genre... pour attirer la pitié. Yvonne, appuyée à la rampe de l'escalier, demanda:

— Papa, avez-vous vérifié le thermostat de la serre?

— Non, pas aujourd'hui.

— J'y vais.

— Non, laisse faire, Yvonne, je m'en occupe. Toi, aide ta mère.

— Zut!

— Pardon?

— Je n'ai rien dit.

— C'est mieux comme ça.

— Si la pimbêche veut ménager ses belles mains inutiles, je vais plonger, moi, dans le plat à vaisselle, maugréa Marie-Anne.

— Il y a de jeunes oreilles ici, ayez un peu de décence, dit Jean-Baptiste. Il planta son chapeau sur sa tête, l'y cala et sortit.

— Je veux aller là-bas avec grand-papa.

— Vas-y, tiens, mets cette tuque.

— C'est une tuque de fille.

— Qui le saura? Il fait noir et le bonhomme sept heures dort déjà.

Maire-Reine embrassa l'enfant sur le front, le garçonnet sourit.

— Ils sont beaux, tes enfants, Marie-Anne.

* * *

Henriette avait fait bouillir l'écorce de pruche. La solution rouge refroidissait dans un bassin ; la cuvette de toilette fut placée auprès du fauteuil où était assis Lucien qui lisait son journal.

Pendant toute la durée du repas, Henriette sembla distraite. Son mari devina que sa femme était bouleversée, il ne posa pas de questions et attendit.

Quand il eut les deux pieds plongés dans le liquide, sa femme prit un air solennel et dit :

— Lucien...

Celui-ci plia son journal.

— Oui, Henriette.

— Le Bon Dieu n'a pas voulu nous donner d'enfants...

— Le Bon Dieu ?

— Enfin !

— Et tu penses au petit Joachim de Marie-Anne...

— Comment le sais-tu ?

— Parce que j'y ai pensé, moi aussi. J'adore ce gosse. Ce serait formidable, mais à une condition.

— Laquelle ?

— Adoption légale, en bonne et due forme !

— Elle ne voudra jamais !

— Tant pis !

— Mais...

— Pas de mais. Je ne m'attacherai pas à un enfant pour le perdre ensuite. Point à la ligne !

— Bon. Bon...

Lucien déplia son journal et s'y replongea. Henriette comprit que c'était la fin de la discussion. Elle resta là, à réfléchir. L'adoption légale, c'est pour longtemps... Il ne s'agit plus de jouer à la maman, il faut l'être, pour toujours ; c'était moins drôle vu sous cet angle. Finies les grasses matinées. Mais le beau visage joufflu du bambin s'implantait dans sa pensée. Il était à croquer, cet enfant. Elle voulait réfléchir, peser le pour et le contre.

Lucien ne lisait pas, il rêvait, lui aussi, au beau visage du bambin. Il ne pousserait pas plus loin son discours, il ne voulait pas blesser sa femme.

Celle-ci se demandait s'il était trop tôt pour en parler à Marie-Anne ; son deuil était si récent. Par contre la charge était bien lourde, pour une femme seule… « Si j'en profitais ? » Elle se sentit malhonnête.

* * *

Marie-Reine frappa légèrement, entrouvrit la porte de la chambre d'Imelda et chuchota :

— Maman.

— Entre, ma fille.

— Vous ne dormez pas ?

— Mais non. Entre.

— Je peux faire de la lumière ?

— Restons dans la pénombre, ça repose.

— Ça vous arrive souvent de ne pas dormir, comme ça ?

— De plus en plus. Jeune, je n'avais qu'un désir : celui de dormir. Je rêvais toujours au jour où je pourrais enfin faire la grasse matinée. Maintenant que j'en ai le loisir, je ne m'endors plus. Alors je me berce, comme ça, tout doucement. J'ai appris à aimer le silence de la nuit. Toi, qu'est-ce qui te tient réveillée ?

— Je suis fourbue ! J'avais oublié le tintamarre des enfants en bas âge. Je me demande comment j'ai pu passer à travers, autrefois.

— Je t'ai souvent admirée, mais tu étais jeune, alors.

— Je suppose que j'ai passé l'âge…

— Difficile à avaler, hein ?

— J'avais le goût de jaser, je ne voulais pas déranger Jean-Baptiste.

— Tu as bien fait de venir me causer. Tu m'aides ainsi à tuer le temps… qui lui, me tue tranquillement…

— Maman !

— Je badinais. La lune est belle, elle brille, ça annonce que le froid n'est pas loin…

— N'en parlez pas !

— Ça aussi c'est de plus en plus pénible avec l'âge, de longs hivers qu'on a peine à affronter ! Marie-Anne doit être heureuse ici.

— Je la trouve… terrible.

– C'est amusant.

– Vous trouvez! Elle a passé sa vie de mariage à gémir, à se lamenter, à afficher un air de *Mater Dolorosa*; voilà qu'elle est hautaine, suffisante! C'est à n'y rien comprendre.

– Prends ça avec un grain de sel. Au fond, la vie est une grande comédie. On y met trop d'âme, la désinvolture des jeunes devrait nous servir de leçon.

Marie-Reine s'était étendue sur le lit de sa mère, les bras relevés derrière la tête, les jambes recroquevillées. Voyant qu'elle ne répondait pas, Imelda se retourna. Sa fille dormait paisiblement... Elle la couvrit.

La veille, Imelda avait pelotonné un écheveau de laine dont la texture l'avait étonnée. Les fibres étaient de nylon, du synthétique! Voilà comment on devient si vite vieux jeu! Cette télévision qui tuait l'imagination lui déplaisait aussi. Elle se souvenait des jours où elle écoutait *Nazaire et Barnabé*; elle prêtait des visages à ces personnages. Elle avait tant aimé «Tit-Clin» et son patois: «Bougrine d'affaire». Et Séraphin Poudrier, à la télé, du jour au lendemain, avait détruit en elle l'image qu'elle s'était faite de son personnage, pour la remplacer par une autre! Sa mère lui avait vanté Sarah Bernhardt; elle, Imelda, lui préférait Simone Signoret. Elle avait aimé Piaf, ses petits-enfants adoraient Presley! «Je suis une vieille croulante, et je conseille à ma fille de laisser tomber... C'est mal. Quand on commence à accepter trop facilement, on perd vite voix au chapitre.»

D'en parler avait calmé Imelda, mais avait réveillé en elle des plaies vives. Elle ferma les yeux, la lune avait cessé d'être belle.

La vérité était cruelle, Imelda le savait: on se taisait parce qu'on n'avait plus d'auditoire... Voilà pourquoi elle attendait la lune, de mois en mois, pour se confier à elle! Son cœur se serra.

Elle sourit, son père s'était réjoui de ce que les machines agricoles aient réduit le coût de la main-d'œuvre et amélioré le rendement. Par contre, les ouvriers ripostaient, gueulaient, s'horrifiaient. Duplessis avait protégé les cultivateurs en interdisant la vente de la margarine. On l'accusa alors de vouloir acheter ainsi le vote rural. On ne peut jamais plaire à tous.

Autrefois, ses yeux, depuis cette même fenêtre, voyaient loin, très loin. Les terres étaient immenses, la ville s'était avancée jusque-là, bien au-delà même, grugeant petit à petit, rapetissant son champ d'horizon… De tout ce qu'avait été sa vie, il ne restait que ses petits-enfants qui prenaient leur place sous le soleil, obligeant les Imelda à se faire plus petites, plus silencieuses, plus soumises! Un grand soupir s'échappa de sa poitrine.

* * *

Marie-Reine avait les deux mains dans la pâte. Marie-Anne avait quitté la maison très tôt et laissé ses marmots aux soins de sa mère. Yvonne boudait dans la serre, enragée d'y avoir trouvé les vieilleries encombrantes de sa sœur, ce qui menaçait ses pousses fraîches! Imelda, assise près de la table, coupait en cubes les légumes pour la soupe; des jouets jonchaient le sol. C'était le bordel. Le carillon de la porte d'entrée se fit entendre.

— Luc, va ouvrir veux-tu.

— Un monsieur demande monsieur Jean-Baptiste Gagnon.

— Va prévenir grand-papa. Mets ta tuque.

Marie-Reine se lava les mains, les essuya sur son tablier qu'elle enleva.

— Veuillez vous asseoir, mon mari sera là dans un instant.

Intriguée, elle revint à sa cuisine.

Jean-Baptiste entra, se lava les mains dans l'évier de la cuisine. Il poussa Marie-Reine du coude en indiquant le salon de la tête. Elle haussa les épaules, lui faisant comprendre qu'elle ignorait qui le demandait.

Il s'avança vers le salon.

— Allez, les jeunes, allez retrouver grand-maman.

— Je me présente: Victorien Bilodeau, notaire.

— En quoi puis-je vous être utile?

— Un client m'a prié de vous remettre certains documents. Auparavant j'aurais besoin d'une pièce d'identité.

— Ça semble sérieux… Mon certificat de citoyenneté ferait l'affaire?

— Bien sûr.

Jean-Baptiste, perplexe, se dirigea vers le secrétaire. Il l'ouvrit, en sortit un papier qu'il tendit au notaire qui y jeta un coup d'œil.

— Parfait. Vous êtes né à Paris en 1905. Aviez-vous un frère ?

— Oui...

— Quel était son nom ?

— Louis-Philippe.

— Je m'excuse, je comprends votre surprise, mais je m'en tiens aux volontés très strictes de mon client. Pourriez-vous me dire le nom de l'épouse de votre frère ?

— Fabienne Théberge.

— Merci. C'est tout ce que je voulais savoir.

Il prit une enveloppe dans son attaché-case, la remit à Jean-Baptiste, lui tendit la main et sortit.

Jean-Baptiste, intrigué, s'installa au secrétaire, prit un coupe-papier et ouvrit l'enveloppe. Il en sortit une lettre, écrite à la main, et un chèque au montant de cinq mille dollars.

— Pour l'amour du ciel ?

Il lut.

Monsieur Gagnon,

Puisque vous avez cessé d'être mon parent. Je vous ai promis un jour de vous rembourser ce que vous aviez dépensé pour me nourrir et me faire instruire. Je crois que le montant ci-joint couvre amplement vos frais, capital et intérêts.

Bien à vous,

Onésime, le fils du pendu.

Le jeune Joachim s'approcha de son grand-père, le vit en larmes, il courut vers sa grand-mère.

— Mémé, pépé pleure.

Le bambin, malheureux, se tortillait les doigts. Marie-Reine accourut. Son mari avait la tête cachée dans son bras replié et pleurait comme un enfant.

— Sainte bénite, qu'est-ce que tu as ?

Elle posa la main sur son cou. Il sanglota plus fort. Elle prit la lettre et la parcourut. Enragée, elle froissa la feuille et regarda le chèque. Elle allait lui faire subir le même sort; Jean-Baptiste la retint.

Il sortit son mouchoir, sécha ses yeux et se moucha bruyamment. Marie-Reine ne savait quoi dire pour le réconforter.

Jean-Baptiste prit le chèque, le plia et le glissa dans son portefeuille. Puis, il se pencha vers la corbeille à papier et en sortit la lettre qu'il étira, plia et mit dans sa poche.

— Qui était cet homme?

— Un notaire.

— Lequel, qui, quel est son nom?

— Bilodeau, je crois.

Elle promit de retrouver cet énergumène.

— C'est inutile, ma reine... De toute façon on n'en tirerait rien; il ne nous fournirait aucune information. Je me demande...

Il se leva péniblement. On eût dit qu'il avait vieilli de dix ans. Il sortit par la porte avant. Marie-Reine retourna à ses pâtés.

Imelda vit l'air désolé de sa fille. Elle ne posa pas de question. Les enfants devenaient plus maussades, le bruit était infernal, mais Marie-Reine n'entendait pas.

Yvonne entra.

— Quel charivari.

Joachim s'approcha de sa tante, les jambes écartées, les deux bras derrière le dos, il regarda Yvonne et sur un ton qui se voulait autoritaire lança:

— Pépé, y pleure.

Yvonne regarda sa mère, puis sa grand-mère. Elle se pencha vers l'enfant.

— Où est-il, grand-papa?

— Pati.

— Il pleure?

L'enfant fit un signe affirmatif, l'air contrit.

— Yvonne, fais manger les enfants tout de suite et mets-les au lit.

Marie-Reine monta à sa chambre. Imelda la suivit. Sa fille était étendue sur son lit et sanglotait. Elle sortit doucement et ferma la porte derrière elle... Il y a des peines qui ne se confient pas.

Quand enfin elle se sentit plus calme, Marie-Reine descendit. La vaisselle était lavée, la deuxième tablée prête à recevoir les convives. Jean-Baptiste rentra sur le coup de six heures.

– Le souper est prêt, mon Jean.

Marie-Anne regarda Yvonne. Quelque chose de grave s'était passé, mais quoi ? C'est à peine si on mangea. Le silence était plus insupportable que le bruit qu'auraient fait les enfants.

– Maman, osa Marie-Anne.

Marie-Reine leva les yeux.

– Je crois que j'ai trouvé le logis qu'il nous faut.

– Vraiment ?

– Oui, les chambres…

– Laisse donc tomber, ça ne nous intéresse pas.

– Toi, Yvonne Gagnon…

Jean-Baptiste asséna un coup de poing sur la table. Il heurta le bout d'une fourchette qui grimpa en l'air et alla atterrir sur la tête de Marie-Anne. Celle-ci, surprise et effrayée, appela cette fois encore le jonc de Gonzague à sa rescousse. Jean-Baptiste, qui assistait pour la première fois au spectacle, en fut tout remué.

– Laisse-toi pas charrier, papa, c'est de la comédie.

– Quel langage !

Ce fut le comble. Yvonne saisit sa tasse qu'elle lança sur un mur.

– Encore un geste, une parole, un mot, je fais maison nette, hurla Jean-Baptiste ! Toi, ramasse tes dégâts et range la cuisine.

La porte s'ouvrit, Alice arrivait avec sa fille Julie.

– Bonsoir la compagnie. Où sont les enfants ?

– Couchés, répliqua sèchement Marie-Anne.

– Déjà ? et Julie qui se faisait un plaisir de venir les amuser.

– Ah ! Dis donc ! Depuis quand amuse-t-elle les enfants, ton arrogante de fille qui…

– Ah non ! pas ça, ça ne va pas recommencer, viens, Marie-Reine. Laisse-les laver leur linge sale, moi je ne veux pas en entendre plus, viens, ma reine. Si je ne sors pas d'ici, je crois que je vais faire un meurtre !

En prononçant le mot meurtre, il pensa à son frère.

– Et tu seras pendu, Jean-Baptiste Gagnon ! Pendu…

Marie-Anne avait lancé le mot, en badinant, ignorante des faits. Jean-Baptiste pâlit et s'appuya contre le mur.

— J'ai voulu rire papa, je voulais tourner ça en farce. Pardonne-moi, pardon papa.

Il tenta de répondre, pas un son ne sortit de sa bouche. Marie-Reine serra les poings. Imelda arrêta de se bercer. On entendait le tic-tac de l'horloge. Henriette vint embrasser ses parents et sortit avec sa fille. Imelda aurait aimé pouvoir fondre!

Jean-Baptiste, malheureux, monta à sa chambre. Les enfants, attirés par les cris, s'étaient levés; ils se tenaient collés les uns contre les autres, près de la rampe de l'escalier. Marie-Reine mit les petits au lit, les borda, les embrassa, leur prodigua quelques caresses. Elle revint sur ses pas et entra dans la chambre conjugale. En bas, le calme était revenu. On entendait seulement le bruit de la vaisselle qu'on manipulait.

— Ferme la porte, veux-tu.

— Quelle histoire! Depuis qu'Yvonne est revenue du couvent, c'est terrible!

— Dire que je me réjouissais de la voir revenue. Je croyais qu'elle serait pour toi une compagne, une présence…

— Marie-Anne exagère. De victime qu'elle était, elle est devenue un vrai monstre. Arrogante avec ça!

— Oublie tout ça, demain tout sera rentré dans l'ordre.

— La perpétuelle réconciliation! Si nous parlions de ton visiteur.

— J'y ai pensé tout l'après-midi. Dis donc, les enfants ne savent rien de tout ça? Et ta mère?

— Oui, ils savent que le notaire est venu.

— Je veux dire… pour Louis-Philippe?

— Mais non, voyons. Je n'en ai jamais parlé.

— C'est mieux, elles ne pourraient pas comprendre.

— Qui a vu le notaire?

— Luc, c'est tout. Maman ne l'a pas vu, mais sait.

— Yvonne?

— Non, elle n'était pas dans la maison.

— Que penses-tu de tout ça?

– Puisqu'il a tant de culot et de l'argent à garrocher j'ai pris ma décision.

– Veux-tu en parler?

– J'avais pris arrangement avec un prêtre, le chanoine… J'ai oublié son nom. « Quand vous cesserez de payer la pension, vous verserez l'argent dans le tronc de saint Antoine. », m'avait-il dit. C'est ce que j'ai fait aujourd'hui ; d'abord, je me suis rendu à l'église, histoire de penser et de me calmer. Au moment de sortir, j'ai vu le tronc… Je n'ai pas hésité. J'ai endossé le chèque et je l'ai glissé dans la fente.

– Saint-Antoine a dû rire, là-haut!

– Pas autant que celui qui videra le tronc!

– C'est un drôle de pistolet, ton neveu.

– Peux-tu imaginer! Il n'y a rien de plus tenace que la rancune.

– Tout ça n'était pas ta faute.

– Sauf que j'aurais dû me taire autrefois, plutôt que d'informer Louis-Philippe, c'est là que fut mon erreur.

– Tu ne pouvais pas prévoir!

– On pose parfois des gestes qu'on regrette toute sa vie.

– J'ai cru Marie-Anne, ce soir, quand elle s'est excusée.

– Moi aussi, mais je fus incapable de lui répondre.

– Si tu essayais de dormir…

– Je suis crevé.

– Prends un bon bain chaud, ça va te détendre.

– Tu vas me brosser le dos?

– Jusqu'à la corde.

Le mot corde, innocemment prononcé, retentit aux oreilles de Marie-Reine ; elle regretta son étourderie que son mari ne sembla pas avoir remarquée. La tension de Jean-Baptiste diminuait peu à peu. Sa femme continua de le distraire jusqu'à ce qu'il se soit profondément endormi. Alors ce fut elle qui rumina.

Chapitre 19

Marie-Anne passait ses jours à organiser son logis. Un camion vint prendre tout ce qui était entreposé dans la serre, au grand soulagement d'Yvonne.

Un jour que celle-ci était à la maison, elle répondit au téléphone.

— Mademoiselle Yvonne, c'est bien vous ?

— Oui, c'est moi.

— Vous savez qui vous parle ?

— Je n'ose pas y croire !

— Mathias.

— J'ai reconnu votre voix.

— Vous êtes seule ? Vous pouvez jaser ?

— Oui, bien sûr…

— Que diriez-vous d'un dîner à la chandelle samedi ?

— Ça me ferait plaisir.

— À quelle heure ?

— Quand vous voudrez.

— Disons sept heures trente.

— Ça me va, c'est parfait.

— Nous nous rencontrerons à sept heures trente au restaurant *Les trois canards*, coin Laurentien et Côte-Vertu.

— Magnifique.

— Bonsoir, Yvonne.

Elle cria de joie, fit quelques pas de danse, se mit à chanter. Jules lui emboîta le pas. Elle le prit dans ses bras et le serra sur son cœur.

— Tante est contente ! Tante est contente, turluta le bambin.

C'est dans cet état d'âme qu'on retrouva Yvonne. Elle avait préparé le repas et mis de l'ordre dans la maison. Elle servit la table, sourire aux lèvres. Marie-Reine ne comprenait plus rien. Des yeux, elle interrogea sa mère qui haussa les épaules.

Quand vint le soir, elle se rendit auprès de sa mère.

– Vrai ? Vous ne savez rien ?

– Rien ! Je me suis étendue sur mon lit, j'ai dû roupiller. Soudain j'ai entendu Yvonne qui riait et qui chantait.

– Devient-elle folle ? C'est elle ou c'est nous tous !

– Elle est tout au plus soupe au lait.

– Moi qui pensais que mes filles étaient équilibrées, heureuses !

– Yvonne y gagnerait à se faire des amis. Tu te souviens, quand elle sortait, elle était plus joyeuse ?

– Vous avez raison. Elle n'a que la serre à s'occuper. Je crois que ce n'est pas un succès.

– Ça viendra avec le temps. Jean-Baptiste, ça va ?

– Oui, maman. Il a eu une mauvaise passe, mais c'est fini.

– C'est un bon garçon.

– Garçon est un gros mot, il aimerait entendre ça.

– Il me rappelle beaucoup ton père.

– Maman ! Quelle indécence !

– Tannante.

– Bonne nuit, maman.

– Bonne nuit, ma grande fille.

Marie-Anne avait terminé son installation. Elle était si heureuse d'habiter enfin le grand Montréal. Ses parents comprirent qu'elle avait dû terriblement s'ennuyer là-bas, toute seule.

– Marie-Anne fête l'inauguration de sa maison. Elle va organiser une grande soirée : pendre la crémaillère, mes enfants, comme au bon vieux temps !

– La veuve joyeuse, dit en riant Yvonne.

– Il n'y a pas de mal à fêter en famille.

– Ah ! vous savez, moi !

– Alors, nous y serons tous ?

– Quand aura lieu la réception, maman ?

– Samedi soir.

– Cette semaine !

– Oui, ce samedi.

– Alors je n'y serai pas. J'ai déjà accepté une invitation. Je vais téléphoner à Marie-Anne, demain, et m'excuser.

Marie-Reine regarda Imelda qui eut un léger sourire. L'Yvonne des beaux jours était revenue. Elle était ravie, elle aurait toute la maison à elle seule. Tout était merveilleux. Elle avait mille questions à poser à Mathias. Elle repassait tout dans sa tête, jusqu'au moindre détail; cette fois elle prendrait un soin jaloux de son bonheur.

Elle passa le jour à se faire belle. Il lui faudrait une nouvelle garde-robe. Si Mathias avait pris la peine et le temps de lui téléphoner, c'était qu'il n'avait pu l'oublier, elle. Plus rien ne pourrait se glisser entre eux. Yvonne était aux anges, elle ne portait plus à terre.

Bien sûr, elle quitta la maison trop tôt. Ce soir d'octobre était frisquet, elle ne le sentait pas. Elle consultait sa montre-bracelet. Vint enfin la minute tant attendue! Il était là, Mathias, il l'attendait, confortablement installé dans un fauteuil. L'avait-il entrevue? Désinvolte, il regardait dans la direction opposée. Elle s'approcha, timide. Il se leva et lui tendit les deux mains.

— Bonsoir, Yvonne.

— Bonsoir, Mathias.

— Vous êtes ravissante ce soir.

— Merci.

Elle se sentit émue, bouleversée. C'était la première fois qu'un homme lui disait des mots aussi gentils. Elle se demandait comment réagir, quelle attitude prendre.

— Aimeriez-vous boire un sherry avant que nous passions à table?

— Oui, même si je n'en ai pas l'habitude.

— Ce n'est qu'un apéritif très léger. De toute façon, je suis là, je vous protégerai.

— Vous savez où j'habite, si je perds la tête…

— Je la ramasserai et la ferai empailler.

Le vin de Xérès eut raison des bonnes résolutions de la demoiselle qui était devenue subitement toute rose et rieuse. Elle était presque belle, ainsi détendue et joyeuse.

— Je dois vous faire des excuses. Le soir où vous m'avez si gentiment invité chez vous, je vous ai quitté brusquement, de façon plutôt cavalière. Ce n'était pas de bon goût.

— Je suis retournée maintes fois au temple, devenu désert.

— Vous ne saviez pas ? Nous changeons de ville assez régulièrement. Vous n'aviez pas lu le tract ?

— Non, c'est stupide de ma part.

— Nous sommes partis pour Toronto, dès cinq heures du
matin. Nous comptons plusieurs disciples là-bas. Yvonne, j'ai
souvent pensé à vous.

— Vous aimez ce que vous faites ?

— C'est ma vocation, ma vie, une mission.

— J'ai eu l'impression que votre participation aux activités de
groupe était plutôt limitée.

— Tout dépend du genre de rencontre. Il y a plusieurs degrés.
Vous connaissez celui du recrutement ; en effet, je m'abstiens d'y
assister. Je dois me reposer, méditer, entraîner le personnel.

— Expliquez-moi ce qu'est votre croyance, d'où tire-t-elle ses
origines ?

— Vous connaissez le béhaïsme, c'est un mouvement religieux
persan. Cette doctrine fut professée par Bab qui a vécu de 1820 à
1850 ; il a eu énormément de disciples. On en compte plus d'un
million en Perse. Au début, ce fut une tentative de réforme
de l'Islam, dans un sens moins rigoriste. C'est un mélange de
judaïsme, de christianisme et de mahométisme, une religion
universelle, l'aboutissement et le complément des anciennes
croyances. À cette doctrine qui enseigne que l'aumône doit
résoudre la question sociale et que la justice est dans les mains de
Dieu, nous avons greffé des croyances de l'empire chaldéen qui
nous enseigne la connaissance absolue des choses. De notre méditation a jailli la philosophie de la connaissance de soi, qu'il faut
sans cesse accroître pour enrichir sa personnalité. Pour réussir cet
exploit, il faut avoir la foi en soi-même. La terre, dont le sein est
riche et généreux, porte en elle les éléments susceptibles de nous
aider à traverser les épreuves de la vie, à les surmonter afin que
notre pèlerinage en ce monde soit plénier. Ça peut vous sembler
compliqué, cet exposé est très bref. Nous ne pouvons utiliser ces
données dans le vaste public. Nous avons des réunions plénières,
pour les adeptes de la méditation verticale. Nous simplifions afin
que nos sujets soient bien à l'aise, en confiance. Peu à peu ils

s'élèvent jusqu'au sommet quand, enfin, ils ont acquis le degré de sanctification requis.

Il s'arrêta, lui sourit.

— Vous avez à peine mangé.

— L'homme ne se nourrit pas seulement de pain…

— Seriez-vous une femme mystique, Yvonne?

— Peut-être en passe de le devenir, vous prêchez si bien !

— Voilà qui est gentil.

Il posa une main sur la sienne. Elle oublia alors tout le reste, la secte, son départ précipité de chez elle, les questions qu'elle voulait lui poser sur le sujet, tout. Il était là, tenant sa main, présent. Dans le globe rouge, le feu de la chandelle dansait ; dans son cœur, un grand brasier s'était allumé.

— Je vous ramène chez vous, petite fille, et je cours dormir. Demain je dois me lever avant l'aube.

Elle ne sortit pas du restaurant, elle vola. Il l'aida à prendre place dans la voiture. Il ne dit plus rien. Une fois devant sa demeure, il se fit galant, ouvrit la portière, lui fit une accolade bien brève, si brève qu'elle n'était plus sûre du tout qu'elle ait eu lieu. Il attendit qu'elle ait disparu et il partit.

Il était temps ! La pauvre Yvonne était tremblante. Que d'émotions ! Elle sentait son cœur chavirer. Elle resta le dos collé à la porte, faisant des efforts pour calmer les émotions qui l'étreignaient. Elle était si heureuse qu'elle souffrait !

Là-haut, de sa fenêtre, Imelda avait vu arriver la voiture qu'elle reconnut. Elle vit le galant chevalier, l'étreinte à peine perceptible, la fille qui rentrait. Elle sourit. Elle avait bien deviné, c'était une histoire de mâle qui rendait Yvonne si taciturne parfois !

Elle demeurait dans l'ombre, ne se berçait plus : « Dommage que la lune n'ait pas été au rendez-vous, j'aurais pu entrevoir le visage de l'homme. »

De la chambre d'en face provenait un air joyeux, fredonné par une fille heureuse, saoule de bonheur. Se croyant seule dans la maison, Yvonne laissait éclater sa joie.

Imelda avait refusé d'aller chez Marie-Anne. Souventes fois Marie-Reine, s'inquiétant pour sa mère, quittait tôt et rentrait à la maison, sous toutes sortes de prétextes autres que la véritable raison. La grand-mère détestait s'imposer, elle n'avait jamais pu accepter le sentiment de se sentir un fardeau.

Du vivant de Théodore, elle avait fait ses quatre volontés ; jamais elle n'avait permis qu'on mette en doute son autorité. Le décès de son mari fut la brisure qui modifia sa façon d'être. Du jour au lendemain elle s'était faite petite, effacée. Imelda ne voulait pas devenir encombrante, indésirable, une intruse.

Sa fille Marie-Reine et son époux Jean-Baptiste s'étaient toujours montrés corrects envers elle. Son statut de grand-mère l'avait enchantée, il ne lui restait plus qu'à vieillir, qu'à se faire oublier. Elle avait donc manifesté son intention de rester à la maison, comme ça, à la dernière minute, pour éviter que l'on écourte la soirée à cause d'elle.

* * *

La réception avait été des plus joyeuses. Comme il se devait, chacun offrit un cadeau à l'hôtesse, en l'honneur de la crémaillère. Marie-Anne rayonnait : enfin, elle régnait sur une maison qui cadrait avec ses goûts personnels. Henriette témoignait trop d'amour à Joachim, Marie-Anne le nota.

Alice se montra désobligeante, en faisant remarquer à sa sœur qu'elle devrait se préoccuper d'abord de l'éducation des enfants, plutôt que d'attacher tant d'importance aux colifichets.

La gaieté revint lorsqu'on s'attabla pour jouer au Monopoly. Frank devint vite l'heureux propriétaire des hôtels et des terrains. Ce qui ramena le sujet sur les Anglais et leur bosse des affaires ! Par association d'idées, on parla politique : les péquistes remporteraient-ils l'élection ? Dans une semaine, à cette heure, le peuple se serait prononcé.

Avant que les esprits s'échauffent sous le feu de la discussion, Marie-Reine fit bifurquer la conversation.

– Mesdames mes filles, je veux votre attention, à toutes. Laquelle d'entre vous accepterait de prendre la relève, de servir à la famille notre traditionnel gâteau froid, à la fête de Noël, pour les années à venir ?

Toutes parlèrent ensemble. Chacune voulait avoir cet honneur.

– Holà, holà mesdames, trancha Jean-Baptiste, il ne s'agit pas de régler la guerre de Sécession ; votre mère a posé une question bien simple.

Marie-Reine se souvenait de son premier Noël, après le décès de son père. Imelda lui avait transmis la recette, de « bouche à oreille », avait observé la jeune femme qui le préparait avec fierté, presque dévotion. Depuis, à la fête de la Nativité, le gâteau froid, friandise par excellence, figurait sur la table, bon an, mal an, attendu de tous. Marie-Reine devait en servir plus d'un, car la famille était grande.

Elle les faisait après la fête de Sainte-Catherine, le chef-d'œuvre était conservé au froid, il devait macérer plusieurs semaines pour atteindre le summum de son arôme.

– Maman, maman, tu m'écoutes ?

– Excusez-moi, je revivais un souvenir…

– Je disais que ta mère vit toujours et pourtant tu détiens les secrets de la recette. Pourquoi ne le transmettre qu'à une seule d'entre nous ? Ne sommes-nous pas des mères en puissance ?

Marie-Reine sourit.

– Vous avez raison, il est temps de partager le secret. Je n'agis pas par égoïsme, mais si vous pouviez imaginer la fierté et la joie que je ressentais quand, à chaque Noël, je sortais de la vitrine le trésor de famille, ce grand plateau que maman détenait de sa mère, qui, elle, l'avait reçu en héritage de sa grand-mère, qui le comptait au nombre de ses cadeaux de noces ; le grand plateau de porcelaine dont la face est ornée d'une fine ligne d'or, de trois trèfles à quatre feuilles, et dont l'endos porte marque et monogramme d'une vieille maison de Vincennes, en France. Le beau plateau ferait l'envie du plus parcimonieux des porce-lainiers ! Je le manipulais toujours religieusement, j'y étalais les tranches du précieux gâteau. Au moment de le placer sur la table, je ressentais une si grande émotion… que vous sembliez partager puisque, immanquablement, vous gardiez un instant de silence… Puis, tous à la fois, tendiez la main vers la friandise : j'observais alors maman, elle se gourmait d'orgueil ! Je me souviens du jour où Gonzague s'est exclamé : « Noël, sans le gâteau froid, ce serait comme un Noël sans neige ni sapin. » Ce sur quoi Frank avait renchéri : « Ça valait le coup de marier une fille de la maison, rien que pour se régaler comme ça, une fois l'an ! »

Marie-Reine se tut. Elle venait de transmettre à ses enfants la légende du gâteau dont la famille taisait la recette depuis si longtemps.

Jean-Baptiste n'en finissait plus de se surprendre devant la passion de ces Canadiens pure laine, aux émotions sans cesse en mouvement : était-ce vraiment l'arôme du gâteau ? Était-ce le rituel qui l'entourait ? La tradition, qui était chère à leur âme ? Ou était-ce le plaisir savouré de vivre une émotion forte, à l'unisson ? Il n'aurait jamais osé poser la question, mais il la ruminait ; ces descendants de la France étaient demeurés des latins !

Jean-Baptiste sourit à sa femme. Une fois de plus, elle avait tissé des liens d'affection, stimulé l'amour de la famille. Comme il l'aimait, sa reine !

Les parents partirent les premiers. Le père embrassa tendrement Monique ; Marie-Reine sourit : elle savait que c'était elle sa préférée.

Il y avait peu de trafic sur la route, Marie-Reine laissa conduire la voiture par son mari. Depuis quelque temps, il avait pris l'habitude de lui remettre les clefs de l'automobile ; sa vue lui jouait des tours, prétextait-il. La vérité, c'est qu'il était de moins en moins sûr de ses réflexes. Marie-Reine l'avait compris. Lui, qui autrefois s'était indigné parce que sa femme voulait prendre le volant alors que lui, le mari, restait là, bêtement assis à se laisser conduire !

Lorsqu'ils arrivèrent à la maison, il fut surpris de voir un obstacle qui lui barrait le chemin à l'endroit même où la voiture était stationnée avant le départ. Il freina brusquement, ouvrit la portière et alla vérifier. Un câble se trouvait là, partant du tronc d'un arbre qui ornait la propriété, s'étendant jusqu'au bras de la galerie. Il défit le nœud coulant qui le retenait et plaça l'automobile à l'endroit où il la garait d'habitude.

— Yvonne nous a joué un tour, dit-il à Marie-Reine.

Puis, il se dirigea vers la serre, comme il le faisait chaque soir, pour vérifier la température ambiante. Une corde formant un nœud coulant avait été placée sur la porte. Cette fois il eut l'assurance qu'il ne s'agissait pas d'une farce. Il n'osa pas tout de suite l'enlever. Il avait le sentiment d'être épié. Il pensa à la visite du notaire… Onésime. Oui, ça ne pouvait être que ça! Il ne dirait rien de cette trouvaille à sa femme. Il n'allait pas l'inquiéter. Il prit la corde et en disposa. Quelle saloperie!

Il fit le tour de la propriété, tout semblait dans l'ordre. Il entra, Marie-Reine était déjà montée dormir.

— Yvonne est-elle rentrée?

— Sans doute.

Marie-Reine traversa le corridor, ouvrit la porte de la chambre d'Yvonne qui dormait, puis celle de sa mère, qui semblait elle aussi reposer.

— Toutes deux rêvent aux anges. Il ne reste que toi et moi… Marie-Anne est de fort belle humeur. Je t'avoue franchement que je me sens rassurée. J'avais une peur bleue qu'elle ne se prenne pas en main, que la mort de son mari la laisse désemparée. Mais non, c'est le contraire. Elle sait ce qu'elle veut, elle sait où elle va.

— Les femmes de ce pays sont très fortes. En Europe une femme de quarante ans est déjà une femme âgée; ici, c'est le contraire, elles deviennent fermes, entreprenantes, souventes fois font carrière.

— Ne serait-ce pas dû au fait que l'Européen brime sa femme?

— Merci, madame.

— Grand fou!

— Quel beau mot d'amour! Qui en cache sûrement d'autres. Je me suis toujours émerveillé d'entendre les expressions: pas laide plutôt que belle, pas méchante personne plutôt que bonne… la pudeur du compliment, du mot doux. Ainsi, moi, tu me traites de grand fou et c'est un mot tendre!

— Toi et tous ceux de ton sexe: les éternelles victimes.

— Voilà la confirmation de mes dires: le compliment se fait à mots voilés, le blâme à mots cinglants. Voilà pourquoi tu emploies le terme « grand fou » plutôt que « mon amour »…

— Viens me gratter le dos…

Il gratta, elle était allongée, nue, à plat ventre. Ses cheveux dénoués flottaient sur l'oreiller. Il la trouvait belle et n'y pouvait rien! Il soupirait, comme il aurait souhaité avoir vingt ans de moins! Elle dormait, il continuait de la caresser; sa peau était de satin.

Le nœud coulant de la corde s'empara de sa pensée, il demeura réveillé, revivait le lointain passé, il souffrait.

Il n'avait pas de souvenir de sa patrie, sauf le désastre de la guerre; la Ville lumière, les cathédrales, les musées, les beaux monuments, tout ça, il l'avait appris dans les livres d'histoire, ici, au Canada, son pays d'adoption.

Il n'avait pas connu l'enfance, mais rien que la vie d'adulte, seul, si seul! Le crime de son frère l'avait plongé dans le marasme, il avait dû lutter contre le froid, la faim, la solitude.

Une grande partie de ses gains avait été engloutie pour aider sa belle-sœur et ses neveux: il devait le reconnaître, Dieu le lui avait rendu au centuple.

Puis, la magie de l'arrivée de sa fée, Marie-Reine, la naissance de ses filles. Il regardait son épouse endormie à ses côtés, une brave femme qui ne pensait jamais à elle-même, vivait en fonction des siens. Tranchante, exigeante semblait-il, mais en réalité, elle avait un cœur d'or: Marie-Reine était imbue du devoir d'état accompli, sans considération de la fatigue, de la lassitude. La vraie Canadienne pure laine pour qui le devoir passe avant tout. Elle prêchait l'emprise sur soi, la détermination, haïssait la faiblesse, l'apitoiement. Le respect humain pour elle était une faiblesse, une offense faite à Dieu. La douceur était là, au fond de son cœur, mais encore fallait-il l'y découvrir. Elle était forte surtout. Il l'aimait telle qu'elle était, il l'admirait. Parfois, elle se montrait brusque avec ses filles; par contre, elle était aussi juste que ferme. La fille unique, choyée, avait dû se faire violence pour élever ses filles, toutes douées de caractères différents, qui lui avaient amené des étrangers comme époux. Puis, il y avait sa mère, Imelda, lui, Jean-Baptiste et les petits-enfants! Quatre générations à unifier, à aimer, à comprendre, à soutenir. La grande cellule familiale, une société miniature qu'il fallait conseiller, diriger,

nourrir! Quelle charge! Que de joies, mais aussi que de peines!
Que d'inquiétudes! Il s'endormit enfin, le cœur moins lourd.

* * *

Le lendemain après-midi, il retourna visiter Monique. Les
bébés dormaient. Il voulait lui raconter les récents événements.
Il n'y parvint pas.

Souvent, il venait comme ça, à l'heure de la sieste des enfants;
seul avec sa fille, il ouvrait son cœur. Elle ne l'avait jamais trahi,
ne fit jamais la plus petite allusion à ses confidences. Il lui en était
reconnaissant.

L'amour de son père, la confiance qu'il lui témoignait la touchaient beaucoup. Parfois, elle se demandait s'il se confiait aussi
à Marie-Reine, sa femme. Elle n'osa toutefois pas le questionner
à ce sujet.

Chapitre 20

Les postes de radio et de télévision connurent une grosse cote d'écoute ce soir-là chez les Gagnon! Le téléphone ne dérougissait pas! Le balayage était radical. L'élu avait sa tête des jours d'émotion. Le père Gédéon, petites et grosses madames, jeunes et moins jeunes, une foule en liesse pleura de joie. Ce fut touchant. Le nouveau chef dut calmer quelques enflammés. C'était si subit, si total, si troublant, cette victoire choc, les vainqueurs mêmes en étaient bouleversés. Il n'y eut pas un instant place à l'espoir dans le camp opposé. Tous et chacun pouvaient se vanter d'avoir gagné leurs élections; pas ou presque pas d'opposition, carte blanche était donnée aux disciples de l'amour.

Le nouveau gouvernement forma sa cour; Jean-Baptiste sourit à la pensée que les nouveaux députés ou ministres sortiraient des jeans pour, comme lui autrefois, sauter dans l'habit de serge noire.

Depuis son arrivée au Québec, Jean-Baptiste avait fouillé dans l'histoire, écoutait, lisait les journaux, les discours politiques de tous les partis. Il en avait vu naître, puis mourir; le Québécois n'était pas politisé, mais il était politicien. Le peuple était amateur de discours colorés : Réal Caouette, chef du Ralliement des créditistes plaisait; les rassemblements autour de Duplessis avaient quelque chose d'enlevant : « Ce cher Maurice, quel orateur! » disait-on. On aimait Jean Lesage parce qu'il était beau, savait faire des pauses.

Chaque parti était discuté dans chaque salon. On s'engueulait volontiers; toutefois, il y avait mouvement unanime au moment de choisir le candidat; au niveau fédéral, on se rangeait le plus souvent du côté de l'opposition. Ils étaient imprévisibles, les gens du Québec, nuancés, de bons gueulards.

On se calmait aussi vite qu'on s'enflammait; l'ordre se faisait, car les cœurs commandaient aux esprits. Le nouveau parti avait fait une percée gigantesque, envoyant aux oubliettes la bonne vieille Union nationale.

Finie l'ère du vote obtenu par le truchement du ministère de la Voirie, en échange d'un contrat de petit bout de chemin. Lesage s'était accroché les pieds dans le ministère des Travaux publics, Bourassa trouva son Waterloo chez les grévistes. Les femmes s'intéressaient à tout ça, le jeune peuple secouait ses vieilles croyances.

Lévesque avait su parler aux cœurs, c'était un thème tout nouveau, celui de l'amour de soi que les autres devraient comprendre, assimiler, respecter, sinon, il leur faudrait déménager !

De nouveau, il faudrait rétablir l'équilibre. S'aimer ne suffisait pas. En réalité, on s'aimait déjà, on n'avait tout simplement pas trouvé l'occasion de se le dire… Toute grande famille a son histoire, on se boude et on se réconcilie.

Le peuple va au fond de ses tripes, mais ne vit pas pour elle. Il reconnaît qu'il est favorisé, gâté. Il ne s'imposerait pas de frontières pour se sentir plus beau, plus fort. Il l'est déjà et il le sait. On ne peut plus les endormir, ces Québécois. Le peuple sait chanter, rire, il sait aussi s'autocritiquer. Il ne la veut pas la guerre ! Le pousser trop loin retomberait sur le nez même de celui qui oserait charrier. On se donnait une occasion de faire ses preuves, la révolution qu'on qualifiait de tranquille prenait un tournant. Des réformes sociales en place, du sang nouveau chez les dirigeants, les maîtres chez eux passaient à l'œuvre. C'était leur tour !

On grimperait l'échelle, les thèmes graviraient des échelons. Que de réalisations, grandes et petites, à accomplir !

Que de monde à satisfaire ! Que d'espoirs à combler ! Que d'erreurs à ne pas commettre ! Que d'entraves à contourner ! L'amour saurait-il tout résoudre ? Il faut continuer de vivre, ne pas rompre trop vite avec les réalités, respecter, jauger, évaluer ; penser grand, voir loin.

C'est un peu comme le mariage : on s'aime et la vie se charge d'effriter les premiers élans. Il faut se repenser, s'ajuster, contourner les crises. Ça, c'est moins facile. Surtout qu'on doit un jour réaliser que les embûches ne proviennent pas toujours de l'extérieur. Chacun traîne son lot de capacités et de faiblesses. Le tir doit être pratiqué longtemps pour faire mouche.

Jean-Baptiste était content. C'était bien ainsi. Les Québécois s'étaient élu un premier ministre de leur choix, un homme qui partageait leurs ambitions, connaissait leurs désirs, leurs espoirs, ceux-là même qui étaient siens. L'homme avait ses lettres de créance que le peuple lui avait signées d'un X significatif.

Une question demeurait sans réponse chez les descendants de Jean-Baptiste : de quel côté son bulletin de vote et celui de Marie-Reine avaient-ils aidé à faire pencher la balance, dans ce comté resté fidèle au Parti libéral ?

Chapitre 21

Yvonne, euphorique, nageait en plein bonheur. Sa joie intérieure la rendait attentive, gentille. La métamorphose était complète, son caractère s'était adouci. Yvonne était devenue d'agréable compagnie.

Les soupers en famille, le dimanche, lui étaient maintenant agréables. Elle poussait la gentillesse jusqu'à s'amuser avec les enfants, ce qu'elle n'avait jamais fait auparavant. Au début, les jeunes hésitèrent à lui rendre cet amour auquel elle ne les avait pas habitués.

On l'excusait de ses sautes d'humeur d'autrefois, que l'on attribuait au choc causé par son retour dans le monde. Elle n'avait jamais expliqué sa décision si subite de laisser tomber le voile, le secret avait dû la ronger intérieurement.

Un jour, Luc lui dit qu'elle était belle quand elle souriait; elle prit l'enfant dans ses bras et le serra sur son cœur. Yvonne rayonnait!

Elle allait peu dans la serre, elle surveillait la sonnerie du téléphone. Les jours passaient. Elle se reprochait d'avoir négligé de fixer un autre rendez-vous avec Mathias. Elle n'avait pas eu la présence d'esprit de lui demander s'il voyageait souvent; elle était trop bouleversée par ce nouveau sentiment qui l'avait envahie tout entière, elle avait oublié le futur, le présent était si lumineux. Alors, elle espérait. Les jours lui paraissaient longs! Sa grande gaieté s'émoussait peu à peu.

De son côté, Jean-Baptiste pensait moins à cette maudite corde qui avait hanté ses nuits.

* * *

— Yvonne, ma fille, irais-tu me chercher un fuseau de fil blanc, mercerisé, numéro 36?

— Est-ce si urgent, maman ?

— J'en aurai besoin cet après-midi.

— Bon, je vais y aller, mais un peu plus tard. Je monte à ma chambre.

Imelda souriait.

— Laquelle cette fois ?

— Laquelle… quoi ?

— Laquelle de tes filles est… comme ça ?

— Je ne comprends pas.

— Habituellement, quand tu sors la machine à coudre et ton fil numéro 36, c'est que tu piques des piqués pour une de tes filles enceinte.

— Ah ! ça. Non maman. Cette fois c'est autre chose. J'ai enfin obtenu des sacs de sucre vides que j'ai blanchis et que je veux border pour en faire des linges à essuyer la vaisselle.

— Si tu veux mon avis, c'est assez de bébés dans la famille, avec le coût de la vie d'aujourd'hui. Tu ne trouves pas ?

— Tu as bien raison, maman. Je n'ai pas le goût de confectionner des layettes, j'ai même été trop paresseuse pour faire des confitures cette année.

* * *

Yvonne descendit.

— Je sors, maman, je reviendrai avec ton fil ; si je reçois un appel, je serai de retour dans cinq minutes.

— Bien, ma fille.

Yvonne sortit. Elle irait chez *Halevain*. Elle tournait le coin de Côte-Vertu, lorsqu'une grosse voiture qui passait ralentit.

— Yvonne, mademoiselle Yvonne.

Et, elle le vit. Oh ! miracle. Mathias était là.

— Montez.

Il ouvrit la portière, elle monta, si vite qu'elle se heurta la tête.

— Bonjour !

— Quelle coïncidence ! Bonjour, Mathias.

— Je vous enlève.

— Pour longtemps?

— Qu'en diriez-vous?

Ne sachant quoi répondre, Yvonne se taisait. Il prit sa main dans la sienne, elle serra ses doigts. Il continuait sa route. En silence. Yvonne ne voyait pas le paysage, elle n'aurait pas su dire où elle se trouvait. Plus rien ne comptait. Il était là.

— Yvonne…

— Oui, Mathias.

— Je vous amène chez moi.

Le rythme cardiaque d'Yvonne partit au galop. Si elle avait pu prévoir, elle se serait fait belle. Elle passa sa main libre dans ses cheveux.

— Fermez les yeux. Ne trichez pas.

La voiture ralentit, entra dans un garage souterrain, s'immobilisa.

— Gardez les yeux fermés, attendez-moi.

Il contourna la voiture, ouvrit la portière, lui tendit la main et la conduisit vers un ascenseur. Elle eut l'impression qu'ils grimpaient jusqu'au ciel. Elle entendit le bruit que faisait le trousseau de clés, une porte s'ouvrit, puis se referma.

— Ouvrez les yeux.

Elle était éblouie, ses yeux clignotaient. Elle eut un oh! d'admiration pour ce qu'elle voyait.

Dans un décor tout blanc, meubles, tapis, murs, des plantes vertes faisaient des taches de couleur, rompant la monotonie; quelques cadres suspendus aux murs représentaient des paysages croqués en pays étrangers.

— Vous acceptez de dîner avec moi?

— Oui, merci.

— Peut-être aimeriez-vous prévenir vos parents de votre absence? Servez-vous de cet appareil.

Mathias ouvrit le réfrigérateur et en sortit une grande assiette couverte de hors-d'œuvre variés, de viandes froides.

— Ça vous va?

— Vous attendiez quelqu'un?

— Non, un charcutier prépare mes plateaux. Chaque jour, il me réserve une surprise. Le café est fait, je le conserve au froid, il suffit de le réchauffer.

– C'est la maison des miracles!

– Mon sanctuaire… Ce qu'il y a de plus privé, de plus secret. C'est ici que je réfléchis, que je médite, que je me repose de la foule. Personne n'en connaît l'existence, en dehors de vous. Allez vers la fenêtre, regardez, la vue est magnifique.

– Montréal à nos pieds!

– Vous me voyez ravi que ça vous plaise tant. Bon appétit.

Il versa un vin rouge, corsé. Yvonne était déjà ivre avant d'y tremper les lèvres; la griserie de l'amour. Une musique douce emplissait la pièce. Yvonne se sentait peu à peu plus détendue. Jamais elle n'avait connu autant de luxe. Les fauteuils de cuir doux étaient invitants, la moquette, immaculée, douce aux pieds. Mais rien, non rien, n'était plus beau que Mathias. Elle le voyait en pleine lumière; ses tempes légèrement grisonnantes lui donnaient un air imposant. Ses mains étaient belles, soignées; elle ne s'y connaissait pas tellement en mode, mais sa tenue lui semblait impeccable. Elle regrettait sa robe insignifiante. Elle était sortie en vitesse faire une course, elle était loin de se douter que ça se terminerait dans ce paradis.

Mathias était plus beau que tous ses beaux-frères, plus instruit, avait une voix chaude. Ses sœurs en crèveraient de jalousie. Puis, il était pasteur, il prêchait l'amour!

Le repas terminé, il ouvrit la porte et roula la table vers l'extérieur. Il s'installa dans un fauteuil, appuya sa tête, ferma les yeux. Yvonne le regardait, se remplissait l'âme de son image; c'était trop beau, le rêve allait s'évanouir. Elle n'osait plus bouger.

– Ce jour, Yvonne, je l'ai attendu, planifié, pensé et repensé, réfléchi, espéré. Passerez-vous la nuit avec moi?

– Je…

– Non, ne me répondez pas. Réfléchissez à ma proposition. J'ai un travail pressant à faire.

Il pressa un bouton, une partie du pan de mur se déplaça, tourna sur des gonds et des livres apparurent. Il en prit un et s'y plongea. On n'entendait plus que les pages qui tournaient une à une, lentement. Pourtant Yvonne craignait qu'il n'entende son cœur battre. Elle n'osait plus respirer, ses pensées s'empêtraient dans son pauvre cerveau. Son âme souffrait. Oui, elle passerait la nuit auprès de lui, toutes les nuits de toute sa vie. Mais pas ainsi, pas dans de telles conditions. Pas avant d'avoir d'abord dit le «oui» solennel.

Mathias lisait, presque recueilli. Il semblait absent de corps et d'esprit tant il était absorbé. Ses belles mains la firent frémir. Le désir s'emparait d'elle, elle n'avait aucune idée de ce que ça pouvait représenter une nuit avec un homme. Il lui fallait savoir, tout son corps voulait savoir. Un sentiment étranger l'enveloppait, quelque chose inconnu d'elle l'envahissait, comme une grande bouffée délirante, son visage s'échauffait, ses mamelons pointaient, sa respiration se faisait haletante. Un instant elle se crut malade, le fauteuil devenait inconfortable, elle se sentait moite. Elle aurait aimé plonger dans une cuve d'eau glacée pour calmer ce corps qui brûlait de désir. La pensée du péché l'effleura, elle la chassa, car elle n'avait pas la force de lutter. Sa griserie était si douce, si exaltante! Son être tout entier baignait dans un désir de volupté. Elle ferma les yeux. Cet envoûtement lui faisait perdre tout sens de la réalité, maintenant elle avait peur que cette ivresse ne la quitte. Ça, elle ne le voulait pas. Elle soupira, il leva les yeux. Yvonne se leva, lentement; d'un pas incertain elle s'approcha du fauteuil où il était assis, elle se glissa sur le sol près de lui, elle entoura ses jambes de ses bras.

La poire était mûre, il ne restait plus qu'à la cueillir. Mathias flâna encore un peu: il ne fallait pas effrayer le papillon. Yvonne faisait courir ses mains dans le poil qui couvrait ses jambes, ses yeux étaient fermés, ses lèvres entrouvertes.

Prenant sa tête dans ses mains, il plongea son regard dans le sien. Les cils de la fille battaient, tout son être frémissait. Il se leva, la souleva, la transporta sur son grand lit tout blanc. Yvonne n'était plus consciente, Yvonne n'était plus maîtresse d'elle-même, elle était la maîtresse de l'autre.

Il la possédait maintenant sans pitié, sans ménagement. Elle gémissait. Il s'éternisait. Il la mordit sur la bouche, elle contre-attaqua, ce fut à son tour à lui de geindre. Ils s'étaient plu, réciproquement. Ils s'endormirent enfin, là, nus, détendus.

Il la réveilla, la nuit venue. Il la posséda encore. Cette fois elle cria de bonheur.

— Habillez-vous, Yvonne.

L'homme se leva, entra dans la douche. Elle entendit couler l'eau, n'osa pas aller l'y rejoindre, même si elle en crevait de désir. Elle se vêtit et attendit.

Ils ne dirent plus un mot. Cette fois encore, dès qu'il ouvrit la porte, il la pria de fermer les yeux, la conduisit jusqu'à la voiture et la ramena chez elle.

— Demain, même place, même heure, dit-il.

* * *

Le téléphone d'Yvonne avait surpris Marie-Reine. Voilà que sa fille était invitée à souper... Mais elle ne revenait plus. La mère s'inquiétait.

— Voyons, Yvonne est une grande fille, elle ne se perdrait pas si facilement, fais-lui confiance, dit Imelda.

— Ta mère a raison. C'est bien qu'elle ait des amis, qu'elle sorte un peu. Souviens-toi comme elle nous est revenue épanouie le soir de la crémaillère. C'est bon pour elle, un peu de mondanité. Surtout, ne lui fais pas de reproches, insista Jean-Baptiste.

Imelda souriait. Ce soir elle verrait bien, de sa fenêtre... Et la lune qui n'était pas là ! De fait, la grosse voiture vint déposer mademoiselle, cette fois un peu plus loin que le coin de la maison ; Imelda pensait que l'aventure devenait très sérieuse.

Yvonne entra, n'alluma pas. Imelda entendit les marches de l'escalier qui craquaient dans la nuit.

Marie-Reine aussi était réveillée. Quand elle entendit se refermer la porte de la chambre d'Yvonne, elle s'endormit.

Yvonne se dévêtit, se planta nue devant son miroir. Pour la première fois elle observait son corps, ce corps qui, ce soir, lui avait joué plus d'un tour. Elle n'en revenait pas. Les mots ne collaient pas à ses pensées. Elle ne pouvait définir ce qui l'avait envahie, grisée à ce point. Son moi l'étonnait. La puissance de soi, c'était donc ça ? Mathias était un maître ! Un magicien. Elle ne l'aimait pas, elle l'idolâtrait. Elle toucha sa taille, ses seins, fut surprise de la force qui avait, jusque-là, dormi en elle et qui s'était révélée ce soir. Elle s'étendit sur son lit, nue, détendue, pleine de lui. Elle s'endormit, n'eut pas de rêves.

Le lendemain, elle se réveilla, d'abord surprise ; elle n'avait pas dormi sous ses couvertures. Puis elle se souvint, elle s'étira, satisfaite, langoureuse, chatte.

Elle entra dans la douche en chantant et se lava longtemps. La mousse du savon lui semblait douce, caressante. Son corps avait aimé cette jouissance. Elle se coiffa avec soin, fredonnant des refrains d'amour. Elle dévala l'escalier et entra en trombe dans la cuisine en criant :

— J'ai faim !

— Tu sais quelle heure il est ?

— Je m'en contrefous !

— Tu... quoi ?

— Je m'en contrefiche, si tu préfères.

— Tu es tombée sur la tête ?

— Non, sur mes pieds.

— Et mon fil ?

— Ah ! Ton fil.

— Merci quand même, ton père est allé m'en acheter.

— Dis-lui merci de ma part. Ah ! maman quelle heure est-il ?

— Vingt-quatre heures plus tard...

— Zut. Je dois partir.

— Encore ! Où vas-tu ?

— Au ciel. À ce soir.

— Tu ne manges pas ?

— Pas le temps.

Elle lança des baisers dans la direction de sa mère et sortit en se trémoussant. Jean-Baptiste entrait.

— Yvonne dort toujours ?

— Non, mademoiselle est partie, elle ne rentrera que ce soir.

— Enfin ! Elle s'amuse. J'ai une surprise pour elle.

— Raconte.

— Elle s'évertue depuis des mois à faire fleurir des orchidées. Ça y est, une plante est en bourgeons. Elle va faire une tête quand elle va voir ça ! Tu crois qu'elle a fait la connaissance d'un garçon ?

— Voyons, Yvonne ! Tu n'y penses pas ?

— Sait-on jamais.

Imelda souriait.

— Pourquoi souris-tu, maman?

— Je pense à toi, le jour où tu nous a appris l'existence de Jean-Baptiste.

— C'est autre chose.

— Oui, bien sûr. Tu étais une enfant, chez les religieuses; elle, elle est une femme, qui fut religieuse... Autre différence, c'était Jean-Baptiste, lui, un si bon garçon!

— En l'absence des enfants, tu prends toujours leur part.

— Ça c'est le rôle d'une grand-maman.

— Amen!

Marie-Reine turlutait, il faisait chaud et bon dans la cuisine. Imelda écossait des pois, assise comme toujours à un bout de la table.

Jean-Baptiste plia son journal, le déposa sur le guéridon. Doucement il toucha le bras de sa belle-mère, lui jeta un regard complice et se racla bruyamment la gorge.

— Décidément, belle-maman, votre fille aime son rôle de cuisinière et sa paix.

— Sa paix Jean-Baptiste?

— Oui, sa paix. Vous vous souvenez du temps où les filles grandissaient? On ne l'entendait pas chanter mais gueuler; vous vous souvenez de ça, vous?

Marie-Reine se taisait et écoutait. Jean-Baptiste entama la litanie des ordres que Marie-Reine lançait aux siens:

«Les enfants, ôtez vos souliers, mon plancher est fraîchement ciré. Jean-Baptiste, prends la hache et va casser la glace dans l'escalier, les marches sont rondes et sont devenues un vrai casse-gueule! Va raccourcir ma corde à linge, il n'a pas plu de la semaine et elle s'est étirée, mes draps traînent par terre... Marie-Anne, lave les verres d'abord, l'eau graisseuse colle dessus. Henriette, époussette la rampe de l'escalier: chaque barreau; secoue ton linge souvent. Secouez la vadrouille, il ne suffit pas de changer la poussière de place, que je ne vois pas de coins ronds... Je l'aimais celle-là, les coins ronds.»

Jean-Baptiste avait le fou rire ; il se moucha pour se donner une contenance et reprit :

— Parfois, vous vous souvenez, les ordres tombaient dru, de façon anonyme : « La semaine prochaine, il faudra retourner les matelas. C'est le temps d'ôter les châssis doubles et d'installer les moustiquaires... »

Imelda renchérit :

« Fermez les portes, les mouches entrent et vont déposer des chiures partout ! Ne partez pas pour la messe sans votre chapelet. Ôtez vos robes de couvent en arrivant de l'école. »

— Je n'ai jamais compris pourquoi elle n'utilisait pas le mot « uniforme », elle qui aimait les termes justes.

— Il faudra le lui demander quand elle sera moins occupée, taquina Imelda.

Marie-Reine faillit se retourner et riposter. Mais elle se retint et attendit. Jean-Baptiste avait saisi le mouvement et cligna de l'œil en direction d'Imelda qui poursuivit :

« Achetez un rouleau de papier brun pour couvrir les livres de classe. Il faudra faire aérer les lainages sur la corde à linge pour faire disparaître la senteur de la boule à mites. » Encore là, elle aurait dû employer le terme juste : la naphtaline...

Jean-Baptiste reprit la liste des jérémiades, car sa belle-mère fléchissait.

« Nettoyez le lavabo après vous être brossé les dents. Jean-Baptiste, veux-tu, s'il vous plaît... (remarquez qu'elle me vouvoyait alors...) ébrancher le chêne, une branche frôle la fenêtre de ma chambre et bientôt ira écorner la corniche et la toiture. Est-ce que le ramoneur viendra ramoner la cheminée avant l'hiver ? Occupe-toi de vérifier si les plans de tomates ont été renchaussés et si les pieux de la clôture du côté nord ont été renforcés... »

— Il n'y a pas de clôture sur le côté nord de la propriété, Jean-Baptiste Gagnon, et tu le sais, hurla Marie-Reine.

— Bon, je me trompe, du côté sud alors !

Et il enchaîna :

— La meilleure, la quotidienne, la mille fois répétée, la remarque qui me tapait sur les nerfs était celle-ci : « Qui n'a pas remis le porte-ordure à sa place?» Croyez-moi ou non, depuis des années, j'ai le goût de riposter, ce n'est pas un porte-poussière, c'est une pelle à poussière, le terme juste.

Imelda fit bifurquer la conversation:

— Vos gendres ont de la chance, vos filles ont été bien dressées…

— Je les plains, c'est à leur tour d'entendre ces mêmes refrains.

Exaspérée, Marie-Reine asséna un coup de poing à sa pâte et se retourna, rouge de colère.

— Maman, on ne dresse pas les enfants, on dresse les chevaux.

Puis, regardant son mari:

— Primo, Jean-Baptiste Gagnon, nous n'utilisons pas le terme uniforme pour robe de couvent car nous n'avons pas grandi dans un pays guerrier où l'uniforme fait le moine. Secundo, nous avons le droit à nos expressions consacrées par l'usage. Porte-ordure vaut bien pelle à poussière! Qui me dit qu'au temps où nos ancêtres vivaient dans la Vieille France (elle avait appuyé sur le mot vieille), vous connaissiez cet ustensile? Nous, nous avons le courage de traduire les mots anglais. Vous avez des waters, des pulls, des cakes, des discounts et quand les Américains ne vous fournissent plus le mot nécessaire que vous gobez, ou que votre argot ne suffit plus, vous résumez tout en un seul mot: des machins. Vous vous lavez avec un gant de toilette sans doigts; nous, ici, utilisons la débarbouillette. Votre gant de toilette ressemble à nos mitaines pour nous préserver du froid dans un climat moins clément…

Elle s'arrêta net: sa mère et son mari se tordaient de rire. Une fois de plus, elle était tombée dans le panneau: on s'était payé sa tête! Elle reprit son souffle et lança:

— Merci.

— Bienvenue, rétorqua Jean-Baptiste.

— Ris tant que tu voudras. Je préfère «bienvenue» de l'anglais *welcome* à votre phrase si stupide: «À votre service!»

Jean-Baptiste se leva, saisit sa femme par la taille.

— Que tu es belle quand tu es en colère! Ma belle petite Canadienne pure laine.

— Et toi, Jean-Baptiste Gagnon, tu fais coton.

Imelda venait de disparaître, discrètement…

Cosses vides et petits pois traînaient, côte à côte, sur la table. Dans le grand plat à pétrir, la pâte gonflait!

Chapitre 22

Yvonne courait vers le lieu du rendez-vous. Elle était en retard, pourvu qu'il l'ait attendue! Elle ne se pardonnerait jamais son étourderie si elle devait le perdre maintenant.

De loin, elle reconnut l'automobile. Elle ralentit le pas, tâchant de prendre une allure désinvolte.

— Bonjour, lança-t-elle.

— Bonjour, Yvonne.

Le ton semblait maussade, voire même exaspéré. Elle se sentit toute petite, prête à pleurer. Elle se cala dans le coussin de la voiture.

— Ouvrez le coffret à gants; prenez le paquet qui est là, c'est pour vous, ouvrez-le. Dorénavant, vous utiliserez ce parfum... celui que vous portez empeste!

« J'ai trop couru », pensa-t-elle. Elle était en sueur. Elle se sentit moche, humiliée, maladroite. Mathias ne disait rien, il semblait ennuyé. Yvonne n'osait rompre le lourd silence, elle n'aurait su quoi dire.

Puis ce fut l'arrivée vers le garage intérieur, cette fois encore Mathias la pria de fermer les yeux. Elle entendit le bruit des clés, le déclic, la porte qui s'ouvrait. Elle se sentit soudainement gaillarde dans ce décor qu'il lui était donné de revoir.

— J'ai faim, Mathias. J'ai failli manquer notre rendez-vous, j'ai dormi très tard.

Le ton, plein de sous-entendus, fit sourire le mâle; Yvonne jouait la chatte envoûtée.

Il lui offrit une variété de crustacés, du vin blanc. Il la regarda bouffer, pâmée de joie comme une enfant devant des glaces.

— J'ai peu de temps à vous consacrer, aujourd'hui, je dois travailler ce soir. Venez.

Le plus naturellement du monde, elle se laissa conduire vers la chambre. La timidité qui l'avait fait trembler la veille s'était évanouie... Yvonne laissa tomber ses vêtements, courut vers la douche, revint, ouvrit son sac à main, y prit le flacon de parfum, s'en aspergea et alla se blottir à côté de Mathias. Elle l'attira dans ses bras, le sentit lourd sur elle. Dans un souffle il lui murmura à l'oreille :

— Tu es à moi, toute à moi, rien qu'à moi. Je te possède toute, âme, corps, tête, esprit. Tu es ma chose, mon plaisir, crie-moi ta jouissance.

— Oui, oui, Mathias. Je suis à toi, corps et âme !

— Tu es mon esclave, femme, le temps d'un baiser. Après tu redeviendras toi-même, mais pour l'instant, sois à moi.

Elle rentra chez elle après qu'il l'eut déposée au coin de la rue, un peu en retrait de la maison de ses parents. Elle ne ressentait pas cependant l'exaltation qui l'avait transportée le jour d'avant. Elle marcha lentement, la tête basse, se sentait préoccupée mais ne savait pas exactement ce qui la bouleversait. Les mots qu'il avait murmurés avec passion, elle les avait goûtés, mais en cet instant, maintenant que son corps était assouvi, il lui semblait que ce discours était indécent, voire même grotesque. Elle haïssait ces sursauts de scrupule qui freinaient son bonheur nouveau. Peut-être était-ce là le langage des sens, comment le savoir ?

Jean-Baptiste vit Yvonne entrer dans la cour. Il l'appela, elle se dirigea vers la serre. Ce qu'elle vit l'émerveilla : ses orchidées allaient fleurir, le miracle s'était produit la veille... le jour même où elle avait connu l'amour. Ça lui sembla un bon présage. Ses inquiétudes la quittèrent. Elle était de nouveau tout à sa joie. Elle disait des mots doux à ses fleurs. Jean-Baptiste souriait.

— On dirait que tu es amoureuse.

— Ça se voit, papa ?

— C'est donc vrai ?

— Peut-être, n'en dis rien à maman, pour l'instant.

— Si tu veux. Il est beau ?

— Ah ! papa. Beau n'est pas le mot. Dis-moi comment ça se passe entre un homme et une femme, enfin, tu sais de quoi je parle.

— Oui, sinon tu ne serais pas là...

— Est-ce que l'homme, je veux dire, est-ce que le couple se parle?

— Oui, bien sûr, parfois, enfin je crois.

— Est-ce que ce sont des pensées, je veux dire des mots pesés, réfléchis?

— Je n'ai jamais médité sur le sujet. C'est si naturel. Je pense que c'est le moment qui inspire les mots, ou les sentiments exprimés. Demande ces détails à ta mère.

— Surtout pas! Elle me parlerait du terme juste...

Ce qui les fit rire de bon cœur.

— Je suis content, Yvonne, de te voir si joyeuse. J'espère que tu te bâtis un bonheur durable.

— Je le crois papa. J'espère te présenter Mathias bientôt.

— Mais ça dure depuis longtemps, cette histoire de Mathias, tu as déjà mentionné ce nom.

— Nous nous étions perdus de vue, nous nous sommes retrouvés.

— C'est frisquet, ici.

— Pas dans mon cœur, papa.

Elle courut jusqu'à la maison, heureuse comme une gamine de quinze ans. Ce qui fit sourire le père.

* * *

Les rendez-vous se répétaient, chaque jour. Toujours entourés de mystère. Un jour Yvonne suggéra à Mathias de venir rencontrer sa famille, il objecta que c'était trop tôt. Il leur fallait se mieux connaître, être sûrs de leurs sentiments réciproques. Elle y vit une promesse d'avenir. Elle lui parla de l'orchidée qui avait fleuri pendant que lui l'aimait. Ce jour-là, il lui cria qu'elle était une fleur dont les pétales étaient son corps et dont l'odeur était sa passion. Il prit le flacon de parfum et l'arrosa. Yvonne délirait de joie dans les bras de Mathias qui prenait un plaisir machiavélique à la rendre dépendante de sa domination de mâle.

Deux mois passèrent. Les rencontres s'écourtaient un peu plus chaque jour. Yvonne réalisa que ses seins se durcissaient, que la période de ses menstruations était passée. Elle essayait de calculer, de se souvenir… Elle attendit une semaine encore, voulant être certaine qu'elle ne se trompait pas. Son secret lui pesait lourd. Elle avait hâte de se confier à son homme. Ses doutes devenaient une certitude. Demain, elle le lui dirait. Alors, il l'épouserait.

Elle se fit belle, pensa et pesa ses mots. Elle le lui dirait… après.

Elle refusa le vin. Il eut l'air surpris, la belle Yvonne semblait y avoir pris goût! Mais elle pensait à l'enfant à naître, leur enfant. Sa joie était si grande que les ébats se terminèrent en une crise de larmes.

Elle lui plut ainsi, en pleurs, toute recroquevillée dans ses bras, il la calma.

Elle lui dit tout. Il prit une mine déconfite.

– Tu es fâché?

– Mais non, mon oiseau, que vas-tu chercher là? Je suis heureux. Mais tu m'avoues ça le jour même où j'allais t'apprendre que je dois m'absenter.

– Où vas-tu?

– À Jérusalem, en mission.

– Tu seras là-bas longtemps?

– Quelques mois. Promets-moi que tu seras courageuse.

– Tu m'écriras?

– Bien sûr, mon ange.

– Fais-moi une faveur.

– Laquelle?

– Prête-moi les clés de cet appartement. Je pourrai parfois venir ici, penser à nous deux.

– Non. Ici, c'est mon sanctuaire. Tu dérangerais les vibrations des lieux. Ma réponse est non. Habille-toi, nous partons.

Le ton ne permettait pas de réplique. Il la ramena chez elle sans un baiser.

– Dis-moi quelque chose de gentil, je t'en prie.

– Je n'aime pas les adieux.

– Au revoir, mon amour.

Dès qu'elle eut mis pied à terre, les pneus grincèrent sur la route. Elle regarda la voiture se perdre vers l'infini. À pas lents, elle se dirigea vers la maison de ses parents. « Quelques mois », avait-il dit. Il serait donc là pour le grand jour.

Un long calvaire commençait pour Yvonne.

* * *

Le lendemain matin, Yvonne se jeta dans les bras de son père et lui dit qu'elle attendait un enfant.

— Mathias le sait-il ?

— Non, papa, je n'ai pas eu le courage de le lui dire ; il partait pour l'étranger et je ne voulais pas qu'il s'inquiète… Il sera là pour la naissance du bébé.

— Il te faudra du courage, ma grande. Nous t'aiderons. Pense surtout à ce petit bébé, aime-le. C'est très important tu sais, pour sa santé mentale et la tienne. Sois généreuse, ton enfant te le rendra.

— Je t'aime papa.

— Moi aussi, ma grande fille. Je t'aime de tout mon cœur.

— Que ferais-je sans toi ?

— Parle de tout ça avec ta mère.

— J'ai peur de ses reproches.

— Ta mère est très bonne, très humaine. Il s'agit de s'adresser à son cœur. Pour elle, vous êtes demeurées des gamines. Ça explique son ton parfois autoritaire ; au fond, elle est une grande sentimentale.

— Merci, papa.

— Garde la tête haute, ma fille, et le cœur chaud.

Pourquoi Yvonne avait-elle senti le besoin de mentir à son père ? La question la hantait, la tenaillait ; quelque chose d'anormal, d'inquiétant, comme une peur basée sur un malaise cuisant qu'elle n'aurait su définir, l'étreignait à lui faire mal.

Les jours suivants, Yvonne surveilla le facteur ; Jean-Baptiste pouvait lire la déception sur le visage de sa fille, la lettre si attendue ne venait pas.

* * *

Imelda finissait de couper en dés les légumes que sa fille déposait au fur et à mesure dans la grosse marmite où mijotait la soupe.

Elle s'était levée, laissant derrière, sur la table, les pelures, le couteau et la planche de bois. C'était contraire à ses habitudes. Elle se dirigeait vers sa chaise à bascule. Marie-Reine la regardait, étonnée. Devinant que sa mère était bouleversée, elle se dirigea vers elle, la regarda.

— Vous semblez tout chose, maman, qu'est-ce qui ne va pas ?

— Je réfléchis.

— Et ?

— Mes conclusions ne sont pas reluisantes !

— Voulez-vous en parler ?

— Mon orgueil en souffrirait !

— Vous aiguisez ma curiosité.

Imelda avait l'expression d'un gros bébé pris en faute, elle déplaçait lentement les plis de sa jupe, gardait la tête inclinée. Marie-Reine, prise d'un désir fou de l'embrasser, se retint, ne voulant pas troubler sa méditation.

Imelda battit des cils, Marie-Reine surprit le regard qui exprimait une certaine gêne, beaucoup de pudeur.

La curiosité de la fille faisait maintenant place à l'attendrissement ; qu'allait donc lui confier sa mère ? Un silence pieux régnait. La vieille dame murmura :

— Nous sommes les coupables.

— Nous ?

— Oui, nous, les femmes. Permets que je me prenne en exemple.

Imelda soupira, renversa la tête en arrière, ferma les yeux et reprit :

— Toute ma vie je me suis appuyée sur ton père ; là se trouvait la sécurité, vers lui allaient mes suppliques, mes remarques amères, acerbes même. Je fis de lui mon souffre-douleur, toujours encline à me scandaliser, brandissant l'étendard de la vertu, me repliant sur des grands ménages à n'en plus finir pour donner l'impression d'être une bonne femme d'intérieur. Quel manque de personnalité !

— Mais, maman, tu oublies…

— Non, Marie-Reine, il n'y a pas de mais! Souviens-toi de mes réactions lors du décès de ton père : ce n'est que plus tard, avec le recul du temps, que j'ai compris mes faiblesses ; grâce à l'attitude des jeunes d'aujourd'hui, je suis mise en face de la réalité. Je ne te parlerai pas de cette nuit affreuse, c'est un débat entre ma conscience et… moi.

Ses yeux brûlaient, maintenant, le regard avait cessé d'être effarouché. Elle fit une pause et enchaîna :

— Mon erreur était typiquement féminine : j'avais la profonde conviction que je ne pourrais plus rien sans mon homme sur qui m'appuyer ! Voilà, ma fille, l'erreur que nous faisons toutes. Nous accusons les hommes de nous brimer, nous nous référons à des vieux clichés dont celui du couple, de la famille unie. Je n'avais trouvé rien de mieux que de te renvoyer la balle, à toi et à ton mari, me cachant derrière vous deux, attendant encore tout des autres… Moi, la pauvre innocente victime !

— Pourquoi ? Ah ! maman, pourquoi me dire des choses aussi cruelles ?

— Pourquoi ? Pour que tu saches, pour que tu ne commettes pas la même erreur. Jean-Baptiste ne sera pas toujours là. Souvent, la vie n'est pas telle qu'on souhaiterait qu'elle soit ! Regarde Marie-Anne, autrefois si moche, mais qui se prend en main ! Elle fait montre d'une détermination peu commune, elle sort des sentiers battus.

— Maman, et Yvonne ?

— Yvonne ?

— Oui, Yvonne.

— Si tu me demandes mon avis, je vais t'avouer que je l'admire.

— Vous l'admirez ?

— Oh ! Bien sûr, pas pour ses sautes d'humeur massacrantes, mais songe un peu à la dose de courage qu'il lui a fallu pour changer l'orientation de sa vie, pas plus préparée qu'elle ne l'était. Elle a plongé à corps perdu dans la réalité du monde, sûre à l'avance de n'y rencontrer que désapprobation et, ce qui est pis, de la part des siens. Ton mari, oui, ton mari, un homme encore une fois, a été le premier à lui tendre la main… Toi, moi, ses sœurs, avons été tranchantes avec elle : l'ennemie de la femme est la femme elle-même. Sa révolte est plus saine que la mollesse dont j'ai moi-même fait preuve dans le malheur...

— C'est terrible, ce que vous me dites est terrible! C'est à démolir la base même de nos croyances passées!

— Tant mieux! Il est temps ma fille que les femmes se réveillent, qu'elles cessent d'abdiquer.

— Et les enfants, alors?

— Bla-bla-bla, les enfants! Penses-tu vraiment qu'ils y perdraient auprès de mères plus déterminées? Nous nous accrochons à eux comme un naufragé à une bouée; quand ils dérivent tant soit peu, nous prenons peur. Pour eux? Non, pour nous. Souviens-toi du jour où tu nous a mis en face du fait que tu voulais épouser ton Jean-Baptiste! Hein! Qu'en dis-tu? Qu'aurais-tu fait si nous avions voulu te tenir tête? Pourtant, dans la mienne, ma tête, dans mon cœur de mère, tu étais une enfant.

— Maman!

— Crois-moi, si c'était à refaire... ce qui n'empêcherait pas ta soupe de renverser sur le feu...

Marie-Reine courut vers la marmite, souleva le couvercle qui dansait sur une dentelle de bulles qui se déversaient. Quand elle se retourna, Imelda n'était plus là...

Chapitre 23

Imelda n'avait connu qu'une grossesse mais, depuis tant d'années, elle observait sa fille Marie-Reine qui s'obstinait à taire les siennes si longtemps que sa taille la trahissait avant qu'elle ne confie son secret à sa mère.

Jean-Baptiste avait toujours admiré cette pudeur chez sa femme ; il devinait, bien avant qu'elle lui apprenne la nouvelle : ça réveillait chez elle d'abord la crise d'un grand ménage de la maison, la rage de peindre la chambre de la dernière-née déjà grande, puis un goût subit de marinades sucrées ; chacun des bébés avait eu droit aux mêmes manies. Marie-Reine devenait très belle, plus heureuse, plus épanouie, son regard se voilait un peu comme s'il regardait au loin, dans l'au-delà, ses seins se gonflaient comme un fruit trop mûr. La jeune maman semblait heureuse avec elle-même, satisfaite dans son corps et dans son âme, son mari l'aimait davantage, chaque bébé était attendu avec dévotion, lui semblait-il ; ça le réjouissait. Par ricochet, il se sentait mâle, puissant, aimé, envoûté. Le dernier-né était immanquablement le plus attendu, le plus beau, la réalisation suprême.

Il n'avait pas senti cet état d'enchantement chez sa fille Yvonne, ça l'inquiétait ; puis, il se raisonnait, la future mère était si seule sans son homme ! C'était sans doute pour cette raison qu'elle s'était confiée à lui !

Imelda avait entrevu la poitrine habituellement mince de la fille. Yvonne s'affairait à desservir la table et les yeux de la grand-mère avaient accidentellement plongé dans le décolleté de la blouse, les veines étaient gonflées, les seins très arrondis. Ce pouvait être une simple annonce des menstruations, pensa-t-elle. Mais le soupçon éveillé, Imelda observait, il n'y avait pas de doute, la taille de la jeune fille était éloquente.

Un vague soupçon avait effleuré Marie-Reine. Yvonne, habituellement gourmande au déjeuner, se contentait maintenant d'un café. Mais la mère repoussa vite cette pensée sotte, c'était une impossibilité.

Il fallut bien se rendre à l'évidence ! Au dîner de famille, ce dimanche-là, ce fut Marie-Anne qui taquina Yvonne sur son embonpoint.

— C'est vrai, bourzaille, dit Raymond, tu perds ta taille de guêpe, Yvonne. On dirait même…

Imelda venait de l'écraser du regard. Il se tut. Un silence de mort s'abattit sur la famille. Yvonne courut à sa chambre. On comprit enfin.

Jean-Baptiste dit, en martelant bien ses mots :

— Votre sœur est amoureuse, son fiancé est au loin, il ne sait pas encore et il sera absent plusieurs mois. La jeune mère aura besoin de tout votre amour, de toute votre compréhension. Quant à toi, ma femme, tu auras besoin de fil blanc mercerisé numéro 40.

— Trente-six, Jean-Baptiste, 36 !

La famille ne s'attarda pas : on emmitouflait les enfants et on disait au revoir. Marie-Reine se sentait humiliée. Elle en voulait à Jean-Baptiste.

— Pourquoi ne m'as-tu rien dit ?

— Je t'en aurais parlé après le départ des enfants, je ne croyais pas que ça se voyait tant que ça.

— Tu l'as approuvé devant tous avec ton histoire de fil, tout le monde a compris. Ce qui est pis encore, c'est que tu savais et moi pas. La grande dévergondée, elle va apprendre de quel bois je me chauffe !

— Mollo, mollo, Marie-Reine. Pense à l'enfant.

— Ah, zut ! Y a-t-elle pensé, elle, à l'enfant, a-t-elle pensé à nous ? Elle n'a jamais su se conduire. Tout ça est ma faute. La grande sans cervelle, j'aurais dû l'enchaîner.

— Vas-y. Laisse exploser toute ta colère, ensuite, tu te sentiras mieux.

— Sainte bénite ! Ce qu'il ne faut pas entendre. Écoute-moi bien, Jean-Baptiste Gagnon, je ne lèverai pas le petit doigt…

Il s'approcha, la colla contre lui, la serra dans ses bras. Et ce fut le déluge, un torrent de larmes et son effet calmant. Elle resta là, la tête sur son épaule à soupirer, secouée de tremblements convulsifs. Peu à peu les mots récemment prononcés par sa mère lui revenaient en mémoire...

Marie-Reine avait la réputation d'être une femme froide et tranchante, la réalité différait ; étant disciplinée, déterminée, elle accomplissait son devoir et attendait la même chose des autres. Une personne moins responsable qu'elle ne pouvait pas la juger équitablement, les apparences étaient contre elle. Mais Jean-Baptiste la connaissait telle qu'elle était, connaissait ce cœur d'or qui était dissimulé sous une logique, une détermination qui la rendaient inaccessible aux moins vigilants. On la redoutait, on avait peur de ses jugements mais on pouvait se fier à elle, s'y appuyer car elle était droite, sincère, sécurisante.

Dans son inconscient, Yvonne le savait aussi. Dès que sa mère aurait avalé la mauvaise nouvelle, elle se ferait une raison et sa bonté naturelle prendrait le dessus. C'était l'approche, le choc initial qui lui faisaient peur. Son père s'en chargerait...

Imelda, discrète, avait fui. Le mari et la femme étaient seuls avec leur dilemme.

— Cette fille n'a pas plus de jarnigoine qu'un lapin ! Une cervelle d'oiseau, voilà ce qu'elle est ! Quel scandale !

— Depuis quand ma reine s'inquiète-t-elle de l'opinion des voisins ?

— Il n'y a pas que les voisins, les enfants de nos enfants...

— Pense à Yvonne, à son drame, à elle.

— Raconte-moi tout ! Qui est le salaud...

— Un gars qui semble l'aimer, qui le lui a dit ; réalise ce que ça représente pour elle.

— Elle n'avait qu'à rester au couvent.

— Qu'est-ce que l'orgueil ?

— Cesse de temporiser... et laisse-moi seule avec ma colère.

Elle se remit à pleurer. La tempête s'achevait, les choses se casaient dans la tête de Marie-Reine. Elle était trop humaine pour se montrer méchante. Elle, femme de devoir, ne pouvait comprendre l'autre qui s'était placée dans une telle situation, une situation à laquelle il faudrait faire face, s'adapter.

* * *

La nuit était là, Marie-Reine ne dormait pas, elle pensa aller discuter avec sa mère. Mais elle avait honte ; non, elle n'irait pas confier sa misère morale. Elle parlerait d'abord à sa grande folle. Demain matin il y aurait un déjeuner-causerie qui menaçait d'être turbulent.

Jean-Baptiste, qu'elle croyait endormi, lui dit soudain :

— Tourne-toi.

Et il la calma, joua dans ses cheveux, caressa son dos. Elle soupira et lentement se détendit, s'endormit.

Le lendemain elle fut debout très tôt. Elle était plus sereine, mais il n'aurait pas fallu réveiller sa colère. Lorsque Yvonne arriva, sa mère n'y alla pas par quatre chemins.

— Que fait-il dans la vie ?

— Il est, il est... pasteur.

— Quoi ? Un prêtre ?

— Mais non, maman, laïc.

— En position de te faire vivre, toi et l'enfant ?

— Oui, maman.

— Propre ?

— Oui, maman.

— Tu comprends le sens du mot propre ?

— Oui, bien sûr.

— Il sait ?

— ...

— Il sait ?

Le ton avait haussé, l'autre prit peur, elle mentit.

— Non, pas encore.

— Que son nom ne soit pas prononcé ! Garde pour toi tes secrets, tes espoirs, tes illusions, ne pleurniche pas, ni sur ton sort, ni sur toi-même. Tu vas te secouer, te mettre du plomb dans la tête. Tu n'es plus une adolescente. La layette va être le fruit de ton travail. Ta condition n'empêche pas de pouvoir travailler. Tu vas te bouger, tu m'as comprise ? Quand ton moineau reviendra, ce dont je doute... ne proteste pas, je veux lui parler entre quatre z'yeux, tu m'as comprise ? Je veux être mise au courant tout de suite, prestissimo ! Mon avis est qu'il a disparu dans la brume, que tu ne le reverras jamais, que tu as eu affaire à un chanteur de pomme. Idiote! Le sujet est clos, déjeune, surveille ce que tu manges. C'est déjà assez de mettre au monde un orphelin, au moins vois à ce qu'il ait de bons os, une bonne santé physique et morale. Alors occupe-toi l'esprit, fais des lectures joyeuses et, par-dessus tout, reste à la maison. Ne vas pas pavaner ton, ta, tes, enfin, ton, ta condition sur les trottoirs. Sainte bénite! Dans ma propre maison! Quel drame!

Jean-Baptiste arrivait, suivi de sa belle-mère. On parla tempé-rature, il fut question de couper le vieux chêne. On vanta le vieil arbre. On ignorait Yvonne. Elle qui avait déjà protesté au sujet du chêne ne dit rien.

— Jean-Baptiste, il faudra d'autre fil mercerisé.

— Je vais chercher de l'engrais, je vais t'en rapporter en même temps. Autre chose?

— Douze verges de flanellette blanche de qualité.

— De la flanellette?

— De la finette, dans ton pays…

Oh! Il ne fallait pas taquiner, pas aujourd'hui, les nerfs étaient à fleur de peau. Madame était susceptible, chatouilleuse…

— Ordinairement, tu demandes de la dentelle et du fil à broder rose, bleu, blanc, deux écheveaux de chacune de ces couleurs.

— Ça, c'était avant… Yvonne doit d'abord apprendre à mani-puler la machine à coudre, le dé et les ciseaux.

Jean-Baptiste comprit. Le dressage allait commencer. Yvonne apprendrait à faire face à ses responsabilités. Finie la protection de papa et de maman… Elle devrait voler de ses propres ailes, la future mère.

Cependant, la sévérité de Marie-Reine s'atténuait lentement. Elle aidait sa fille à coudre, patiemment, lui enseignait à tailler dans le droit fil, à faire de beaux ourlets. Les langes prenaient forme. Les jaquettes douces, ornées de dentelle, passaient aux mains de la grand-mère. Imelda brodait des nœuds d'amour, cousait les galons. La cuisine était devenue une salle de couture.

Le souper du dimanche fut supprimé. Chacune des filles de la maison était occupée ailleurs, comme ça, par accident. On avait deviné que les parents avaient besoin de répit, de leur intimité; chacune connaissait fort bien l'importance que leur mère attachait tant à la réputation de ses enfants qu'à leur bonheur. Marie-Reine était atteinte dans ce qu'elle avait de plus précieux au monde: sa famille. Sa souffrance devait être terrible. Monique pensait surtout à son père, s'inquiétait pour lui. Il parlait peu mais n'en était pas moins vulnérable à la peine. Il lui avait paru si soucieux récemment!

* * *

Un jour que Marie-Reine se trouvait seule avec Yvonne, elle lui demanda, du tac au tac:

— Quand, exactement, attends-tu la naissance de l'enfant?

— Je n'en suis pas sûre, maman.

— Tu ne sais pas? Qui le saura?

— Mon enfant devrait naître dans environ cinq mois.

— Il te faudra voir un médecin, te faire suivre, c'est très important.

— Qui était ton gynécologue, maman?

— Luc Pineau. Veux-tu un verre de lait et des galettes de son?

Marie-Reine s'était radoucie dès qu'Yvonne avait prononcé les mots «mon enfant». Jusqu'à maintenant on avait parlé de «l'enfant».

— Prends rendez-vous, je t'accompagnerai là-bas…

* * *

Imelda s'isolait de plus en plus. Elle prit l'habitude de monter un verre de lait dans sa chambre avant de s'y retirer. Ainsi, elle pouvait attendre que Jean-Baptiste soit descendu à la cuisine avant d'y faire son apparition. Ce qu'elle évitait vraiment c'était le tête-à-tête avec Yvonne. Elle ne voulait à aucun prix avoir à discuter le problème de la future mère.

Les heures passées assise à son poste d'observation se prolongeaient. Un soir elle eut la presque certitude que la fameuse voiture foncée était passée, à deux reprises, avait ralenti avant de poursuivre sa route. Elle en était bouleversée. Devait-elle le dire à sa petite-fille? Et si elle se trompait?

Les jours lui paraissaient moroses, longs, tous étaient polis, corrects, mais l'atmosphère était tendue, lourde. Imelda souffrait.

Yvonne continuait de surveiller l'arrivée du facteur. Jean-Baptiste prenait le courrier, le distribuait à chacun. En deux occasions, il surprit le regard désespéré de sa fille qui surveillait ses gestes. Il comprit son angoisse. La pauvre, elle craignait peut-être qu'on fasse disparaître une lettre qui lui serait destinée! Il dédaigna ensuite d'aller vers la boîte aux lettres. Il attendait qu'Yvonne le fasse. Les jours se succédaient sans nouvelles, avec eux l'espoir d'Yvonne s'estompait.

Si sa mère avait eu raison? Si Mathias devait ne jamais revenir? Elle se souvenait du soin qu'il mettait à ce qu'elle ne sache pas où il vivait. Pourquoi? Lorsque Marie-Reine avait exprimé son appréhension au sujet de ce retour, elle n'avait pas voulu croire sa mère, par contre, elle avait foi en elle, en son jugement...

Elle ne s'y connaissait pas en coureurs de jupons, elle en était à sa toute première expérience amoureuse. Lorsque ses sœurs étaient présentes, elle les regardait l'une après l'autre, essayant de découvrir laquelle saurait la comprendre, lui expliquer. Sa tête était pleine de questions. Dans le contexte du mariage, c'eût été plus facile, tellement plus facile. Elle ne se résignait pas à arrêter son choix. Marie-Anne était celle qui aurait pu la conseiller, elle avait perdu son mari, vivait la solitude. Mais celle-ci la regardait du haut de sa grandeur, avec du dédain plein les yeux, lui semblait-il.

Elle cousait, tricotait pour le bébé à naître. Jamais elle ne se plaignait. Entre elle et l'enfant s'était établi un dialogue muet. Elle lui confiait ses peines. Sa mère ne la décevait pas, elle était correcte avec elle. Sans doute Yvonne aurait aimé recevoir plus de tendresse de sa part. Avec le temps, toutefois, le ton s'était enjoué, la critique bannie des conversations. Exclue aussi toute allusion au sujet du père du bébé.

Yvonne regardait son corps changer de forme, s'alourdir. Le médecin avait répondu à ses questions qui en avaient fait surgir d'autres quand elle réfléchissait sur le sujet. La vue d'une femme enceinte ne lui avait jamais particulièrement plu; elle se souvint de ce jour où Marie-Anne était venue la visiter au monastère, alors qu'elle attendait son deuxième enfant. Yvonne avait trouvé ça disgracieux! Ça lui avait paru un manque de pudeur, de décence, de s'être montrée dans cette condition. Elle avait maintenant honte d'avoir pensé ainsi. La naissance aussi lui faisait peur!

La layette était là, sur sa table; les vêtements minuscules, doux, la fascinaient. Peines et joies se côtoyaient dans son âme. Ses ébats dans les bras de son amant effleuraient parfois ses pensées, elle chassait ce souvenir. L'enfant prenait peu à peu toute la place dans son cœur de femme. Si le père ne revenait jamais, il lui resterait un bien plus précieux que tout: un amour de bébé.

Quel nom lui donnerait-elle? La main large ouverte sur son ventre, elle réfléchissait. Ce serait délicat; dans les circonstances, il n'était pas question d'obéir à la tradition et de le prénommer comme son père. Elle avait la muette conviction qu'il s'agissait d'un fils. Voilà qui ferait plaisir à sa mère! Oui, pour sa mère, elle voulait un fils. Elle ne pourrait pas ne pas l'adorer.

* * *

Henriette, de son côté, avait pensé approcher Yvonne pour lui suggérer de lui donner son enfant, à elle et à son mari Lucien. Ils l'adoreraient. Chaque jour, elle prenait la résolution de venir parler à sa sœur, dès le lendemain. Mais elle n'en avait pas le courage. Marie-Anne ne lui donnerait jamais le petit, elle le savait. Sa grande sœur évitait maintenant de la laisser en présence de son fils, elle s'était rendu compte des liens qui s'étaient tissés entre la tante et l'enfant.

Henriette craignait de perdre l'amour de son mari. Elle avait grandi à une époque où la femme devait enfanter, c'était déjà une faiblesse de donner naissance à seulement des filles. Dans certains pays, on répudiait la femme incapable de donner des enfants mâles à son mari. Elle, c'était plus grave! Elle avait perdu tout espoir d'enfanter. Devrait-elle en parler à sa mère? Celle-ci pourrait sans doute lui donner des indications sur les intentions d'Yvonne concernant l'enfant à naître. Surtout qu'il n'était jamais question du père, alors !

Par contre, elle ne pouvait se permettre de faire souffrir Yvonne davantage, ce devait être assez pénible de vivre une grossesse seule, sous l'œil réprobateur de sa propre mère ! Elle attendrait, elle espérait.

* * *

— Marie-Reine, il fait bien chaud, je crois que je vais sortir sur la galerie et m'asseoir à l'ombre cinq minutes.

— Bien sûr, maman, ça va vous reposer. Aimeriez-vous que je prépare une limonade bien glacée ?

— Non merci, plus tard peut-être.

Imelda sortit lentement, de son pas fatigué, mais fière et droite, gardant bien haute sa tête ornée d'un chignon en torsade retenu à la nuque par des peignes d'ivoire. Coquette, la vieille dame ajustait son éternel collet de frivolité, toujours d'une blancheur immaculée. Elle soupira, ferma les yeux, savoura la brise légère qui soulevait sa jupe. Elle y posa sa main ouverte pour la retenir. Un instant, elle regarda sa main décharnée…

Son alliance se perdait dans les plis qui s'étaient formés sur son annulaire amaigri. Elle fit la moue : « Ce n'est pas assez de s'étioler, encore faut-il que mes mains se couvrent de taches de son. » Son péché mignon, l'orgueil, la fit un instant sourire. Marie-Reine s'approchait.

— Qu'est-ce qui vous fait sourire si gentiment, maman ?

— Je me disais que ce sera gênant de me présenter devant le trône du Père, avec mes os qui craquent et qui s'entrechoquent !

— C'est ça qui vous amuse ? Vous ne redoutez donc pas le moment… Elle se tut, réalisant qu'elle gaffait.

— Tu peux terminer ta phrase, ma fille. Non, je ne suis pas inquiète, c'est aisé de passer de vie à trépas. Seule une longue agonie m'inspirerait quelques craintes, je n'ai jamais prisé la souffrance. Mais le saut dans l'éternité est facile, doux même ; tout comme une porte coulissante qui s'ouvre, que l'on franchit et qui se referme derrière soi. Alors, une grande paix nous enveloppe, c'est la détente parfaite, toute anxiété et toute douleur s'apaisent et l'on baigne dans la parfaite quiétude de l'esprit.

Marie-Reine restait là, songeuse. Les mots calmement prononcés tournaient dans sa tête.

— Je vous envie, vous êtes si sereine!

— Ah! Tu sais, on apprend à le devenir; il est heureux que l'avenir ne soit que mystère. On se doit d'acquérir la sagesse au même rythme que l'expérience; sinon la vie deviendrait impossible à vivre. Chaque jour distribue son quota de joies et de peines que l'on doit affronter, et qui constituent le vécu de chacun. Tout est dans l'art de savoir accepter, parfois avant même de comprendre, de savoir aimer, se dévouer aussi pour aider les moins forts à vivre le quotidien. Chacun de nous est le chaînon sans lequel l'harmonie se briserait!

— Chère, très chère maman, vous dites en des mots simples des choses que je pense, qui m'obsèdent, mais que je ne saurais exprimer.

— C'est que tu es une femme d'action, c'est plus valable que les belles paroles. Marie-Reine…

Imelda inclinait la tête, elle déplaçait lentement les plis de sa robe. Elle semblait embarrassée. Elle dit d'une voix voilée:

— Si nous parlions d'Yvonne…

Imelda avait des choses à dire sur le sujet, l'occasion s'y prêtait.

Yvonne devrait accoucher à l'hôpital. Il faudrait aussi entrer en contact avec l'Église pour que le bébé soit baptisé. Il n'était pas question de retarder la cérémonie du baptême dans l'espoir de voir apparaître un jour le père. Ça s'était déjà vu, des enfants décédés avant que l'eau régénératrice ne leur ait ouvert les portes du ciel!

Il appartenait à Marie-Reine de faire les démarches qui s'imposaient. Celle-ci écoutait, ne protestait pas, tout ça elle l'avait pensé de façon confuse, refusant d'approfondir chaque étape à suivre. La vie devait se poursuivre dans la joie, pour la santé mentale de tous: Yvonne n'avait pas besoin qu'on lui fasse la morale, les circonstances ne se prêtaient pas à la logique mais à l'empathie.

Yvonne avait besoin qu'on l'aide et qu'on lui témoigne beaucoup d'amour, sans condition, généreusement.

Marie-Reine avait senti tout ça en son âme. Il ne suffisait plus d'être tolérante, il était temps de se montrer humaine, superhumaine s'il le fallait. Elle irait rencontrer monsieur le curé. Il se montrerait compréhensif.

Le jour même, Marie-Reine posa son premier geste. Elle se rendit dans le grenier et sortit d'une valise, qui autrefois avait servi à emmagasiner son linge d'étudiante, le trousseau de baptême, confectionné dans du cachemire blanc que les années avaient jauni. La longue robe, le châle, la capine, le jupon, les langes, tout ce nécessaire qui enveloppe le poupon pour la première sortie publique : sa présentation sur les fonts baptismaux.

Toutes ses filles et ses petits-enfants l'avaient porté, ce trousseau brodé à la main par l'arrière-grand-mère. Ce bébé aussi aurait cet honneur. Avec amour, elle le sortit du papier de soie bleu qui le préservait. Elle plaça le tout sur son bras et se présenta à la chambre d'Yvonne qui se reposait.

– Voilà, ma fille, il faudrait examiner ces vêtements pour s'assurer que tout est en parfaite condition.

Yvonne reconnut le trésor qu'elle avait vu venir et aller, toujours avec respect et honneur. Elle pleura de joie : elle le savait, le bébé était maintenant accepté au même titre que tous les autres. Yvonne pleura mais ne dit rien. Pas un mot n'aurait pu traduire la joie qui l'inondait tout entière. Ses yeux disaient tout. Marie-Reine se sentit envahie d'une grande joie. Sa mère avait raison, il était temps de s'aimer, une naissance n'est pas un deuil, c'est une bénédiction : Dieu lui-même devait penser ainsi.

Dehors le froid était cassant. L'hiver était froid. Mais dans le foyer régnait une paix que l'amour réussissait à faire germer.

Le lendemain, Marie-Reine accompagna Yvonne chez son médecin. Les deux femmes avaient quitté la maison tôt après le dîner. Jean-Baptiste décida de laver la vaisselle et de tout ranger. La sonnerie du téléphone le fit sursauter. Il s'essuya les mains et se rendit là où se trouvait l'appareil, se réjouissant que le fil ne puisse trahir l'image qu'il offrait : il portait le tablier à fleurs de Marie-Reine, un tablier orné d'une dentelle. De la bonne humeur plein la voix, il prit le récepteur.

Une voix dure, pleine de sarcasmes, lui lança cruellement :

– Dis-moi, Jean-Baptiste, es-tu heureux ? Comment aimes-tu ça être le grand-père du petit-fils d'un pendu ? Ta fille, je l'ai engrossée, moi, le fils du pendu. Prélève les frais sur ton chèque que tu as encaissé.

La voix s'était tue. Jean-Baptiste, pâle, atterré, tenait encore dans sa main le récepteur longtemps après que l'autre eut raccroché. Les mots lui martelaient le cerveau.

Il se laissa tomber lourdement sur la chaise berceuse qui était là, tout près. Il était blanc comme un linceul. Mathias était Onésime ! Il revit la corde dans l'entrée de la cour, le nœud coulant sur la porte de la serre. Onésime n'avait pas oublié, Onésime n'avait pas pardonné. Onésime s'était vengé de la façon la plus basse, la plus vile qui soit.

Il était fou ! C'était ça, il était fou. Et un enfant allait naître à la suite de cette cruauté, de cette folie diabolique. Il était démoniaque. C'était de la démence pure !

Il n'avait pas même la consolation d'espérer se tromper, d'être victime de son imagination ou d'un mauvais plaisant. En dehors de son neveu, lui seul et Marie-Reine savaient ; donc il ne pouvait s'agir que de son neveu Onésime.

Affaissé sur la chaise, Jean-Baptiste tremblait de tous ses membres. Le choc était terrible ! Une telle cruauté lui semblait irréelle, inventée. Pas un être normal ne pouvait s'avilir de la sorte ! Pas un homme ne se sert de son propre enfant pour assouvir sa haine, sa rage, sa vengeance ! Ça dépassait l'entendement humain. Seul l'enfer pouvait inspirer une telle fureur.

Les sueurs froides inondaient son front, ses mains tombaient, battantes, le long de son corps secoué de frissons, ses dents s'entrechoquaient. Il regardait fixement, droit devant lui, ne voyant rien.

Puis, il eut la nausée. Jean-Baptiste tenta de se lever. Ses jambes refusaient de le porter, il ôta le tablier de sa femme et sur les fleurs du coton il dégobilla. Ses yeux se brouillaient, il hoquetait. Lui l'homme si fort dans l'âme et dans le corps était grelottant d'une souffrance qui tue.

Il pensa à Yvonne. Voilà! Le truand avait manigancé son crime, l'avait calculé, étudié, préparé de longue haleine. Il n'avait jamais aimé la fille : il avait haï son père. Il sentit la rage l'envahir. Comme un dément, il hurla :

— Je vais l'égorger, je vais le retrouver et l'égorger.

Là-haut Imelda, qui faisait sa sieste, sursauta. Elle ne saisit pas les mots prononcés, mais la voix qui avait l'éclat du tonnerre l'effraya. Ne prenant pas la peine de rouler le chignon qui se déroulait en spirale dans son dos, elle vint vers l'endroit d'où le cri de détresse était venu. Elle vit Jean-Baptiste dans tous ses états! Lentement, à reculons, elle remonta à l'étage. Aucun autre timbre de voix que celui de son gendre ne lui parvenait. L'homme était donc seul, il n'y avait pas de doute; il piquait une colère noire! Frissonnante, elle s'enroula dans un tricot. Son âme se tourna vers Dieu. Jamais elle n'avait vu tant de rage sur un visage, ce devait être sérieux. Son mari n'avait jamais appris à conjuguer le verbe aimer, sans doute, mais jamais de sa vie le visage de Théodore n'avait affiché autant de haine. Elle se sentait impuissante devant une telle souffrance. Elle pria le ciel qu'Yvonne et Marie-Reine tardent! La grand-mère ne savait pas pourquoi, mais elle sentait qu'il y avait une relation entre ce désespoir et la condition de sa petite-fille. Pour elle aussi, elle tremblait.

Grelottante, elle s'installa dans la berceuse là, devant la fenêtre, et égrena son chapelet. Les minutes lui parurent des heures, elle était tiraillée par la peine et la peur; la vie lui pesait, elle aimait tant les siens qu'elle aurait volontairement donné ce qui lui restait de jours à vivre pour eux. Elle suppliait Dieu de les épargner, de leur donner force et courage.

Le silence régnait de nouveau dans la grande demeure, un silence inquiétant, comme celui qui précède la tempête. Imelda gardait les yeux rivés sur la route. Jean-Baptiste, quelle qu'ait été la raison de sa colère, avait-il eu le temps de reprendre son calme?

Une voiture ralentissait, prenait l'allée qui menait à la maison; elle retint son souffle.

Jean-Baptiste avait entendu. Il se leva précipitamment, mais dut se rasseoir, ses jambes refusaient de le porter. Il tenait en main le tablier souillé, jamais il ne s'était senti aussi humilié.

Par la fenêtre, il vit qu'Yvonne se dirigeait vers la serre, il en fut soulagé. Il n'avait pas le courage de la regarder en face, il avait peur d'éclater encore.

Marie-Reine entrait, les bras pleins de sacs qu'elle déposa sur la grande table.

— Ouf! lança-t-elle, les magasins sont bondés, je suis fatiguée. Tiens, tu as lavé la vaisselle.

Elle se retourna et le vit livide.

— Ça ne va pas, Jean-Baptiste? Tu es pâle!

— J'ai fait une... indigestion je crois.

— En effet, tu sembles malade. Tu devrais monter te coucher, je vais te préparer une tasse de thé et y ajouter du miel.

Pendant qu'elle s'affairait, Jean-Baptiste tenta encore de se lever, mais tout dansait autour de lui. La voix de sa femme lui parvenait modulée, sourde, comme venant de très loin. Ses oreilles bourdonnaient. Il s'inclina un peu, étira ses jambes. Peu à peu il se calmait. Il regarda la distance qui le séparait de la table, ça lui parut énorme, impossible à franchir. Rassemblant toute son énergie il hasarda de se lever, s'arrêta, ferma les yeux un instant, puis d'un pas maladroit s'avança. Il tira la chaise et trouva formidable le point d'appui que lui procurait le rebord de la table à la place où il prenait chaque jour ses repas.

Il n'aurait pas su répondre à sa femme si elle l'avait questionné, ses oreilles tambourinaient sans répit. Puis, vint la tasse pleine de boisson chaude. Il y trempa les lèvres. Peu à peu il retrouvait le calme. Il déposa la tasse et plaqua ses coudes sur la table, appuya sa tête dans ses mains. Marie-Reine continuait son verbiage. Lentement les mots lui parvenaient enfin. Il était question de l'examen du médecin. Le bébé était en santé. Jean-Baptiste frémit. Puis soudain un grand bruit sourd emplit l'air. Marie-Reine se tut subitement et écouta. Rien que le silence!

— Tu as entendu?

— Oui mais... on dirait que c'est venu de là-haut.

— Maman! hurla Marie-Reine.

Déjà elle avait entrepris son ascension, elle grimpait les marches quatre à quatre.

Jean-Baptiste se leva, s'appuya et attendit. Sa femme hurlait. Il alla vers le téléphone, Yvonne entrait. Elle entendit l'appel au secours de son père et courut là-haut.

Imelda gisait là, à même le sol, son chapelet entrelacé dans ses mains. On ne put rien pour elle.

Le médecin de famille insista pour que Jean-Baptiste vienne le visiter à son bureau. Il le trouvait mal en point. Jean-Baptiste aurait aimé hurler d'humiliation et de rage. On l'obligea à prendre un calmant. Marie-Reine pleura un instant auprès de sa mère, ouvrit la fenêtre pour permettre à l'âme de prendre son essor vers le ciel, ferma doucement la porte et descendit.

Ce n'est qu'à ce moment qu'elle remarqua la piètre condition de son mari à qui le docteur remettait une ordonnance.

Yvonne pleurait comme une enfant. Marie-Reine, en un éclair, revécut les dernières minutes, elle réalisa que Jean-Baptiste n'avait pas grimpé là-haut, que déjà il était mal en point à son arrivée. Elle s'approcha d'Yvonne et lui dit doucement :

— Va, ma grande, va t'étendre sur ton lit, essaye d'être calme et de dormir, pense à ce petit ange à naître.

La future maman embrassa sa mère et Marie-Reine s'empressa auprès de son mari. Elle n'avait pas, elle, un instant bien à elle pour écouter la souffrance de son cœur. Ce fut le tour de Jean-Baptiste d'aller s'étendre, ses jambes flageolaient. Il parvint à son lit avec peine. Sa tête tournait, Marie-Reine le couvrit, tira les rideaux, s'attarda un instant et redescendit. Son mari s'était assoupi.

Maintenant seule avec sa douleur, elle donna libre cours à sa peine. Sa chère maman n'était plus ! Hier, encore…

Mais il y avait trop à faire pour s'apitoyer sur son propre sort, il fallait prendre des décisions qui s'imposaient dans de telles circonstances. Elle pensa à Jean-Baptiste ; ce malaise l'effrayait. Elle entra au salon, regarda l'endroit précis où son père avait été exposé, dans l'angle de la pièce où sa mère venait si souvent se recueillir pour prier. Cette fois encore, elle ferait taire son cœur ; même si ça cadrait bien mal avec ses principes, sa chère maman reposerait dans un salon funéraire, ce qui était rompre avec la tradition ! De plus, il y avait cette grossesse d'Yvonne qui était pour le moins embarrassante et qu'il fallait cacher. Ses yeux s'embuèrent.

Elle prévint ses enfants du décès de la grand-maman et sortit. Elle se rendit là où il est si pénible de remplir ses obligations. Elle choisit un cercueil tout gris, une robe du même ton, comme les cheveux de sa brave maman. Puis elle rentra à la maison. Monique et Henriette étaient déjà là. Elle soupira d'aise, elle avait eu si peur de ce grand silence au moment de sortir!

Elle monta à sa chambre, Jean-Baptiste dormait, d'un sommeil troublé. Elle revint vers la cuisine, prépara un chocolat chaud qu'elle fit porter à Yvonne par Henriette.

* * *

Les jours qui suivirent furent moroses. Yvonne eut la délicatesse de ne pas se pavaner au salon funéraire. Elle rendit visite à sa grand-mère avant que le public n'y soit admis. Marie-Reine lui en fut reconnaissante : elle s'occupait de la maison, des repas et de son père qui se remettait lentement, bien lentement, du choc qu'il avait subi. L'affection que lui témoignait sa fille le calma bien plus que les médicaments prescrits.

* * *

Les feuilles du calendrier se tournaient une à une. Yvonne prenait de l'embonpoint. Un autre drame familial faillit se produire : Henriette parlait de rupture ; lorsqu'elle prononça le mot divorce, sa mère hurla de colère.

— Depuis le décès de Gonzague, on dirait que plus rien ne va dans la famille, c'est à devenir folle.

Même Jean-Baptiste avait cessé d'être lui-même, il n'était plus gai comme autrefois. Il sortait peu, trouvait mille prétextes pour rester à la maison. Qui aurait pu se douter de la hantise qui le tenaillait? Il avait une peur bleue qu'un autre appel téléphonique soit fait, à sa femme cette fois, en son absence. Il sortait rarement sans elle et surveillait chaque sonnerie.

Un matin, au déjeuner, il fut question du bébé à naître très bientôt.

— Quel nom lui donneras-tu, Yvonne?

— J'aimerais qu'il porte le nom de son père.

— Si c'est une fille?

— J'aurai un fils, je le pressens.

Elle n'osait pas prononcer tout haut le nom de Mathias, sa mère avait été ferme sur ce point un jour: «Ne prononce jamais son nom.» Mais depuis que ces mots sévères avaient été dits, ils s'étaient estompés de la mémoire de Marie-Reine.

— Et quel est ce prénom?

— Mathias, dit-elle de façon à peine perceptible.

— Je n'aime pas ce nom. Mathias fut désigné pour remplacer l'apôtre Judas, le traître.

Jean-Baptiste faillit s'étouffer. Dès qu'il fut calmé, Yvonne insista:

— Mon fils portera le prénom de son père: ce sera de lui la seule chose qu'il possédera jamais.

Personne n'osa répliquer. Huit jours plus tard naquit un gros bébé rose qui fut prénommé Mathias. Marie-Reine demeura au chevet de sa fille tout un jour, toute une nuit.

Jean-Baptiste sursauta. Il avait sommeillé, le téléphone le surprit. Il prit le récepteur et entendit le démon ricaner:

— Bonjour pépère Baptiste, ton frère le pendu est réincarné.

Le rire sadique de l'homme se confondit un instant avec le ronronnement de l'appareil; il avait raccroché avant même que Jean-Baptiste ait eu le temps de répliquer.

L'homme restait là, la main sur le récepteur, réfléchissait: ainsi, Onésime, alias Mathias, suivait les allées et venues des membres de sa famille. Et de très près, puisqu'il savait déjà que l'enfant était né, plus encore, il était informé qu'il s'agissait d'un enfant mâle.

Cet appel confirmait aussi le raisonnement de Jean-Baptiste: son neveu cherchait à l'atteindre, lui, c'était à lui qu'il voulait faire mal. Yvonne avait servi de bouc émissaire. Onésime ne lui en voulait pas, à elle, ni à Marie-Reine. Jean-Baptiste se sentit rassuré. Depuis l'appel fatidique, angoissé, il n'avait pas connu un instant de repos. La nuit, des rêves hallucinants hantaient son sommeil;

le jour, il ne pouvait chasser de ses pensées le timbre de voix cruel ; la folie de l'homme pourrait s'étendre aux siens sans que lui, Jean-Baptiste, ne puisse les protéger ou même intervenir. Que son détraqué de neveu s'attaque à lui, soit ! Il saurait encaisser les coups ; plus il réfléchissait, plus il était convaincu que l'occasion de faire mal à Yvonne aurait pu être provoquée si tel avait été son bon plaisir. Réconforté par le fruit de ses réflexions, Jean-Baptiste se sentit soulagé d'un énorme poids.

Marie-Reine ne devrait plus tarder, songea-t-il. Il prépara le café, dressa le couvert pour le déjeuner. Marie-Reine entra et, ravie de le trouver à la cuisine, elle lança, rayonnante :

— Devine ?

— Des jumeaux !

— Sainte bénite ! Sois sérieux. Un garçon, Jean-Baptiste, un beau garçon dodu, beau comme un ange.

Jean-Baptiste frissonna : le salaud savait, était bien informé, donc il rôdait vraiment dans les environs !

Marie-Reine raconta l'accouchement, parla du courage dont Yvonne avait fait preuve.

— Dommage que les choses se soient passées dans de telles circonstances, gémit-elle.

— Tiens, ma reine, voilà des œufs, comme tu les aimes.

— Écoute…

— Je n'entends que le tic-tac de l'horloge…

— Exactement ! Réalises-tu que, pour la première fois, toi et moi sommes seuls dans cette grande maison ?

— Savoure cet instant, le bébé sera là bientôt et saura rompre ce silence.

— Jean… Que s'est-il passé exactement le jour du décès de maman ?

— Pourquoi cette question ?

— J'ai l'impression que tu me tais quelque chose de grave. Ton indigestion, par exemple. Ce n'est pas ton genre de vomir, tu as un estomac de fer. De plus, j'ai souvent pensé au fait que maman aurait dû descendre plus tôt, elle ne flânait jamais dans sa chambre le jour…

— Moi aussi, je repasse ces idées dans ma tête. Je me suis souvent reproché de n'être pas monté là-haut.

— Tout ça est très bizarre. Veux-tu du café?

— Oui, s'il te plaît, s'empressa de répondre Jean-Baptiste.

Marie-Reine se leva, lui tournant un instant le dos. Il était temps, Jean-Baptiste s'épongea le front. Devrait-il tout confier à sa femme? Non, elle était trop émotive lorsqu'il s'agissait de ses enfants. Marie-Reine ne devrait jamais savoir que son petit-fils avait eu un pendu comme grand-père! Ni tout le reste.

Le café fumant était devant lui, il s'attardait à brasser le breuvage. Marie-Reine l'observait. Il n'y avait pas de doute, ses mains tremblaient. Elle le trouva vieilli, elle eut peur. Il avait l'âge de sa mère; comme elle, il pouvait partir très vite. À la pensée d'être seule avec Yvonne, elle frissonna. Le silence brisé par le bruit de la cuillère sur la porcelaine lui fit mal. Elle se dirigea vers le téléphone et annonça à ses filles la naissance du bébé de son aînée. À sa grande surprise, Henriette fondit en larmes.

— J'irai la visiter aujourd'hui, dit Jean-Baptiste. Elle ne se pardonne pas de ne pouvoir donner un enfant à Lucien. Je crois même que je vais lui conseiller de travailler à l'extérieur pour quelque temps, ce serait une distraction qui sauvera peut-être le mariage.

— Tu es tombé sur la tête? La place d'une femme est au foyer…

— Le problème d'Henriette est de se sentir inutile, elle a besoin de se valoriser.

— Et tu crois que le travail lui donnera de l'estime pour elle-même?

— C'est une expérience à tenter, inoffensive en tout cas.

— Alice est impayable! Tu sais quelle fut sa réaction à l'annonce de la naissance du petit?

«Tiens, tiens», pensa Jean-Baptiste, «le petit». Déjà le bébé avait gagné le cœur de la grand-mère! Ce mot affectueux le prouvait.

— Non, mais tu vas me l'apprendre.

— Elle a peur qu'on le préfère aux autres parce qu'il sera plus près de nous… Sa jalousie est maladive!

— Elle a peut-être raison?

— J'aime mes enfants… également.

— Voilà qui est indéniable !

— Je soupçonne une note de sarcasme dans le ton.

— Madame !

— Et toi, alors ! Ta Monique, ton pinson…

— Elle est seule à le savoir.

— Et ce penchant bien marqué pour Alice que tu ne cesses de surprotéger !

— C'est une longue histoire.

— Raconte, nous sommes seuls, je veux savoir tous tes secrets, c'est l'heure des confidences…

Jean-Baptiste hésitait. Il s'était tu si longtemps. Il ne voulait pas trahir le secret d'Alice. Par contre, celle-ci ignorait que son père savait tout. Peut-être devait-il informer sa femme, ça pourrait l'aider à régler les problèmes futurs qu'entraînerait la situation actuelle.

Marie-Reine lisait sur le visage de son mari la lutte intérieure qu'il livrait. Elle s'attendait si peu à ce que quelque chose de sérieux lui ait échappé qu'elle se sentit inquiète, bouleversée. Elle se leva, remplit les tasses de café brûlant, évita de regarder Jean-Baptiste ; il ne fallait surtout pas le brusquer. Elle prit une rôtie froide et sèche, la trempa et la mangea. Son geste était machinal, son esprit vagabondait dans le passé, rien de concret ne lui revenait en mémoire.

Jean-Baptiste se décida enfin. Elle sentit qu'il mesurait ses paroles.

— C'est cette histoire de champ de moutarde.

— Quelle relation y a-t-il entre le champ de moutarde et Alice ?

La métropole ne finissait plus de s'étirer en tous sens, grugeant les fermes à mesure que sa population grandissait.

Vu sa grande étendue, la terre de l'aïeul avait été sectionnée à plusieurs reprises. Des routes nouvelles fonçaient dans toutes les directions, on lotissait et les pâtés de maisons se multipliaient.

La terre qui, autrefois, s'étendait loin vers le nord avait subi plusieurs écorchures dues en partie à l'expropriation. Tant et si bien qu'un immense emplacement, couvrant plusieurs arpents, se vit bientôt enclavé.

On y cultivait de la graine de moutarde noire utilisée en pharmacie. On la vendait dans son état naturel avant même qu'elle ne soit débarrassée de son épisperme et de son huile grasse.

Imelda avait informé Jean-Baptiste de l'importance de ce commerce. Celui-ci s'y était intéressé depuis le jour du décès de son beau-père. Mais il se tenait loin des lieux, car il était allergique à la graine, surtout en saison de récolte.

Le champ de moutarde mit Raymond sur la route d'Alice. Celui-ci, étudiant, y travaillait l'été et c'est ainsi qu'il se lia d'amitié avec la fille de la maison.

Puis, avec le temps, Raymond prit le contrôle du commerce. Il avait terminé ses études de droit; devenu notaire, il avait ouvert son étude. Jean-Baptiste lui fit entièrement confiance, le commerce prospérait. Chaque année, à la fermeture des livres, Raymond présentait un bilan à son beau-père. Tout allait pour le mieux dans le meilleur des mondes jusqu'au jour où le hasard, qui fait souvent mal les choses, fit réaliser à Jean-Baptiste que Raymond avait étendu son champ d'action sans le consulter.

Il avait pris l'initiative de faire moudre la graine et de la vendre sous forme de farine; il prélevait le coût de l'opération mais gardait le bénéfice.

— Et tu n'as rien dit! Alors c'est Raymond que tu protégeais, pas sa femme!

— C'est que tu ignores le principal…

— Mon gendre est malhonnête et quoi encore!

— Sois plus raisonnable, ne saute pas aux conclusions trop vite. Ne me fais pas regretter de te faire ces confidences.

— Tu as raison, je m'emporte.

— Promets-moi que ce secret restera entre nous, que tu n'en parleras jamais à Alice. Si elle savait que nous savons tout, elle perdrait son courage et ce serait le drame.

Marie-Reine promit. Son cœur de mère se serrait: elle s'attendait au pire. Si son mari s'était muré dans ce long silence, il fallait que ce soit grave.

— Tu connais Mimi?

— Oui, alors?

— Elle a toujours été la maîtresse de Raymond. Ils ont un fils qui a l'âge de l'aînée d'Alice.

Marie-Reine ouvrit la bouche, pas un son n'en sortit. Elle était littéralement abasourdie. En un éclair, elle comprit la jalousie morbide d'Alice, sa rage de s'empiffrer, son indifférence envers sa taille démesurée, le désordre de sa maison. Tout se tenait.

— Alice sait?

— Oui, depuis toujours.

— Sainte bénite!

Marie-Reine repoussa sa chaise. La colère venait de la gagner toute.

— Le cochon!

Tasse, soucoupe, assiette, couteau, fourchette, tout alla s'écraser sur le mur d'en face. Puis elle retomba sur sa chaise, fit un anneau de ses bras, y appuya sa tête et pleura, pleura.

— Tes réactions sont saines, ma reine.

Jean-Baptiste posa sa main sur la nuque de sa femme. Il la caressa doucement, attendit que la tempête passe.

— Je n'aurais pas dû te dire tout ça aujourd'hui. Tu étais tantôt tout à ta joie.

Marie-Reine leva la tête, le regarda. Elle faisait peine à voir.

— Je ne peux quand même pas critiquer Raymond! Yvonne nous a joué le même sale tour!

— Tu comprends maintenant pourquoi j'ai toujours pris la défense d'Alice? Je crois que ce mariage s'est fait parce qu'au fond, Raymond était honnête. Ils étaient déjà fiancés quand il connut Mimi.

— Et c'est pour cette raison que tu n'as rien dit au sujet des revenus supplémentaires dont il s'est approprié et du fait qu'il ne nous ait pas consultés avant de modifier les contrats.

— Je lui avais donné carte blanche.

— Tout de même!

Marie-Reine écarquilla les yeux. Elle se souvenait du jour où il avait été question de testament, son mari avait dit: « Surtout pas Raymond. » Elle avait pensé relever la phrase mais n'avait pas osé car sa mère était là. Maintenant seulement cette mise en garde lui revenait.

– À quoi penses-tu ?

– Jean-Baptiste Gagnon…

Sa voix s'étrangla dans sa gorge. Elle se leva et se pendit au cou de son mari.

– Quel homme extraordinaire tu es ! Quel bon père tu es, comme je t'aime toujours davantage ! Quelle aurait été ma vie sans toi ? Tu m'as aidée, secondée, modérée ; quelle vie heureuse et sans crainte j'ai connue, grâce à toi ! Ah ! Jean-Baptiste… comme je t'aime ! Comme je te suis reconnaissante pour toutes ces années de bonheur !

Jean-Baptiste le dur, qui avait connu le chantier, la vie pénible, lui qui avait autrefois réussi à battre un record de dix cordes de pitounes tronçonnées en bouts de quatre pieds avec une scie à archet, et ce, en un seul jour de travail, Jean-Baptiste qui avait lutté, souffert, était là, tremblant de bonheur, dans les bras de cette femme qui faisait frémir son entourage avec ses airs assurés, sa foi en la vie. Lui savait que, sous cette carapace, elle était aussi fragile qu'une fleur.

Ce jour avait débuté dans un mélange de chagrin et de joie, les deux extrêmes qui sont la trame même de la vie et qui doivent se côtoyer pour permettre l'équilibre mental.

La tendresse, une fois de plus, venait de servir de tampon au grand chagrin de Marie-Reine.

Elle soupira, ramassa les débris épars sur le sol. Dans sa tête repassaient les événements qui la bouleversaient tant. Si Imelda était là, elle irait ce soir lui confier ses peines et ses joies. Elle se sentit orpheline.

Jean-Baptiste la laissa à son chagrin. Il se dirigea vers la serre. Les mots prononcés par sa femme avaient jeté un baume sur son chagrin à lui ; il restait là, derrière les vitres embuées, et refusait de penser à ce truand qui menaçait de bouleverser leur avenir. Il voulait savourer cette paix que lui avait donnée Marie-Reine. Il sentait dans ses os que le cauchemar durerait.

* * *

Jean-Baptiste sortit, le ronronnement du moteur de l'auto se fit entendre. Il revint une heure plus tard, tenant à la main deux gallons de peinture et des pinceaux. Marie-Reine sourit.

– Je parie qu'elle est bleue…

Il tira la langue dans sa direction et monta. Elle le suivit.

– Rends-toi utile, femme.

Déjà il démontait le lit ; la chambre qu'avait occupée Imelda changerait de couleur. Elle était bien située, juste en face de celle d'Yvonne. La pièce fut vidée. Il fallait que tout soit prêt pour l'arrivée de bébé.

Pendant que les patates cuisaient, Marie-Reine téléphona à Marie-Anne. Oui, elle avait toujours le carrosse anglais, cadeau de naissance, mais il était démantibulé, inutilisable. Monique toutefois en avait un aussi.

Marie-Reine pria Monique de prêter le carrosse à Yvonne.

– Oui maman, bien sûr. Pourquoi n'y ai-je pas pensé ?! Je suis idiote. Damien l'apportera ce soir. J'ai aussi le parc et la chaise haute.

Marie-Reine réalisa que la grossesse d'Yvonne avait été bien triste. La pauvre fille n'avait pas connu la joie qui entoure habituellement l'attente d'un bébé. Elle ne se pardonnait pas cette injustice ! Heureusement que Jean-Baptiste avait pris l'initiative de préparer la chambre.

Elle irait acheter des hochets et ces mille petits riens qui égaient tant.

Jamais Yvonne ne s'était plainte. Comme elle avait dû se sentir seule et abandonnée !

Les jours qui suivirent, on connut la foire à la maison. Imelda avait testé en faveur de Marie-Reine, il fallait signer des papiers, courir chez le notaire, rédiger les déclarations d'impôt, régler les droits successoraux, procéder au transfert des biens réels, ça n'en finissait plus. On en venait à oublier les problèmes personnels.

Puis bébé Mathias fit son entrée dans les bras d'une jeune femme pâmée de bonheur. La chambre bleue la combla de joie. Tout était en place : des rideaux de dentelle au mobile suspendu au plafond, représentant des papillons multicolores qui virevoltaient au bout d'un fil.

Avec dévotion Yvonne apprit à donner le bain à son fils. Marie-Reine avait perdu toute animosité envers sa fille. La pureté du bébé avait effacé le passé!

— Dis-moi, maman, pourquoi aucune de mes sœurs n'est venue me visiter?

— Je ne sais quoi répondre à cette question, je ne connais pas leurs raisons profondes, mais je peux te mettre en garde. Crois-moi, ne rumine pas tes malheurs, savoure plutôt tes joies. Si tu t'arrêtes à tes peines, elle vont vite te faire oublier le beau côté de la vie. Songes-y un peu, ton accouchement fut relativement facile, tu as un beau bébé, et ce qui est mieux encore, il est sain. En outre, tu as un toit sur la tête, pour toi et ton fils. Ton père et moi sommes là pour vous protéger et vous aimer. Tout ça est important. Le reste, la vie va s'en charger. La famille est un lien important, les liens du sang sont forts. Peu à peu, tout va rentrer dans l'ordre. Laisse à chacun le temps d'assimiler les faits. On ne force pas les sentiments: on les inspire. Sois patiente et affectueuse. Tu sais, Yvonne, une femme qui allaite son enfant lui transmet son humeur en même temps que son lait, sois donc joyeuse, détendue, ton bébé s'en portera mieux que si tu es tendue, triste.

Yvonne pleurait. Sa mère lui tendit son mouchoir.

— Les larmes de joie sont permises...

— Ah! Maman!

— À propos de tes sœurs, il est un peu tard dans la semaine pour les inviter. Toutefois, dimanche en huit, je vais vous réunir tous autour d'un bon ragoût de pattes de porc dont vous vous souviendrez longtemps. Je vais sortir ma grande rôtissoire. J'ai la fringale rien qu'à y penser! Un ragoût servi avec des betteraves marinées, quoi de meilleur? Malheureusement, toi, tu dois t'abstenir de ce qui est vinaigré pour le temps de la tétée.

— Il est petit Fanfon et impose des restrictions.

— Un enfant bien à soi, Yvonne, est une hypothèque de vingt-cinq ans et plus sur sa propre vie.

La mère et la fille ne s'étaient jamais senties si près l'une de l'autre. Fanfon était devenu le trait d'union.

* * *

Le surlendemain, c'était dimanche, la maison fut envahie. Tous les membres de la famille s'étaient donné le mot. Vers les deux heures, parents et marmots arrivèrent à la queue leu leu. Chaque mère apportait un plat, les enfants offrirent des cadeaux pour bébé Fanfon. Yvonne pleura d'émotion. Le marmot passait des bras de l'un aux bras de l'autre. Marie-Reine dut s'en mêler.

— Laissez-le se reposer, vous allez troubler sa digestion et le faire vomir.

— Dis donc, mémère, dit Marie-Anne, tu es plus sévère que grand-mère Imelda l'était!

Marie-Reine ne dit rien, mais dans son cœur une corde vibra; elle se sentit vieille, de l'autre génération.

Avant de s'endormir, ce soir-là, elle tenta d'analyser la brisure qui s'était faite en elle au moment de l'observation de Marie-Anne. Elle se souvint de sa mère qui avait déménagé ses pénates pour lui laisser à elle la chambre des maîtres, à la mort de son père; quelques jours plus tôt, ces meubles avaient été relégués au grenier pour faire place à ceux de Fanfon... C'est ainsi la vie, on occupe un petit bout de terrain qu'on laisse ensuite à l'autre génération. Et encore faut-il le faire généreusement, avec le sourire. «Apprendre à refouler ses sentiments personnels», avait dit un jour une de ses filles, elle ne se rappelait plus laquelle. Ce stade, elle l'avait dépassé... sans s'en rendre compte. Sa vie prenait l'autre tournant. Des larmes brûlantes inondaient ses yeux et glissaient sur ses joues.

Jean-Baptiste dormait, la journée l'avait éreinté. À son tour, elle ne pouvait confier sa peine, n'avait personne pour l'écouter. Son mari avait-il gravi seul cette étape? Il n'en avait jamais parlé. C'était trop tard pour amorcer le sujet. «Comme on aime mal, ou trop peu, pensa-t-elle. Que la vie est exigeante!»

Elle se leva, sans bruit, elle descendit. Dans la cuisine, la lune projetait ses rayons à travers la fenêtre; cette lune qui ne manquait jamais de charmer sa mère.

— Maman! dit-elle tout haut. Acquérir la sagesse au même rythme que l'expérience... Que tu avais raison, maman!

Elle s'approcha et regarda dehors. Tout était d'un calme plat. Un frisson la parcourut.

Elle marcha vers le poêle, prépara une tasse de thé dans lequel elle versa un peu de miel.

Subitement, elle suspendit son geste : elle réalisa que sa mère avait autrefois fait la même chose… sans qu'elle y ait prêté attention. Pour elle, il s'agissait d'une première fois. Elle se sentit très vieille.

Au-dessus de l'évier, la glace la regardait. Elle lissa ses cheveux de la main. Jamais auparavant elle ne s'était arrêtée à ses rides. Machinalement, elle roula ses cheveux en toque. Face à elle-même, Marie-Reine venait de faire le point avec la vie.

Lorsqu'elle prit la tasse, ses mains tremblaient légèrement. « Je suis sotte, c'est l'émotion. » Elle renvoya la tête en arrière, aspira longuement. Puis elle s'installa près de la table.

Levant les yeux, elle étouffa un cri. Jean-Baptiste était là, dans l'escalier, qui l'observait.

— Tu veux un thé ?

— S'il te plaît. Tu ne dormais pas ?

— Ma première nuit d'insomnie, trop d'émotions.

— Tu t'habitueras…

— Parce que toi, tu…

— Parfois !

— C'est du joli.

— Les cruelles réalités de la vie, ma reine.

— De la vieillesse, tu devrais dire.

— Allons ! On dit que la vie commence à quarante ans.

— Tu devrais dire qu'elle commence à se terminer à quarante ans. Pour nous, c'est déjà un lointain passé !

— Tut, tut. Pense à tout ce beau monde bien vivant, grâce à nous deux.

— Joli prix de consolation.

— J'ai faim, déjeunons.

— Des toasts dorées, ça te tente ?

La femme s'affaira, heureuse de la tournure qu'avait prise la conversation. Elle ne se sentait pas d'humeur à la douceur et à la condescendance. Elle se concentra sur la recette à réussir. Et le temps passa.

Chapitre 24

Fanfon devint fanfaron, touche-à-tout. Il rampait, grimpait, tombait. Marie-Reine trouvait tout ce qu'il faisait drôle et charmant.

Elle avait remarqué que souventes fois son mari regardait fixement le bébé. Ce n'était que rarement qu'il le prenait dans ses bras. Autrefois, pourtant, quand il s'agissait de ses filles, il se montrait très affectueux. Marie-Reine attribuait cette attitude à la lassitude. Il n'était plus jeune, peut-être l'enfant le fatiguait-il.

Il ne caressait jamais le bébé. La seule attention qu'il eut envers lui fut cette chambre préparée avant l'arrivée du bébé à la maison. Ce geste, il l'avait fait en pensant à Yvonne.

La vaisselle du déjeuner terminée, Yvonne s'installa au bout de la table, comme elle le faisait tous les jours. Elle ouvrit le journal *La Presse*. Fanfon, assis sur ses genoux, barbouillait avec un crayon de cire.

— Tu fouilles la page des petites annonces, Yvonne; cherches-tu du travail?

Marie-Reine avait posé la question bien innocemment. Jean-Baptiste leva la tête.

— J'amuse Fanfon, maman.

— J'espère bien que c'est ça, bout de merde!

— Qu'est-ce qui te prend, Jean-Baptiste, je ne t'ai jamais entendu employer des mots aussi grossiers! Vas-tu faire une crise d'hystérie parce que le bébé crayonne?

Jean-Baptiste sortit, claqua la porte.

— Ça lui passera, dit Marie-Reine. À l'avenir, joue à ce jeu en son absence.

Yvonne ne savait plus quoi penser. Pourquoi cette colère? C'était si subit! Elle referma le journal, le plia. À deux reprises elle avait épluché le cahier des annonces classées, rien n'avait retenu son attention.

Dans la serre, Jean-Baptiste rageait. Cette manie de sa fille, il l'avait autrefois remarquée, bien avant la naissance de l'enfant. Voilà que ça recommençait. La belle cherchait-elle son amoureux de malheur? Ça, il ne le voulait pas. Il avait poussé ses bonnes grâces au bout de ses possibilités. Lui, Jean-Baptiste Gagnon, ne recommencerait pas à subir les tourments imposés par le démoniaque. La vue de l'enfant le faisait déjà assez souffrir. Le bébé avait dix doigts et dix orteils, il semblait tout à fait normal, bien sûr. Mais les descendants?

— Tonnerre de bout de merde!

Il hurlait. Sa colère s'apaisa peu à peu. Il se sentait ridicule, grincheux. Pourquoi, diable, consulte-t-elle les annonces classées? Pourquoi? Tout à coup, il se remémora l'anecdote de la pierre de la paix... de tout le long et savant discours qu'elle avait prononcé sur les propriétés qu'ont les pierres. «Il est pasteur», lui avait-elle confié... Il hocha la tête; il ne voyait pas le lien qu'il pouvait y avoir entre des fétiches, un pasteur et les annonces classées du journal!

— Je ne suis qu'un vieux gnochon, un niais, un parfait imbécile.

Il sourit! «Voilà que j'emprunte au folklore du pays!»

Il lui fallait maintenant se composer un visage et retourner vers les siens. Le plus déconcertant dans tout ça était qu'il n'avait pas d'explication plausible, pas de raison, pas même de prétexte pour justifier sa sainte colère.

— Et si c'était vrai, si je me trompais, si réellement elle amusait le bébé? Jean-Baptiste Gagnon, tu es un vieux fou qui n'utilise pas sa matière grise, tu vas devenir un débile gâteux!

Mécontent de lui-même, il prit le chemin de la maison. À son grand soulagement il ne s'y trouvait personne, personne qu'il aurait à affronter. Tous étaient à l'étage supérieur.

Le journal était resté sur la table. Il le déplia, les premiers cahiers n'avaient pas été ouverts, le bébé n'avait crayonné que sur celui des annonces classées... son doute était maintenant confirmé. Il avait eu raison de penser comme il l'avait fait.

Curieusement, il ne se sentait pas enragé, tout au plus désarmé, bouleversé. Il réalisait qu'il aurait à envisager l'inévitable: il était normal que la femme cherche son mâle, le père de son enfant.

En ce qui le concernait, lui, Jean-Baptiste, il était trop tard pour agir. Il lui aurait fallu le faire avant la naissance du bébé, quand il avait été informé de la vacherie de son dégueulasse de neveu.

Aujourd'hui il ne pouvait plus que parer les coups. Il ne fallait pas que sa fille le retrace. Mais il pouvait espérer ; si Onésime n'avait pas donné signe de vie, peut-être sa vengeance s'était-elle assouvie pleinement. Comment le retrouver ? Pas d'adresse, pas de nom ! Il pensa à retenir les services d'un détective privé. Ses yeux erraient sur le journal, sans qu'il ne lise. Puis, tout à coup, il eut un sursaut. La réponse était là devant lui. Il se tint le raisonnement suivant : « Si Yvonne peut espérer le dénicher par le truchement du journal, je le peux moi aussi. Il suffit de laisser Yvonne m'indiquer la réponse. » Il prit alors une décision qui lui faisait horreur : il allait mentir, ce qui était contre sa nature. Mais la fin justifiait les moyens.

Il s'attarda à faire les mots croisés, lut le journal et le laissa pêle-mêle, sur la table.

Quand Yvonne descendit, son père sommeillait dans la berceuse. Elle prit le journal, le remit en ordre.

Au repas suivant, Jean-Baptiste s'excusa de s'être emporté.

– Ce n'est pas si sérieux que le bébé crayonne sur le journal, je n'aurais pas dû en faire toute une histoire... J'ai parfois des marottes inexplicables.

Yvonne ne dit rien mais sembla soulagée.

* * *

Les jours suivants, le journal disparaissait et revenait plus tard sur le guéridon. Jean-Baptiste l'examinait alors. Rien ne semblait irrégulier, mais de barbouillages du bébé, il n'y avait plus trace.

La paix était revenue au foyer, le temps semblait au beau fixe. Le printemps faisait ses promesses, les arbres se garnissaient, le soleil prolongeait son séjour au-dessus de la métropole. L'hostilité qui avait chambardé l'existence semblait s'être résorbée. Les jours coulaient sans anicroche.

Marie-Reine s'affairait avec Yvonne, on transplantait les plants de fleurs qui avaient dormi dans la serre tout l'hiver. Fanfon suivait les femmes, tombait et se relevait. Pour lui, la vie commençait avec des embûches qui se mesuraient à ses capacités. Le bout de chou était le boute-en-train du jour. De la fenêtre, Jean-Baptiste se réjouissait du spectacle qui s'offrait à lui.

La sonnerie du téléphone se fit entendre. Alice était dans tous ses états et voulait parler à sa mère.

— Tout doux, tout doux, ma fille. Dis-moi ce qui ne va pas. Ta mère est occupée dehors. Parle-moi, dis à ton père ce qui te fait gémir ainsi.

— C'est… c'est Raymond, papa. Il veut divorcer, nous quitter, moi et les enfants.

— Bon. Ça ne doit pas dater d'aujourd'hui cette crise de divorce?

— Non, mais c'est sérieux! Papa.

— Écoute-moi bien, Alice. Pour le moment, essaye de reprendre ton calme. Je te promets d'être chez toi demain à deux heures au plus tard et nous verrons ce qu'il faut faire.

Il la laissa pleurer. Dès que la crise s'apaisa un peu, il entreprit de raisonner sa fille.

Après avoir déposé le récepteur, il sortit précipitamment de la maison, sauta dans la voiture et prit la route.

Jean-Baptiste se présenta dans l'édifice où se trouvait l'étude de son gendre. Il se dirigea directement vers son bureau. Une jeune fille tenta de le retenir.

Il ouvrit la porte. Une jeune secrétaire tout sourire, assise une fesse sur le pupitre du Maître, sauta sur ses pieds.

— Monsieur Gagnon! s'exclama Raymond.

— Vous, mademoiselle, sortez! hurla Jean-Baptiste.

Raymond ne protesta pas. Il semblait éberlué. Dès que la porte se fut refermée, Jean-Baptiste se planta debout devant son gendre.

— Monsieur veut divorcer. On va t'aider, mon ami. Mais ça coûte cher, le divorce. D'abord les revenus de l'exploitation du champ de moutarde, c'est beaucoup plus que tes honoraires de notaire miteux. Tu transfères la maison au nom de ta femme. Tu payes une pension alimentaire à chacun de tes enfants et à ta femme ; tu lui laisses la garde de tous les enfants ; tu t'effaces de la province, toi, ta Mimi, ton gosse. Tout ça dans les quarante-huit heures. De plus, tu me remets les sommes que tu as encais-sées par le procédé de la mouture de la graine de moutarde, et ce, depuis le premier jour où tu as signé le contrat, ce qui représente une somme assez rondelette. Sinon, mon petit trou du cul, je te fais arrêter pour détournement de fonds, pour fraude, mauvaise gestion ; sache que j'ai en main les preuves de ce que j'avance. Tu as dix minutes pour réfléchir.

Jean-Baptiste s'installa dans un fauteuil de cuir qui était là, attendit.

Des sons inintelligibles sortaient des lèvres de Raymond, déboussolé. Les minutes ne finissaient plus de s'étirer. Jean-Baptiste s'amusait avec deux trombones qui traînaient sur le pupitre. Il était heureux d'occuper ses mains, ça l'aidait à contrôler son trem-blement nerveux. Il jeta un coup d'œil sur sa montre-bracelet, encore cinquante secondes. À la minute précise, il se leva.

— Tu désires toujours divorcer, Raymond ?

Le ton était calme, correct.

— Je vous demande pardon, monsieur Gagnon. Je ne savais pas que vous saviez tout ça.

— Ce que je sais n'a pas d'importance. Alice le sait, mais elle ne sait pas que je suis si bien informé. Alors ta gueule. Tu me comprends, merdeux ? Et ne reparle jamais de sa jalousie que tu as suscitée de tout temps, derrière laquelle tu te caches comme s'il s'agissait d'un paravent. Autre chose, éloigne ta Mimi. Si tu veux sortir de chez elle par la porte arrière et avoir une double vie, ça te regarde. Mais tu t'es marié avec ma fille et tu vas apprendre à la respecter. Je pensais que tu avais plus de jarnigoine que ça dans la tête. À partir d'aujourd'hui, tu couches tous les soirs chez ta femme ! Quant au manque à gagner de l'exploitation de la farine de moutarde, je veux qu'à l'avenir les chèques entrent régulièrement. C'est compris ? C'est compris ? Ou s'il faut que je casse ta belle gueule de coureur de jupons ?

L'autre baissait la tête. Il n'avait pas le choix. Jean-Baptiste renchérit.

— Respecte les enfants ou tu auras affaire à moi. Au cas où tu voudrais jouer les fins finauds, sache que ce que je te dis ici aujourd'hui figure quelque part noir sur blanc. Je t'ai aidé à te payer un papier timbré, je peux te le faire perdre en deux temps trois mouvements. Je t'ai parlé du passé, du présent, de l'avenir. Je n'ai pas l'intention de revenir sur le sujet. Agis en conséquence.

Jean-Baptiste fit demi-tour et s'apprêtait à sortir quand il s'arrêta :

— Ta donzelle, qui se pavane le cul sur ton pupitre, si tu rêves de lui faire prendre la place d'Alice et de Mimi ou de l'ajouter à ta collection de dames de cœur, détrompe-toi. Ajuste tes amours à tes revenus, tu vas perdre vite le goût du tango.

Jean-Baptiste sortit. Il ne retourna pas chez lui tout de suite. Il marcha pour reprendre ses esprits. Il venait de régler un problème qui l'avait longtemps agacé. Raymond, au fond, était un bon bougre, mais il avait la manie des femmes. Jean-Baptiste sourit. « Je viens de lui pincer les couilles pour longtemps… ça va faire bobo, surtout avec le porte-monnaie aplati… Je me demande ce qui lui fera le plus mal ! »

Content, il rentra chez lui. Il se sentait de bonne humeur. Il n'avait pas enrobé ses mots de chocolat sucré, mais il avait mis de l'ordre dans sa maison. À l'avenir, il ferait mine de rien devant Alice et Raymond. Il se le promettait.

« J'aurais dû le faire plus tôt. Je ne croyais pas que l'idiot oserait me pousser jusque-là. Non, mais faut-il faire coton pour ne pas savoir se servir de son jugement plus que ça ! »

Il ouvrit la radio. Maurice Chevalier chantait, il chanta aussi. Marie-Reine fut surprise de le voir revenir d'aussi belle humeur, lui qui semblait si furieux au départ. Elle haussa les épaules. Les hommes !

Le lendemain matin, à neuf heures pile, le téléphone sonna. C'était Alice.

— Papa, la tempête est passée. Tu avais raison, je me suis emportée trop vite. Oublie ce que je t'ai dit. Ce n'était qu'une querelle d'amoureux.

— Je ne sais pas de quoi tu parles, ma fille.

– Je t'adore, papa.
– Moi aussi. Bonne journée, à dimanche, ma fille.

Chapitre 25

Le jour du Seigneur fut très très heureux. La soupe à l'orge était au menu, un bouilli avec sa grande variété de légumes et ses grillades de lard salé pour rehausser la saveur du plat, un pouding au chômeur servi fumant, arrosé de crème épaisse et fraîche, comme seules les vraies vaches savent en produire.

— Tiens, taquina Frank, Marie-Anne a échangé le jonc contre un cœur en or sur la chaînette. Te serais-tu réconciliée avec l'amour et le sexe fort, la belle-sœur?

Marie-Anne rougit comme une couventine.

— Raconte-nous tes amours.

— Maman a un cavalier, lança Joachim.

— Cachottière.

Marie-Reine arrivait avec un immense plateau sur lequel elle avait déposé des carrés de sucre à la crème et de fudge. Comme à l'habitude, elle en offrit d'abord à Colombe et Alice, les plus gourmandes. Colombe prit deux friandises mais Alice refusa.

— Quoi! dit Lucien, tu refuses, tu es dangereusement malade alors.

Alice prit un petit air gêné, elle s'accrocha au bras de Raymond et, rouge de joie, ronronna. Elle avait l'air d'une jeune fille amoureuse.

Toute la famille applaudit. Ce qui gêna Alice.

— Il n'est jamais trop tard pour bien faire, lança Jean-Baptiste sans lever les yeux.

Raymond ne releva pas la phrase par trop sarcastique dont lui seul avait saisi le sens. Fanfon, qui était sur les genoux de sa mère, prit un bonbon et le mit dans la bouche d'Alice.

— Bonbon à tante Ali.

Lucien mit sa main sur la tête touffue du bébé, celui-ci passa dans les bras de son oncle.

— Il est beau ton fils, Yvonne. Pétant de santé.

Henriette se raidit mais ne dit rien.

Les enfants grandissaient, devenaient plus sages. On n'avait plus autant de dégâts à nettoyer.

Jean-Baptiste invita tout le monde au salon. Il avait installé le projecteur et on eut droit à une séance de cinéma. Les films huit millimètres relataient l'histoire de toute la famille. Les enfants furent bien amusés de voir leurs parents très jeunes. Puis, on visionna les mariages, les fêtes de Noël, les sapins immenses décorés de guirlandes et de lumières chinoises multicolores. Tout le monde parlait en même temps, relatant ses souvenirs, passant des remarques. Gonzague, bourru comme on le connaissait alors, parut sur l'écran. Il se fit un silence. Joachim cria :

— Arrête grand-père, je veux revoir papa.

On le fit reculer vers la maison d'où il venait de sortir, ce qui amusa bien les enfants.

— Dimanche prochain, mettez-vous tous sur votre trente-six. On fera de la photographie, Fanfon a droit à sa bobine avant que ne lui pousse une barbe.

— Dommage, dit Lucien, qu'on n'ait pas eu cette caméra lors de la partie de chasse. C'eût été impayable.

— Vous auriez pu exposer vos fesses, dit Colombe.

Les enfants affirmèrent dur comme fer que cet homme, si jeune, si alerte, n'était pas grand-papa.

— Tu as trop de cheveux, dit l'un deux, tu n'as pas la tête toute nue.

— C'est que plus la civilisation progresse, plus la forêt régresse, dit le grand-père.

Ce à quoi Frank ajouta :

— La pelouse ne pousse pas sur les grands boulevards.

— Que vous êtes comiques !

Imelda était là, sur l'écran, avec son éternel pâle sourire. Il se fit un silence. Puis les marmots faisaient la ronde autour du gros chêne devant la maison. Celui-là même qu'on avait dû sacrifier.

Les souvenirs immortalisés sur pellicule rappelaient mille autres anecdotes joyeuses. On voyait la maison de campagne qui, de blanche, passait au bleu puis au beige. Les arbres tout autour grandissaient, s'élançaient plus haut dans le ciel. On vit une à une les filles de la maison le jour de la première communion, voilées, en robe blanche, diadèmes de muguet au front.

— Pourquoi, maman, était-ce toujours du muguet?

— Tu ne le sais pas, vraiment?

— Non, ça me frappe aujourd'hui.

— C'est que la cérémonie avait lieu en mai, qui est le mois de la Sainte Vierge, et c'est en ce mois-là que le muguet fleurit.

— C'était là une belle tradition.

— Qui se perd, hélas! Vous attendiez toujours ce grand jour avec grande hâte.

— Surtout qu'on avait alors droit à toutes les sucreries que l'on pouvait manger.

— Et qu'on ne pouvait pas toujours digérer… Je me souviens d'avoir fait une de ces indigestions, je ne l'oublierai jamais.

— Tiens, regardez ça.

Jean-Baptiste tirait du poignet avec Gonzague.

— Qui était le plus fort? demanda Joachim.

— Observe bien. Celui qui touchera la table de son bras sera le perdant.

— Alors grand-papa, tu as dû tricher!

Les rires fusaient. La grande maison paternelle avait son air de fête des bonnes années. Ça faisait chaud au cœur.

Marie-Reine attira Yvonne vers la cuisine.

— Viens m'aider. Nous allons préparer des sandwichs. J'ai une grande variété de viandes froides. Ça évitera aux mères d'avoir à préparer le souper.

Elle sortit sa grande marmite de soupe qu'elle plaça sur le feu.

Une série de verres furent alignés pour recevoir les jus de fruits. On manqua d'assiettes, la vaisselle n'étant pas lavée, alors on se servit de serviettes de table. Dans le salon les rires persistaient. On s'amusait ferme.

La lumière du projecteur s'éteignit, hors d'usage. On n'en avait pas d'autre pour la remplacer. Ce fut la fin de la projection d'images. Dommage, habituellement la séance se terminait par les films d'Abbot et Costello et de la Souris Miquette, ce qui ne manquait jamais de plaire aux plus jeunes.

Le remue-ménage suivit. Les enfants, ayant été sages et immobiles trop longtemps, reprenaient leurs bousculades. Marie-Reine freina leurs élans en offrant la bouffe. Comme dessert, on aurait droit au bâton de crème blanc et rouge, un bonbon qu'on ne sert habituellement qu'à Noël.

Les enfants, la tête en fête, donnaient leur commande pour les cadeaux de Noël. Marie-Reine leur promit à tous un beau petit rien tout neuf, habillé en bleu. Ils voulurent savoir à quoi ça ressemblait. Il faudrait attendre au 25 décembre pour le savoir. Avant ça, il y aurait la fête de Pâques, la course aux œufs de chocolat cachés partout dans la maison et dehors, si le beau temps le permettait. On irait cette année encore puiser l'eau de Pâques au lever du soleil. Les questions pleuvaient.

— Quinze petits-enfants, quinze anges, dit Marie-Reine.

— Une couronne au ciel, maman.

— À condition que mes filles ne me fassent pas damner…

— Méchante maman, dit Monique, d'un ton affectueux.

— Moi, jarnicoton, je dirais que les filles fourniront la broche qui retiendra les fleurs en diadème.

— Quel est ce mot?

— Diadème?

— Non l'autre, du début.

— Jarnicoton. Ne vous offusquez pas, belle-maman, c'est un juron sans malice qu'utilisait mon père, autrefois.

— Je préfère ça à ton Saint Croche habituel, Lucien.

La maison se vida sur le coup de neuf heures. Marie-Reine mit son tablier et lava les montagnes d'assiettes. Yvonne vint aider sa mère, après avoir endormi Fanfon. Jean-Baptiste vidait les cendriers, replaçait les meubles.

— Tu sembles lasse, maman.

— Oui, depuis quelque temps j'ai moins d'endurance, c'est l'âge, je crois, qui fait des ravages.

— Réalises-tu que nous étions vingt-cinq à table? Deux repas, ça représente cinquante convives.

— Nous étions vingt-sept.

On recompta. C'était vingt-sept.

— Pourquoi ne pas tout laisser là jusqu'à demain?

— Demain, ce sera deux fois plus de travail, tout va sécher dans les assiettes.

— Alors, allez vous asseoir, je vais vous servir une tasse de thé.

— Merci, Yvonne, ça peut aller.

Du revers de la main, Marie-Reine s'épongeait le front. Elle s'appuyait à l'évier, ce qui était contraire à ses habitudes.

— Laisse tout, maman. Je vais terminer seule.

— Toi, tu dois te lever tôt demain. Fanfon se fout des réceptions lui, il ne tiendra pas compte de l'heure de ton coucher.

— Tu es sévère avec toi-même.

— C'est le seul moyen de mener à bien ce que l'on a à accomplir.

— Je t'admire. Je n'ai pas ta force de caractère.

— C'est une chose qui s'acquiert à force de se faire violence. Ce n'est pas toujours facile, crois-moi.

— Comment réagis-tu devant l'impossible ?

— Quand on n'a qu'un citron, il faut se faire une limonade et continuer d'aller de l'avant

— C'est profond ce que tu exprimes là, maman.

— Ce sont mes principes philosophiques bien personnels basés sur mon expérience et adaptés à mes besoins.

— Tu es une femme très forte.

— On le devient. Toi-même tu t'affirmes beaucoup depuis la naissance de Fanfon.

— Tu aimes Fanfon, maman ?

— Yvonne, quelle question ! Je l'adore ce petit.

— C'est vrai ? Ce n'est pas par devoir, par piété filiale ?

— Non, ma fille, j'aime Fanfon pas parce que, pas à cause de, j'aime Fanfon. Point à la ligne.

— Je suis contente de te l'entendre dire sur ce ton. J'adore mon fils. J'espère que je saurai bien l'élever.

— Je n'en doute pas. Sois ferme, juste, bonne avec lui. En dehors de ça, donne-lui tout l'amour et l'affection dont tu es capable. C'est une recette infaillible. On attire l'amour par l'amour. C'est miraculeux.

Yvonne embrassa sa mère. Jean-Baptiste entrait avec des sacs d'ordures.

— Ces dames se font des mamours !

– Monsieur est jaloux?

– Fatigué surtout.

– On termine à l'instant. Veux-tu un thé?

– Non, je préfère dormir.

– Je te suis. À demain, chère cuisine, qui demande tant mais qui en retour donne beaucoup de joie. La table est le tabernacle de la maison, elle unit les êtres. Si j'avais un cent par assiette et ustensile lavés dans ma vie, je serais riche à craquer.

– Tu imagines, maman, le nombre de bœufs, moutons, porcs, pains, œufs, etc., que nous avons bouffés, nous de la famille, dans cette maison?

– La ferme, dans sa grandeur originale, ne saurait tout contenir. C'est inimaginable! Quelle drôle de pensée, je ne m'y étais jamais arrêtée... Pourtant c'est un fait. Il en faut des tonnes de victuailles pour nourrir un individu tout au long de sa vie.

– Pense à ce qu'a pu empiffrer Alice!

– Ah! Yvonne. Un peu de charité chrétienne.

– Je badine, maman.

– Je sais, je sais. J'aime te voir de belle humeur.

Tout en parlant, Marie-Reine s'essuyait les mains, elle s'était appuyée contre le mur.

– Viens, Marie-Reine. Montons dormir. Toi aussi Yvonne.

Jean-Baptiste éteignit les lumières après avoir vérifié si tout était en ordre. Il se dirigea vers sa chambre. Marie-Reine s'était étendue, tout habillée sur le lit.

– Ça ne va pas?

– Mes jambes me font souffrir, rien de sérieux. Quelle belle journée! Tous semblaient si heureux. Alice surtout, ses yeux brillaient. Je me demande ce qui peut la rendre aussi rayonnante. J'espère qu'elle n'est pas enceinte!

– Ne va pas chercher midi à quatorze heures.

– Raymond joue bien son rôle, à le voir agir on ne croirait pas qu'il a une double vie. Ce doit être épouvantable pour sa femme.

– Autres temps, autres mœurs.

– Non, mon cher. Dans ce domaine-là, le temps ne change rien aux choses. La maîtresse existe depuis toujours. La seule différence est qu'aujourd'hui on n'a plus la pudeur de ses sentiments.

On ne se cache plus, c'est presque un atout social que de s'exhiber en conquérant.

— C'est une passion qui ne m'a jamais attiré. Toi, as-tu souvent rêvé à des beaux garçons?

— Tu me fais rire. Je n'ai pas eu le temps; après la famille, ma préoccupation principale est devenue la ménopause et ses problèmes. C'est ce qui perd le monde: on a trop de temps libre pour penser à soi-même.

— Les priorités changent. Ta mère préférait seconder ton père…

— C'est un point de vue.

Marie-Reine se levait, s'étirait.

— Je lave le bout de mon nez, je prendrai le bain demain.

— Pouah! Je vais dormir avec une dame sale!

— Grand fou, Jean-Baptiste Gagnon.

Il la couvrit, caressa ses cheveux.

— Bonne nuit, ma reine.

Elle ne répondit pas. Il allongea le cou. Elle dormait. Il éteignit la lampe de chevet.

* * *

Le jour emplissait la chambre, les rideaux n'avaient pas été tirés. Jean-Baptiste se leva et, sur la pointe des pieds, quitta la pièce, ses vêtements sous le bras.

— Bonjour, papa.

— Bonjour, Yvonne.

— Maman dort toujours?

— Comme une bienheureuse. Ça lui fera un bien immense. Elle était à bout hier.

— Le café est prêt, papa.

— Je crois que je vais débrancher le système de chauffage dans la serre. Le beau temps semble être là pour rester.

— J'ai peu de temps à consacrer aux plantes, Fanfon est si actif.

— Je me demande comment ta mère a pu tout concilier, les enfants, sa mère, la ferme.

— Et toi?

— Moi! Ça, ce fut le côté agréable et facile…

Un bruit se fit entendre.

— Voilà le retour à la réalité.

Yvonne se leva et se dirigea vers l'escalier. Jean-Baptiste irait à la serre; il prit sa tasse et son assiette et allait les déposer, quand il entendit hurler Yvonne.

Il échappa le tout et grimpa les marches aussi vite qu'il put.

Fanfon était assis sur le lit de sa grand-mère et jouait avec tout ce qu'il avait trouvé sur la table de chevet. Content de son coup il affichait un grand sourire.

— Papa, hurlait Yvonne. Papa! Maman…

Elle redescendit l'escalier et appela du secours. Jean-Baptiste, hébété, restait là, les bras ballants. Il le sentit, le sut tout de suite: il était trop tard! Rien ni personne ne pourrait aider Marie-Reine. Il s'appuya contre le mur, stupéfié.

Yvonne revint, saisit le bébé qui continuait de roucouler et le déposa dans son parc. Elle revint vers son père. Elle gardait la tête froide.

— Viens, papa.

Elle entrouvrit la fenêtre.

L'ambulance arrivait. Trop tard. Le décès remontait à plus de trois heures.

— Alors que je croyais qu'elle dormait encore, elle était déjà… partie, gémit Jean-Baptiste.

— Dans son sommeil… sans souffrir, ajouta Yvonne.

— Je ne me le pardonnerai jamais!

— Qu'aurais-tu pu faire papa?

— Si… Accablé, il se tut.

— Viens, papa, descendons. Ne reste pas seul.

Yvonne se dirigea vers le parc du bébé, il dormait, couché sur le dos, un pouce dans le bec. Yvonne le couvrit et revint vers son père. Il faisait peine à voir. L'épreuve était trop grande, trop lourde à supporter. Sa fille lui tendit la main et l'attira.

Ils sortirent, Yvonne tira la porte. Il se laissa tomber dans la berceuse. Yvonne plaça un tricot sur ses épaules.

— Mon Dieu! s'exclama-t-elle.

Jean-Baptiste la regarda.

— Maman qui n'est plus là! Je...

Appuyée contre le dossier d'une chaise, elle se tordait les mains de désespoir. Elle avait failli dire tout haut: «Maman, il faut informer la famille.» Elle regardait son père. Il était évident qu'elle ne pouvait compter sur lui. Il était littéralement atterré. Elle qui n'avait jamais eu le sens des responsabilités, qui avait toujours été guidée, elle ne savait plus où donner de la tête. Et il y en avait des choses à faire!

Elle pensa à Marie-Anne: après elle, c'était la plus âgée, elle avait connu la mort de Gonzague. Elle, Marie-Anne, saurait la seconder. Elle téléphona. L'aîné lui répondit que la gardienne était là mais que sa mère était sortie pour la journée.

Colombe... une pâte molle! Frank. Oui, elle téléphonerait à Frank.

Elle fouilla dans le répertoire de sa mère où, elle le savait, se trouvaient tous les numéros de la famille.

— Frank... elle ne sut plus quoi dire.

— Qui est à l'appareil?

— Yvonne.

— Yvonne! Que se passe-t-il, allô, Yvonne?

— Maman.

Il y eut un instant de silence puis Frank murmura.

— J'arrive, Yvonne.

— Non, attendez, Frank. Pouvez-vous... avertir toute la famille, je ne sais pas...

— Voulez-vous, essayez-vous de me dire que... c'est fini?

— Oui.

— Nous arrivons, comptez sur moi.

L'heure qui suivit en fut une d'angoisse. L'attente était interminable. Yvonne tournait en rond. Jean-Baptiste fixait le sol, parfois, il hochait la tête, désespéré, anéanti. À un moment, Yvonne crut l'entendre prononcer le nom de sa femme.

— Papa...

Il ne répondit pas. L'horloge au mur semblait s'être arrêtée, seul le tic-tac prouvait le contraire. Puis, il y eut un grand fracas: la porte s'ouvrit, Monique entra en trombe et se jeta dans les bras de son père.

D'une voix brisée, l'homme hurla :

— Mon pinson, mon pinson !

Il referma les bras sur sa fille préférée et il pleura, pleura, pleura.

— Pourquoi elle ? Pourquoi elle ? répétait-il inlassablement.

Tous étaient là, réunis, muets, à les regarder, ne sachant quoi faire, encore moins quoi dire. Marie-Reine ne prendrait pas la situation en main, cette fois. Le pilier de la famille venait de disparaître à tout jamais. Marie-Reine était partie et ce départ était sans retour.

La veille encore, elle les avait choyés, gâtés, servis, aimés, rayonnante et active, faisant des projets d'avenir. Puis le temps, pour elle, avait suspendu sa course…

Damien s'approcha de sa femme, l'obligea à se séparer de son père. Il la prit dans ses bras. Monique pleurait encore et encore. Il l'apaisa.

Frank mit la main sur l'épaule de son beau-père et l'invita à le suivre au salon.

Il dut l'aider à se lever. Jean-Baptiste chambranlait ; le voyant tituber, Frank le soutint et l'entraîna avec lui.

— Monsieur Gagnon, il faut prendre certaines dispositions, voulez-vous que je m'en occupe ?

Jean-Baptiste le regarda, puis il se retourna et lui indiqua l'endroit précis où autrefois son beau-père avait été exposé, dans ce même salon.

— Là, dit-il simplement. Le reste… Il fit de la main un geste vague.

Frank l'aida à s'asseoir. Il revint vers la cuisine et indiqua à la famille d'aller le rejoindre. Il retint Raymond.

— Suis-moi, Yvonne.

— Oui, Frank.

Ils s'installèrent à trois près de la grande table et discutèrent de la marche à suivre. Le téléphone sonna. Yvonne hésita et alla répondre.

— Oui, Marie-Anne, je… je…

— Parle, doux Jésus.

— Maman.

— Quoi maman ? Elle est tombée ? Elle est malade ? Parle.

– Maman…

– Parle.

Frank s'approcha, prit le récepteur.

– Marie-Anne, ta mère… n'est plus.

– Tu es devenu fou ou quoi ?

– Je ne sais rien de plus.

– C'est sérieux ?

– Voyons, Marie-Anne, tout de même !

La détresse était si grande que personne n'osait parler. La mort si soudaine et si inattendue de Marie-Reine les avait sidérés. Quand la porte s'ouvrit, laissant passage à Marie-Anne, toutes les têtes se tournèrent vers elle.

Elle restait là, muette elle aussi. Soudain, tous ensemble se mirent à parler. On posait des questions qui restaient sans réponse. Une vraie tour de Babel. On n'aurait pu imaginer pire confusion.

Fanfon, à l'étage supérieur, poussa de hauts cris. Yvonne se précipita. Ce furent les gendres qui se ressaisirent les premiers. Lucien prépara du thé fort, fouilla un peu et plaça des galettes sur la table. Ce qui ramena le silence… Les galettes étaient le fruit du travail de Marie-Reine. Jean-Baptiste tendit la main, en prit une, la regarda, la replaça dans l'assiette. Puis, lentement, il but son thé.

Les jours qui suivirent tinrent du cauchemar. Tous les citadins de Saint-Laurent défilèrent devant le cercueil de Marie-Reine.

Jean-Baptiste dormait parfois dans la berceuse. Yvonne informa ses sœurs que son père avait mentionné qu'il ne voulait plus dormir dans le lit conjugal. On s'était empressé de lui préparer une autre chambre où l'on transporta ses objets personnels.

On respecta les choses qui avaient appartenu à la mère, sa brosse à cheveux demeura dans la position où elle l'avait laissée. On refit le lit de frais, on tira les rideaux de dentelle et on ferma la porte. Pour la première fois, la grande chambre du coin, celle qui avait vu des naissances, des décès, entendu rire, aimer, pleurer, restait vide, inoccupée. Pour la première fois, et ce, depuis quatre générations !

Parfois, une des filles montait là-haut, allait se recueillir dans ce sanctuaire. Le jeté de mohair était là, attendant que Marie-Reine s'en couvre les épaules… La pendule égrenait encore les heures, elle le faisait pour elle seule cette fois, jusqu'à ce que son balancier s'arrête à défaut d'une main vivante qui lui redonnerait vie.

Le jour où les glas tintèrent, le ciel était limpide et clair, Marie-Reine quittait définitivement Côte-Vertu vers son dernier lieu de repos.

Lorsque Jean-Baptiste rentra chez lui, il fit un détour et marcha jusqu'au lieu où avait vécu le gros chêne. Une grande joie l'envahit : comme Marie-Reine l'avait observé, des petits chênes, encore bien frêles, pointaient. Il se pencha, leur fit une caresse.

Chapitre 26

Jean-Baptiste était devenu un autre homme. Il vivait en lui-même. Il ressassait dans sa tête les souvenirs des derniers jours vécus auprès de sa chère femme. Ses dernières paroles lui revenaient en mémoire. Ces mots d'amour qu'elle lui avait dits lui semblaient avoir été dictés par quelque chose de puissant, plus puissant qu'elle ou que lui. Il revivait diverses scènes et, chose étrange, il s'étonnait de n'en pas souffrir. Ses derniers, tout derniers mots, la nuit fatale, avaient été son nom qu'elle avait prononcé, comme pour mettre fin à un long discours : « Grand fou, Jean-Baptiste Gagnon. »

Une femme juste, une femme forte n'était plus ! Les enfants venaient tour à tour visiter leur père ; le malaise persistait, il y avait des silences creux. L'âme du foyer était disparue. On fit même un dîner réunion, chacun participa au menu. Mais malgré la bonne volonté déployée, l'atmosphère n'était plus aussi gaie.

Marie-Reine ne s'était pas même payé le luxe d'être malade, de se faire gâter ou choyer. Elle s'était dévouée jusqu'à son dernier jour, jusqu'à sa dernière nuit, sans une plainte, sans un adieu.

La serre était abandonnée, les plantes moururent faute de soins. Une seule survécut, Jean-Baptiste la déposa sur la fenêtre de la cuisine et en prit un soin jaloux. Elle lui rendit son amour et grandit. Chaque jour il espéra qu'elle fleurisse.

Pendant ce temps Fanfon grandissait.

Marie-Reine était décédée sans savoir le drame qui entourait ce bébé. C'était bien ainsi. Il regrettait de lui avoir confié le secret de Raymond, il l'avait fait dans la crainte de mourir avant sa femme. Il était loin de se douter qu'il lui survivrait. Il trouvait ça bête, injuste et cruel. Elle était, elle, si pleine de vie et de joie de vivre ; le destin s'était montré cruel.

Yvonne relevait bravement le défi. La tâche lui semblait lourde. Le silence de Jean-Baptiste, replié sur lui-même, la faisait énormément souffrir. Elle se sentait seule, si seule, irrémédiablement seule. Mais elle ne se plaignait pas, sa mère lui avait appris à ne pas s'arrêter à ses souffrances mais à savourer ses joies. Les messages de la mère prenaient maintenant le poids des vérités de l'Évangile.

Bien sûr, Fanfon lui donnait de la joie, beaucoup de joie. Mais la femme qui vivait en elle avait besoin de plus que de la seule présence d'un enfant et d'un père. Ses nuits étaient longues, elle se languissait. Depuis le décès de Marie-Reine, elle n'avait plus regardé le journal dans l'espoir de retrouver Mathias. Au fond de l'âme de la fille qui avait porté le voile subsistaient certaines croyances pour lesquelles elle avait du respect; ce deuil par exemple. Sa peine était profonde, cuisante. Elle chassait de sa tête la pensée de Mathias qui lui rappelait des choses pas très orthodoxes... La nuit toutefois, son inconscient ne tenait pas compte de la morale, ses rêves évoquaient les mains de Mathias, leur prêtant une touche magique. Yvonne se réveillait en sursaut, tentait d'échapper à la griserie où le sommeil l'avait plongée. Mais dès que le sommeil revenait, les rêves se poursuivaient, langoureux, troublants.

Avec le temps, la volonté d'Yvonne s'amenuisait, elle ne réussissait plus à surmonter ses désirs physiques, elle avait besoin de son homme. Un jour, elle décida de s'approcher des lieux où elle l'avait rencontré. Aucun but précis ne motivait son désir, sauf celui de revoir l'endroit où elle l'avait entrevu, un jour si lointain.

Lui revint en mémoire le premier sermon qu'elle avait entendu prononcer par Mathias. Yvonne le revoyait encore, là, sur l'estrade, le regard perdu dans l'infini, s'exprimant d'une voix mesurée qui obligeait à tendre l'oreille pour pouvoir tout entendre. Mathias, d'abord recueilli, avait scandé :

« Quand j'atteignis enfin l'église Saint-Georges, juchée entre ciel et terre, au sommet de la colline, tout à la pointe du long et tortueux chemin, alors que le ciel rose me revêtait d'un manteau de pourpre, que le galbe de sa voûte me plaçait dans un globe de douceur et de paix, je compris, je compris l'ambition des rois et des princes qui adorent voir un peuple à leurs genoux.

Moi, Mathias, en cet instant, je dominais la Grèce, l'ancienne et la moderne. »

Yvonne frissonna. Oui, elle irait là-bas. Elle voulait savoir !

Le problème de la garde du bébé lui parut insurmontable. Elle ne pouvait le confier à son père ; même si Jean-Baptiste reprenait lentement goût à la vie, il continuait de rêvasser. Yvonne décida d'emmener l'enfant.

– Papa, pourrais-je utiliser la voiture ?

Jean-Baptiste lui remit les clés de l'automobile. Elle lui était reconnaissante de ne pas avoir posé de questions. Elle partit avec l'enfant, heureuse de s'évader. Tout lui paraissait beau, le soleil brillait, les arbres étaient plus verts, même l'activité sur les trottoirs lui était agréable. Yvonne n'accomplissait pas une corvée, une course à l'épicerie, Yvonne sortait avec son fils, faisait une randonnée à but personnel, ça l'enchantait. Elle ouvrit la radio, puis eut honte ; elle fit taire la musique. Elle pensa à sa mère et soupira.

Lorsqu'elle se trouva en face de l'édifice de briques vétuste, son cœur bondit. Elle serra les doigts sur le volant, à deux reprises elle contourna le pâté de maisons. Finalement, elle se décida à stationner l'automobile. Elle en descendit, et prenant Fanfon par la main, elle se dirigea vers l'immeuble. Le bébé trottinait à ses côtés, ses pas courts se faisaient rapides. Tout à coup il cria :

– Bobo, bobo, maman !

Elle s'arrêta. L'enfant retira sa menotte de la main qui la serrait trop fort. Elle se pencha vers son fils, honteuse ; dans son énervement elle l'avait étreinte de façon inconsidérée, les doigts de Fanfon étaient endoloris. Il fit la moue. Elle l'embrassa, caressa sa belle tête frisée, il sourit.

Ramenée à la réalité, elle ralentit le pas. Bientôt la porte d'entrée lui fit face. Elle hésita. Elle connaissait les lieux ; en son for intérieur, elle avait peur qu'il soit là et qu'il la repousse.

Tout à coup, elle vit le bureau de Mathias. Un demi-mur donnait place à un espace vitré derrière lequel il faisait ses transactions. L'orifice était béant, deux hommes se trouvaient là, discutaient avec quelqu'un qu'elle ne pouvait apercevoir. Son cœur battait à se rompre. L'enfant regardait sa mère, n'osant pas bouger.

Soudain elle reconnut la voix de Mathias qui lui parvenait telle qu'elle la retrouvait dans ses souvenirs : chaude et mélodieuse. Elle crut un instant qu'elle allait défaillir.

Ainsi, il était ici. Il était à Montréal. Depuis quand ? Pourquoi ne lui avait-il pas donné signe de vie ? Il n'avait pas fait un seul geste pour connaître son enfant. Une rage folle emplit son âme. Yvonne saisit Fanfon dans ses bras et s'éloigna. Un escalier était là, tout près. Elle s'y laissa tomber et essaya de se calmer.

L'enfant, effrayé, se mit à pleurer. Une jeune fille passa près d'elle, s'arrêta.

— Vous êtes malade, madame ? Avez-vous besoin qu'on vous aide ?

Elle sauta sur ses pieds.

— Non, je, j'ai, enfin, merci.

Yvonne caressa le bébé.

— Viens, mon fils.

Sans plus d'hésitation, elle ouvrit la porte du bureau de Mathias, y poussa l'enfant et referma la porte, restant dehors.

Fanfon hurla. Mathias, surpris, regarda le bambin.

— Ça alors, s'exclama-t-il.

Le petit se tenait près de la porte qu'il martelait de ses pieds.

Mathias se pencha, regarda l'enfant. Il lui mit les mains sur les épaules et l'obligea à se retourner. Son fils ! Ça ne pouvait être que son fils. Il prit l'enfant, s'approcha du guichet et lança :

— Revenez plus tard.

Il fit glisser les fenêtres et tira le store, puis regarda l'enfant effrayé.

— Viens, bonhomme.

« Non, se dit-il, c'est impossible… Pourtant. »

Il le plaça sur le bord du pupitre et le regarda. Le bébé morvait. Il sortit son mouchoir et lui essuya les yeux et le nez.

— Allons, allons, sois un homme !

L'enfant s'était un peu calmé. Yvonne choisit cette minute pour entrer.

Elle ne dit pas un mot, saisit l'enfant dans ses bras et sortit la tête haute. Ça s'était fait si vite que Mathias resta là, éberlué.

Dès qu'elle fut hors de la vue de l'homme, Yvonne courut comme une folle. Elle se dirigea vers l'automobile et se précipita à l'intérieur, verrouilla les portes comme si elle avait peur qu'on la poursuive.

Mathias, reprenant ses esprits, se mit à rire tout haut comme un hystérique. L'excitation passée, il sourit : il avait atteint son but, cette chère Yvonne l'avait encore dans la peau. Il aurait aimé voir la gueule de Jean-Baptiste. Il avait patienté, vécu dans la haine. On avait brisé sa vie, le fils du pendu s'était bien vengé. Comme il avait aimé le hasard qui avait mis sur sa route cette grande efflanquée d'Yvonne qui, sans le savoir, lui avait fait retrouver Jean-Baptiste dont il avait perdu la trace. Souventes fois, des femmes stupides venaient à lui, pâmées et extasiées, cherchant chez le prêcheur l'assouvissement de leurs sens, désireuses de plaisirs pervers. De temps à autre, il condescendait, lui, le pur, à sauter dans le lit de ces énergumènes qui lui faisaient connaître des nuits empreintes de passions rageuses dont il n'aurait jamais pu imaginer l'existence. Il mettait un plaisir diabolique à les laisser tomber dès que lui, Onésime, était assouvi. Il se tournait alors vers une autre et allait jusqu'au chantage si ces dames insistaient trop.

Un jour, il se paya le luxe fou de mettre deux de ces femmes amoureuses de lui en présence, dans la même chambre. Il frémissait encore de plaisir au souvenir de cette nuit orageuse où il connut des transports époustouflants. Le lendemain, il avait pensé fuir, effrayé à l'idée que ces deux garces ne lui causent quelques ennuis. Il eut la surprise de sa vie de voir le lendemain ses flammes d'un soir, bras dessus, bras dessous, qui assistaient à la conférence qui avait justement pour titre : «Mon bonheur, j'y ai droit». Il poussa alors l'audace jusqu'à s'approcher d'elles. La grande maigrichonne — elle ne devait pas peser plus de cent livres toute mouillée ; elle n'avait que la peau et les os, était sèche, comme il les aimait, ses femelles —, la grande maigrichonne lui jeta un regard significatif, roulant la langue sur ses lèvres entrouvertes, geste qui ne laissait aucune place à l'imagination.

Les deux pieds sur le pupitre, les mains derrière la tête, la chaise appuyée au mur, il repassait tout ça. Les émotions peintes sur son visage reflétaient le cours de ses pensées : il était laid.

Puis, le souvenir du visage de Fanfon se fit un chemin jusqu'à son cerveau malade. La rébellion de son enfance prit un autre visage. Fanfon venait de prendre la place de la haine qu'Onésime nourrissait à l'endroit de son oncle Jean-Baptiste. Un sentiment nouveau, inconnu, le prenait aux entrailles : son fils, un fils bien à lui, vivant, beau, propre.

Il y avait maintenant dans sa pensée une image toute nouvelle : un gosse. Pas plus haut que trois pommes, joufflu, un petit papillon effrayé qui l'avait regardé avec des grands yeux étonnés. Il ne se souvenait plus qu'autant de candeur puisse exister !

Il secoua la tête. Il n'allait pas s'embarrasser de faux scrupules, il n'était pas question de revenir sur cet épisode de sa vie. Le passé était mort, bien mort. Sa vengeance assouvie lui suffisait. C'était déjà assez de générosité de sa part d'avoir cessé toute publicité autour de ses sermons dans le but précis de dérouter Yvonne, il s'était ainsi privé d'une grande source de revenus. Il était loin de se douter qu'après tant de temps la grande Yvonne reviendrait dans le décor. Il asséna un coup de poing sur le bureau.

— Le diable l'emporte ! Elle, son maudit père, le gosse !

L'image des grands yeux affolés le hantait pourtant.

On frappait à sa porte. Il hurla :

— Entrez.

Un garçon pâle, au visage boutonneux, entra, hésitant. Le disciple apportait le panier d'osier qui contenait le fruit de la collecte.

— Fourre tout ça dans tes poches et file !

Le pauvre gars ne savait plus quoi faire. Il regardait tour à tour les billets dans la corbeille et Mathias.

Mathias, impatienté, plongea la main, prit les billets de banque et les lança. L'autre, à quatre pattes, ramassa les dollars et sortit précipitamment.

— Saint Cigare de Fiacre ! Il n'y a pas moyen d'avoir la sainte paix aujourd'hui.

* * *

Pendant que Mathias tempêtait, Yvonne revenait vers la maison, la mort dans l'âme. Le dégoûtant personnage avait éveillé en elle une foule de sentiments confus. Elle n'était pas fière de son geste irréfléchi. Pourquoi avait-elle ainsi exposé son enfant? Elle regarda son fils. Son visage semblait troublé. Elle eut honte, elle attira le bambin près d'elle. D'un bras elle le retint, lui murmurant des mots d'amour. Elle n'avait qu'une hâte, qu'un désir, se retrouver seule, dans l'intimité de sa chambre, pour analyser sa folie et réfléchir aux conséquences possibles de sa conduite.

Le soleil luisait moins, sa gaieté s'était évanouie. Enfin, la maison se dessina à sa vue. Elle se sentait penaude, sa conscience la troublait. Pour le moment, il lui fallait affronter son père.

— Bonjour, papa, tu ne t'es pas senti trop seul? Vas-tu bien? Aimerais-tu manger quelque chose? Tu n'as pas froid? A-t-on téléphoné?

Jean-Baptiste la regarda.

— Yvonne...

— Oui, papa.

— Tu ne t'es absentée que quelques heures...

— Je sais, papa, j'avais une course urgente à faire. J'aurais dû te prévenir, je...

— Yvonne!

Le verbiage de sa fille l'étonnait. Quelque chose d'anormal avait dû se produire. Pourquoi ce coq-à-l'âne? Il la regarda, droit dans les yeux, elle détourna le regard, embarrassée.

— Faim, maman.

— Viens, mon ange.

L'enfant jouait avec ses doigts, il était bouleversé, ça se voyait.

— Qu'est-il arrivé à Fanfon?

— Pourquoi demandes-tu ça, papa?

— Je ne sais pas, il me paraît... troublé!

— Il a faim sans doute.

Yvonne mit son tablier et s'affaira à préparer le souper. Jean-Baptiste regarda l'horloge, les aiguilles indiquaient quatre heures. Quelque chose ne tournait pas rond. Il haussa les épaules. Ce n'était pas la première fois qu'Yvonne avait une allure bizarre.

Le bébé se tenait tout près de sa mère, la suivait partout. Un silence lourd pesait dans la pièce.

Si ceux qui quittent la terre pour l'au-delà ont conscience de ce qui se passe dans ce bas monde, Marie-Reine, là-haut, devait trembler pour Jean-Baptiste et sa fille Yvonne...

Partie 3

Chapitre 27

Les jours passèrent dans la plus grande quiétude. Yvonne se disait que ses peurs folles étaient le fruit de son imagination. Il ne lui restait plus qu'à faire son deuil de cet amour impossible. Elle ne chercherait plus jamais à revoir Mathias ; la crainte de perdre son fils l'avait trop fait souffrir. Inconsciemment, elle vérifiait la fenêtre de la chambre de l'enfant avant d'aller dormir. Elle laissait les portes des chambres ouvertes et accourait au moindre bruit. Le calme était pourtant revenu. Peu à peu, ses craintes se dissipaient.

Chaque soir, Jean-Baptiste allait vers les jeunes chênes et observait leur progression. Si le sol était sec, il arrosait. La plante sur la fenêtre croissait à vue d'œil.

Fanfon s'amusait à tirer son wagonnet sur lequel il avait empilé ses jouets. Lorsque la charge se renversait, il maugréait, s'arrêtait et recommençait son manège.

Jean-Baptiste l'observait, l'impatience de l'enfant le ramena en arrière ; oui, le petit avait le caractère emporté de son frère ! Jean-Baptiste grimaça. Yvonne assise au bout de la table reprisait, sa pensée errait.

Parfois Fanfon s'approchait de son grand-père, le regard un peu inquiet. Même si Jean-Baptiste ne le repoussait pas, l'enfant ressentait qu'il ne l'attirait pas non plus. Aussi, le bambin venait auprès de lui avec une attitude gênée ; au moindre sourire invitant, il s'élançait de tout cœur vers le vieil homme, quêtant son amour. Celui-ci lui faisait répéter les mots bafouillés.

— Pas touche, pépé.

— Ne pas toucher, Fanfon, TOU-CHER.

— Tousé, répétait l'enfant.

Le téléphone sonna. Yvonne leva la tête, regarda son père. Elle déposa l'aiguille et lentement se dirigea vers l'appareil.

— J'écoute.

Elle était revenue du couvent avec cette habitude de répondre ainsi au téléphone, manie qui agaçait Jean-Baptiste.

Comme elle n'ajoutait rien, son père releva la tête et la regarda. Elle écoutait… la bouche ouverte. Il semblait à Jean-Baptiste qu'elle avait pâli. Elle raccrocha soudainement et courut vers l'escalier.

Mathias lui avait dit d'un trait, sans lui laisser le temps de l'interrompre :

— Yvonne, ici Mathias. Je suis à Dorval, j'arrive de New York. Je serai auprès de vous deux dans quinze minutes.

Yvonne grimpa au pas de course. Elle brossa ses cheveux, ôta son tablier, essaya de choisir une robe convenable ; elle ne réussissait qu'à s'empêtrer. Elle garrocha ses souliers, sauta dans d'autres, se trompa de pieds, ses nerfs lui jouaient de sales tours.

« Je savais, je savais. Il m'aime ! »

Elle courut au miroir, mit du carmin sur ses joues pâles. Mathias arrivait ! Elle alla vers la chambre de Fanfon, regarda par la fenêtre. Son cœur battait à se rompre. Elle revint vers sa chambre. Son parfum ! Où était passé son parfum, ce parfum qu'il lui avait offert ? Elle fouillait, ne réussissait qu'à tout chambouler. Enfin, le flacon était là. Elle s'aspergea. Elle entendit une portière. Elle fit volte-face et sortit, traversa le corridor, jamais le couloir ne lui avait paru aussi long. Enfin l'escalier. Elle posa sa main sur la rampe, elle chancelait d'émotion.

La porte s'ouvrit, une valise se montra, une autre pointa, Mathias était là.

Elle vola jusqu'à lui, se pendit à son cou en hurlant :

— Mathias !

Le chauffeur du taxi entra à son tour, une valise à la main, un énorme carton ficelé dans l'autre.

— Je vous dois combien, mon brave ? en sortant de sa poche un billet de vingt dollars.

— Gardez la monnaie.

— Merci, m'sieur. Bon retour.

— Je savais, chéri. Je savais.

Yvonne se pendit à son cou.

Sidéré, Jean-Baptiste ne bougeait pas, incapable de réagir. La surprise le paralysait.

— Tiens, mais c'est Jojo !

— Mathias, Mathias.

Mathias tira sur la corde du paquet, vida la boîte sur le sol. Mille choses disparates s'en échappèrent : des jouets. Il se pencha vers l'enfant.

— Ça te plaît, Jojo ?

— Mathias, pas Jojo.

Yvonne se souvint tout à coup de la présence de son père.

— Papa… Voici le père de mon enfant.

Jean-Baptiste se leva.

— Toi, mon escogriffe de bête à poil, sors de cette maison.

— Papa ! hurla Yvonne.

Elle sauta au cou de Mathias.

— Partons chéri, toi, moi, l'enfant.

Et regardant son père, le regard plein de rage :

— Si nous partons, tu ne nous reverras jamais, JAMAIS. Tu as compris, Jean-Baptiste Gagnon ? Garde-la pour toi seul ta grande maison triste.

Mathias souleva Yvonne de terre, il pivota sur ses pieds.

— Voilà une femme !

Jean-Baptiste se laissa tomber sur sa chaise, pâle comme un suaire.

Yvonne se braqua devant lui, les deux poings sur les hanches.

— Alors ?

Médusé, il ne répondit pas.

— Bon, voilà une chose classée. Qu'on n'en parle plus.

Mathias alla vers Fanfon.

— Ça te plaît, tout ça ?

Il activa un bouton dissimulé dans le poil d'un ourson rose. L'animal se mit à chanter. Fanfon battit des mains, émerveillé. Assis sur le sol, Mathias jouait avec l'enfant. Yvonne émue regardait le spectacle. Le grand-père serrait les mâchoires et les poings.

— Viens, Jojo.

Mathias croisa la jambe, assit l'enfant sur son pied et lui prit les deux mains :

– On va jouer à mettre le train en marche :

– Quelle heure est-il ?

– Matin, petit train.

– Quelle heure est-il ?

– Midi, le pas, le pas.

– Quelle heure est-il ?

– Le soir, gros galop, gros galop.

À mesure que l'heure avançait, l'enfant sautait plus haut. Il riait à grands éclats. Le jeu l'amusait. Jean-Baptiste se souvenait avoir joué ainsi, avec lui, Onésime, quand il était enfant, là-bas, à l'île d'Orléans. Yvonne était allée se rasseoir près de la table.

– N'est-ce pas l'heure du dodo de Jojo ?

– Où ai-je la tête ! dit Yvonne.

L'enfant prit l'ourson rose et suivit sa mère. Mathias prit ses valises et monta. En bas, le grand-père comprit que son neveu se dirigeait vers la chambre d'Yvonne, au bruit que faisaient les pas de l'homme sur le parquet. Il appuya sa tête sur le dossier de la chaise et ferma les yeux. La rage qu'il ressentait lui figeait le sang dans les veines. Il avait peine à contrôler sa colère. Il s'efforça de demeurer immobile, il avait peur de faire un malheur.

Mathias revint dans la cuisine, prit le journal, qui était posé sur le guéridon, s'installa près de la table, le plus naturellement du monde, comme l'aurait fait un habitué de la maison, et se plongea dans la lecture. Yvonne vint à son tour. En passant près de lui, elle lui posa une main sur l'épaule.

– Un café, un thé, ça te plairait ?

– Jojo s'est endormi ?

– Oui, comme un ange, en tenant son ourson rose.

– Yvonne, ma chouette, si nous allions nous aussi faire dodo, hein ?

Il cligna de l'œil.

– Viens, ma chouette.

Il lui tendit une main qu'elle prit et ils disparurent dans l'escalier.

Dès qu'ils furent dans la chambre, il empoigna Yvonne par les cheveux et la renversa sur le lit. Il laissa tomber son pantalon, attira la femme à lui pour la posséder.

– Fais-moi un autre bébé, dit-elle.

Il sursauta, s'éloigna de la femme.

– Aide-toi, dit-il, aide-toi.

Il prit sa main, et répéta.

– Aide-toi.

Elle le regardait, ne comprenait pas. Elle l'entendit se pâmer et le vit souiller ses cuisses. Il ricana.

– Attends-moi, ma chouette.

Il descendit l'escalier, se rendit jusqu'à la valise qui était demeurée près de la porte. Jean-Baptiste vit passer devant lui son neveu encore chaussé, sans pantalon, en queue de chemise, le cul à l'air. Il s'arrêta devant son oncle et, lentement, relâcha le nœud de sa cravate et joua avec, simulant l'étranglement.

– Viens, mon oncle, tire sur le nœud coulant...

Il fit un geste obscène en ricanant.

– Je garde ça pour ta fille.

Puis il remonta là-haut. Mis à quia, Jean-Baptiste ferma les yeux.

Mathias venait de dépasser les limites. Jean-Baptiste comprit. Son neveu avait décidé de le martyriser, lui. Il était ici pour le faire souffrir, assouvir sa vengeance. La haine, la haine seule expliquait ces gestes de dément. Alors l'homme pensa à sa fille, à Fanfon. Pour eux, il devait se taire, encaisser, gagner du temps afin de pouvoir réfléchir. Le gars partirait comme il était venu quand il aurait l'impression d'avoir réussi à l'avoir démoli, lui. Oui, ce n'était pas autre chose, plus il y pensait, plus il en était assuré. Le goujat était venu sur les lieux pour admirer son œuvre maudite. Jean-Baptiste pensa à Marie-Reine. Heureusement qu'elle était morte, qu'elle n'avait pas eu à souffrir ce spectacle terrible. Une larme coula sur sa joue. Ses mains lui faisaient mal. Il les regarda, ses ongles avaient laissé leurs traces dans la chair. Il tenta de se lever, ses jambes n'obéissaient pas. Il les tendit, massa ses cuisses endolories, tous ses muscles étaient raidis. Il s'efforça de se raisonner. Il lui fallait tenir le coup. C'était trop bête à la fin, cette histoire macabre. Il fallait que ça finisse et vite.

Il fit un effort, se leva, fit quelques pas. Lentement, il se rendit à l'évier, fit couler l'eau chaude sur ses mains, aspergea son visage.

« Je dois à tout prix garder mon sang-froid. » En ce moment, il comprenait le geste de son frère qui avait tué l'autre, le gars qui lui avait volé sa femme. Par analogie, il pensa à Yvonne. La pauvre fille avait été sa victime, une victime innocente, dont il s'était servi. Et Fanfon, dans tout ça ? C'était à devenir fou. Il revoyait devant lui le grotesque personnage qui était venu, sans pudeur aucune, lui démontrer qu'il se servait de sa fille.

Le journal était là, sur la table. Il eut une envie folle de le prendre et de le déchirer. Il ne fallait pas. Non, il ne donnerait jamais à son neveu le plaisir de le voir souffrir. Il ne poserait aucun geste de nature à faire jouir cet espèce de sadique. Il devrait chercher son plaisir ailleurs ! Jean-Baptiste se le promettait ; en aucun temps, il ne réagirait devant sa cruauté. Ce n'était pas lui, Jean-Baptiste Gagnon, qui suivrait ce fou sur la route de ses phantasmes. Il n'avait rien d'un masochiste et n'avait pas l'intention de le devenir. Il agirait donc calmement, froidement.

Il prépara du café. Il tremblotait, il aspira longuement. « Du calme, mon vieux, du calme, c'est le début d'une longue et pénible épreuve. Il te faut en sortir le vainqueur, pour protéger tes enfants. »

Tout à coup, il eut une pensée réconfortante. S'il partait pour la campagne… Il n'était pas retourné au chalet depuis le décès de sa femme. Non, mauvaise solution que celle de fuir. Il fallait d'abord s'assurer qu'il ne se trompait pas dans ses déductions. Le seul moyen d'y parvenir était par l'observation de la conduite de l'ennemi, de tous ses faits et gestes, de chacune de ses paroles. Lui, Jean-Baptiste, resterait absolument neutre, n'aurait aucune réaction.

Fanfon ! S'il devait s'attaquer à l'enfant ? Jean-Baptiste leva le poing. « Voilà, pensa-t-il, mes résolutions s'en vont déjà en fumée dès que je pense à cette crapule. Je dois me contenir, me contrôler. À tout prix. » Il finirait par s'absenter, un jour ou l'autre. Alors il questionnerait Yvonne adroitement, pour savoir comment les choses se passaient réellement. « S'il allait trop loin, je n'aurais pas d'autre choix que de parler et d'agir. Pourvu qu'il ne lui fasse pas un autre enfant ! » Il serra les mâchoires. Jean-Baptiste sentait qu'il n'avait pas le courage d'affronter le monstre. Il sortit dehors, il regarda la serre. Voilà, ce serait son refuge. Il s'y rendit.

Enfin seul! Il regardait autour de lui, c'était désolant, abandonné. Il redressa quelques pots tombés, posa des gestes essentiellement machinaux; le cœur n'y était pas. Mais le calme des lieux l'aidait. Il devait donner l'impression de s'affairer. Il sortit avec la pelle, ramassa de la terre et la rentra, laissant la porte ouverte derrière lui. Au bout de quelques instants il sortit encore. Il ne s'était pas trompé, le rideau avait bougé là-haut. «Première victoire», pensa-t-il. L'autre l'observait. Il souleva de la terre, rentra. Il fallait gagner du temps. C'était une obsession.

— Qu'est-ce que ton père fait dans cette cabane?

— C'est la serre, on y garde les plantes.

— Il y a une chambre de disponible dans cette maison?

— Oui, pourquoi?

— Déménage tes affaires. Je vais dormir ici, en face de la chambre de mon fils.

— Mais...

— Mais quoi? Tu ne vas pas t'imaginer que je vais passer toutes mes nuits avec toi dans mon lit?

— Pourquoi Mathias? Tu n'es pas heureux auprès de moi?

— Auprès de toi, je m'emmerde. Je suis ici pour mon fils, pas pour toi. Tu sors d'ici ou je pars avec Jojo.

— Cesse de l'appeler Jojo. Son nom est Mathias.

— Quoi? Qu'est-ce que tu as dit?

— Je te le répète depuis que tu es arrivé. Son nom n'est pas Jojo, c'est Mathias.

Il partit d'un grand rire sonore.

— Son nom est vraiment Mathias?

— Pourquoi est-ce si drôle?

— Baptisé Mathias?

— Oui, ce nom lui fut donné au baptême.

— À l'église?

— Bien sûr, à l'église.

Il riait maintenant à gorge déployée.

— Cigare de Fiacre, que c'est drôle.

— Tu deviens fou ou quoi?

Il blanchit. Du revers de la main, il frappa Yvonne. Elle perdit pied et tomba sur le lit. Elle voulut se relever, il s'approcha. Elle allongea la main pour le frapper.

Ça lui plut, il retint la fille par les poignets et la mordit.

— Je te retrouve, susurra Yvonne.

Ils luttèrent corps à corps, comme deux bêtes. Tout à coup l'homme se raidit.

— Jojo est réveillé?

Il sauta sur ses pieds.

— Cache-toi, couvre-toi, salope.

L'enfant appelait sa mère. Elle le prit dans ses bras et descendit à la cuisine.

— Viens prendre ta collation, mon ange.

Quand Jean-Baptiste entra, il eut devant lui une image du parfait bonheur en famille: le papa faisait boire du lait à Fanfon, assis sur ses genoux, et Yvonne souriait à ses anges.

— Dis bonjour à pépère.

— À grand-papa.

— Pourquoi grand-papa? Ton père n'est pas un Français, au Québec on dit pépère, quand, bien entendu, on a un pépère.

— De fait, papa est français.

— C'est vrai ça, Monsieur?

Jean-Baptiste ne répondit pas. Il tournait le dos, jouait avec sa plante sur la fenêtre.

— Il est sourd ou quoi?

— Distrait surtout. Depuis la mort de maman, il parle peu, est morose. C'était bien triste ici, avant aujourd'hui.

Onésime se leva, posa l'enfant sur la chaise et s'approcha de Jean-Baptiste. Il lui hurla à l'oreille:

— C'est vrai que vous êtes Français, Monsieur?

— Ouais, ouais, répondit l'oncle.

— Non, mais il est dingue, le vieux?

— Ouais, ouais, répéta Jean-Baptiste.

Satisfait de sa tactique, Jean-Baptiste se leva, tourna sa chaise face à la fenêtre de façon à avoir le dos à la cuisine. Ainsi, il n'aurait pas à s'inquiéter de se trahir par l'expression de son visage.

Il entendit Yvonne brasser les casseroles, elle cuisinait. Onésime jouait avec l'enfant. Les jouets passaient d'une main à l'autre. Le père et le fils s'amusaient. Le bambin semblait s'adapter à cette présence.

Le couvert dressé, Yvonne appela son père. Comme il le faisait depuis le jour du décès de son beau-père, Jean-Baptiste s'approcha du bout de la table, place qui lui revenait.

— Non, monsieur Gagnon. C'est ici ma place. Mon fils, là, et ma femme, là.

— Et moi? dit Jean-Baptiste.

— En face de votre fille.

— S'il te plaît, papa. Pourquoi pas?

— Pourquoi pas, répéta bêtement Jean-Baptiste.

— Il y a de l'écho dans cette maison…

— Écho, répéta Fanfon.

Onésime jasa de mille choses avec Yvonne et l'enfant. Il n'adressa pas un mot à Jean-Baptiste. Yvonne, éblouie, joua le jeu, sans s'en rendre compte. Elle avait bon appétit, souriait. Elle était d'une tendresse accrue avec Fanfon.

« Elle a le gars dans la peau », conclut Jean-Baptiste.

— Il te faudrait de l'aide, ma chérie, cette grande maison va te tuer.

« Merde », pensa Jean-Baptiste. Il pensa à Marie-Reine qui s'était toujours fait un devoir d'accomplir ses tâches malgré les naissances répétées, la charge de la ferme.

— Tu n'es pas une bonne, Yvonne.

« Parce qu'une femme qui s'occupe des siens est une bonne. » Jean-Baptiste ne dit rien. L'autre le provoquait, qu'à cela ne tienne, il ne broncherait pas.

Jean-Baptiste quitta la table et alla vers la serre. Il ne rentra qu'au moment venu, pour lui, d'aller dormir. Quelle ne fut pas sa surprise de surprendre Yvonne en train de transporter son linge dans la chambre libre.

Il entra dans la sienne et ferma doucement la porte. Là, là seulement, il pouvait enfin se détendre. Le truand dormait donc seul. Une mince cloison le séparait de sa fille. Il avait pourtant l'impression qu'une muraille se dressait entre eux deux.

* * *

Quinze jours passèrent, qui se ressemblaient tous. Onésime ne quittait pas la maison. Il occupait ses jours à jouer avec l'enfant. En sa présence, il était correct, en ce sens que le langage utilisé ne pouvait atteindre l'enfant. C'était toujours vers Jean-Baptiste qu'étaient dirigées les flèches empoisonnées. Tour à tour, l'homme jouait l'imbécile qui ne comprend rien, ou le sourd qui n'entend pas. C'était devenu le jeu du plus fort.

Yvonne semblait ne rien remarquer. Elle s'affairait, heureuse de voir le père et le fils bien s'amuser; elle les laissait à leurs plaisirs anodins et vaquait à ses travaux. Parfois, elle allait jusqu'à fredonner. Jean-Baptiste n'en était pas encore certain, mais il lui semblait déceler de l'exaspération, parfois, sur le visage de son ennemi. Yvonne l'achalait, l'importunait. La politesse à son endroit était donc un simulacre aussi, une façon de s'attirer ses bonnes grâces pour s'assurer la complicité, même involontaire, de sa sotte fille.

La toile d'araignée se tissait petit à petit, Jean-Baptiste devenait chaque jour un peu plus prisonnier du cocon. Mathias devait souhaiter que les choses se précipitent, Jean-Baptiste éloignerait l'échéance. Chaque soir, il méditait sur les événements de la journée. Ce qui semblait le plus faire jouir Mathias était l'attitude malheureuse que Jean-Baptiste affichait, un air morose, contrit. Même Yvonne, à l'occasion, semblait s'inquiéter de voir son père sombrer dans une sorte de léthargie, absent à tout et à tous, le regard abruti. Un soir, elle en parla avec son compère.

— Ne trouves-tu pas que papa vieillit beaucoup? Deviendrait-il sénile?

Mathias se contenta de sourire.

— Ça t'amuse?

— J'aimerais le voir en enfer. Rien ne me ferait plus plaisir que de l'entendre gémir dans le crépitement des flammes.

— Serais-tu méchant?

Cette fois encore, il la frappa.

— Toi, ma pute, si ce n'était pas que Jojo me fascine, je vous étranglerais, toi et ton père.

Elle se jeta sur lui, l'égratigna. Il la retint, s'allongea sur elle et le lit servit encore de lieu de défoulement à deux êtres qui trouvaient un plaisir fou à se brutaliser.

— Prends-moi, cria Yvonne.

— Jamais, jamais plus, jamais.

Yvonne le martelait de ses poings. Il riait bêtement.

* * *

Avec le temps qui passait, Jean-Baptiste se sentait devenir un étranger chez lui, dans sa propre maison. Ce jour-là, il connut une très grande peine, une peine vraie, profonde. Les filles, surprises de n'avoir pas de nouvelles de leur père, vinrent lui rendre visite. Chacune s'amena avec un plat cuisiné. La maison fut envahie.

Yvonne, fière, présenta le père de son fils à sa famille. Mathias fut à la hauteur! Il baisa la main de ces dames avec galanterie et impressionna les époux avec ses beaux discours. Yvonne rayonnait. Il était beau gars, ce Mathias.

— Vous devez bien avoir un nom de famille, jeta innocemment Lucien.

— Bien sûr, Gagnon est mon nom. Vous ne saviez pas?

— Cachottière, lança Lucien en direction d'Yvonne.

Celle-ci ne sembla pas surprise de la subite révélation de ce nom. Elle souriait, ravie de l'effet produit par Mathias sur ses sœurs.

L'énergumène avait jeté un coup d'œil dans la direction de Jean-Baptiste qui ne réagit pas.

Mathias se lança dans un grand discours sur le macrocosme, évoquant l'image de cette belle grande famille unie, pour appuyer sa thèse. On avait peine à le suivre dans l'exposé de sa science.

— Que faites-vous dans la vie? demanda Frank.

— Je sème le bonheur et la paix.

— Il est pasteur, Mathias n'utilise pas le terme, il est modeste, rectifia Yvonne.

Jean-Baptiste sentit la moutarde lui monter au nez. Surtout que l'autre était reparti dans sa longue harangue sur l'harmonie qui devrait censément régner dans l'univers.

On oubliait Jean-Baptiste qui avait de plus en plus de peine à se contenir, ce qui constituait, pour Mathias, le meilleur stimulant à son éloquence.

Frank amusa tout le monde en se plaignant de ne pas être familier avec les termes employés par le prêcheur.

— Je n'ai jamais eu le terme juste, lança-t-il.

Jean-Baptiste, à l'évocation de cette remarque, faillit avaler sa fourchette. Monique vint vers son père.

— Ça ne va pas, papa?

La question le surprit. Il ne sut que répondre.

— Oui, oui, dit-il bêtement.

Fanfon vint près de son père. Celui-ci s'en servait maintenant pour prouver son ascendant sur l'enfant.

— Grimpe, Jojo.

Il assit son fils derrière sa tête, les deux jambes pendantes sur ses épaules.

— Tiens-toi fort aux cheveux de papa.

Le bambin riait aux éclats. On oublia Jean-Baptiste un instant. Le salaud voulait toute l'attention pour lui seul.

«Voilà un point faible dans son caractère», pensa Jean-Baptiste; il l'exploiterait.

Le repas traînait en longueur. Les enfants étaient heureux de se retrouver. Fanfon partageait ses nouveaux jouets avec eux.

— Que c'est beau, cette innocence! s'exclama Mathias.

Et il se lança encore dans un autre discours.

— Tu parles bien, Mathias! Tu parles bien!

On félicita Yvonne. L'oiseau s'était fait attendre mais il faisait bonne figure.

Dans le brouhaha du départ, Jean-Baptiste appuya une main sur le bras de Monique et lui murmura dans l'oreille, de façon à n'être entendu que d'elle:

— Téléphone-moi demain pour me dire que tu viens me chercher pour une promenade.

Il baissa les yeux, s'éloigna et alla se braquer devant la fenêtre, leur tournant le dos à tous.

Monique restait plantée là. Elle comprenait que quelque chose d'insolite et de mystérieux se passait. Heureusement, un de ses enfants la réclama. Elle sentit plus tard peser sur elle le regard de son père, suppliant. D'un signe des yeux, elle lui fit comprendre qu'il pouvait compter sur elle.

Jean-Baptiste sortit, regarda s'éloigner ses enfants ; il avait la mort dans l'âme. Toutefois, pendant le dîner, il avait eu un sursaut d'énergie. Était-ce la présence de sa famille qui avait réveillé en lui le désir de soutenir une lutte active ? Ils étaient tous partis, mais il demeurait là, dans l'allée, regardant dans le vide. Cette fois, cependant, ce n'était pas le fruit d'une comédie, son esprit travaillait activement.

Revenu à la réalité, il entra, retourna à sa chaise, les bras ballants. Yvonne était là-haut avec l'enfant.

— Ta fille, la grassouillette, j'aimerais bien la grimper, pépère, j'aime sa grosse face de pute, elle compléterait bien le plaisir que me donne le lamento de ton efflanquée de grue, je nous vois, à trois !

Jean-Baptiste serra les mains sur les accoudoirs.

— Ouais, ouais, répétait-il bêtement, opinant du bonnet.

— Dis-donc, tu bascules chez les détraqués, vermine ? Ou bien alors tu n'as rien contre mon fétichisme et tu m'approuves ?

— Ouais, ouais.

Le neveu hocha la tête : « Je perds mon temps, il devient cinglé, dommage ! J'aurais pourtant aimé que ça dure plus longtemps. »

* * *

Le lendemain, Monique téléphona. Yvonne voulut s'opposer à cette sortie. Sa sœur insista.

Yvonne consulta Mathias :

— Laisse, Yvonne. Je ne veux pas qu'on nous accuse de le séquestrer.

— À quelle heure viendras-tu ?

— Après dîner.

— Bon, ça ira.

Onésime s'approcha d'Yvonne, l'attira à lui.

— On va s'amuser, toi et moi. Comme deux fous. On va profiter de la sieste de Jojo.

Onésime lorgna en direction de Jean-Baptiste.

— Hein, pépère ?

— Ouais, ouais.

— Laisse-le tranquille, Mathias !

— Toi, épargne-moi tes jérémiades. Tu ne devrais pas te plaindre, Yvonne. Plus vite il va se consumer, plus vite nous serons seuls, toi et moi.

— Que veux-tu dire ?

— Ce que je dis.

— Quoi, plus précisément ?

— Une chambre à l'hospice pour le vieux, et tu prends la tutelle de ses biens. Ainsi Jojo sera, lui, à l'abri de tout besoin de charité.

— Mais toi ?

— Moi, je veillerai sur vous tous. Les vacances s'achèvent. Je dois retourner au travail.

— Tu vas partir ?

Yvonne pleurait. Le bambin accourut.

— Cesse tes larmes de crocodile. Si tu veux gémir, je vais t'aider à le faire pour de bonnes raisons.

Puis, se tournant vers l'enfant qu'il prit dans ses bras, il dit sur un ton suave :

— Viens Jojo, papa va te raconter une belle histoire. Il était une fois…

* * *

Monique ne descendait pas de la voiture mais actionnait le klaxon.

— Venez, papa.

Yvonne le conduisit par la main. Jean-Baptiste se laissa diriger. Dès que la portière fut refermée, Monique quitta l'allée et tourna vers la droite.

— Papa, oh ! papa !

Il éclata en sanglots. Monique accéléra et lorsqu'il y eut en vue un endroit pour stationner, elle s'y dirigea et arrêta la voiture. Elle ouvrit son sac et remit des mouchoirs de papier à son père. Quand il fut enfin calmé, Monique plaça sa main autour de son cou.

— Qu'y a-t-il, papa?

— Mon pinson, mon pinson!

Elle le caressa, l'attira à elle.

— Je n'ai pas fermé l'œil de la nuit.

— Tu n'as rien dit à Damien?

— Non, je n'ai pas osé, mais j'aurais aimé le faire. Ça me paraît très grave.

— J'aurais besoin d'un annuaire du téléphone.

— Attends-moi.

Elle revint avec un annuaire qu'il feuilleta.

— Conduis-moi à cette adresse, tu veux bien?

— Quelle question. Tu es sûr que tu peux…

— Regarde-moi, Monique. Je ne suis ni fou, ni sénile, ni toqué. Bouleversé, énervé, mais sain d'esprit. Tu m'attendras?

— Va, je reste ici.

— Merci.

— Papa! Pourquoi merci?

— De me croire…

Il descendit de la voiture. Elle le regardait gravir les quelques marches, ça lui semblait pénible. Il était brisé. Elle le voyait vieux, pour la première fois. Elle souffrait.

La porte s'ouvrit enfin. On discourut, puis les silhouettes disparurent. L'heure qui suivit lui sembla une éternité.

Jean-Baptiste reparut enfin. Monique sentait qu'il ne voulait pas se confier. Elle n'insista pas, même si mille questions lui brûlaient les lèvres.

— Allons manger une glace énorme, garnie de caramel, de noix et de cerises, comme autrefois. Tu veux bien?

Il lui serra la main. Assis l'un en face de l'autre, la conversation se faisait à bâtons rompus. Monique n'en pouvant plus, questionna:

– Papa… hier, en ta présence, nous n'avons rien dit, mais chacun de nous était effrayé ! Tu nous as fait une de ces peurs !

– Crois-moi, c'était contre mon gré. Je vous entendais chuchoter. Yvonne continue de croire que je ne me remets pas de mon deuil, c'est bien qu'elle pense ainsi… pour le moment.

– Alors, vraiment, elle est étrangère à… à tout ceci.

– Oui, je ne peux t'en dire plus, pour le moment.

En sortant du restaurant, des jouets étalés dans une vitrine attirèrent l'attention de Jean-Baptiste.

– Entrons.

Il acheta un coffret contenant des voiturettes multicolores activées par des piles.

– Fanfon sera ravi.

– C'est gentil, papa. Tu l'aimes ce bébé ?

– Oui, plus que le père…

Il regretta sa phrase. Mais il était trop tard… Elle lui avait échappé. Par contre, elle avait aidé Monique à se situer dans le drame qui le tourmentait, lui.

– Monique, puis-je te demander de… revenir ?

– Oui ! Bien sûr, papa, en tout temps.

– Tu es un ange ; dans huit jours, même heure. N'attache pas d'importance à mon attitude à la maison ; gardons ce secret entre nous.

Elle lui serra la main, avança les lèvres en bec de canard et plissa les yeux. C'était grâce à cette charmeuse mimique, à son cœur d'or et à sa grande compréhension, que Monique, encore enfant, avait séduit le cœur de son père. Il lui fit un sourire. Ils roulaient maintenant sur Côte-Vertu. Jean-Baptiste retourna à son mutisme, à son visage impassible.

Il attendit que Monique vienne lui ouvrir la portière. Elle l'aida à descendre. Mathias s'approcha.

– Il ne vous a pas donné trop de problèmes ?

Elle détourna la tête, ne répondit pas. Mathias interpréta le geste en sa faveur.

– Papa, tu oublies ça.

– Ouais.

Il prit le paquet et le donna à Mathias.

– Bonjour, papa, mes amours à Yvonne, les enfants rentreront bientôt de l'école. Bonjour… papa.

– Ouais, ouais.

Mathias regarda le paquet, il le remit à Yvonne. Elle l'ouvrit et vit les petites voitures.

– C'est pour Fanfon que tu as acheté ça, papa?

Il ne répondit pas.

– Tu as faim? Tu veux manger? Es-tu allé au restaurant? Telle que je connais Monique, elle a dû l'amener bouffer, elle doit croire que je ne prépare pas de bons repas.

Fanfon prit une des voiturettes et l'apporta à son grand-père. De son index, Jean-Baptiste faisait tourner les roues.

– Regarde-le, Mathias. Quelle tristesse!

– A-t-il toujours été amateur de jouets?

– Je t'en prie.

– J'en ai assez de cette maison. Va donner le bain au bébé, je sors m'aérer l'esprit.

– Reste, je ne dirai plus rien, reste avec nous.

Mathias se plongea dans la lecture du journal. Yvonne lui dit que le bébé était prêt à aller au lit. Il monta. Elle avait espéré pouvoir le retenir. Dès que le bébé fut endormi, il sortit.

Toute la soirée, Yvonne se promena comme un lion en cage. Onésime ne rentra que le lendemain. L'enfant courut à lui et se jeta dans ses bras. Il semblait émerveillé de cette bouffée de tendresse, il s'attarda auprès du bambin, partageant ses jeux.

Chapitre 28

La semaine passait. Jean-Baptiste n'avait pas desserré les dents. On oubliait presque sa présence. Il était là, dans sa chaise, immobile, regardant par la fenêtre. Il avait enfin réussi à contrôler ses émotions intérieures. Il se contentait d'écouter. Tout ne semblait pas tellement rose entre les deux amoureux. L'absence mentale de Jean-Baptiste avait rompu le charme, la victime était neutralisée, il n'y avait donc plus de victoire pour l'énergumène.

— M'accompagnerais-tu au marché?

— Vas-y seule. J'ai du travail.

— Tu ne vas pas recommencer tes conférences et tes voyages?

— Cesse tes récriminations, Saint Cigare de Fiacre.

— Chut, l'enfant.

— Si je t'écoutais, je deviendrais bien vite ton souffre-douleur.

— Je sors et je reviens tout de suite. Tu nous attends?

— Nous?

— Je dois prendre Fanfon avec moi. Il a besoin de souliers.

Elle avait menti. Jean-Baptiste était soulagé de voir que l'enfant partirait avec sa mère. Il ne voulait pas avoir à poser des gestes qui feraient découvrir son jeu à son neveu. Il appuya la tête et simula le sommeil. Yvonne partit enfin. Onésime fit quelques appels et prit des rendez-vous. Il parlait à voix très basse. Jean-Baptiste ronfla. «Me voilà devenu aussi fou que lui», pensa-t-il. Ça le fit sourire. S'il pouvait faire durer la duperie encore quelque temps, il sortirait peut-être victorieux de l'épreuve.

Comme cela avait été entendu, Monique téléphona et vint chercher son père pour une autre sortie. Cette fois, personne n'y fit d'objection. Il avait perdu toute importance dans la maison. Du moins, le croyait-il.

En son absence, on reçut un appel de Marie-Anne. Elle invitait la famille à une soirée pleine de surprises, promettait-elle. Elle félicita Yvonne pour sa conquête: Mathias était formidable!

Elle se dit surprise d'apprendre que Monique était sortie avec son père.

Yvonne promit de transmettre les invitations. Elle était heureuse, Mathias serait flatté. Pour le moment, il était là-haut avec son fils. Elle monta. Mathias dormait, couché sur le dos, son fils roulé en boule auprès de lui. Elle les couvrit, alla s'étendre sur son lit et s'endormit elle aussi en pensant : « Si ce bonheur pouvait durer ! »

Là-bas, dans la voiture, Monique patientait. Le rendez-vous s'éternisait. Elle se morfondait à essayer de deviner ce qui pouvait tant tracasser son père au sujet de Mathias qui, pourtant, semblait correct sauf peut-être sa façon de regarder les gens, de leur parler sans pouvoir soutenir les regards. Ses yeux étaient durs, il bougeait continuellement les mains. Peut-être était-ce là une manie de pasteur. Et il y avait cette veine sans cesse en mouvement sur le côté de son visage, une contraction des muscles, un tic ?

Sa pensée alla ensuite vers son père. Celui-là était franc, carré, sans détours. Bon, aussi. Sa conduite était bizarre, ses motifs devaient être bigrement sérieux pour qu'il agisse ainsi.

Yvonne, par contre, semblait nager en pleine félicité ; elle qui s'était depuis toujours montrée grincheuse et insatisfaite, voilà qu'elle était sûre d'elle, épanouie comme jamais auparavant. Serait-ce dû au fait qu'elle ne voyait rien ? Monique n'osait croire que l'amour réussissait à l'endormir à ce point. Elle n'avait jamais mérité la palme de la clairvoyance, mais tout de même, elle vivait sous le même toit que son père : elle devrait être lucide. Monique consulta sa montre. Son père était absent depuis plus de deux heures. Elle sortit pour se dégourdir les jambes, marcha un peu. Enfin, elle reconnut la silhouette de Jean-Baptiste qui se dessinait dans la vitre givrée de la porte mystérieuse, qui s'ouvrit finalement pour lui livrer passage. Et, oh ! surprise, Jean-Baptiste souriait !

— Mon pinson !

— Bonne nouvelle, à ce que je vois ?

— Inespérée.

— Je saurai peut-être… dit-elle, taquine, en tournant la clé dans le démarreur.

— Il n'y a plus de temps pour une glace !

— La prochaine fois, alors.

— La dernière, peut-être.

— Quand ?

— Hum…

— Hum ? C'est quand, hum ?

— Demain, si tu le peux. Ce sera très bref. Aller, retour.

— Pourquoi pas aujourd'hui, si ça t'accommode ?

— Pourquoi pas ? Écoute, passons à la maison. Si je peux entrer et sortir sans anicroche, une seule minute, ce serait parfait. Si un obstacle survient, faisons mine de rien et attendons demain.

— Compris.

Ils arrivèrent à la maison. Monique entra sans bruit. Elle n'entendit rien, ne vit personne. Elle le signala à son père. Il entra, prit une voiturette du bébé, le ballon, la tasse de café vide qui traînait près du journal laissé sur la table, une serviette et sortit.

— Partons !

Monique, intriguée au plus haut point, ne put s'empêcher de questionner son père.

— Veux-tu bien me dire ce que tu manigances ?

Jean-Baptiste ouvrit la serviette et y déposa les objets. Il tenait le paquet aussi précieusement qu'il l'aurait fait pour un enfant. Son visage était éclairé, il regardait droit devant lui. La Providence était de son côté.

— Même destination ?

— Même destination.

— Puis-je te demander qui habite là ?

— Un ami à moi.

— Je t'avoue franchement que je ne sais plus sur quel pied danser avec toi. Je sais une chose, je ne voudrais pas être l'ennemi de Jean-Baptiste Gagnon…

Il ne sourit pas.

— J'entre et je sors, mon pinson. Ce sera un aller-retour.

— Maintenant que tu as fait de moi la complice de tes fredaines…

Jean-Baptiste ne répondit pas. Au retour, il demanda à Monique de lui téléphoner dans deux jours, sous un prétexte quelconque. Elle devrait pouvoir le ramener ici au même endroit.

— Le dentiste, papa.

— Le dentiste?

— Tu as eu une rage de dent aujourd'hui, je t'ai conduit chez le dentiste qui veut te revoir.

— Génial! L'excuse bête, mais dis donc toi, est-ce ainsi que tu endors ton mari?

— Il est bon de t'entendre rire. J'ai été si inquiète, j'ai eu si peur pour toi. Je t'aime tant, papa. Sois prudent, s'il fallait que quelque chose t'arrive!

Lorsqu'ils revinrent, Fanfon les accueillit.

— Vous vous êtes attardés. Nous avons dormi, nous trois.

Monique se raidit; ainsi, ils étaient dans la maison! S'il avait fallu…

— Marie-Anne a téléphoné, enchaîna Yvonne. Elle organise une soirée, toute la famille est invitée.

— En quel honneur?

— Mystère. Elle nous réserve une surprise. Vous viendrez?

— Bien sûr, et vous deux?

Mathias grommela.

— Parle-lui, Monique. Mathias n'aime pas beaucoup sortir.

— Écoute, toi, c'est ton Mathias, tu l'as choisi, tu t'arranges avec lui. Maman a toujours dit qu'il ne fallait pas se mêler des problèmes des couples… Elle s'arrêta. Elle allait bêtement parler des couples mariés.

— Merci, Monique. Voilà des propos sages, ceux d'une vraie femme, dit Mathias.

— À propos, Yvonne, prépare quelque chose de facile à mastiquer pour le repas de ce soir. Du gruau, par exemple. Papa a eu une rage de dents aujourd'hui et je l'ai conduit chez le dentiste. Il a fallu attendre, tu sais ce que je pense des antichambres…

Jean-Baptiste l'aurait battue. Elle se payait sa tête. Elle savait à quel point il détestait le gruau. Elle évitait de regarder son père pour ne pas pouffer de rire. Elle poussa l'ironie jusqu'à insister.

— Prépare-lui un bon gruau épais avec de la cassonade. Ça soutient, comme il me disait autrefois, quand j'allais à l'école. C'est une bonne source de vitamines, de riboflavine et de minéraux.

— Amen, dit Mathias.

— Ouais, ouais, dit Jean-Baptiste.

Il avait le fou rire ; Monique, elle, riait franchement.

— Mon Dieu ! s'exclama-t-elle. Je suis en retard. Bonjour, bonne soirée, et toi, papa, bon appétit.

Yvonne s'affairait dans la cuisine.

— Aimerais-tu, toi aussi, avoir un bol de gruau, Mathias ?

— Je ne me nourris pas du magma des prisonniers, moi, ma chère.

N'eût été sa longue pratique de l'impassibilité, Jean-Baptiste aurait sursauté. La phrase innocemment lancée lui fit chaud au cœur. Rien que pour avoir entendu ça, il mangerait son gruau avec bon appétit. Quant à sa Monique, elle ne perdait rien pour attendre… Il n'oublierait pas cette boutade de sitôt.

L'heure du dodo de Fanfon avait sonné. Sa mère monta le préparer pour la nuit. Le rituel quotidien continuait. Lorsque le père et la mère descendirent, on reprit la discussion au sujet de la soirée chez Marie-Anne.

— Tu m'assommes avec ton rabâchage, change de refrain.

— Tu leur ferais tant plaisir.

Mathias se leva, s'approcha d'Yvonne.

— Tu la fermes ? Tu la fermes, ta jolie gueule ?

Jean-Baptiste avait sursauté. Mathias le regarda, amusé.

— Tiens, tiens, papa n'aime pas qu'on rudoie sa grande échalote. Mais elle, elle aime ça. Regarde papa.

Il saisit Yvonne par les cheveux.

— Viens, ma biche, embrasse-moi.

— Pas ici, je t'en prie.

— Pourquoi pas, ma biche ? Allons, embrasse-moi. Mieux que ça.

Elle se défendait, lui tirait les cheveux. Mathias, surexcité, lorgnait Jean-Baptiste.

— Tire, ma biche, tire.

Les deux énergumènes se livraient une bataille passionnée qui se termina sur le plancher, échappant ainsi à la vue de Jean-Baptiste qui, assis derrière la table, assistait impuissant à la séance de démence.

L'homme sentit ses instincts sanguinaires se réveiller en lui. À un moment donné, il faillit se lever et les écraser comme des pucerons. Il saisit le rebord de la table et serra de toutes ses forces. Il attendit que leurs ébats cessent. Yvonne se leva la première. Elle regarda son père, honteuse. Elle courut vers l'escalier.

Mathias se leva ensuite, passa la main dans ses cheveux.

– Ça te plaît? Je te l'avais dit qu'elle était chouette, ta catin. Tu l'as entendue roucouler? Comme Fabienne, tu te souviens de Fabienne?

Il approcha sa chaise, se colla près de Jean-Baptiste.

– Fabienne aussi était salope. Je l'entendais, elle et le vieux, là-bas sur la ferme. La couchette grinçait toute la nuit, les petits naissaient aux neuf mois. Ça a commencé bien avant ça, avec ton frère puis l'autre. Tu te rappelles, le beau grand blond que ton frère a éventré, ce qui lui a valu la potence? Tu ne sais pas tout, mon oncle. Elle me l'a dit, Fabienne, ma garce de mère, moi je l'ai fait parler, elle a crié, hurlé mais je l'ai fait parler, moi, Onésime. Elle s'est confessée. Sais-tu ce qu'elle m'a avoué? Tu as chaviré pour rien mon Jean-Baptiste. Tu es devenu fou pour des ragots d'église, ton orgueil t'a fait perdre la boule, tu manges du gruau parce que tu t'es brisé les mâchoires à force de les serrer. Tu as en même temps avalé ta langue et ta cervelle. Pour rien, pour rien que je te dis. Ton frère, le pendu, c'était pas mon père. Mon père, c'était l'autre, celui qui a été éventré avec un fusil de chasse.

Il colla sa bouche à l'oreille de Jean-Baptiste et répéta:

– Elle a avoué, Fabienne, elle avait déjà son gosse dans les entrailles quand elle a épousé ton frère le pendu. C'est toi qui as tué mon père avec ta grande gueule; grâce à toi, l'autre fut pendu, puis tu m'as abandonné à un troisième après m'avoir empêché de devenir curé. Je te dois tout ça, je peux me payer le plaisir de te le dire, tu n'entends plus rien. Tu es réduit à zéro, tu es une loque. Tu devrais voir ta belle gueule. J'adore te regarder, te voir te consumer; elle est venue tard, ma vengeance, mais comme je la savoure, comme j'aimerais qu'elle dure... Tu ne perds rien pour attendre, je te réserve le plat de résistance. Tout ici sera à moi, à moi, tu entends? À moi et à mon fils. Quant à ta pute de fille, elle ira remplacer ma mère Fabienne, dans la maison des fous...

Il se tenait incliné, la rage plein les yeux, le visage enlaidi par la haine, il serrait les poings ; les mots sortaient de sa bouche tordue, cinglants et cruels, martelés par la révolte intérieure de son âme de dément.

— Chez les fous, tu m'entends !

Il éclata d'un grand rire sonore et sarcastique. Yvonne descendit l'escalier.

— Qu'est-ce qui se passe ?

— Toi, efface.

Il sortit de la maison. Cette fois, Jean-Baptiste ne jouait plus la comédie. Il ne pouvait ni parler, ni bouger. Il cacha sa face dans ses mains et gémit tout haut. Yvonne s'approcha.

— Tu souffres, papa ?

— Fanfon.

— Qu'est-ce que tu dis, papa ?

— Vite, va chercher Fanfon. Écoute, Bon Dieu !

Jean-Baptiste se leva, prit les clés de sa voiture. Yvonne revenait avec le bébé endormi.

— Dans la voiture, vite.

Il la poussait. Il ne se souvenait pas avoir fermé la porte de la maison. Il tremblait de tous ses membres. La voiture démarra enfin. Il partit en trombe. Une fois loin sur la route, il ralentit.

Le bébé, réveillé, pleurait.

— Serre-le fort, très fort dans tes bras, Yvonne.

Ne sachant plus quelle direction prendre, il freina.

— Yvonne, est-ce que Mathias connaît l'existence du chalet ?

— Non, je ne crois pas.

Il fit demi-tour et prit l'autoroute des Laurentides. Le calme qui régnait dans la petite maison de campagne le rassura.

— J'ai peur, papa, dit Yvonne.

— Le danger est passé.

— Quel danger ?

— On en reparlera demain.

— J'ai peur, papa.

— Essaie de te détendre et de dormir, ma fille.

* * *

Lorsqu'il se réveilla le lendemain, il avait les jambes engourdies. Il se sentait meurtri de la tête aux pieds. Il avait dormi sur une chaise, il ne savait pas combien de temps. Il avait passé une partie de la nuit à tout repasser dans sa tête. Onésime était définitivement fou. Il fallait le faire interner. Cette confession qu'il avait arrachée à Fabienne, tant de haine, il fallait que son cerveau soit malade, Jean-Baptiste ne pouvait plus en douter. La seule belle chose dans tout ça était que Fanfon n'avait aucun lien de parenté avec Louis-Philippe. Donc, Yvonne n'avait pas enfanté de son neveu… Aucun lien du sang… Onésime n'était pas le cousin germain de sa fille comme il l'avait cru. Le père d'Onésime était ce grand blond à grosse crinière que Louis-Philippe avait tué, l'amant de sa femme. Toute cette étape de sa vie lui revenait en mémoire. La hâte du mariage manifestée par le père Théberge, les chuchotements sur son passage à la sortie de la messe du dimanche. Tous, dans la paroisse, savaient ou se doutaient, sauf lui et Louis-Philippe, les dindons de la farce!

– Des emmerdements! avait-il dit à Louis-Philippe.

Il avait vu juste: une vie, toute une longue vie de drames. Il se leva et sortit. La nature paisible semblait se rire de sa misère. La dernière fois qu'il était venu ici, Marie-Reine était là! Il se laissa tomber au pied d'un arbre au bord de l'eau et pleura comme un enfant, sans pudeur, sans gêne d'être entendu. Il étalait sa peine dans la grande nature, sous un ciel serein qui se mirait dans le lac. Les grenouilles sautaient, les oiseaux chantaient. Lui, Jean-Baptiste, pleurait. Il pleurait le présent, le passé, avait peur de l'avenir.

Que dirait-il à Yvonne? Il pensa à Monique. Il lui fallait informer Monique de ce départ précipité. Il redoutait qu'elle passe à la maison et que Mathias soit là. Il entra, écrivit une note qu'il laissa sur la table. Il y informait Yvonne qu'il se rendait au village acheter de la nourriture. Il verrouilla la porte de peur que l'enfant ne se lève avant sa mère, puis il partit.

Chemin faisant, il pensa à son ami, le juge Chatelain. Il fallait l'informer des nouveaux événements. La route était déserte, il était tôt. Il dénicha une cabine téléphonique. Il composa le numéro de sa fille Monique. Ce fut Damien qui répondit. Monique mit deux minutes à se réveiller. Damien dut la secouer.

— Papa, si tôt?

Elle bâilla. Puis elle pouffa de rire.

— Tu veux me parler de ton gruau?

— Tu ne perds rien pour attendre, grande drôle.

— Je suis ravie de te voir si gai, la riboflavine fait effet!

— Sois sérieuse un instant.

Elle se souleva sur un coude.

— Écoute bien. Téléphone à la maison, aux heures fixes. Tu me diras plus tard si tu as obtenu une réponse. Mais en aucun cas tu ne dois aller là-bas. Même et surtout si Mathias t'y invite.

— Yvonne, alors?

— Elle n'est pas là-bas. Elle est ici, avec moi.

— Tu n'es pas à la maison?

— Non, je suis au chalet avec Yvonne et Fanfon.

— Ah!

— Je ne peux pas te parler longuement. Tu as bien saisi mon message?

— Oui, papa.

Damien écoutait, l'œil interrogatif.

— Je t'expliquerai plus tard, Monique.

— Et… ton ami?

— Je m'en occupe. Tu ne bouges pas tant et aussi longtemps que je ne t'ai pas donné signe de vie. Compris?

— Oui, bien sûr.

— Bonjour, ma grande. Mes excuses à Damien pour l'avoir réveillé si tôt.

— Bonjour, papa. À bientôt. Je t'embrasse.

Jean-Baptiste raccrocha et fit le numéro de son ami Chatelain. Il lui expliqua ce qui s'était passé.

— Je vais m'occuper de faire hâter les choses. Téléphone-moi ce soir après cinq heures. Je devrais alors avoir les résultats du laboratoire.

Soulagé d'un grand poids, Jean-Baptiste chercha une épicerie qui aurait ouvert ses portes. Sa montre-bracelet indiquait huit heures.

Il revint avec un sac plein de provisions. Yvonne était levée. Jean-Baptiste déposa ses achats sur la table et sortit avec un seau qu'il plongea dans le lac.

— Voilà, en attendant que j'amorce la pompe. J'ai le goût d'un bon café corsé. Viens Fanfon, viens avec grand-papa.

Le petit plaça sa menotte dans la grosse main et suivit son grand-père.

Les heures heureuses d'autrefois affluaient à sa mémoire. Que de drames depuis ! La galerie était couverte de feuilles mortes qui s'y étaient entassées, le gazon était devenu de l'herbe folle, des branches mortes, tombées des arbres, jonchaient le sol. L'enfant s'amusait à voir les écureuils qui surgissaient de toutes parts, s'arrêtaient, curieux, à la vue des humains et repartaient au petit trot, grimpaient dans les arbres, dans le fourré du feuillage touffu.

— Grand-pa, là, là.

Les canards blancs s'avançaient sur le lac, à la queue leu leu.

— Va demander du pain à maman. Apporte-moi deux morceaux de pain.

L'enfant partit en courant et revint.

— Tiens.

— Can, can, can, appela Jean-Baptiste.

Les canards battaient maintenant des ailes pour hâter leur course plutôt que de se laisser glisser sur l'eau. Fanfon ravi applaudissait mais fut effrayé quand il vit les grands oiseaux qui venaient vers eux. Jean-Baptiste se pencha, retint l'enfant près de lui. Il lançait les bouchées de pain que les canards se disputaient. Les palmipèdes cancanaient de plus belle. Les premières craintes dissipées, l'enfant s'amusa à les pourchasser lorsqu'ils eurent terminé leur festin. Les oiseaux reprirent leur course vers l'onde et s'y laissèrent glisser. Derrière eux un long sillage allait s'élargissant.

De la fenêtre, Yvonne observait le spectacle.

— Ça vient ce café ? L'arôme me chatouille les narines.

— Venez, le déjeuner est prêt.

On mangea en silence, un silence que Jean-Baptiste ne voulait pas rompre et qu'Yvonne n'osait briser. Seul Fanfon s'exclamait. L'enfant était heureux.

— Tu n'as pas mal aux dents, papa ?

– Je n'ai pas… non, je n'ai pas mal aux dents, Yvonne.

La journée passa à mettre de l'ordre. L'eau courait maintenant dans les tuyaux. Les panneaux de bois enlevés laissaient pénétrer la lumière. La petite maison renaissait, en même temps que le cœur de Jean-Baptiste. Il regrettait de ne pas pouvoir parler à Yvonne. Les mots se bousculaient dans sa tête et il ne parvenait pas à y mettre de l'ordre. Il avait toujours haï faire mal, apprendre les mauvaises nouvelles. L'incertitude d'Yvonne valait mieux que les choses affreuses qu'il avait à lui communiquer. Il attendrait… au maximum. Ce soir, peut-être. Il sentait peser sur lui le regard de sa fille. Il ressentait une grande honte à se taire ainsi : lui qui avait toujours prêché que la vérité, si cruelle soit-elle, l'emportait sur le mensonge et les demi-vérités.

Ce retour en arrière, ce rappel des drames d'autrefois, il ne l'avait pas souhaité. La vie s'était chargée de le lui imposer. Alors qu'il croyait ce passé mort à tout jamais, il était là, tourbillonnant autour de sa tête comme un spectre, menaçant, effrayant. Au milieu de tout ça, il demeurait étrangement lucide : sa volonté de sauver Yvonne et Fanfon, de les sortir du marasme le soutenait. Ensuite ? Ensuite, tout lui était égal. Ça, rien que ça, devenait son unique raison de vivre, de continuer de vivre. Il haussa les épaules.

Depuis la naissance du bébé, il s'était souvent adressé des reproches amers pour ne pas avoir su résoudre le conflit moral qui était devenu sien le jour où il avait appris le degré de parenté entre le père et la mère de l'enfant. Aujourd'hui, il se consolait de n'avoir pas parlé d'avortement comme le lui avaient si souvent suggéré ses craintes. La vérité, même cruelle, la confession d'Onésime, lui donnait raison d'avoir attendu. Bien faible consolation pour l'homme ; sa conscience le tenaillait : Onésime avait drôlement souffert, trop souffert. Il était devenu ce qu'il était à cause de cette maudite souffrance. « Si seulement je m'étais tu dans l'île d'Orléans, ce jour-là ! »

L'image de Louis-Philippe déposant son fardeau sur le sol et sautant dans le traversier s'imposait à lui, claire, nette, précise. L'homme traîne ses actes et ses fantômes toute sa vie ! Heureux celui à qui le calvaire est épargné. « Bienheureux les cœurs purs », disait une des huit maximes évangéliques placées au début du sermon sur la montagne!

La chaise craqua sous lui, rompant le silence. Fanfon dormait, Yvonne agonisait intérieurement, assise là, comme une âme en peine. Il en eut pitié.

Elle n'était pas nécessairement une lumière, sa fille. Il voulait bien l'admettre. La pauvre avait la manie d'être la victime de ses incertitudes intérieures. Elle allait comme la vie la poussait, incapable d'actes positifs. Elle avait choisi la vie religieuse parce que c'était la mode du temps ; la bure valorisait celui ou celle qui s'en parait. Sans elle, Yvonne devenait une femme comme les autres ; l'autorité ecclésiastique avait mis le voile au rancart. Elle suivit donc le nouveau courant : elle redevint laïque.

Mathias la séduisit, elle opta pour tout ce qu'il lui enseigna, sans discernement. Il lui faudrait l'aider à se redresser, à se tirer de la glu dans laquelle elle était emprisonnée. Sa faiblesse de caractère devait lui être soulignée, il fallait la secourir.

Fanfon surtout avait besoin d'amour. Jean-Baptiste regrettait amèrement d'avoir mal agi à l'égard du bébé. Il aurait dû l'aimer mieux, plus. Il soupira, regarda l'horloge. Les heures lui semblaient interminables.

— Yvonne, te reste-t-il du café ?

Elle sursauta.

— Oui, papa, tu en veux ?

— S'il te plaît, ma fille.

Elle se leva comme une automate. Elle faisait pitié à voir. Là encore elle obéissait. Son père l'observait. Elle lui tournait le dos, restait appuyée à la cuisinière. Tous les péchés du monde semblaient reposer sur ses épaules. Il la sortirait des griffes de ce malade! Il se le jurait à lui-même.

— Je le prendrai noir.

Jean-Baptiste avait sorti deux tasses.

— Voilà, ma fille.

Elle eut un pâle sourire.

— Je dois vous quitter. Je ne m'absenterai pas longtemps. Garde Fanfon à l'intérieur. Il pourrait se mettre dans l'idée de suivre les canards dans l'eau.

– Ne t'inquiète pas, papa.

– Tu l'aimes, hein, ma fille, ton petit mousse?

– Ah oui! papa.

Il lui parlait d'un ton calme, affectueux. C'était sa façon de jeter un peu de baume sur la peine de sa fille. Elle devait le sentir. Il aurait souhaité qu'elle se rebiffe, qu'elle crie un peu. Elle était trop passive. Il se reprit à appréhender cette conversation qu'il aurait avec elle et dont il ne pourrait à tout jamais retarder l'échéance.

Fanfon bougeait, sa mère tendit l'oreille. Le marmot se montra dans la porte de la chambre, les yeux encore bouffis de sommeil.

Il courut vers son grand-père qui le prit sur ses genoux. Jean-Baptiste retint la tasse du liquide brûlant.

– Ne touche pas, Fanfon.

– Pas touche, répéta-t-il.

– Cher petit ange, lui dit-il.

Yvonne préparait sa collation.

– Maintenant que tu n'es plus seule, je vais partir. Je ne tarderai pas.

– Bien, papa.

Il hésitait, la regardait. Puis il lui tourna le dos et sortit.

Dans sa tête des mots merveilleux et réconfortants se bousculaient: il n'y a, entre eux, aucun lien du sang...

* * *

Monique était tout près de l'appareil, elle répondit immédiatement à la sonnerie.

– Oui, papa. Il était à la maison. Mes appels répétés l'ont mis en colère. Il est violent, cet homme! Vers huit heures, je suis passée par là. Il y avait de la lumière et une grosse voiture noire était stationnée à côté de la maison.

– Ah!

– Il n'était peut-être pas seul.

– Peut-être. Et aujourd'hui?

– Il est là, du moins il y était, il y a vingt minutes, j'ai téléphoné.

– Bon.

— Qu'est-ce que je fais?

— Tu continues tes appels.

— C'est tout?

— Pour le moment, oui.

— Quel mystère!

— Ne t'approche plus de la maison, surtout!

Sur cette dernière recommandation, il raccrocha et téléphona à son ami.

— Oui, Jean-Baptiste, il s'agit bien du même individu. L'identification par la dactyloscopie ne laisse aucun doute. Les empreintes sur les objets que tu m'as fournis étaient nettes. Un mandat d'arrestation a été lancé. Ce n'est plus qu'une question de temps, d'heures peut-être. Selon toi, est-il possible qu'il soit armé?

— Je ne saurais te dire. J'espère qu'il ne vous filera pas entre les pattes.

— L'important est qu'il soit localisé. Ne t'inquiète pas outre mesure. Je me suis assuré personnellement que tout serait fait discrètement. Où pourrais-je te rejoindre?

— Nulle part, pour le moment.

— Ça complique les choses. Laisse-moi réfléchir.

Il se fit un silence.

— Je vais te laisser un numéro, nous pourrons ainsi communiquer en tout temps, je donne mes directives: si des faits nouveaux surviennent on te préviendra.

La conversation se termina sur des mots rassurants. Revenu dans l'automobile, Jean-Baptiste restait là, assis derrière le volant, et jonglait.

* * *

Lorsqu'il avait fait appel à l'aide, auprès de son ami Chatelain, il ne se doutait pas à quel point il avait frappé à la bonne porte.

Une enquête vite menée avait démontré qu'Onésime était recherché par la justice. Il avait un dossier criminel chargé. La première offense remontait à l'après-guerre: attentat à la pudeur. Il avait purgé sa peine.

Plus tard, il avait été arrêté pour sorcellerie et corruption. Il avait échappé à la justice et avait disparu.

La dernière infraction à la loi n'était pas une fredaine, elle avait été commise sous un faux nom. Un richard l'avait dénoncé pour détournement de fonds et fausse représentation. Jean-Baptiste, par le truchement de ses malheurs personnels, venait de mettre un terme à la carrière tumultueuse de Mathias.

Une pluie fine commençait à tomber, le pare-brise s'embuait, Jean-Baptiste ne le voyait pas. Il demeurait là, absorbé dans ses pensées. Le visage triste d'Yvonne s'imposait à lui. Comment lui apprendre ces choses atroces sans trop lui faire de mal ? Elle serait atteinte dans sa propre chair et celle de son fils. Il la connaissait cette souffrance, ce sentiment d'impuissance devant le drame de l'être aimé.

La pendaison de son frère Louis-Philippe le hantait. Fanfon traînait-il dans ses gènes des éléments qui transmettraient un caractère héréditaire… Il sursauta ! Non ! Il s'égarait. Onésime n'avait aucun lien de parenté avec Louis-Philippe ! Tout comme Fanfon ! Fanfon n'était pas le petit-fils de Louis-Philippe le pendu. Onésime n'était le fils de Louis-Philippe que de nom, c'était accidentel… tout au plus. Son père c'était l'autre, l'amant. Alors ?

Il essayait de mettre de l'ordre dans sa pauvre tête. Onésime était le fils de l'autre. Fanfon était petit-fils de l'autre, fils de l'autre et de sa fille Yvonne. Donc Fanfon était, lui, son seul parent dans toute cette situation confuse, Fanfon à travers Yvonne. Sa lignée commençait là.

Aujourd'hui, il était, lui, Jean-Baptiste, directement impliqué. Il ne pouvait fuir. Il lui faudrait parler à Yvonne. Il avait la nausée.

Il prit le chemin du retour qui lui parut très long. Aurait-il le courage de tout dire à sa fille ? Où commencer son récit, où l'arrêter ?

Lorsqu'il entra au chalet, il vit Yvonne, son fils sur les genoux, qui crayonnait. Sa fille le regarda. Il lui sourit.

— Ça sent bon jusqu'au tournant de la route. Tu as cuisiné ?

— Avec ce que j'avais.

— Alors, tu as fait un miracle. Ça sent le miracle…

Ça, il l'aurait souhaité !

— Tu as faim, papa ?

— Je suis surtout très las.

Yvonne dressa le couvert. Il semblait à Jean-Baptiste qu'elle avait hâte d'expédier le repas. Elle s'attendait à l'explication promise par son père au sujet de ce départ précipité.

Ce qu'elle comprenait le moins, c'était le changement subit dans la conduite de son père. Du mutisme absolu et de l'indifférence à tout, il était passé à l'exubérance, elle ne s'expliquait pas cette vivacité soudaine. Elle se demandait si son père avait été témoin conscient de cette scène vécue devant ses yeux. Ça, ça lui semblait inconvenant, elle en ressentait beaucoup de gêne. Avoir quitté la maison aussi précipitamment lui avait fait peur. Elle pressentait un danger mais ne savait pas lequel. Elle n'avait pas eu à choisir mais savait que son père la protégerait, elle et Fanfon, mieux que quiconque et ce quiconque incluait Mathias…

Le bébé était le seul à jeter un peu de gaieté sur le repas. Il parlait des canards qu'il nommait les can-can.

— Nous irons leur donner du pain, après souper.

— Bikis.

— Biscuits, non, pas des biscuits, je ne crois pas que les canards aiment les biscuits.

— As-tu trouvé des vêtements pour lui, ici ?

— Oui, un gilet et une chemise.

— Tant mieux. Tout rentrera dans l'ordre bientôt.

Elle regarda son père intensément, mais ne dit rien. Elle attendrait que Fanfon soit endormi. Le jeu près du lac dura longtemps. Yvonne avait fini de tout ranger depuis belle lurette quand ils revinrent. Le jour déclinait.

— Dodo, maman.

Le bébé frottait ses yeux de ses deux petits poings. Yvonne le dévêtit. L'eau qui bouillait ronronnait. Elle la versa dans une cuvette et l'enfant eut droit à un bain éponge ; assis sur l'armoire, les pieds au fond de l'évier, il riait aux éclats, comme si la mousse du savon le chatouillait.

Chapitre 29

Jean-Baptiste, assis à un bout de la table, en face d'Yvonne, cherchait péniblement ses mots. Il avait pourtant préparé, mentalement, plusieurs entrées en matière. Pas une ne lui revenait en mémoire. Il savait que ce serait pénible, mais pas à ce point.

— Yvonne…

Il ouvrait la bouche, sa voix s'étranglait. Sa fille s'approcha, posa la main sur le bras de son père, son regard le suppliait.

— Dis-moi, Yvonne.

Elle ne répondait pas, mais sa main pesait plus lourdement sur son bras…

— En dehors du fait que Mathias soit le père de ton enfant, l'aimes-tu?

De la tête, elle fit un signe affirmatif. Voilà! Il était encore déboussolé. « Bien sûr, idiot, qu'elle l'aime… »

— Ce soir (il toussota), je n'ai pas encore de choses définitives à te dire. Demain…

— Pourquoi avons-nous fui?

— J'ai, je craignais pour Fanfon. Est-ce que Mathias t'a déjà parlé d'enlever l'enfant?

— Oui.

Le oui était prononcé d'une voix si faible que le père devina, lut sur ses lèvres.

— En quels termes?

— Si… je n'obéissais pas.

Jean-Baptiste baissa la tête. Lui, autrefois, avait enlevé Onésime à Fabienne… Il ne comprenait que trop bien et le geste et le pourquoi. Pour la première fois, il ne condamnait pas. La main d'Yvonne faisait pression sur son bras comme une transmission de ses sentiments profonds, intérieurs.

— C'est pour ça, papa, que nous avons fui? Tu avais peur, toi aussi?

— Oui.

Maintenant Jean-Baptiste espérait, Yvonne adorait son enfant, ce serait lui qui la sauverait de l'emprise de l'autre ; Yvonne soupira.

— J'ai hésité à te le dire, je cherche à savoir… qui fut Mathias avant qu'il entre dans ta vie. Je pourrai te donner une réponse bientôt… mais je crains qu'elle ne soit pas celle que nous aimerions toi et moi. Pour le moment, il vaut mieux ne pas précipiter les choses, nous sommes ensemble, tous les trois, il ne peut nous trouver ici. Après, nous aviserons. Es-tu de mon avis ?

Elle répondit d'un signe de tête affirmatif. Jean-Baptiste posa sa main sur la sienne et la serra très fort. Elle soupira encore, il la sentait moins bouleversée.

— Je t'aime, ma grande. Je vous aime, toi et ton espiègle de petit bonhomme.

* * *

Alors que Jean-Baptiste cherchait ses mots, là-bas, dans la grande maison familiale, Mathias avait fait une colère épouvantable pour ensuite sombrer dans le désespoir à cause de la disparition de son fils ; puis, il s'était raccroché à l'espoir que lui donnaient ces appels répétés. Yvonne reviendrait. Oui, elle reviendrait. Elle le mettait à l'épreuve ou peut-être était-elle quelque part chez une de ses sœurs.

Il fallait qu'elle revienne une fois encore ; ça lui permettrait de mener à bien son projet démentiel. Il n'aurait de repos que le jour où il aurait enfin réussi. Il ricana…

La faim le tiraillait, il marcha vers la cuisine, ouvrit le réfrigérateur, rien ne lui plaisait, là-dedans. D'une main rageuse, il balaya le tout sur le sol, enjamba le gâchis, son pied trempa dans la confiture, il faillit tomber. Fou de colère, il se mit à casser ce qui lui tombait sous la main.

La veille, il avait éteint les lumières et surveillé la rue. Il connaissait la voiture de son beau-père, il la reconnaîtrait si elle passait. Le silence et la pénombre l'avaient agacé. Alors, il avait tout allumé. Maintenant que le trop-plein de sa colère s'était déversé, sa nature d'homme longtemps traqué prit le dessus. D'abord il s'était tapi, puis il flaira le danger. Il cala un chapeau sur sa tête, releva son collet, marcha vers le stationnement où il garait son automobile depuis le jour de son arrivée chez Jean-Baptiste. Il revint et stationna la voiture de façon à bloquer l'entrée. Il remonta là-haut et fit ses valises. Il descendit en placer deux, dont l'une contenait l'ourson rose de Fanfon, dans le coffre arrière de la limousine. Il rentra, monta l'escalier et, saisissant le reste de ses bagages, il revint à l'auto. Au moment où il allait rouvrir le coffre, il vit deux hommes s'approcher de lui. Il comprit, à l'allure des deux gaillards, qu'il était cerné. Il laissa tomber la valise qu'il tenait encore et, de la main qui s'apprêtait à actionner le bouton du coffre, il mit le moteur en marche, sauta à l'intérieur et partit en trombe.

Ce fut fait si vite que les deux hommes restèrent là, estomaqués, l'un avait encore la main sur le mandat d'arrestation qui était au fond de sa poche.

Malheureusement pour Mathias, deux voitures banalisées étaient de faction près de la maison; l'une d'elles le prit en chasse. La rue étroite passée, Mathias fit un virage sur le boulevard Laurentien, en direction nord. Il réussit à se faufiler entre deux voitures au moment où un feu changeait; le trafic en sens inverse se perturba un instant, lui donnant un avantage. Il fonça de plus belle. Sa course folle lui fit manquer une courbe, il brisa le parapet et la grosse limousine plongea.

Pour tous, Mathias devint un fait divers, un homme perdu dans les eaux d'une rivière qui continuerait de couler, insensible au drame.

Chapitre 30

Jean-Baptiste remerciait le ciel de n'avoir rien dit à Yvonne concernant le passé de Mathias. Le souvenir qu'elle garderait du père de son enfant était déjà suffisamment imprégné de dramatiques réminiscences avec lesquelles il lui faudrait continuer de vivre.

Il la laissa pleurer sans tenter de la consoler. Jamais il ne blâmait ou critiquait Mathias. Le désordre dans lequel ils avaient trouvé la chambre de Fanfon avait prouvé les intentions malveillantes qu'il nourrissait le jour de sa disparition. Il s'en était fallu de peu pour que l'enfant disparaisse aussi. Yvonne le réalisait.

Pour tous, Mathias était mort noyé, même si on ne retrouvait pas son corps ; un épais dossier venait d'être rangé. Ses biens furent mis sous séquestre ; il appartenait à la justice d'y mettre de l'ordre.

Yvonne pleura. Elle pleura, mais ne porta pas le deuil.

Jean-Baptiste avait perdu Marie-Reine, après l'avoir tant aimée, mais il avait goûté, savouré un grand et bel amour, auprès d'elle. Sa fille, Yvonne, n'avait connu qu'une courte illusion qui s'était transformée en un cauchemar. C'était le côté le plus pathétique de tout ce grand drame. Saurait-elle secouer cette cuisante et malsaine expérience et s'en sortir indemne ? Jean-Baptiste l'aiderait. Fanfon l'aiderait.

– Pleure, ma fille, les larmes ont un effet magique sur la souffrance.

Jamais, il ne chercha à savoir pourquoi précisément elle pleurait. Elle avait avoué son amour pour cet infâme. Son chagrin était humain, motivé. Il n'avait pas à lui faire entendre raison, à tenter de la raisonner. Le temps effacerait le côté morbide de ce vécu, elle s'en sortirait plus forte, au fond de son cœur un équilibre se ferait ; pour le bien de l'enfant, pour sa paix future, Mathias, le père, ne devait pas devenir un monstre.

Jean-Baptiste détruisit ce qui était de nature à ajouter à la douleur d'Yvonne, dont des photos prises en sourdine, le montrant, lui, Jean-Baptiste, assis sur sa chaise avec son visage d'imbécile ; sans doute Onésime s'en serait-il servi pour prouver l'insanité du vieil homme ! Il trouva aussi une photo usée et décolorée par le temps, sur laquelle Fabienne figurait. Ce fait l'émut : il avait donc du cœur, le dur.

* * *

La grande réception qu'avait si amoureusement organisée Marie-Anne fut remise à plus tard. L'épreuve que traversait Yvonne avait resserré les liens entre les sœurs.

Du disparu, tous avaient un bon souvenir, ce qui jetait un baume sur la souffrance de la jeune femme. Quand on louangeait Mathias, Yvonne baissait les yeux, ne relevait jamais le compliment ; on attribuait son attitude à de la modestie. Il semblait que les événements se confondaient et prenaient une dimension nouvelle dans son esprit. On parlait de lui le plus naturellement du monde. Ce serait cette image qui se conserverait et serait transmise à l'enfant quand il aurait atteint l'âge de comprendre.

Jean-Baptiste connaissait assez sa fille pour savoir que, pour Yvonne, tout n'était pas si simple. Aussi évitait-il le sujet. Il laisserait au temps le rôle de cicatriser la plaie. Parfois Fanfon parlait de son père. Yvonne expliquait à l'enfant qu'il était au ciel, en compagnie des anges.

Jean-Baptiste se faisait un devoir de soutenir le moral de la mère. Il s'efforçait de la valoriser en lui faisant relever des défis. Comme aux jours heureux où vivait Marie-Reine, il suggéra à Yvonne de faire des conserves pour l'hiver. Il l'aida à trouver les recettes que sa femme utilisait, ses préférées, écrites à la main, dans un grand cahier. L'émotion l'étreignait, les pages maculées révélaient que ses yeux à elle, ses mains à elle s'étaient là, autrefois, posés.

Le père et la fille s'installèrent de chaque côté de la table, un monticule de légumes entre eux, planche de bois et couteaux affûtés, comme c'était le cas, auparavant, pour Marie-Reine et Imelda. Si le bonheur n'était pas encore parfaitement établi à demeure dans la grande maison, tout au moins la paix y était revenue. Fanfon grandissait dans une atmosphère saine.

Jean-Baptiste savait que Monique soupçonnait qu'il y avait des mystères non éclaircis dans toute cette affaire. À chacune de leurs rencontres, ses regards l'indiquaient. Mais, discrète de nature, elle ne posait pas de questions. Jean-Baptiste savait qu'il y gagnait à laisser couler le temps, car tout s'estompe avec ce facteur puissant.

* * *

Les tomates vertes, les oignons, le céleri macéraient, enduits de gros sel, dans une grande cuvette ; la table était jonchée d'épluchures. Le sol était couvert de jouets épars car Fanfon avait été livré à lui-même. Jean-Baptiste avait l'air ridicule avec son tablier à fleurs, les yeux rougis, car les oignons les avaient fait pleurer. La vaisselle du dernier repas avait été abandonnée dans l'évier, pêle-mêle. En somme, la grande cuisine, habituellement rangée, offrait un spectacle désolant. Ce fut ce jour-là, précisément, que Marie-Anne choisit pour faire une visite.

Elle entra, rose de plaisir, au bras d'un homme charmant.

— Papa, annonça-t-elle en l'embrassant, Yvonne, et toi Fanfon, vers qui elle fit une révérence, je vous présente, j'ai l'honneur, le grand honneur, le très grand honneur, de vous présenter Lucien Létourneau, mon mari.

Surpris, Jean-Baptiste se leva, déposa son couteau, s'essuya la main sur son tablier et la tendit à l'homme.

— Bienvenue chez nous, Lucien.

— Excusez-nous, excusez la maison, rajouta Yvonne un peu gênée. Bonjour Lucien.

— Cachottière, taquina Jean-Baptiste. Ça date de quand ?

— Exactement… trente heures, douze minutes.

— Ça, ça s'arrose. Yvonne, apporte des verres à bedaine, comme aurait dit ta mère.

Il se leva et posa sur la table une grande fine Napoléon. Il en versa quelques doigts.

– Pour vous deux, les cinq étoiles et tout le firmament!

– Je ne touche habituellement pas à ça mais, monsieur Gagnon, comme vous le dites si bien, un tel événement ça se mouille.

– S'arrose, reprit Marie-Anne…

– Tu peux, toi, arroser sans mouiller, Marie-Anne?

– Santé! dit en riant Jean-Baptiste.

La conversation était animée, détendue, spontanée.

– Tu m'avais tout dit au sujet de ton extraordinaire de père, Marie-Anne, sauf le fait qu'il porte des tabliers à bavette, ornés de dentelles…

Le rire des adultes attira l'enfant qui réclama un verre de jus.

– Viens, mon bonhomme, grimpe sur les genoux de mon oncle.

Se tournant vers Yvonne, il ajouta:

– Préparez-lui un verre contenant du lait, et surveillez bien: vous allez voir une belle grimace!

Il porta le verre de cognac à la bouche du bambin qui s'y mouilla les lèvres.

«Pouah!» fit l'enfant qui s'essuya la bouche du revers de la manche, ouvrit de grands yeux, plissa le nez et le front et s'exclama: «caca!»

Fanfon prit le verre de lait et le vida d'une traite. Le rire des grands l'amusait beaucoup. Le marmot semblait fier d'être le centre d'attraction.

Marie-Anne se tourna vers Yvonne.

– Tu sais la fameuse soirée que j'ai dû contremander à cause de l'accident de Mathias?

– Oui…

– C'était pour vous annoncer notre futur mariage. Nous l'avons donc remis à plus tard, à cause de ton deuil. Puis le tannant de Lucien est devenu de plus en plus entreprenant… Alors, nous avons décidé de nous marier à la sacristie avec le bedeau comme témoin… J'espère que vous n'êtes pas offusqué de notre geste, papa?

– Non… Quel plaisir de vous voir si heureux.

Yvonne posa sa main sur le bras de sa sœur.

– C'est formidable de te voir si gaie, papa a raison. Qui garde tes enfants?

– La plus vieille de Lucien.

– Vous avez plusieurs enfants, Lucien ?

– La Providence a été très bonne. J'ai eu une femme extraordinaire que j'ai perdue alors que mes trois enfants étaient en âge de se débrouiller par eux-mêmes. Puis, elle a mis Marie-Anne sur ma route, qui me donne six beaux enfants à aimer.

Un silence se fit, le ton respectueux et tendre de Lucien venait de projeter foi et amour sur l'auditoire. Même Fanfon devint sage et regarda tour à tour sa mère et chacun de ceux qui se taisaient, recueillis.

Lucien enchaîna :

– Je n'ai pas voulu vous faire pleurnicher, bout de chandelle !

– Pleurer de joie est une bénédiction, Lucien, on ne te le reproche pas, dit Jean-Baptiste.

Yvonne était, de tous, la plus émue. Son père s'en réjouissait, cette image du bonheur sain était, pour elle, un modèle.

– Et tu as retardé pour moi cette union qui te plonge dans le bonheur, j'en suis toute remuée, Marie-Anne.

– Hé ! monsieur Gagnon, mouillons encore, nous sommes en passe de devenir larmoyants !

– Lucien, faites-moi plaisir, laisse tomber le « monsieur », je me sens tout vieux.

Ce disant, Jean-Baptiste emplit les verres. On trinqua encore.

– Il n'y a pas que des pelures d'oignons dans cette maison, vous restez avec nous à dîner ?

– Non, merci. Pas aujourd'hui. Nous sommes à l'hôtel et nous avons déjà payé nos repas. De plus, je veux que ma femme profite de toutes les gâteries possibles avant de se remettre les mains dans le plat à vaisselle !

Marie-Anne rayonnait. Son bonheur était attendrissant.

– Et c'est pour quand, cette épreuve ?

– Dans cinq jours, heure pour heure.

– Quelle précision !

– Déformation professionnelle.

– Qui est ?

– Tu vois, tu entends ça, Marie-Anne? L'interrogatoire subtil. Je savais que je n'y échapperais pas. Farces à part, je suis policier de mon métier.

Les rires fusaient.

Le départ des amoureux laissa derrière lui une atmosphère empreinte de détente et de gaieté.

– Remets ton tablier, papa, ordonna Yvonne. La tâche n'est pas terminée.

«Tiens, tiens, pensa-t-il. Elle apprend vite et bien.» Cette fois encore, ce serait par le truchement des forces de la famille que s'accomplirait le miracle: Yvonne sortirait indemne de l'épreuve. Les jours passèrent, embaumés par la cuisson des ketchups, des marinades de toutes sortes, des confitures de prunes et de pêches. Il y en avait tellement qu'on les sépara par groupes pour les distribuer à toutes les petites familles. Marie-Anne en recevrait plus que les autres, car elle avait plus de bouches à nourrir.

Un soir, Yvonne dit à son père:

– Ne crois-tu pas que nous devrions préparer une fête en l'honneur de ces deux-là?

– C'est un peu tôt, à mon avis…

À la grande surprise du père, sa fille lui coupa la parole…

– Que veux-tu dire par un peu tôt? Tôt pour qui? Inutile de se leurrer, papa, personne ne pleure sur le sort de Mathias…

Jean-Baptiste n'en croyait pas ses oreilles. Sa fille lui tenait tête. Sa fille était touchée par le bonheur de sa sœur et voulait y ajouter, comme ça, de sa propre initiative. Il fallait souligner ça. Il se leva, prit Yvonne par la taille, la souleva de terre et pivota à deux ou trois reprises. Surprise, elle cria, puis éclata d'un grand rire sonore.

– À moins que tu aies un faible pour ton nouveau beau-frère, taquina-t-il.

– Que non! Je n'ai jamais été attirée par ces hommes, genre armoire à glace. Même si, je dois l'avouer, Lucien entre dans la troisième catégorie.

– Je ne comprends pas…

– Je n'ai jamais eu d'autre choix que de regarder les hommes et de les juger. Ces hercules se divisent en trois groupes: le premier, hommes à succès, contents d'eux-mêmes, qui réussissent mais sont froids, inaccessibles, imbus de leur grande personne ; ceux du deuxième groupe sont incapables de satisfaire l'espoir qu'on avait placé en eux vu leur taille, ils deviennent des ratés et passent leur vie à le cacher ; puis, les autres…

— Les autres ? Dont Lucien ?

— Oui, les normaux.

— Sainte Misère ! Où as-tu déniché ça ? C'est au couvent que tu as appris ça ?

Dès qu'il eut prononcé sa question, Jean-Baptiste la regretta. Aurait-il ouvert une nouvelle plaie dans l'âme de sa fille ? Il s'étonna de l'entendre répondre aussitôt.

— Les bonnes sœurs, tu sais, papa, ne sont pas aussi naïves qu'on le croit… Elles n'ont pas toutes la langue dans leur poche. On en entend, au couvent, des mûres et des pas mûres…

— Ah ! bien, toi, Yvonne Gagnon, tu fais coton ! Tu es en train de me dire que, sous le voile, il y a de la graine de démon !

— Pas des aveugles en tout cas !

On discuta ensuite de la soirée en perspective. On inviterait toute la famille et les enfants du premier lit de Lucien. Yvonne lancerait les invitations, avant leur retour, pour que ça passe inaperçu, afin de leur faire une surprise. On élabora des plans, on parla menu.

Au moment d'aller dormir, Yvonne lança :

— Papa, achèterais-tu de l'essence de ratafia, je veux faire de la compote de pommes ?

« Comme Marie-Reine l'aimait », pensa-t-il. Sa fille s'ingéniait à suivre les traces de sa mère…

Le lendemain, quand il descendit, il fut bien étonné de trouver Yvonne qui s'affairait déjà. À sa grande surprise, pour la première fois depuis la disparition de Mathias, la radio jouait…

La fête s'organisait. Tous auraient un cadeau à offrir. Lucien à Henriette promettait une surprise à tous. La maison se nettoyait, le fourneau cuisait. Yvonne fredonnait. La grande maison était en fête.

Même les bébés chênes, devant le perron, grandissaient. L'harmonie régnait enfin de nouveau. L'épreuve s'estompait ; Fanfon continuait d'être le soleil de la maison.

La nappe de dentelle était là, sur le bahut, prête à être utilisée. Marie-Reine la sortait aux grandes occasions, mais, aux baptêmes et aux mariages, c'était l'autre, celle de damas, qui demandait deux heures de repassage, après avoir été humectée, ce qui garantissait le résultat, un lustre parfait, sans un faux pli… Encore un de ces petits détails qui nous échappent au moment où on les vit, mais qui meublent les souvenirs, plus tard. La verrerie étincelait, l'argenterie brillait. Ce qui étonnait Jean-Baptiste était le fait qu'Yvonne imitait en tous points sa mère, tout simplement, comme ça, alors qu'il avait cru qu'elle n'avait pas absorbé tout le processus qui s'était cent fois déroulé sous ses yeux lorsqu'elle était jeune.

Voilà où menait la constance avec laquelle Marie-Reine avait éduqué ses filles. Le savoir était là, en elles. La solide éducation de famille avait donné du fini à ses filles ; tôt ou tard ça refaisait surface !

Jean-Baptiste était fier et heureux. Yvonne se réjouissait de voir son père content, souriant. C'était sa récompense.

Marie-Anne et Lucien avaient semé de la joie : Yvonne récoltait le bonheur et, par ricochet, Jean-Baptiste et Fanfon. Un heureux partage.

* * *

La fête fut une vraie réussite ! Sur tous les plans. La surprise fit pleurer Marie-Anne. Son Lucien était ému aux larmes.

Les neuf enfants furent surnommés les neuf chœurs des anges, à la suite de leur interprétation d'une chanson, composée par eux, à l'intention de leurs parents.

Lucien à Henriette avait apporté des disques de la Bolduc, des rigodons canadiens. On poussa la table et on dansa les sets carrés, s'accordant avec les cuillères et les chaudrons renversés.

Damien câla, c'est-à-dire qu'il dirigea les danseurs. Il se trompait, on s'interrompait et on riait à s'en tenir les côtes.

« Serres-y le corps, montres-y que t'es pas mort.

Swigne la baquèse dans le fond de la boîte à bois.

Domino, les femmes ont chaud.

Excusez-la. »

— T'as trouvé ça dans le ravalement, Lucien, ces disques-là ?

— Sous les combles, expliqua Colombe.

Les plus jeunes en étaient à leur première soirée canadienne. Ils en étaient époustouflés. Jamais ils n'avaient vu leurs parents s'époumoner, crier, rire, se déhancher de la sorte.

— On accusera encore les jeunes d'agir en fous ! s'exclama l'un d'entre eux. C'est incroyable, se donner ainsi en spectacle !

— Tiens, tiens, souffla Jean-Baptiste dans l'oreille de sa fille, en voilà un de scandalisé. Il entre dans la période de l'adolescence…

On parlait chasse et pêche, on se vantait bien sûr. Les truites prenaient la dimension des baleines.

Quelqu'un proposa un deuxième set carré.

— Place aux jeunes, cria-t-on.

Le tourne-disque reprit son tintamarre.

« Les hommes au milieu.

Les femmes alentour.

Grande chaîne ! Tous par la main.

Un demi-tour à gauche,

Un demi-tour à droite.

Saluez vot'compagnie, et swignez-la ! »

La confusion ne tarda pas, vu la différence de grandeur chez les partenaires. Les plus petits se laissèrent choir sur le plancher, les grands hurlaient de rire. Lucien à Henriette s'épongeait le front.

La fatigue permit une accalmie. Des groupes se formèrent. Les femmes dressèrent le couvert, les hommes se dirigèrent vers le salon, les enfants retournèrent se jucher dans l'escalier d'où ils avaient assisté au spectacle donné par leurs parents. Par exception, ce soir, les jeunes étaient moins bruyants que leurs parents. La maison était en fête, on vivait des heures de grande joie.

Jean-Baptiste croisa le regard de Monique. Il s'approcha d'elle. Ils jasèrent, à mi-voix.

— J'en connais, ici, ce soir, qui sont drôlement soulagés.

— Comment ça?

— Tu n'as pas vu la mine pitoyable que tu faisais la dernière fois que nous nous sommes réunis ici…

Jean-Baptiste sourit.

— Quand je pense que tu jouais la comédie… C'est à faire perdre confiance en son saint père.

— Ce n'était pas une comédie, c'était un rôle — il pouffa de rire —, pas tout à fait un rôle, c'était dû à ma rage de dents…

— Et le gruau t'a remis sur pied.

— Tu vois, toute situation a une explication logique…

— Goberont-ils aussi aisément ton changement d'attitude?

— Tu n'as pas encore appris que les gens s'accommodent toujours facilement de ce qui leur enlève un poids de sur les épaules… Cette famille n'échappe pas à cette théorie.

— Vous allez tenter de leur faire avaler cette histoire?

— Surveille-moi bien.

Monique avait un instant adopté le tutoiement, elle redevint sérieuse et reprit le vouvoiement habituel. Décidément, cette Monique était adorable. Il la regarda, attendit.

— Autre chose, papa… Yvonne.

— Alors?

— J'ai cru, je croyais, qu'elle serait brisée à tout jamais, elle qui a toujours été si… faible. J'étais terrifiée à la pensée de ses réactions. Je me demandais si elle n'aurait pas besoin d'aide… je veux dire des soins d'un psychologue. Mais voilà que ce soir, mademoiselle dénote de la superpuissance, commande à tout le monde, étale son savoir, est sûre d'elle-même. Il s'est produit un miracle dans cette maison, c'est certain! Qu'as-tu fait?

— D'abord et avant tout, j'ai évité de la juger, de l'analyser. Je lui ai fait confiance et l'ai aidée autant que je pouvais à escalader le mur de sa peine. J'ai essayé de lui faire comprendre qu'elle devait vivre avec ses convictions profondes, à elle, sinon qu'elle se retrouverait devant un échec, tôt ou tard. Elle s'est progressivement prise en main, a cessé de s'apitoyer sur sa petite personne en pensant à Fanfon. J'ai respecté cette phase cruciale en la soutenant pour ne pas qu'elle fasse de recul. Je ne l'ai pas confrontée à la situation, je l'ai aidée à passer à l'action. Son fils, et vous tous, avez fait le reste…

— Yvonne cherchait l'amour… Tu le lui as donné, papa, l'amour pur, l'amour dont elle avait tant besoin, tu l'as aidée à émerger des ténèbres ; si nous étions seuls, tous les deux, je me blottirais dans tes bras pour y pleurer de joie.

Elle se retourna, les yeux remplis de larmes.

— Eh ! vous deux, là-bas, cessez de roucouler et passez à table.

Jean-Baptiste passa son bras autour de la taille de Monique, ils se dirigèrent vers la grande table avec un ouf ! d'admiration bien mérité. Yvonne était rose de bonheur. Toutes les mains se jetaient sur les plats de service qui perdirent vite l'allure décorative pour offrir une autre qualité, celle de l'abondance…

— La preuve, dit Lucien à Marie-Anne, que la beauté réside dans l'épaisseur de la peau !

— Et, renchérit Damien, que la qualité l'emporte sur la… beauté.

Il venait de commettre une maladresse que seul Jean-Baptiste put saisir… au grand désespoir de l'homme qui rougit de s'être vendu, d'avoir gaffé. Jean-Baptiste demeura impassible. « Voilà sûrement, pensa-t-il, une des rares personnes de ce bas monde qui doit sa stabilité à un champ de graines de moutarde ! »

— Je propose qu'on nettoie la table et qu'on se lance dans une partie de poker, dit Frank.

On applaudit.

— Les enfants alors ? murmura Marie-Anne.

— Moi je propose, ajouta Jean-Baptiste, qu'on couche les plus petits là-haut et les autres qui sont fatigués, dont moi-même. Demain, vous viendrez récupérer votre marmaille si vous ne tenez pas le coup jusque-là…

Ce qui fut dit fut fait. Les jeunes étaient ravis à l'idée de dormir chez grand-papa.

Ce soir-là, pour la première fois, au milieu des éclats de voix et de rire, malgré le chahut qui se répercutait dans toute la maison, sous l'effet de la joie de tous et de chacun, Jean-Baptiste retourna dormir dans la chambre où sa Reine l'avait quitté. Il s'endormit en pleurant de joie, des bonheurs plein son âme. Il eut un sommeil paisible et réparateur : le sommeil du juste. Le bonheur des siens lui donnait le repos.

* * *

— Yvonne…
— Oui, Marie-Anne.
— Je ne sais pas si je dois oser…
— Cesse de me faire languir et ose…
— C'est que… je recommence. Quand j'ai perdu Gonzague, je fus d'abord troublée et comme virée à l'envers. Malgré ça j'ai eu le courage de… d'aimer Lucien. Tout ça pour te dire que c'est peut-être un peu tôt pour toi, mais Lucien a proposé que je te présente un ami à lui, veuf aussi, sans enfant, et qui saurait peut-être… enfin… Ce serait à toi de juger.
— Le connais-tu ?
— Oui.
— Est-il… comme Lucien, je veux dire doux et joyeux ?
— Oui, ma grande sœur.
— Alors…
Yvonne ne put continuer sa phrase. C'était la première fois qu'on s'adressait à elle en lui soulignant qu'elle était l'aînée. Marie-Anne la regarda dans les yeux sans mot dire.

* * *

Le lendemain, on connut un déjeuner mouvementé. Tartines et rôties eurent vite raison de la réserve de pain. Quand la porte se referma enfin sur le dernier visiteur, Yvonne, à bout, se laissa tomber sur une chaise.
— Pauvre maman ! Où trouvait-elle sa force ?
— Dans son cœur, ma fille. Tout comme toi. Te rends-tu compte de la somme de bonheur que tu as donné ? Ces enfants n'oublieront jamais cette soirée. C'est ainsi que se transmettent, de génération en génération, les us et coutumes qui constituent la tradition.

– Papa…

– Oui, ma grande fille ?

Yvonne répéta la conversation qu'elle avait eue avec Marie-Anne concernant l'ami de son mari.

– Crois-tu que ce soit de mise ?

– Ça ne t'engage à rien de le rencontrer. Tu as un bambin à élever, je ne serai pas toujours là. Un homme, dans une maison, c'est important pour un enfant.

– À condition que ce soit un homme digne de ce nom. Sois assuré que mon expérience de malheur ne se répétera pas.

Jean-Baptiste fit bifurquer la conversation. Il ne voulait pas que le sujet devienne trop épineux. Yvonne n'avait pas posé de questions, elle n'avait pas cherché à savoir le résultat de l'enquête dont son père avait parlé. La preuve tangible que Mathias projetait de lui enlever son fils avait fait taire chez elle toute autre préoccupation. C'était bien ainsi.

Yvonne semblait tout absorbée à réparer un ongle brisé. Soudain, elle leva la tête, regarda son père. Elle déposa le papier d'émeri, s'approcha.

– Ne répète jamais plus de pareilles absurdités. Jamais rien, ni personne, ne remplacera mon père.

Elle l'embrassa avec tendresse. Il lui dit, tendrement :

– Yvonne…

– Oui, papa.

– Tu me donnes beaucoup de joie. Tu sembles très heureuse.

– Je le suis.

– Je me dis parfois que ce fut sans doute difficile pour toi d'être l'aînée de toute une kyrielle d'enfants. Les parents ont tendance à être plus sévères que nécessaire avec le premier-né. Le dicton dit : « Élève ton aîné comme tu veux que les autres soient », alors on n'y va pas avec le dos de la cuillère. Conséquemment, la rigidité l'emporte sur l'affection et l'enfant en sort brimé. Ce n'est pas le manque d'amour qui fit défaut, comprends-moi bien, mais la façon dont il fut donné.

– Ne te fais jamais de reproches en ce sens, papa. Si, à mon âge, je ne réussis pas à me sortir des complexes de mon enfance, c'est qu'à mon tour, je fais fausse route. Ce serait méchant de ma part, et bien piètre consolation, de tenter de t'attribuer mes torts !

Jean-Baptiste le savait, maintenant : sa fille avait recouvré la paix intérieure.

Jean-Baptiste éteignit, comme il le faisait chaque soir, avant d'aller dormir. Un faisceau lumineux, projeté par la lune qui flânait devant la fenêtre, inondait le plancher de la cuisine. En plein centre, la chaise berçante faisait tache, projetait des ombres qui n'en finissaient plus de s'étirer. Le spectacle émut Jean-Baptiste, capta ses pensées ; la quiétude semblait enfin s'être installée à demeure dans l'immense maison ancestrale. Il soupira. Ce serait merveilleux si sa reine était là pour jaser un peu, comme aux beaux jours d'antan.

Il s'avança, posa la main sur cette berceuse dont l'histoire se perdait dans le temps ; il caressa le bois uni du noyer sans veine qui avait pris, à la longue, une patine dorée, surtout à la pointe des accoudoirs que tant de mains, jeunes et moins jeunes, avaient si souvent caressés. Elle avait vu roupiller les ancêtres, depuis le paternel d'Imelda jusqu'au jeune Fanfon. Elle avait tenu entre ses bras hospitaliers des mères rieuses dans l'attente d'un poupon, des vieillards à l'échine courbée, aux cheveux blanchis. Plus récemment encore, elle avait partagé son calvaire à lui, Jean-Baptiste, et bercé ses tourments de la musique douce que faisaient entendre ses courbes.

– Une relique, murmura Jean-Baptiste.

Il soupira, il était le dernier de sa génération. Hier, sous ce même toit, s'étaient réunis plus de trente membres de sa famille, la sienne ! Il s'éloigna, lentement, comme à regret, posa sa main sur la rampe et monta dormir.

* * *

Jean-Baptiste ignorait alors que les familles nombreuses ne figureraient plus bientôt qu'au folklore, que cette grande maison serait un jour reléguée, anonyme, au rang des monuments historiques.

MARTHE GAGNON-THIBAUDEAU

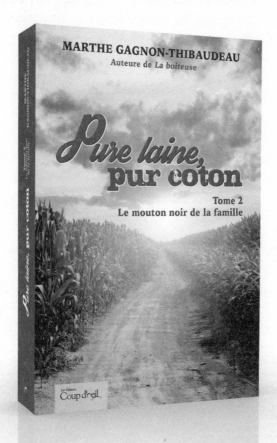

Jean-Baptiste pourra-t-il enfin se déculpabiliser de la mort de son frère et se départir de son neveu au tempérament violent?

Découvrez-le dans le deuxième tome!

www.boutiquegoelette.com
www.facebook.com/EditionsGoelette

Les Éditions
Coup d'œil